寿安里同学的记忆

张小棣　武江波　主编

羊城晚报出版社

·广州·

图书在版编目（CIP）数据

寿安里同学的记忆 / 张小棣, 武江波主编. — 广州 : 羊城晚报出版社, 2015.12

ISBN 978-7-5543-0261-3

Ⅰ. ①寿⋯　Ⅱ. ①张⋯　②武⋯　Ⅲ. ①回忆录—作品集—中国—当代　Ⅳ. ①I251

中国版本图书馆CIP数据核字（2015）第284739号

寿安里同学的记忆

Shou'anli Tongxue de Jiyi

策划编辑	朱复融
责任编辑	朱复融　吴　娟　黄捷生
责任技编	张广生
装帧设计	刘绮琪　李小燕
责任校对	杨　群
出版发行	羊城晚报出版社（广州市东风东路733号　邮编：510085）
	网址：www.ycwb-press.com）
	发行部电话：（020）87133824
出 版 人	吴　江
经　　销	广东新华发行集团股份有限公司
印　　刷	珠海市鹏腾宇印务有限公司
	（地址：珠海市拱北桂花北路205号1栋1层3层厂房）
规　　格	889毫米×1194毫米　1/16　印张20　字数300千
版　　次	2015年12月第1版　2015年12月第1次印刷
书　　号	ISBN 978-7-5543-0261-3 / I·253
定　　价	50.00元

目录 CONTENTS

1

3

序 一

位于山西中部太原盆地的榆次，春秋时期称"涂水"、"魏榆"，战国时期称"榆次"。1948年设置榆次专区，1954年设榆次市，是晋中地区、晋中行署所在地。1999年9月24日，经国务院批准，撤销晋中地区，设立晋中市（地级市），榆次市撤销，改称为晋中市榆次区。榆次是山西省综合指标十强县市、国家级生态示范区、全国文化先进区、中国晋商文化之乡，是一个文化底蕴深厚、自然风光秀美、科教文化事业繁荣的著名历史古城。

陈淑蓉

始建于1940年的寿安里小学，位于现在古城榆次粮店街苏宁店右面20米处东西方向的胡同里，前身是天主教私立宠光初级小学；1944年3月—1946年7月为北关新民初级小学校；1946年8月—1948年7月为北关中心国民学校；1948年8月—1949年8月为榆次县立第一完成小学；1949年9月—1960年与榆次一中、晋中师专联合成立"一条龙"大学，改名为卫星综合大学附属小学；1960年—1967年卫星大学解体恢复榆次县立第一完成小学原名；1968年—1976年在"文革"中改名为反修学校；1977年—1983年在粉碎"四人帮"后改成寿安里学校；1984年起至今撤销初中班，恢复寿安里小学校名至今，并确定为山西省、榆次市的教学示范单位。

我从1952年到这个学校任教，至1988年退休，是在寿安里学校连续工作时间最长的教师之一，至今还住在这个学校的院子里，亲历且见证了寿安里小学60多年的发展变化历史。在这几十年里，学校几易校名，几易体制。从1959年开始，学校在完成小学教学任务的同时，还开办了学龄前幼儿园。1967年到1968年期间学校基本停课，造成1966届、1967届、1968届、1969届四届小学毕业生积压在一起，致使学校在1969年复课时，必须开办中学初中班，一直到1984年撤销初中班后才成为现在的寿安里小学。

纵观寿安里小学70多年的历史，其中1966届至1968届的小学毕业生是一个非常特殊的群体。他们当中很多同学从幼儿园、小学到中学初中班都在这个学校学习，大家在这里亲历了10多年的学习、动乱、停课、复课闹革命等，度过了一段前所未有的非正常学生生活。他（她）们从这里走向社会之后，勇于挑战机遇，历经坎坷磨难，不断进步成长，共同迎来了

寿安里同学的记忆

如今祖国大地改革开放发展、逐步繁荣富强的美好春天。

当这些过去曾经天真烂漫的儿童少年如今已过或将近花甲之年时，他（她）们没有忘记在寿安里学校亲历的难忘岁月，非常珍视过去与母校及老师、同学们之间建立的深厚感情。为了记录同学们在寿安里学校这一段以往不曾有、今后也不会再有的最不寻常经历，点赞从寿安里学校出来的同学们现实的幸福生活，经张小棣、武江波等同学的建议和组织，在何淑英、石小贞、王贵荣、赵翠仙、王志伟、张昉、冀振德、赵佑庵、刘冠娥等老师和王巧英、温来萍、连民珍、马利生、王锐、许振英、刘晓黎、陈文义、张兰宏、王晋宏、白文魁、王晋明、周秋生、田玲、刘文、马改玲等同学的大力支持配合下，编辑出版了这本《寿安里同学的记忆》，这是一项非常有意义的工作，不仅进一步凝聚了老师和同学们之间的情感纽带，而且给母校奉献了一份难得的史料教材，同时给社会、给家人、给每个同学自己都留下了一个非常珍贵的纪念。祝贺《寿安里同学的记忆》顺利出版发行，预祝各位从寿安里学校走出去的老师和同学身体健康、工作顺利、家庭美满、生活幸福！

陈淑蓉

2015年9月1日

序 二

光阴似箭，50年的时光弹指一挥间。半个世纪以前，同学们还是一个10岁左右的孩子，处在长身体、长知识、长阅历的重要时段——黄金阶段。大家生龙活虎、莺歌燕舞、鸟语花香、十分聪明、十分可爱，正是8、9点钟的太阳。

在2015年这个春光明媚杏花盛开的美好日子里，我们寿安里小学原64班的师生，在时隔50个春秋以后，在一起聚首联欢、握手拥抱、畅抒情怀，意义很不平凡，这将载入我们64班的史册，不可磨灭，永不忘却。

王志伟

我从1963年至1964年在寿安里小学任教，是原64班四年级的班主任老师。50多个春秋过去了，今日相逢，真不容易。请允许我向所有与会的同学、老师，表示真诚的祝愿，亲切的问候和关心；向精心组织、筹备、驱动、策划、奔走付出的班干部和同学代表，表示衷心的感谢和崇高的敬意。由于你们的心灵驱动，智慧彰显，辛劳实干，才有今天相聚的成功，联欢的实现。

苏东坡有诗曰："人生如梦，一樽还酹江月"。50年光阴，一晃就过去了。50年岁月的推移、复始、变迁，给大家留下更多的收获和感受，留下更多的梦想和回忆，这些人生阅历，所以宝贵，因为大家的人生臻于成熟，到了"知天命"、"而耳顺"的人生阶段，如一本"百科全书"，非常丰富。大家应该珍惜（包括老师）这一份属于自己的非物质文化遗产。期待大家保护、传承，因为它是优良的。

有感情的人生怎能抗拒感情？有回忆的人生怎么能够抗拒回忆？50年来，大家成长的不容易，工作的不容易，创业的不容易，组建家庭、养育子女的不容易，所有的一切都不容易。正因为如此，大家应当珍惜，因为大家付出了。

50年的生活磨砺了大家的精神，50年的工作锻造了大家的才干，50年的岁月，雕刻了大家的容颜，50年的变迁隔不断大家的纯真，50年的分离阻挠不了大家合聚联欢。

人生易老，天难老。今有春光，胜似春光。谁没有童梦重温的经历？谁没有风雨不饰的记忆？50年前，大家天真稚嫩的容颜笑貌，天使般可爱的心灵，梦想飞扬、翩翩少年的

寿安里同学的记忆

英姿动态，依然历历在目，跃然眼前。教室里回荡着大家琅琅的书声；操场上留下了大家奔跑的身影；校园里洋溢着大家的活力激情。紧张与轻松；吵闹与安静；愉悦与愁容；挫折与成功，共处于一个少儿的统一体中，让我们师生回味无穷，更多的甜在心中，收获了当时的年轻。

同学们，50年的光阴是人生一个不短的风雨历程。人生能有几个50年？逝去的已逝去，实现了大家一定要抓住，未来的大家一定要追求。

我想人生应由三部分构成：对往事的回忆，对现实的把握和对未来的憧憬。其中对现实的把握应该是重点。人在希望中活着，在奋斗中度过，这是一个生命力旺盛的人标志之一。

"夕阳无限好，只是近黄昏"的老人中也不乏充满希望的人，这是一些真正的人，是永不衰竭的人，是凝聚正能量的人。期待大家扬起风帆，乘风破浪，达到那胜利的彼岸；期待大家迈开双脚，向前奔越，前方美景正向大家招手展现。为了明天更美好的人生，希望大家从此再起航、再出发，紧紧把握住人生的第二个春天，做生活之树常绿的人！思想家孔子曰："人生无所息"，这就是大家始终如一的人生追求！

祝大家身体健康！万事如意！阖家幸福！友谊长存！

（此文为王志伟老师在寿安里学校64班师生联谊会上的致辞）

序 三

我于1958年8月由太谷师范中师七班到榆次寿安里小学实习，1959年正式参加工作，教过从小学一年级到高中一年级除俄语、英语之外的所有课程。听前辈们讲：寿安里小学的旧址是魏榆职业学校，培养出不少专业人才。特别是在抗日战争期间，大批师生立志报国，投笔从戎，在艰苦革命中成为优秀的领导骨干。敌伪时期曾设过临时监狱，直到"文革"时还有外地调查人员来了解这里的环境有无越狱的可能。校门口曾立过"榆次重点文物保护单位"的石碑。这里是一块具有革命传统的风水宝地啊！

冀振德

新中国成立前夕，职业学校迁入太原，1949年10月天主教会私立的宠光初小和北关中心学校才迁至现校址，改为县立"一完小"，1956年3月改称寿安里小学。1969年秋全国复课闹革命，小学增设初中班成为"戴帽"初中，改称：反修学校，创始班为中一班，之后"帽子"越戴越大，又增设了两个高中班。到1984年初中合并到由五公司学校改建的道北街中学后，才回归寿安里小学，一直沿用至今。

中一班是由几届小学毕业生组成，这些学生为何放弃去一、二中学习，选择到这里呢？不是他们不达一、二中的条件，而是留恋母校、信任老师、离家较近，不少学生的家长还是地委行署的重要领导，这是现在所有人无法理解的"择校观"。我当时只是一名普通的小学班主任，但他们的军训却给我留下了最深刻的印象。天还蒙蒙亮，就从校园里传出嘹亮的口号声，无论在晴天的沙尘暴中，还是在墨盒般的雨天，他们都在操场上踢正步、练刺杀、摸爬滚打。没几天就练成了一支男女混合个头不齐的标准仪仗队，常常是先闻洪亮歌声，后见整齐队列、飒爽英姿、年少奇志，令人敬佩。最使人感动的是在震惊榆次的"六三"踩踏事件中，作为见证人的我目睹了中一班学子见义勇为的光荣事迹：那是1970年6月3日，城区教委组建结束，在榆次体育场的露天篮球场举行庆"六一"城区所属学校的文艺汇演，并组织城区学校学生观看，中一班的学生在会场执勤。晚上七点节目刚开始，当时我正在给寿安里宣传队的手风琴节目伴奏，天空西南角突然电闪雷鸣，怕学生们淋了雨，主持汇演的领导宣布：演出暂停，观众退场。当我们从灯光场的北门出去时，只听到西端传来呼天唤地的哭闹声，走近一看，原来是西门楼梯的平台上压着好几层小学生，下面的出不来，上面的还继续压，人们叫着喊着哭着，执勤的中一班学生一面大声呐喊着让上面的人往后退，一面从压倒的人堆中用力往外拉拽，当我背起一个受伤的学生跑到对面的医院时，只见急诊科的楼道里已横七竖八地躺着几乎昏迷的十几个小学生，场面惨不忍睹。中一班的同学不顾身上的呕吐物仍背着、抱着、抬着一个个小学生奔跑在抢救生命的通道上。在这一踩踏事件中，十一名小学生失去了幼小的生命，事后我只听到一句话：一班的同学出大力了。

正当学生们的社会活动减少转为正常教学时，原班主任兼语文老师的刘麾老师要调离了，不是刘老师愿意离开，而是形势所逼啊！我和刘老师都是"文革"中的支持派，也是失败派，运动后期哪允许你们仍在一起，犯错的开除，找不出问题的分流。刘老师是师专毕业，从什贴中学调来的，只好分流到一中。我也是分流人员之一，也许是我会拉手风琴，多少有点用处，领导便以"问题待查"为借口没有分流到任家巷小学。当领导让我接刘老师的班当班主任时我真蒙了，因为我知道自己有几斤几两，也就是个"半瓶子醋"的中师生，是学历不合格的中学教师，哪能胜任如此重担呢？这里不得不插一段我的中师经历，我是1958年由初师直接升入中师，当时正赶上使用新教材，师生学习情绪高，扎扎实实学了些知识。没想到第二年就开始了反右斗争，大鸣大放大字报，开会学习批斗，整整半年没上课。后又赶上修753防爆墙、除四害、打麻雀，运动后期四十多人的班就开除了七名学生，整日提心吊胆哪还有心情学习啊！当时教师队伍处理了一批"极右分子"，教师严重短缺，我们便提前一年参加实习，我就是这样到的寿安里。面对这样优秀的班级，我真感到力不从心啊！然而还不得不服从分配，只得硬着头皮走马上任了。

当我怀着忐忑不安的心情走进中一班教室时，展现在眼前的是窗明桌净的教室，一个个聪明伶俐的脸庞，一双双渴求知识的目光，一声亲切的"老师好"深深地感动了我，我发自内心的"我爱你们"脱口而出，交流中他们对我的信任给了我勇气和信心，下定决心一定要接好刘老师的接力棒。捧着厚厚的教材我又犯难了，因前段时间社会活动多，所以一本书只学了二十多页，离学期结束不到两个月时间，怎能完成这一光荣使命呢？那些天真是茶不思、饭不香、睡不着。我只好重新制订教学计划，一课书最多用两课时讲完，有的只能用一课时，那时的主要精力就在备课上，白天查资料，晚上写教案，常熬到深夜，尽管这样也只能是水过地皮湿雾里看花，直到现在想起来仍深深感到内疚，真对不起同学们。一班同学的校园生活更是丰富多彩：五彩缤纷的黑板报、胸怀大志的精彩文章、自编自演的歌舞表演、吹拉弹唱的完整乐队还有操场上的运动健儿都展示了他们的天赋和才华。假如能继续深造，必定都是清华北大的才子佳人。

没过多久，因种种原因，学校决定中一班提前半年毕业，也许歪打正着，同学们很快有的参军，有的进入厂矿企业，成为当时能就业的"幸运儿"，以后都成了单位的骨干，重用、提拔、深造。涌现出小棣、江波、利生、永新、王锐、来萍、民珍、巧英等一大批出类拔萃的精英，不愧是一班这个不怕苦、不气馁、不服输的大熔炉中锤炼的真金。无论在什么地方，是金子总会发光的！

短暂的一年半时间，一班同学以他们高度的思想觉悟、顽强的拼搏精神、严谨的组织纪律、刻苦的学习态度、真挚的师生情谊、独特的才艺展示，铸造了一班的灵魂。在寿安里校史上留下了灿烂的篇章，这一正能量奠定了寿安里初中的坚实基础，鼓舞了大批的学弟学妹。初中办得越来越大，越来越好，成为晋中地区屈指可数的名校。

四十多年，弹指一挥间，回首往事，浮想联翩。感动一班，班魂永远！

谢谢活泼热情细心的小棣保留的珍贵资料给我们带来美好的回忆！

谢谢热心、勤快、多才的江波、巧英、海平等榆次留守学子，为我们牵线搭桥，使远在天边的学友能近在眼前交谈。

谢谢一班的全体同学，还记得我这个不合格的班主任，语文老师！

冀振德

2015年9月1日

序 四

2014年11月23日，我和赵佑庵、冀振德、张昉老师，应邀参加了由寿安里初中一班张小棣、吕海平、王巧英、武江波、白文魁、刘晓黎、陈文义、张兰宏等同学组织的"寿安

刘冠娥

赵佑庵

里学校学友联谊会"，受到了与会的33名同学非常热情的接待。拥抱握手、端茶倒水、嘘寒问暖、敬酒夹菜、致词汇报、合影留念、赠送礼品、返校参观……

虽然正值寒冬，但聚会中有相互问候情、共叙离别情、回忆师生情、笑谈学友情，每一份感情都感动得我一股股暖流涌上心间。席间，我激动地对大家说："今天也是我从教五十周年纪念日，能和中一班的同学们在一起欢聚，对我来说，是同学们给了我一个意外的惊喜！我祝福大家事业有成、家庭幸福、生活愉快、身体健康！"

我和宣传队部分同学合影

　　聚会结束之后，我和部分同学一起回到了老学校。大家在学校看到了当年学校宣传队一张影像已经不是很清晰的老照片，同学们都非常兴奋，一个个争相翻拍，合影留念。回到家里，我翻开了保存多年的影集，找到了那张珍藏达四十四年的原版老照片。这张照片是1970年8月，我们反修学校（今寿安里小学）红小兵毛泽东思想宣传队队员马平和郝建繁两位同学被选拔到山西省体校，宣传队全体师生欢送他们的集体合影照。

1970年8月宣传队师生合影

　　照片中的各位老师和同学是：

　　第一排左起：张翠萍、徐建萍、杨凌云、贾娜佳、原鸣霞、孙润花、王丽英、郭晋芳、王春鸣。

　　第二排左起：赵佑庵老师、李梦真老师、马平、张子华老师、郝建繁、宣传队请来的解放军辅导老师、刘冠娥老师、冀振德老师、刘麾老师。

　　第三排左起：王玉星、张焕玲、郭继荣、梁紫云、李榆明、郭启鸣、卜小萍、许小斌、曲慧珍、吴小丽。

　　第四排左起：郭瑞卿、张振琦、李长源、庞力强、乔远生、韩学诠、张继钢、谷贵生、张月平、张润生、白明贵。

第五排左起：闫国庆、吕海平、任奋、杨玉寿、张小棣、武江波、马利生、王巧英、肖丽英、张瑞卿、郝建华。

如今看着这张珍贵的老照片，让我马上就想起了当年充满活力、积极向上、热爱学生、严慈相济的寿安里学校的年轻教师们，想起了那些稚嫩、纯真、学业优秀、酷爱艺术的宣传队的小同学们，想起了多姿多彩、幸福快乐、激情燃烧的岁月……

2015年清明节，武江波组织寿安里初中一班同学到榆次后沟古村聚会，同学们从广州、北京、太原等地赶来相聚，其乐无穷，足以体现了同学们集体主义精神和同学间深厚的情谊。我激动地附了一首打油诗：后沟踏青回味多，古村风貌未见过。更喜学生情谊暖，古稀之人添快乐。

师生同游后沟

寿安里学校已有七十余年的历史了，是榆次对外宣传的一所窗口学校。她有着优良的校风、教风和学风。学校十分重视学生在德、智、体、美、劳各方面全面发展。初中一班是在"文革"时期开设的，是复课后由几个年级的学生集中在一起组建的，基本上都是本校的小学毕业生，所以，我对中一班的印象比较深。这个班的学生热爱学校、尊敬老师、遵守纪律、热爱劳动，是一个凝聚力很强的班集体。我忘不了他们在军训时，个个神采奕奕，排着整齐的队伍，迈着矫健的步伐，声音洪亮地喊着毛主席语录，在操场上行进；我忘不了他们音乐课时放声高歌的兴奋状态；我更忘不了中一班张小棣、马利生、吕海平、武江波、杨玉寿、王巧英、郝建华、卜小坪等同学，积极参加了学校红小兵毛泽东思想宣传队的活动。这些同学在宣传队里有的拉二胡、有的吹笛子、有的拉小提、有的唱歌跳舞，还有的帮助老师制作和管理服装道具，在外出下乡演出时，还和老师们共同承担接送宣传队小同学的任务。

当年宣传队员在操场排练

我特别难忘的是在"六·三踩踏事故"中，中一班同学的优秀表现。

1970年6月3日晚上，我带着宣传队到榆次体育场的露天篮球场参加榆次城区各校的文艺汇演。场内四周看台上坐满各校的小同学。刘麾老师带中一班的同学执勤，负责篮球场北门的安全。他们身穿绿军装，肩背半自动步枪，抬头挺胸站立，个个展现出军人的风采。正当寿安里学校宣传队表演的时候，天空突然雷鸣电闪，随即下起了雨。这时麦克风里传来"停止演出，各校带回"的声音，看台上顿时一片混乱。学生们拥挤着往出口走，结果造成了严重的事故。当时，冀振德老师正在为演出伴奏，不在看台上，但中一班的同学们平时养成了严格的组织纪律性，执勤的同学们，淋着雨也没有一个人擅自行动，不仅确保了自身安全，而且还疏散了许多小同学。当他们在老师的带领下最后走出篮球场时，发现体育场外已躺满了踩伤的学生。中一班的同学又不顾天晚雨大，用他们瘦弱的身体背起一个又一个外校受伤的学生送往医院，一直到深夜。我被中一班的师生无私奉献、危难之时显真情的行为深深感动，永远难以忘怀。

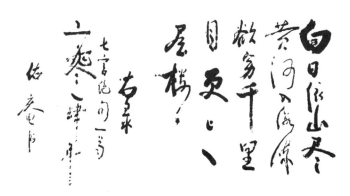

赵佑庵老师书法

前段时间，张小棣和马利生同学回到榆次，与原学校宣传队的郭启鸣、李长源、庞力强、秦继杰、王春鸣、王丽英等一些同学邀请我和冀振德老师又聚会在一起。大家高兴地回顾过去，开心地畅所欲言，把我们的思绪都带回到了当年在学校风华正茂的日子里。

寿安里同学的记忆

我曾是寿安里学校的音乐老师，后来调榆次三中任音乐教师，先后担任榆次第一职业中学副校长、山西兴华职业学院党委书记、山西省音乐家协会音乐教育委员会委员、晋中市音乐家协会副主席、中学高级教师，现任榆次银河文化艺术学校校长。

我虽然与同学们好久未见了，大家也已年近花甲，但一张张熟悉的脸庞依然非常亲切。

部分小学宣传队师生合影

最近，我加入了寿安里同学微信群，能经常和同学们聊天，加强了联系，增进了友谊。我还参加了中一班同学的歌咏活动，同学们放声高歌师生自编的中一班班歌。我弹琴为大家伴奏，冀振德老师指挥。看着同学们喜悦的笑容，听着同学们嘹亮的歌声，我仿佛又听到了那年那月，孩子们稚嫩的声音。那歌声很甜美，很悠扬，歌声在空中飘荡，在校园萦绕，每一个歌词，每一个音符都落在了每个人的心里，我们似乎又回到了令人难以忘怀的四十四年前……

刘冠娥

2015年9月1日

一件让我终生难忘的事

王玉珍

至今，我依然在反反复复地做着同一种类型的梦：梦里在蓝天白云下，在一排平房前，我和一群小伙伴快乐、愉悦地嬉笑追逐；也有在课堂上，被老师叫起来回答问题时，被问住的窘迫和紧张。但每次结局总是一样的，在不知不觉中醒来，才发现是一场梦，梦境历历如真，总能让我陷入无尽的怀念之中，再难以入睡。

从2014年年底至今，我已经和幼儿园、小学的同学聚过三次，每一次见面看到很多熟悉、亲切的笑脸都会让我回忆起过去大家在一起上学的日子。尤其是看着1960年六一儿童节时，我们寿安里小学、幼儿园师生在一起的合影照片，让我更是浮想联翩、感慨万千。

想起20世纪孩童时的那些日子真是如梦一般，亦真亦幻，无法忘怀。细细算来，我从上幼儿园到小学，总共在寿安里小学度过了八年的美好时光，这八年也是我人生中最快乐的时光。在这八年中发生了许多有趣的事情，而每一件事情都像发生在昨天一样使人记忆犹新，其中有一件事让我终生难忘。

记得在幼儿园初学写字时，由于我是左撇子，一开始学习写字和做手工的时候都用的是左手，中间也闹了不少笑话，比如写阿拉伯数字，除了0、1、8这三个数字，其他的数字我写的都是反的，甚至写10这个数字，都是先写0，再写1，直接写成了01。虽然被老师看到了，且一再地批评，但我就是改不过来。时间久了，由于我怕被批评，便和老师玩起了捉迷藏。老师在的时候，我就假装在用右手写字；老师不在或没注意我的时候，我就赶忙换成左手写字。但纸终究是包不住火，有一天，我正在用左手写字时，猛然发现赵翠仙老师正站在我身后，很严厉地说："叫你改，你怎么总是改不掉呢？"只见她掏出她自己的手绢，快速地把我的左手包了起来，并说道："以后再也不能用左手写字了，只能用右手！"当时，我就气得哭了，但也是从那以后我再也没用左手写字了。时光飞逝，多年以后，我回忆起这件事，依然非常感激赵老师，她不光是让我有了正确的书写方式，还使我知道了"没有克服不

南京市寿安小学幼儿班小朋友欢渡六一 6·1

1960年幼儿园师生合影

了的困难，只有不敢直面困难的决心"这一道理，对我以后的学习、工作、生活都产生了积极的影响。

当然，这件事只是那段美好时光中的一件事，还有许许多多难以忘怀的事情，它们就像一粒粒珍珠被时光穿成了一串珍珠项链——它完美，它珍贵。台湾作家刘墉曾说："你心中若有美好的回忆，你便是美好。"这些美好的回忆似冬日里的一杯暖茶，让人温暖，让人回味；也似风雨之后的彩虹，五彩缤纷，绚丽至极；又似那落日后的余晖，让人惊叹，让人怀念；又似那弯弯的小路，让人磨炼，使人成长。最后，在此祝愿老同学们身体健康，生活幸福，家庭美满，万事如意。

泛黄的一张老照片

王晋宏

　　当老同学张贵生提供的一张我们幼儿班的老照片呈现在我的面前时，儿时的稚嫩模样让我忍俊不禁，太珍贵了，照片已经泛黄了。我久久地端详着相片，思绪万千。五十四年了，太久远了，当年辛勤浇灌我们的园丁已都过了古稀之年，而我们也都成了花甲老人。经过一些老师和同学的辨认，知道照片中的老师（从左至右）是：史秀珍、赵翠仙、杜荣花、苏秀英、王润连、戴效圣、张昉、武立忠。对于其他同学，我极力地回忆着，思索着，追寻着每一位同学的儿时和现在……童年时代孩子们围坐一圈唱着《丢手绢》儿歌的情景再一次浮现在我的眼前。

　　照片前一排左一蹲着的就是提供照片的张贵生同学。儿时我们两家是邻居，上幼儿园和小学我们都在一个班，所以玩得比较多。儿时的张贵生一张娃娃脸，笑眯眯的，不爱多说话。小学毕业后我们就失去了联系，等再次相见已是四十多年后的同学聚会。在闲聊中才得知我们两家相隔不远，都在一条街上，但是这短短的几里路让我们走了整整四十八年才得以相见。老同学依然是那张笑眯眯的脸庞，儿时的模样依旧显现在他的那张脸上。

　　前排左二：满脸笑容的是侯喜荣同学。他和我们在一起的时间不长，上二年级时不知什么缘故退了一班，从此就和我们分开了。等我俩再见面时已是多年后他在一家运输公司工作，是一名修理汽车的技术工人。

　　前排左四：孔根科同学，平平淡淡的一个小男生。记忆中小时候课间时间我们常在一起玩耍，五年级分校，他到了羊毫街小学，从此我们就失去了联系。

　　前排左五：扠着手的小女生是刘丽琴同学，儿时我们是邻居。说到刘丽琴还有一个逗笑的小故事，这位同学小时候干什么都比较慢，在一次放学排队时老师批评她"拖拖拉拉"，她回家后误告了家人，说"老师说她邋里邋遢"，结果她的母亲找到了学校，老师还给做了耐心的解释。在上二年级时，因为父母的调动，她去了外地学校。

1961年幼儿园师生合影

寿安里同学的记忆

前排右一：王玉珍同学。上幼儿班、小学我们都在一个班上。那个年代，男女生不多说话，所以我对她的故事了解很少，直到多年后我们才有所交往。

前排右二，胡素萍同学。在我的记忆里，她个子不高，圆圆的脸庞，大大的眼睛，扎着两条粗而黑的长辫子。小时候一直坐在第一排，放学排队也在最前面，小学毕业后就再也没有了她的音讯。

中排左一：马利生同学。我们从幼儿班、小学、中学都在一个班。我的记忆中，马利生儿时比较腼腆，是一个一说话就脸红的小男生，但老同学学习好，不仅写得一手好字，而且作文写得也好。上中学时被班主任看中，当了班干部。小学毕业后，南下到广州当兵，从此我们就失去了联系，直到多年后的同学聚会我们才得以见面。老同学的一生可以说是顺风顺水，事业有成。

中排左二：赵润生同学，幼儿班、小学我们同在一班。我对赵润生的记忆不是太多，只记得那时他家住的地方离学校较远，经常上课迟到被老师批评。小学毕业后和同学们就失去了联系，再也没有他的消息。

中排左三：张小棣同学，儿时的名字张小弟，小时候男同学都是用"弟儿"来称呼他。老同学在班里不仅学习好，又是班干部，自小就显现出组织和领导才能，班上大部分男同学都听从他的指挥和召唤。从幼儿班、小学到中学，我们前后断断续续一共经历了长达十一年的学友情谊。在"文革"停课的两年时间里，我经常去他家里借书看，我的记忆中借的最多的书就是《红旗飘飘》。中学毕业后，老同学远赴广州参军当兵，我们的联系逐渐少了许多，但他在部队的优秀表现和到地方后的领导才能，还是我们班里的佼佼者。

中排左四就是我本人，儿时的名字叫王乃宏。在记忆中，我这个人从小就比较内向，不爱多说话，这种性格虽然随着年龄的增长略有改变，但它对我的一生影响还是很大。我自认为在上学时我在学习上还是比较努力，劳动也很积极。我对自己的一生可以用八个字来总结，"谨言慎行，低调做人"，可以说我是在平淡中默默地渡过了自己的一生。

中排左六：韩学斌同学，白净脸庞，大眼睛。记忆中小时候放学后我们经常一起去同学马玉明家写作业，作业写完后要玩到天黑才回家。小学毕业没上中学他就当兵走了，转业后到了地方公安部门工作。

中排左七：陈文义同学。我们两家距离不远，上学路上经常相跟着。儿时的陈文义比较调皮，不过还有点幽默感，在他的身上常常会发生一些使人意想不到的小故事。俗话说，调皮的孩子有出息，成年后的老同学成了一家企业的经理。在这张照片里，我和他是班里唯一自小到大一直没有中断过联系的老同学。

中排左八：张保增同学。老同学小时候长得标致，帅气，性格开朗活泼。儿时因为头大，同学们都称呼他"大头"，那时候我们都愿意和他在一起玩耍。小学毕业后参加工作去了外地，事业发展成功，在一家国有企业当中层领导干部。

中排右五：赵建峰同学，幼儿班的小伙伴，晋华子弟，上一年级时他就回到了晋华小学。儿时每到星期天我也偶尔去他家里玩，十几年后我调回晋中汽修厂，又和老同学到了一起，我们共同工作十余年，八十年代初，他调入一家事业单位当司机开了小车。

中排右三：刘晓黎同学，幼儿班、小学、中学我们都在一个班。她端庄、秀气，三年级时是我的同桌，那时男女同学不多说话，到成年后我们才多有联系。

中排右一：马桂英同学；右二宋淑萍同学，幼儿班，小学我们同在一班，五年级分校，两位女同学分到了羊毫街小学。

前排左六：连民建同学；左七：刘慧君同学；左八：王亚权同学；左九：原鸣霞同学。中排左五：史传文同学；中排右六：李雁生同学。这些儿时的小伙伴比我们晚一年毕业，虽然我们少有联系，但他们成年后在各自的工作岗位上都发展得非常成功。在这里，我也衷心地祝福他们。

后排左二：手扶我肩膀站着的是我们幼儿班的赵翠仙老师。在我的记忆中，那时赵老师年纪不大，扎着两条辫子，就犹如我们的大姐姐。

后排右二：我们的体育老师张昉，在寿安里学校都是张老师带的体育课。记忆里，在上体育课时，张老师的嘴里经常含着一个口哨。在指挥全校师生做课间操时，操着浓重的地方口音，"稍息，立正——"的声音好像仍旧回荡在我的耳边。

虽然由于年代久远，照片中的好多老师和同学我已叫不出他们的名字，但几十年前我们能相聚在一起，这也是一种友谊和缘分，在抱歉和遗憾的同时，我也衷心地祝福你们晚年生活幸福快乐。

最后祝辛勤培育我们的老师健康长寿，祝老同学们幸福、安康、快乐！

母校的情缘

张小棣

　　寿安里学校是一个具有七十多年历史的山西省、榆次市教育示范单位，在很多学生、家长的眼里，一直是所大家非常推崇且颇有影响的品牌学校。我自1959年11月随家搬到东黄龙江街67号院，从地直机关幼儿园转至寿安里学校幼儿园开始，有幸在这所曾培养出万千各类人才的学校学习、生活了11年。其中不到两年在幼儿园，不满七年上小学，在校停课一年多后，整一年时间就读附设中学初中班，直至1970年12月从学校参军离开榆次。

　　当我从部队到地方，在正式岗位工作45年已经退居二线之际，抽空梳理了一下个人过去的成长历程，看到自己尽管这些年南征北战，在部队先后在广州军区空军通信团、军区空军通信处和空七军（期间在华南理工大学读书3年半）服役26年，到地方在广东有线广播电视台、广东有线广播电视网络公司、广东省广播电影电视局、南方广播影视传媒集团暨集团有限公司共工作19年，现在进入广东省政协文化和文史委和广东省电视艺术家协会及广东文化传媒发展研究会，将继续工作到2018年1月才正式退休。历数自己过去从小到大在各个单位的学习工作生活年份，只有在寿安里学校的时间最长。这是在20世纪那个特殊年代、特定时期出现的一种特别情况，如果查阅一下寿安里学校的历史，一个学生连续在本学校学习生活11年的记载，过去不曾有，现在和今后也不会有。而且从1959年上幼儿园到今天已有55年了，作为母校的榆次寿安里学校，给自己留下了很多从幼年、童年到青少年的难忘回忆，所以说，我的一生与寿安里学校结下了不解的情缘，在自己从学校学习到参加工作的几十年经历中，很多记忆犹新的往事都源自与寿安里学校老师和同学们的交往……

一、67号院的寿安里同学

　　在榆次寿安里巷的南口东侧，有一个门牌是东黄龙江街67号的长方形院子。这里是原晋中地区工业局的一个干部家属院，我们家从1959年搬来到1970年离开，一共在这里居住了11

年，是在榆次居住时间最长的一个地方。

这是一个南、北、西向建房，东边是围墙，中间是一个大天井的平房院子。天井院子中有几株小树，还有一些花草，是住户们的一个公共活动场地。院门位于家属院的东南角，一个约有两间房面积的门洞和方形的大门。这个门洞平时是院子里家属、小孩经常聚会玩耍的一个场所。我们几个小孩常常在这里下棋、打牌，我的五姥姥有时在这里摆开场子摊煎饼，大家就像欣赏艺术一样围着看。夏天的时候，院里的大人、小孩都端着饭碗到这里来边吃边聊。

幼儿园时的我

一进院子大门左转，在院子的南面住有四户。第一户是王鹏飞叔叔（即王建国）家；第二户是韩广仁叔叔（即韩立平）家；第三户是朱振发叔叔（即朱红红）家；第四户是我们家。

院子西面是谭子英叔叔和贾先叔叔家及公共厕所。

院子北面从左至右第一户是张文裕叔叔家；第二户是蒋兴叔叔家；第三户是张有典叔叔（即张宪民）家。

当年的平房院子

住户中除了张有典叔叔、张文裕叔叔和我父亲（当时是局领导）居住三间房外，其余住户都是居住的两间房面积。

那时每家门口都有一个搭建的小厨房，主要是在春、夏、秋天的时候供做饭、烧水等使用。冬天时，家家都要把炉火搬到房间里，既要取暖还要做饭、烧水等。

院子里的公共厕所是男女共用的蹲式茅坑，人员进出都要互相提醒。自来水也是公用水龙头，供水站设在院子旁边的寿安里巷口。每天从供水站挑水到家存放水缸，即成为各家小男孩或者男子汉的一项主要家务劳动，我那时就经常受姥姥派遣去供水站挑水。

这种住、厨房一体，厕所、自来水也是公用的居住方式，基本上就是20世纪五六十年代山西榆次地区大部分干部、居民的日常生活水平状况，与现在相比，那时的生活环境和条件差距确实是很大。

寿安里同学的记忆

当时，同院的住户之间的相处总体上是友好和睦的。虽然各家在感情、关系等方面还是有近有疏，大人们因工作和生活中的一些原因，不时会有一些恩恩怨怨、家长里短的事情发生，尤其在"文化大革命"这样一个非常特殊的时期，不要说邻里之间的关系了，就是一个家里都有分派争斗的情况出现。

这个院里每家都有两个以上的小孩，其中上幼儿园和小学的孩子全都是寿安里学校的学生。张宪民、王建国、韩立平和我等几个男孩子大致同龄。宪民1953年出生，与我是原62班后改为64班的同班同学；建国1954年出生，是66届的61班同学；立平1958年出生，是低我们两级的86班同学。那时我们四个常在一起玩。在同院同校的同学中，还有宪民的妹妹素民；建国的哥哥振国、姐姐燕萍和妹妹燕芳；我的姐姐建华和弟弟六一；立平的妹妹素芝等。在那个动乱的年代，盲从和冲动是我们这些充满热血激情的青少年普遍存在的一个特征。大家很盲目信任自己并不了解的这场运动，经常为支持不同派别的观点在一起争辩，而且都认为自己是对革命最虔诚的那一个。在此期间，跳忠字舞、唱语录歌是我们院里小孩经常在一起组织的活动，同时佩戴毛主席像章和拥有一本毛主席语录红宝书很时兴，我们几个就相约戴上像章，我的弟弟六一也捧着一本红宝书凑数，大家在1966年的秋天，一起去照相馆留下了一张颇有意义的纪念合影。

1966年的合影

2015年的合影

同院的孩子们之间都是真诚相处、无拘无束，特别是大家基本上都是在一个学校即寿安里小学上学，学校放假时同院的孩子们还要组成学习小组等开展各种集体活动，统一去打扫环境卫生、慰问烈军属、参加植树、上街拣粪、组织演出和体育比赛等，时隔几十年了，现在想起来还十分怀念那个年月天真无邪、无忧无虑的生活。

时隔近五十年了，当年一个院子的发小同学先后各奔东西，分别开始了各自的生活征程。宪民没有上中学，直接到晋中齿轮厂参加了工作，后来又调到拖拉机厂，一直没有离开榆次，现在退休还在榆次一中兼职保安工作；建国1969年12月参军之后，在北京军区工程兵部队服役多年，复员回榆次在锦纶厂工作，接着下海转战南北，最后定居在四川绵阳；立平从学校毕业后，先是在榆次电缆厂工作，后组建了自己的建筑工程公司，成为一个可以不退休一直都工作在岗位上的民营企业家。

在我们几个同院的发小同学陆续进入花甲之年时，大家都非常想念再团聚在一起，由于建国在四川，我在广州，难得有机会凑在一起。直到2015年5月，建国回榆次探亲并为父母亲扫墓，我去北京开会后顺道来太原看望母亲，曾经于1966年在一起合影留念的五个寿安里同学、兄弟、发小、伙伴，大家非常开心地相聚在榆次，又按照当年各自排列的位置，拍了一张相隔近半个世纪的合影照片。（见图3）

光阴似箭，转眼就过去了近五十年。那时几个乳臭未干的小毛孩子，现在都是沧桑写满脸颊、两鬓已经斑白且晋升为爷爷（姥爷）级的人了。回忆过去，展望未来，我们这几个67号院的寿安里同学，在欢聚一堂的杯盏交错中，共同祝愿大家今后的生活会更加幸福美好。

二、花儿朵朵向太阳

作为一个生在新社会、长在红旗下的50后人，对20世纪六七十年代流行的很多少年儿童歌曲都非常熟悉。譬如《中国少年先锋队队歌 》、《让我们荡起双桨》等，其中有一首旋律和歌词都更为熟悉的老歌，即1962年由著名导演谢添和陈方千共同执导的电影《花儿朵朵》的主题歌《花儿朵朵向太阳》："你看那，万里东风浩浩荡荡，你看那，漫山遍野处处春光。青山点头，河水笑，万紫千红百花齐放。春风吹，春雨洒，娇艳的鲜花吐着芬芳，抬起头，挺起腰，张开笑脸迎太阳，花儿离不开土壤，啊……鱼儿离不开海洋，啊……少年儿童千千万，离不开亲爱的领袖，离不开亲爱的党。朵朵花儿向太阳，颗颗红心向着党，红色少年的心头，长上了红色的翅膀，准备着，准备着，时刻准备着！奔向那祖国需要的地方。"对于这部电影和这首主题歌来说，我真是尽管过去几十年依然还记忆犹新。因为在榆次电影院看《花儿朵朵》的那一天，就是1962年六一国际儿童节前我加入中国少年先锋队的日子。看完电影的第二天，母亲带我去粮店街照相馆，还拍摄了一张戴着红领巾的纪念照片。

在那个同学们都争取"好好学习，天天向上"的年代，小学生期望早日戴上红领巾就是当时第一理想。因为这个荣誉可不是谁都能随便享受的，不仅要做到德智体全面发展，而且必须打报告递申请，

1962年入队纪念照

像入团、入党一样走程序，平时还不能犯错误才能被选中佩戴红领巾。那时物质条件相对匮乏，但在同学们的眼里，能够戴上红领巾真是比吃到肉都开心。

我们那一批新入队的少先队员宣誓大会是在寿安里学校少年厅举行的，时隔六十多年了，我和利生、晓黎等同学去看望当时的班主任陈淑蓉老师时，她还记得带我们去入队宣誓的情景。"我自愿成为一名少先队员……红领巾是革命烈士鲜血染成的，它是红旗的一角……"

在那时的孩子们心中，红领巾是一件至高无上的东西。它仿佛代表着进步、荣誉，很多孩子戴上红领巾就不愿摘下来，就是晚上睡觉时也都戴着红领巾。充分表现出了在新中国阳光下健康成长的孩子们活泼、机智、纯洁、向上的品格特点和爱祖国、爱集体、有理想的思想觉悟及健康、真诚、蓬勃向上的人生追求。

2015年与陈淑蓉老师在一起

虽然我们的童年已经过去，但戴着红领巾如"花儿朵朵向太阳"的那一天则永远留在了自己的记忆里。尽管我们不是童年、童月、童日生！但我们一定要童年、童月、童日、童快乐！祝大家童心永在、童趣多多、童颜不老，愿大家下一代现任的妙龄儿童、已经卸任的超龄儿童、家有儿女的领衔儿童、二人世界的丁克儿童、心态很儿童的性格儿童、内心很儿童的资深儿童，天天节日快乐！永远"花儿朵朵向太阳"！

三、听妈妈讲那过去的事情

"月亮在白莲花般的云朵里穿行，晚风吹来一阵阵快乐的歌声。我们坐在高高的谷堆旁边，听妈妈讲那过去的事情……"这是发表于1958年《儿童音乐》创刊号《听妈妈讲那过去的事情》中的一段歌词，它是一首抒情性非常强的少年叙事歌曲，已成为从20世纪至今几代少年儿童久唱不衰的一个优秀作品。其歌词优美抒情，有着诗一般的语言，那情景交融的细致描绘，给人以一种美的熏陶。全曲感情细腻真挚。表现了妈妈（代表劳动人民）在旧社会历尽苦难，才盼来新社会的内容。在20世纪80年代，经我国著名歌唱家朱逢博重新演绎，并且对其进行了新的配乐处理，使歌曲更加富有了时代气息。

穿越半世纪的纪念

大洋新闻　时间：2014-04-05　来源：广州日报

说出你的老故事

母亲李杰是1943年入伍的一个老八路、老党员，当年从山东沂水老家参军，随部队南征北战到了北京，转业后与父亲一起先后工作调动到天津、上海、山西榆次、太原。

在四十多年的工作中，她没有当过任何"官"，在部队做的是军邮收发的工作，到了地方后从事的是财务会计工作，现在是一个享受正处级待遇的离休干部。

1964年清明时节，母亲带着九岁的我到刘胡兰陵园扫墓，对我进行革命传统教育；时隔50年，在今年的清明前夕，我陪着91岁的老母亲又来到刘胡兰墓前，一起缅怀英雄。

这两张照片展现了两代人穿越半个世纪对革命先烈的崇敬和纪念。

广州　张小棣

1964年清明节，九岁的我和母亲一起到刘胡兰陵园扫墓。

50年后，我和母亲再度到刘胡兰陵园瞻仰。

穿越半世纪的纪念

作为20世纪60年代进入学校学习的小学生，我们对这首歌曲非常熟悉，很早就学会演唱了，而且把《听妈妈讲那过去的事情》，已经很自然地就融合为是接受长辈和老师等进行思想、品德教育的一个代名词，主要通过他们给我们讲那过去的事情，让我们认真地读毛主席的书，坚定地听毛主席的话，努力做毛主席的好孩子。由于我的父母亲分别是1938年和1943年参加八路军的老同志，他们给我们兄弟姐妹讲那过去的事，通常是进行革命传统教育和学习英雄人物的故事居多，有机会还带我们去参观一些革命烈士陵园和英烈模范的纪念馆等，让我们亲身体验或直接接受红色历史情景氛围的熏陶。

在我们上小学的那个年代，社会环境和经济条件等都与现在差别很大，学校组织的社会活动非常有限，而且一般也仅是在榆次城区内进行，最多就是到市郊附近农村参加夏收或秋收等劳动，从未组织过离开榆次的任何社会活动。尽管当时还属于晋中地区管辖的文水县，建有毛主席亲自题字"生的伟大，死的光荣"的刘胡兰陵园和纪念馆，刘胡兰还是我们非常敬慕的唯一一个中国共产党三代领导人均为其题字的小英雄，却一直没有机会前去瞻仰学习和纪念拜祭。直到1964年清明节时，母亲所在的晋中地区工业局组织干部职工去刘胡兰陵园扫墓，我有幸跟着母亲一起去了一次文水云周西村。时隔50年后，我在2014年清明节前，专门陪同母亲再次去了一趟刘胡兰陵园，并且在《广州日报》上发表了《穿越半个世纪的纪念》一篇短文和两张间隔整整半个世纪的现场照片，情景再现了一个现实版的《听妈妈讲那过去的事情》。

四、学校停课的那一年

由于"文化大革命"的影响，我们在寿安里耽误近一年小学毕业后，学校没有正常开课。从1968年3月到1969年10月期间，在长达一年多的时间里，我们全部都处在停课状态，一度成为流浪校外的社会之子。

在学校停学停课、学生自由自在的那一年多的时间里，我的收获之一是看了不少书。譬如《钢铁是怎样炼成的》、《卓娅和舒拉的故事》、《三里湾》、《汾水长流》、《创业史》、《苦菜花》、《红岩》、《踏平东海万顷浪》等一些名著就是在那个期间阅读的。还有就是打球游泳锻炼身体，每天起床都要沿着东黄龙江街到晋中体育场跑上几圈，学校和地委一些机关单位的篮球、乒乓球、足球等运动场所即成为我们经常光顾的地方。

我们住在同院的王建国同学母亲桂花姨很喜欢户外活动，她带我们就一起经常去郊区的源锅水塘、潇河钓鱼或钓青蛙，每次出去都有很大收获，全院的叔叔阿姨们都可以高兴地分享我们的劳动成果。

邻居朱振发叔叔平时也非常喜欢钓鱼，父亲一度靠边站没有分配工作在家里，他就约父

现在的田家湾水库

亲带我们也一起出去钓鱼。记得有一次我们专门去了一趟田家湾水库，这是记忆中外出钓鱼最远的一个地方。

榆次田家湾水库地处黄河流域汾河水系涧河中游，坝址位于榆次区城北十八公里处的田家湾村。

该水库于1958年3月大跃进时期，由山西省水利厅批准动工兴建。水库按二十年一遇洪水设计、一百年一遇洪水校核运用。水库以防洪为主，兼顾灌溉。水库防洪范围涉及太原飞机场，榆次和太原市郊区。

父亲是在朱振发叔叔忽悠下带我们去的。

尽管那次搞得动静很大，母亲为我们准备了丰富的野餐干粮，我们骑自行车走了近20公里，在田家湾水库停留了大半天时间，结果一无所获，一条鱼也没有钓到。但是，那次活动却给我留下了永远难忘的印象。

在学校停课期间，榆次武斗最厉害的时候是1969年的4、5月份，晋中地委大楼和榆次市委大楼都是武斗的据点。我们家住的院子离那里很近，家里的窗户又临街，为了防子弹，挡弹片，我们就在家的窗户上挂了两床被子做防护屏障。

由于姥姥有过去留下的毛病，听到枪炮声就害怕，为了躲避当时社会上日益严重的武斗，母亲就让姥姥带着我回到了山东沂水沙沟的老家。

当时的榆次市委大楼

我和姥姥一起在母亲的老家等地住了有三个多月的时间，这是我在祖籍山东家乡生活最长的一段时光。

姥姥那时是母亲李家少有健在辈分最大的老人之一，她走到哪里都很受亲戚们的欢迎，这不仅体现了大家对姥姥的敬重，也是老家很多亲戚对母亲及我们家人非常尊重的一种表现。

在沂水，我跟着姥姥几乎走访遍了母亲在老家的所有亲戚，充分体验了山东沂蒙山区的各种风土人情。

寿安里同学的记忆

母亲的胞弟即我的舅舅是曾参军南下、在刚刚解放的南京总统府站过岗的退伍军人，他给我讲了很多当年南征北战的故事。妗子（山东人对舅妈的称呼）见我喜欢军装，就给刚从部队复员回来的张培英表姐夫做了一身衣服，给我换了一套崭新的军装回来，从此成了我最喜欢穿且一直穿到参军为止的一套时装。

在沙沟的三个多月生活，使我喜欢上了煎饼、豆茉子菜等沂蒙山区的传统饭食，在亲身体验中切实增进了对这些生活在齐鲁大地上的故乡亲人那非常深厚的血脉之情。直到中央颁发了"七三""七二四"布告，山西的武斗基本停下来以后，我和姥姥接到母亲的来信，才经过淄博文术二哥那里回到榆次。

此时的榆次到处给人是一种经过武斗劫后余生的印象，好在生活很快就平静了下来，工厂恢复生产了，商店开始营业了，学校也准备复课了。

为了解决66、67、68、69等四届小学毕业学生一起要上中学的问题，榆次在若干学校开办了小学附设初中班，寿安里学校作为其中之一，首先开设了以66、67届为主、少量68届学生参加的中学一班。

就在我们已经到学校报名准备上学的时候，1969年全国征兵工作开始了。受当时中苏边境珍宝岛作战和开展"深挖洞、广积粮"全国性战备运动的影响，尤其是作为老八路父母亲的后代，我在他们身边生活十多年的耳濡目染，对解放军部队生涯有非常深厚的感情，对现代军人形象是那么敬重和崇拜，为此，自己当时虽然只有14岁，却自以为已经长大成人，毅然决然地就去报名要求参军。

当时与我一起报名的有同院的66级61班同学王建国和同级64班同学张兰宏，我们一起天天都去找接兵部队的同志。虽然他们看我决心很大，反应也很机灵，但在家访的时候母亲对人家说我年龄还不满15，对我这么小就去部队不放心。结果，年龄比我大一岁、个头也比我大一些的建国和兰宏两位同学，都顺利地穿上军装走了，而我则只能和兰宏一起到照相馆拍了一张合影留念，看着他们从榆次火车西站登上了前往河北军营的军列。

在欢送他们这批新兵的锣鼓声还没有消停的时候，当时一定要当兵的信念让自己特别冲动。我随即返回家里，通过姥姥拿到钥匙，从母亲平时放钱的抽屉里拿了四十元钱，写了一张纸条留下，同时委托家住榆次北站旁的王铁牛同学，向我母亲转告自己去部队的情况，接着就连夜乘坐太原至北京永

1969年我和张兰宏合影

定门的火车去了保定，赶上了接兵部队刚刚停靠在满城火车站的军列。

我突然走后可把家里弄得不得安宁，榆次市人武部的同志给接兵部队打了好多个电话。由于入伍手续不全，同时部队也很尊重母亲的意见，最终，我与兰宏在新兵连同吃同住十多天后，北京军区驻保定徐水狼牙山下的工程兵4654部队，还是派人把我又送了回来。

1988年与兰宏等在榆次

由于第一次争取当兵未果，我回到榆次后，自然就再次返回学校走进教室，开始了在寿安里学校中一班的学习生活。

著名作家柳青在他的名著《创业史》中说过：母亲是人生的第一个老师，是每个人最先崇拜的人。娘的心性和气质，会采取一切方式进入到儿女的意识中去。

现在想起来真如这位名家所说，我是真真切切地感受到了对母亲的崇拜，她不仅给予了我生命，而且是以一种天生要关心孩子的母爱之心调整了我的人生目标，从而改变了我的生活命运。正是因为母亲当时没有积极支持我去当工程兵，所以才给了我第二年加入空军的机会，我才幸运地走到了今天。

1988年7月，我从广西南宁空军部队探亲回到山西，应兰宏、文义、张勇、晓明等同学之邀，专门来榆次与部分同学一起相聚。大家在聊天时又说到了我1969年想当兵未成功的事，都讲人的命运不可预测，也不会以个人意志为转移，凡是成功的范例，都是天时地利人和的有机结合。失败是成功之母，严冬过去必然是明媚的春天。

五、上过战场的寿安里同学

寿安里学校的校史至今已有70多年了，不管是在新中国成立前，还是到新中国成立后，都为国家和社会培养了大量的各类人才，其中有不少学生投笔从戎，在烽火连天的战场上参加了解放新中国的战斗，在天南地北的祖国边境，经受了保卫祖国的战场洗礼，为人民解放军的光辉军史，留下了一笔不可磨灭的记载。

1970年12月，我们寿安里学校的几个同学参军南下，到1979年发生并一直延续到1988年的边境自卫反击作战及边境国土防空作战时，在同批入伍的原寿安里学校同学战友中，就我和王胜利、马利生还在地处南粤羊城的空军部队服役了。

我们三个寿安里同学都是1955年出生的同龄人，利生和我一直同班于64班，而胜利在寿安里学校低我俩一届，是68班的学生，五年级时转学到羊毫街小学，后从榆次一中入伍。我们在部队服役期间，作为从寿安里学校走出去的学生，分别以不同形式上过保卫祖国的战场，在曾经一度炮火硝烟弥漫的西南边境地区，各自通过从戎参战的亲历，为教育培养过我们的老师、为熏陶影响过我们的母校、为在一起从小长大的同学们，赢得了为寿安里学校争取的应有荣誉。

第一个走向真正战场的是王胜利同学。

当年的王胜利夫妻

在1979年2月17日爆发南部边境自卫反击作战时，根据总部为参加当面进攻的X个陆军师编配X个目标引导组用于空军支援地面作战的计划，当时已经是军区空军通信团八连副连长的胜利，作为仅有的两个配属空军轰炸XX师和强击XX师的目标引导组长之一，带着他的七个兄弟，伴随陆军XXX师指挥所，义无反顾地走出国境，进入了弹火纷飞的丛林战场。就在那伸张正义的异国土地上，刚满19岁的战友田拥华同志，突然间被一个炮弹的飞片击中，活生生地牺牲在胜利的身边，还有两个一起出生入死的战友也先后受伤。虽然最终荣立战功的胜利和其他战友一起安全返回了国内，但他难以割舍对那死去战友的怀念之情，一直深埋在他那挚爱亲密战友的心头。当然，胜利的收获不仅来自战场枪林弹雨的亲历，在广西南宁部队集结准备出征前，他认识了当时是广州军区空军前指总机班长、现在已是他三十多年妻子的曹秋华。可谓边境战场对胜利进行了一次战争的洗礼。也给了他一个难得的爱情收获。

第二个走向战场的是马利生同学。

说利生是第二个走向战场的同学，是因为他当时是广州军区空军机要处参谋，虽然没有获得直接走向第一线作战战场的机会，但作为到达广西边境的军区空军前指机要处参谋，是空军参加自卫反击作战部队中战斗在指挥中心的一员。他亲手译制了总部命令空军参加"2·17"作战的绝密电报，上传下达了各级首长机关的作战指令。在紧锣密鼓的自卫反击作战期间，利生马不停蹄地穿梭于空七

当年的马利生夫妻

军和军区空军前指及宁明前指之间进行工作，为保障空军作战指挥机要保密的顺畅，做出了不可或缺的重要贡献。利生用另一种身份和形式，亲历了保卫祖国边境战场的考验。同时，他在广西参加欢送陆军部队出境作战之前，第一次认识了马上要配属陆军XXX师出征的199医院外科护士、后来的妻子汤晓燕。非常巧合的是，在自卫反击作战结束之后，顺利返回部队驻地的利生和晓燕在广州第二次见面时，我作为老同学的"相亲参谋"，认识了与晓燕正好在一起的199医院外科护士长、我后来直至现在的妻子周里加。一朵在上战场之前碰撞形成的爱情之花，后来造就了两桩美满的幸福婚姻。

当年的我们夫妻

第三个走向战场的同学可以说是我了。

我在部队经历26年的军旅生涯，可以说先后有三次实际参战的经历。但对于我第一次走向战场参战来说好像有些牵强，因为自己1979年参战的战场不是在枪林弹雨、硝烟弥漫的野外战地，也没有像胜利和利生等一样，带着电台伴随陆军部队前赴战斗一线或在前线指挥所历经战火洗礼，而是在广州后方的军区空军指挥所通信保障机房。作为时任军区空军通信团四连发信调配分队长的我，在广州北郊的一个山洞里，渡过了作战期间天天24小时值班保障的日日夜夜，获得了一份中央慰问团赠送给部队参战人员的纪念品。

第二次参战是1986年1月，当时我已担任空七军通信处长，在广西边境参加了最后一次支援陆军旱季作战，真正走向了保卫祖国边境的实地战场。可是，我虽然到了前线，也看到了兵戎相见的实战氛围，听到了作战双方隆隆的炮声，但毕竟是配合陆军部队的牵制作战，作为参战空军通信部（分）队的一个组织保障指挥员，依然没有亲身感受到那破肉流血、伤筋动骨、生死战场的考验，仅是尽到了一个共和国军人亲身保卫祖国的职责，体验了一下现代条件下空军防空和支援陆军作战的战场环境。

当然，我第三次参战也不是在战火纷飞的野外战场，因为现代战争已不需要过去那种

我们三对同学战友夫妇等在广西

敌我双方必须横刀立马的操戈对垒了。信息化条件下的精确制导兵器已经可以实现远距离的火力打击，作战战场具有十分广阔的范围地段和空间。在1987年10月5日击落入侵我境外机作战中，我由于直接参与了此次作战指挥保障，有幸荣立了一次二等战功。作为一名空军通信兵，在自己看不到硝烟的战场上，坐在作战指挥中心的值班室里就能荣立战功，这就是高技术条件下作为空军军人参加国土防空作战所留下的一个特别经历。

为了纪念和回顾当年我们在广西边境参战的战场经历，2009年2月17日，在边境自卫反击作战30周年到来之际，我和胜利、利生三对同学战友夫妇相约，一起前往广西重回战地忆当年。到达南宁的第二天，我们就乘车赶赴边境一线，先后去了王胜利带空军目标引导组随陆军部队出征的关口，也看到了他凯旋归来曾停留过的地标；曹秋华找到了她与胜利在南宁青山军区空军前指第一次见面认识的地方，回味了那甜蜜的战地初恋；周里加和汤晓燕在当时她们救护参战伤病员的野战医院旧址，说起了1979年2月17日开始进行反击作战的那个清晨，我军排山倒海的火炮声惊天动地，红光布满半边天的壮观情景一直存留在她们的脑海里。

同时，广西前线也是马利生和汤晓燕当年最早准备谈恋爱第一次见面的地方，又是他们俩拍拖引出我和周里加恋爱故事的发源地。在有国境界碑和外国国旗的背景下，曾经为那次作战作过奉献的三对战友夫妇和在军警界都工作战斗过的邵江南、张红夫妇及原空七军战友王友亮等，在广西边境的友谊关前，一起拍摄了一张合影。这张照片可以说是对参加那次边境自卫反击作战的一个纪念，也充分体现了各位同学战友对难忘军旅生涯的一种真情怀念。

我们三个同学战友聚会全家福

时光荏苒，转眼半个多世纪就过去了。从我们自孩童开始在一起，至今已经走过了同学、战友、同事、朋友的几十年相伴历程。当我们携手进入花甲之年的第一天时，2015年的元旦，我们三对同学战友夫妇携各自全家三代人聚会在广州的山西大厦山西厅。当年寿安里学校非常活跃且调皮捣蛋的三个小男孩，如今已是曾沐浴战场风雨、经受政界历练、亲历商场考验过的花甲之人，全部升级为爷爷辈分了。我们带着幼年时在寿安里学校培育的童真之心，不忘青年时在祖国边境战场凝结下的战友之情，牢记中年时在地方政事警商界工作建立起的诚挚友谊，将迎来我们共同期待的人生第二春。

童年伙伴随想

温来萍

近来看了同学们在群里写的一篇篇美文，真是感触颇多。我们的童年虽然没有电脑，没有现在这么优越的学习条件，但是我们的学习和生活很充实，无忧无虑无烦恼，特别开心快乐。寒冬腊月，我们的教室里没有暖气，每个教室都是靠一个大铁火炉取暖。我们小女孩个个穿着妈妈做的花棉袄，大棉裤，灯芯绒大棉鞋，头上戴着妈妈织的毛线帽和围巾保暖。下课后，女同学跳皮筋，踢毽子，靠墙练倒立，玩沙包，跳格子，五花八门，玩得特开心。男同学们则是滚铁环、打篮球和乒乓球，溜冰，玩碰拐拐，个个生龙活虎，朝气蓬勃。炎炎夏季，我们在阳光明媚的教室里上课，伴随着老师们洪亮的讲课声和同学们朗朗的读书声，从教室外不时传来知了美妙动听的叫声和小燕子的叽叽喳喳声，小风吹进教室里，同学们个个学习都很投入，很认真，感觉那时候的我们特别幸福、特别快乐！可以说，学校里到处体现着好好学习、天天向上、团结紧张、严肃活泼的良好氛围。

那个年代，我们没有高考的压力，没有竞争的烦恼，只有开心快乐的学习和玩耍。放学后，同学们常常结伴而行，东家出，西家进，先写作业，然后就是尽情地玩。许多同学家里都能听到

女同学跳皮筋

我们的欢笑声。田玲、改玲、民珍、刘文、晓黎、建华、王锐、巧英、振英、牡丹、秀云、小平、小琳、瑞仙、建平等同学都是我家的常客，我也常到她们家玩耍，几乎每天玩到很晚才各自回家。许多姐妹成为发小、闺蜜，至今来往不断。如今都到花甲之年了，聚在一起还和年轻时一样，俏皮话、开心事聊不够，笑不停。常常笑到泪崩肚子疼。

2014年11月部分女同学合影

　　小学、中学时期，班里男女同学特封建，一般不说话。男女生同桌都用三八线分开，谁都不许越界。直到初中军训开始后，这种局面才得到逐渐扭转，男女同学之间互帮互学、互相关心蔚然成风，大家的纯真友谊越来越深。

　　回首往事，历历在目。师生情、同学情都难以忘怀。通过几次同学和师生的聚会，把我们进一步紧紧凝聚在一起，使我们更加感觉到学校这个大家庭的温暖，更加感觉到我们这种师生情、同学情的纯真朴实和永恒不变。

儿时顽皮任性的我们

田　玲

当年的我

1961年的9月，七岁的我进了榆次最好的学校——寿安里小学开始了学习生涯，在这里度过了美好的童年。

在那个时代，我们学习只有语文，算术和常识课。下学后，做完作业就结伴去同学家玩，东家进西家出，一块儿在操场上玩跳皮筋，踢毽子，跳格子，玩沙包等，无拘无束地玩到很晚才回家。来萍家住在晋华厂内，是不能随便进去的，为了去她家玩，我们想尽了办法，有时随别人溜进去，有时猫腰从门卫的窗户下面悄悄进去。现在想起来还挺乐呢！小时候顽皮任性，常常做出一些很滑稽的事。有一次在上课时竟然和几个同学溜出校门去我家玩，不料被老师发现，去我家把我们几个逮了个正着。老师严厉地批评了我们，让我们做了检查。回家后还挨了爸爸一顿打，至今想起这件事都觉得很对不住老师。

1966年，"文化大革命"开始了，开始红卫兵全国大串联，我们好羡慕。可是由于年纪小无缘参加，我们几个同学就决定星期天步行去太原进行短途旅行。大家一起早晨七点出发，走了二个多小时，太阳已经很高了，问问路人离太原还早着呢。走到鸣李村时，又坚持走了一会，累的实在走不动了，只好在路边休息。这时，一辆军车停在我们面前，车上的解放军叔叔问明情况后，就把我们拉到了太原，结束了这次可笑又有意义的旅程。

1970年10月，我随父母插队回到榆社，从寿安里中学班转到县城继续上初中。后几经转学，于1974年完成了高中学业，同年在榆社县参加了工作。由于受家庭成分高的影响，1976年恢复高考未参加，给终身留下了不可弥补的遗憾。自己在一生的工作中当过工人，干过售货员，事业单位的管理员，2004年退休于榆次运管所。我有一个值得骄傲、聪明、帅气的儿子，是民航的一名飞行员，有一个贤惠儿媳，现在我和老伴、儿子、儿媳、孙女幸福地生活在北京。

我与同学在北京

虽然我们很多同学后来都参加了工作，各奔东西，但分别多年后，同学们的友情一直延续着，一见面就有说不完的知心话，谁家有事了，大家都去帮忙，在儿女的婚宴上，在父母的葬礼上，都可看到儿时伙伴的身影。在遇到困难时，可得到姐妹们的援助。时至今日连续几次同学相聚，更加深了同学们的纯真友谊。

回首往事，仍然感觉得到同学之间那浓浓的情意。我想大声喊出来——祝我们的师生情永存，同学情常在！

我的班主任石老师

陈文义

石小贞老师是我上小学时的班主任老师。久别重逢，时间竟然穿越了半个多世纪!

2015年4月的一天，我和几位同学一起去看望她：眼前的石老师虽已年过八旬，却精神矍铄、思维敏捷、言语之间仍然不失当年的风采，仿佛又回到了那三尺讲台，目光令人感动，声音清脆而甜美!

石老师同我说起过去的故事

石老师是从三年级开始接手我们这个班的，她的到来似乎要改变什么？却也注定要改变什么!

首先是我们的教室有了可喜的变化：教室卫生每天早、晚各作一次，大扫除一星期两次。墙壁上也都作了精心设计和布置：有卫生值日表、同学的好作文、好作业、好笔记等等，也有老师的评语和表扬信。总之，一进教室就会感到焕然一新，清清爽爽。

石老师讲课也很有特点：她从不坐凳子，站在讲台上，手里永远捏着半截粉笔，无论是面对黑板还是背对黑板，她似乎都知道有谁不专心，又有谁故意捣乱，于是粉笔就会及时、准确地飞过去…接下来就又会听到石老师那清脆、严厉而又委婉的好听的声音。

石老师对待学生既爱护又负责任，尤其是对待像我这样的"错误不断发生"的学生，石老师采取的方法不是就事论事，简单的训斥和处罚，而是晓之以理、动之以情，通过启发开导，循循善诱，并且能发现和肯定我的长处和闪光点，使我第一次对自己建立起了自信心。在石老师的帮助下，通过自身的努力，我在德、智、体各方面确实有了进步，也获得了班上"劳动委员"的殊荣。

离开学校参加工作以后，在不同时期我也经历了某些所谓的"逆境和低潮"，每当遇到困难和挫折的时候，自然会想起老师的声音和目光。

石老师和她那动听的好声音，还有那深深感动着我的目光，成了我对寿安里学校最温暖的一段记忆。

我敬爱的班主任

张贵生

　　小草，因为有大地的呵护而成长，花儿因为有雨露的滋润而盛开，大地上的一草一物都需要爱的呵护；祖国因有人才而强大，大地因有草木点缀而美丽，家园有关爱而温暖。

　　记得当年在寿安里小学美丽的校园里，看到为数不多的一些同学戴上了红领巾，格外醒目耀眼，很神气，自己很是羡慕。在一次放学后，我到办公室找到石小贞老师说明了心愿，老师很高兴，说要加入少年先锋队一定要好好学习，上课要认真听讲，按时完成老师布置的作业，要考出好成绩。因为我平时写字潦草，老师还特别提出要向一些同学学习，学好写好汉字，每天写300字的稿纸一张，练好写字的基本功，横要平、竖要直，写出的字要让人看的舒畅、喜欢。

　　看着老师殷切期待的神情，对我淡淡的微笑和亲切的关怀，给予了我充足的信心和能量，给予了自己温暖让我继续努力下去。按照石老师的要求，我经过不懈的努力，在期末考试中取得了好成绩，终于完成了心愿，戴上了红领巾，成了一名少先队员。

　　我从1960年开始在寿安里幼儿园、小学读书，"文革"中休学，1971年至1972年在晋中电业局工作，1972年12月至1975年在新疆901部队服役，复员后继续在晋中供电局工作，2014年退休至今。

　　2015年4月6日，我在寿安里学校64班师生联谊会上看到了石小贞老师，我对她说：我永远忘不了石老师，是您让我戴上了红领巾。石老师说：不是我，是你努力学习进步的结果。

　　老师是我们不断成长中不可缺少的一个重要成分，他（她）在我们困难时给予我们帮助，在我们悲伤时带给我们欢乐，在痛苦时抚慰我们的心灵，带给我们无尽的感动。老师您是我们人生的灯塔，为我们指引航标，对我们关心、呵护、无微不至，老师

当兵时的我

您在我们心中就是亲人般的重要，带给我们无限成长的快乐。

回不去了，我们再也回不去了，我们不可能再有一个童年，不可能再有一个小学，更不可能再体验从前的快乐、幸福、悲伤、痛苦。昨天、刚才，乃至前一秒钟统统都不可能再回去了，生命本来就是一场绝版电影，而老师就是最重要的主角……

我和石老师等64班部分师生合影

感谢那个在我成长道路上教会我选择、懂得学习、追求进步的恩师，正是因为她，才让我在生命的道路上增添了色彩……我会永远记住您，敬爱的石小贞老师。

少儿时的点滴记忆

王晋宏

随着时光的流逝，一晃眼我已到了花甲之年。应老同学之邀，让写一点过去所经历的事情，因为记忆力的减退，几次提笔又搁笔。写点什么呢？中学时代的好多故事同学们已都写了很多，我想就写写少儿时代的点滴经历吧。

我的老家在山西省黎城县，上党革命老区。我少儿时的名字叫王乃宏，名字的由来是因为母亲身体不好，当我出生不久即被奶了出去。父亲虽然是个文化人，但在我还未出生时就已调到晋中，所以名字就是由我舅父来取得，他说：既然我一出生被奶了出去，干脆就叫乃宏吧。这个名字一直到上中学才改名王晋宏，但由于

幼儿园同学聚会合影

儿时的邻居和同学都已叫惯，所以一直延续至今，很多老同学和老邻居仍在叫我乃宏。

我随家于1958年来到榆次，1960年上的榆次寿安里小学幼儿园。在幼儿园的大部分事情由于年代的久远已经记不起来，但还是有一些刻骨铭心、难以忘怀的事情使人永远在记忆中抹不去的。那时我们家在地委大院的后院住着，每天上幼儿园都要路过一个打靶场，不知为什么，我对那个靶牌总是充满了恐惧感，每当我路过靶场时，都会在很远的地方蹲下来先观察一会，看到没有什么动静，我会猫着腰小心翼翼走过去，一过靶牌，我会快步

那时男孩子们滚铁环

如飞往前跑，然后回头看一看，呼出一口气。没过多久，地委盖楼占了靶场，从未开过的西大门也开了，我上学也就近了许多，再也不用因为路过靶场而害怕了。

20世纪60年代经济匮乏，家家户户条件都不好。冬天烧的煤泥火，冷得要命。每天我吃完饭都会早早跑到地委后楼和中楼，在那里，我会边捡烟盒边取暖，因为那时只有地委的办公楼里有暖气。我会把捡来的烟盒拆开叠成一个个三角形元宝。儿时的我也没有什么时间观念，所以到幼儿园的时间不是早了，就是晚了，我记得教我们的赵老师是个和蔼可亲的大姐姐，她从来没有因为我的迟到而严厉地批评过，我就在这样一个既艰苦又无拘无束的环境里度过了童年。

随着夏季的来临，我结束了在幼儿班的日子，准备上小学了。在我的记忆中，母亲的身体一直不好，我放假的那个夏天，母亲因生病做了一次大手术，母亲吃不惯医院的饭菜，每天都是父亲做好饭我去送，儿时的我比较贪玩，每天送饭的路上都要经过一片小树林，我会把饭桶放到树下，上树捉凤凰牛（儿时孩子们玩的一种昆虫），等到医院时，饭菜也早就凉了。记得有一次下着小雨我去送饭，走到路上一不小心滑了一脚摔倒了，滚了一身泥，但我手提的饭桶一直高高地举着，愣是没有把饭菜给撒了，那时我刚刚七岁。所以，现在每当我看到孩子们被父母和老人呵护的样子，就会不由自主想到我的童年。

暑期过后我上了一年级，上学不久在课间操时不听话做了个调皮的动作，结果被班主任陈淑蓉老师看到了，就在上课时点名批评了我，班上有个女孩儿和我家是邻居，下学后就告诉了我的父母，结果我被狠狠地打了一顿，这是我记事以来第一次被打。记得还是一年级的事情，老师布置我们写看图写话，当我写好后，父亲给我作了修改，第二天上课，老师念了我的作文并表扬了我，这也是我第一次受表扬，所以这件事我记忆很深。

二年级时我已长大一些，记得小时候我就比较勤快，每天天不亮我就会早早地来到学校，把教室的火看的旺旺的，然后就会坐在火边吃家里带的窝子头。那时我记得班上还有一位同学来得比较早，名字我已记不起来，但他的样子一直留在了我的脑海里，我们聊得非常开心，在二年级的后半学期他转学了，此后再也没有他的音信，我也失落了好长一阵子。因为劳动积极，我被任命为小队长，可是没当几个月，因为一次没有按时完成作业，我的小队长也被免去了，这也是我在小学当过的寿命不长的最高职务了。

在上四年级时有一件事使我难以忘怀，那是一个夏日的星期天，全班男同学提前约好

寿安里同学的记忆

星期天在体育场集中到潇河去游泳，我记得那天有十几位同学，号称"十八勇士"。有的同学还拿着树枝顶着上衣，好不开心。不知什么时候，和我在同一天院居住的一位同学溜了号，回去后告诉了我的家人，晚上回家后被父亲打了一顿，我的手被打得肿了老高，好多天写作业都不方便。有时我会联想起旧社会私塾先生拿着戒尺抽打学生的情景。我想这可能是家里怕玩水会出事的缘故吧。总之，事情过去几十年，我还记忆犹新，这也是我记事以来的第二次挨打。

我记得四年级的暑假，我和班上的一位同学常到学校老师宿舍玩，班主任王老师个子不太高，头发有点花白，是个非常和蔼可亲的老师，他耐心认真地教我们怎样查字典，我就是在那时学会了查字典，这对我以后的学习起到了很大的帮助。等到暑期结束时，他调到了花园路小学。虽然就这么一件小事，却永远记在了我的心里，当我每每看到字典时都会想起这位可敬可爱的老师。

1966年，我已是六年级的学生，那年秋天，学校组织全年级同学去东赵秋收劳动，记得有天我和班上同在一屋睡觉的一位同学天还没亮就跑到山上摘酸枣，结果回来时被班主任发现了，我们辛辛苦苦摘的酸枣全部被没收了，我们当时的心情是多么的失落。

记得小时候我的学习还是比较不错的，语文课文可倒背如流，像《花果山》、《火烧云》、《我和父亲当红军》等这些美轮美奂，朗朗上口，感人至深的好课文，多年后我还都有深刻印象。父亲是个比较严厉的人，每年放寒假父亲都要考我，如有一课课文背不上来，一个生字写错，正月十五都不会让我去看烟火。我就是在这样一个严格的家庭里，在父亲这样的严格管教下成长起来的。随着"文革"的到来，我的少年时代结束了。

再上学已是两年后的事情了。我们是"文革"复课闹革命的第一批中学生，上学伊始就是修理桌椅板凳，初夏之交开始军训，而后就是支农，那时，我因跳高摔断胳膊没能参加军训，留下了一生的遗憾。当年10月份还没上完中学的我提前离开了学校，开始了漫长的人生之旅，关于中学的故事，同学们已经回忆了很多，这里我就不再过多叙述。

1970年10月，告别了我学习了整整8年的母校，踏上了南下的列车，在汾西矿务局两渡煤矿当了一名车工。那年我16岁，当时的条件非常艰苦，冬天我们睡得是冷炕，洗脸用的是冷水，住的地方到上班的地方七八里路，每天上班都是一路小跑。那时政治气氛特别浓，早请示、晚汇报，每天天不亮就得起床，就是在这样的艰苦、紧张的环境下，我度过了近两年的煤矿生活。

1972年由于父亲生病，我调回了榆次晋中汽修厂，一边上班、一边照护生病的父亲。父亲在"文革"被关的3年里没有被整垮，但在第二次复出工作一年多以后又一次被打倒批斗，终于倒下了。我调回来不久，父亲便永远地离开了我们，那时，父亲刚满50岁，我还不到20岁。我的感觉就像一棵大树倒了，家整个塌了，母亲经受不住打击，和我的姐姐回到了阔别多年的老家，这里只剩下我孤身一人。

老同学聚会留影

1974年我当了车间团支部书记，1975年当了车工班班长，1976年当了金工工段副工段长，1978年当了厂团总支书记。正当我顺风顺水、事业蒸蒸日上的时候，改革开放的大潮席卷而来，工厂破产，晋华纺织厂接管，这简直就是一场梦，但现实就是这么残酷，像我这样的人，晋华厂不愿重用，我也无心再干。随着计划经济的转型和市场经济的开放，我也随波逐流，开始了长达十几年的下海经商之路。

1996年，已过不惑之年的我，落脚到晋中公路分局物资科，在这里一干就近20年，直到退休。

回顾我的一生，既复杂又简单，说复杂，可以说有写不尽的经历、说不完的故事；说简单，又简单得像一张白纸，一生伴随着我，上面既无骄人的业绩，也没有点滴污渍，当60岁尘埃落定时，我给自己的人生交了一张留下很多难忘记忆的卷子。

悠悠岁月

任　峰

我们寿安里同学微信群一直非常热闹，大家对过去的岁月深深留恋，说起来津津乐道，仿佛就在昨天。小棣同学精心制作了一部往事同学集景，从材料上看，确实下了一番功夫。同学们看了无不为之叫好。谢谢这些有心的同学，看到这些相片，怎能让人忘怀那虽已逝去的悠悠岁月……

我是1962年由平遥转到榆次寿安里小学（64）班的。从小城市到了大城市，学校大了、操场大了，乒乓球台由砖垒的变成木头的了。班里小朋友个个都精灵漂亮，穿戴整洁，我对一切都感到新鲜。（后来才知道我们班同学大部分来自地委、行署机关干部家庭）很快我适应了环境，融入了这个充满生机的新集体。我很爱玩，打乒乓、踢足球、打篮球、游泳、拉二胡到处都能看到我的影子。这种状况一直持续到戴帽中学班的毕业。感谢老天爷安排了这样一个让我快乐成长的环境，结识了这样一群天使小精灵，伴我一起成长。

1961年时的全家福合影

1962年是党内历史上唯一一次"七千人大会"召开的一年，也是我加入新集体开始成长的一年，也是开始影响我家庭命运的一年，那年我八岁。

1962年，在一次贯彻"七千人大会"精神的会议上，父亲给当时的省、地主要领导提了意见，从而埋下了祸根。

1964年中秋佳节，正是举家团圆的时候，我们全家四口大人

（父亲、母亲、小姨、姥姥）突然全部被隔离、然后被抄家。屋外的月亮很圆，家中却一片狼藉。四个孩子围坐在一起两眼相诩，目瞪这眼前发生的一切……那年我10岁，最大的姐姐14岁。小棣的母亲李杰阿姨（时为晋中地区工业局干部），曾在我年仅23岁的小姨被监管时给予许多关怀和照顾，至今小姨都非常感谢她老人家。后来父亲被定为所谓反党集团首犯，被双开，判刑3年。母亲被开除党籍，小姨下放劳动，姥姥赶回了原籍交城。而后家即被赶出地委宿舍，搬到了猫儿岭。这就是当时震惊山西政界的一桩重要历史冤案，此案牵连七百余人。举一个例子，可看出这个案子的荒唐：父亲曾写了一部抗战时期的纪实性小说，后被认定为是反党小说，今天翻开这部小说，哪怕从一个标点符号也看不出一点反党的痕迹来（此小说已公开发表）。

家搬到猫儿岭后，我们和普通市民百姓住在了一起。以前上学十几分钟就可以到，后来得走四五十分钟。父亲劳教后，一家六口人靠母亲的一点工资维持生计。每天吃饭都是定量的，想多吃也没有。为了生存，我去捡煤炭。天刚亮，去工厂倒炉渣的地方，等工厂烧锅炉倒出来的炉渣，捡出未烧尽的煤炭。去晚了就被别的孩子抢光了。我去捡菜，在农民收过的菜地，从准备喂猪的叶子中找出能吃的叶子拿回家吃。我去卖烧土，猫儿岭是当时榆次的黄土高坡，到处是烧土，后因太危险，只卖了几次，就不敢卖了。生活虽然很苦，但全家精神上的压力远远要大于生活压力。

不过，那时的我一是年龄小，二是耍心大，经常找小棣、晓明、海平等同学打球玩。我的心态好，总是向往着未来，所以在心灵上没有造成多大伤害。至现在我也是向往未来，不愿意回顾往事。我非常感谢陪伴我度过那些岁月的同学和老师们，以及猫儿岭的发小们，真诚地谢谢你们！

父亲的冤案于1967年获得平反。老人家十四岁参加革命，历任战士、指导员、营教导员、武工队队长、区委城工部部长、地委秘书长、县委书记、行署副专员、汾河水库第一任总指挥、省革委政法委主任兼省公安厅厅长等职。中共山西省委在为父亲逝世的悼词中说：在革命战争年代，他身先士卒，冲锋陷阵，不畏艰险、英勇作战，三次立大功、两次负重伤，出色地完成了党交给他的任务。新中国成立后，他长期担任地、县领导

1974年与小棣、海平在地委大院

寿安里同学的记忆

工作，积极投身于社会主义建设事业，在不同时期和不同岗位上，任劳任怨，尽职尽责，努力开拓，默默奉献。特别是在搞电气化、水利化、机械化和教育方面，表现了强烈的革命事业心和责任感，为党和人民做了大量有益的工作。十一届三中全会以来，他努力学习党的路线、方针、政策，忠于马列主义、毛泽东思想，坚持四项基本原则，对党和人民在改革开放中所取得的巨大成就表示由衷的赞叹。在重病期间，他仍然关心国家大事和山西

父亲与华国锋同志1946年在山西文水开栅与战友们合影。后排左一为华国锋、左二为父亲任井夫。

经济的发展，教育子女艰苦朴素、奋发图强，为国家贡献力量，表现了一个共产党员对党的一片忠诚。1993年3月12日在太原逝世，终年71岁。

我于1971年在寿安里学校带帽初中班毕业后，随母亲下放到山西祁县东观公社东王桥大队，开始了农村生活。放牛、耕地、修梯田、割麦、间苗（当地农村有句谚语：男人们害怕七月割麦子，女人们害怕七月间谷子）。除了交公粮扛麻袋，大部分农活我都干过。有一段时期，母亲回城养病，我一边参加劳动，一边自己做饭。老乡们对我很照顾，总是安排轻活给我，小伙伴们更是经常给我拿好吃的，过年过节叫去他们家吃饭。一年下来，我挣到二百多工分。能拿回全家人的口粮，那年我14岁。

我的命运还不错，一年后我考上东观中学，上了高中，又开始了校园生活。我是班里文体委员、学校文艺宣传队的骨干、合唱队的指挥、学校排球队的二传手。两年后我高中毕业，回到了榆次，1974年在晋中电机厂当了工人。

1975年我从电机厂上了太原重机学院（现在的太原科技大学），当了一名工农兵学员。那时的学习氛围很差，班上的同学文化基础参差不齐，老师很难授课，无奈只能靠自学。为了避开烦躁的宿舍区，我找了一间做过仓库的宿舍，冬天宿舍内无暖气，冷了，裹上被子看书，手僵了，搓一搓继续做作业。七八年我以优异的成绩被老师推荐留校。到了基础部力学系当了一名教师。

20世纪80年代初，随着改革开放的深入发展，觉得学校工作与我性格不符，在调阅了大量资料后，于1984年底我调到了保险公司（事后证明我的选择是对的，保险行业得到了

迅猛发展）。在保险公司历任人险科科员、副科长、科长、人险部经理、营销部经理、太平洋山西人寿公司筹备组总负责人。1997年我将寿险营销引进山西市场，招聘了第一批寿险营销员。

回顾自己这一生虽没有什么大的建树，但也一直在向前努力。而今，我还在投资市场拼搏，虽然这是一高风险行业，但它每天都极具挑战性，这符合我的性格，结果如何并不重要，我们享受的是过程。我无怨无悔。

五十年后话当年

陈晋平

2015年4月6日，我参加了寿安里小学64班同学和老师分别五十年后的一次聚会，看到了一张张熟悉而又陌生的笑脸，童年的点点滴滴，一件件开心的往事在脑海里浮现，仿佛又回到那个年代。

曾记得，一年级陈淑蓉老师那张慈祥的脸，对每个同学都那样和蔼可亲。她教我们学习的拼音至今都记忆犹新。所以在同龄人中我们可以很早就能熟练地使用拼音在电脑、手机上打字，真是受益匪浅。

曾记得，三年级石小贞老师对学生要求非常严格，在一次数学考试中，我粗心大意做错题，没有得到好成绩，却得到了石老师一顿狠狠的批评，我委屈地哭了。那一次的批评让我刻骨铭心，至今做事认真、细心的习惯就得益于当年老师的严格要求。尤其是工作以后经常与图纸打交道，稍有粗心大意就会有很严重的后果，所以我的这个好习惯发挥了特

我和同学们在聚会现场

有的长处，非常感谢石老师。

曾记得，当时小棣同学在我们班里是班干部，不但自己学习顶呱呱，而且还很热心，为了帮助老师组织好班级活动，鼓励班里几个调皮的同学好好学习，他动脑筋从家里把哥哥、姐姐得的旧奖状拿出来，我们用橡皮擦使劲把名字擦掉，分门别类换上班里学习和各方面表现有进步同学的名字发给他们，予以表扬和鼓励。时隔几十年现在回想起这件事来，仍然记忆犹新。

曾记得，在五年级上学期，由于新的羊毫街小学建成了，我就和一批住在附近的同学转学了，与64班的同学在一起仅仅渡过了四年多的时间。在这短短的几年时间里，我们建立了非常深厚的同学友谊，尤其是这次聚会大家能想到我，能让我们大家有这次见面的机会，并且还看到了几位令人尊敬的小学老师，真是非常感谢大家！

岁月如梭，蓦然回首，我们已经分别50个春秋，各自的人生都别有一番沉浮与历练。回顾那些"恰同学少年，风华正茂"的青春岁月是那么美好，那么亲切。这是一种回忆，也是一种财富，特别值得我们一生去珍惜。

衷心祝愿各位老师健康，长寿！

衷心祝愿各位同学身体健康，家庭幸福，天天快乐！

童年的美好记忆

马改玲

儿时的小书摊

1961年我7岁那年，姑姑(寿安里学校马跃华老师）把我带进了榆次最好的小学——寿安里学校。在这里，我愉快地度过了最美好的童年时代。

记得我们上小学时不像现在课程那么多，主要是语文，数学，家庭作业也很少，有时在课余时间就能做完。因此，我的童年留下了许多和小伙伴们一起玩耍的快乐记忆。在学校里除了学习玩耍之外，参加学校军乐队也给我带来很多快乐。当时老师从我们年级挑选了40多名个头差不多的同学做小鼓手，我们班里我和民珍、来萍、田玲、景荣等十几个人都是敲小鼓的。我们每天早上很早就来到学校练敲鼓，开始拿两根小棍在地上练鼓点，咚咚咚股、咚咚咚股、咚咚股鲁鲁咚……练熟了鼓点挎上小鼓心里美滋滋的。当我们第一次穿上蓝底双白道摆裙和白衬衫的军乐队服时，心里那个美真是非同一般，很是骄傲！军乐队有六面大鼓，40多面小鼓，还有20多名小号手，再加上指挥、大镲、小镲等浩浩荡荡80多人的队伍很是壮观。因为寿安里学校的军乐队从规模到服装阵容在榆次是最好的，所以在榆次哪里有一些重要的活动哪里就会有我们的身影。军乐队俨然成为榆次小城一道亮丽的风景，经常有路人为我们鼓掌喝彩。作为小鼓手的我们常常为自己是军乐队的一员感到无比的自豪！

小时候同学们结伴学骑自行车的事我至今记忆犹新。温来萍，王瑞仙、王玉珍、李如冰……在我家附近学车，瑞仙家的日本产自行车，我家的永久车，放学后和星期天都学，很有意思。一开始互相扶着摔倒了爬起来再骑，车把歪了扭一扭，车大腿歪了搬一搬，因为人多摔得也多，瑞仙家的车骑坏了，我家车也差不多坏了，但是人没车高的我们很小就学会了骑自行车，感到很美气。那时的自行车多有大梁，我们个子小腿短，就掏着骑，经常玩得汗流浃背，用衣袖一擦，抹的像个小花脸。

学骑自行车

那时在寿安里学校，老师耐心地教我们读书学习，使我们从一个无知的孩子变成了一个有志的少年，在学习上给我们打下了良好的基础，各方面让我们留下了童年时代美好的回忆，如果再能成为少年，我一定还上寿安里学校。因为我爱我的老师、我的同学、我的母校！

小学期间的一次下乡

温来萍

2015年春节期间，我在寿安里同学微信群里看到一些"发小"同学发布的信息，知道我们小学及初中班部分同学，利用新春佳节的休假相约榆次，一同去了好几个地方寻找当年的美好记忆。他们先后到母校榆次寿安里学校、小学下乡的东赵上戈、中学下乡的张庆小张义等处寻访故地、纪念留影。大年初三的下午，小棣与几个从幼儿园起直至中学都在一块的利生、乃宏、晓黎以及小学同学兰宏和同学加战友的海平等一起，共同寻找了小学时大家曾经下过乡的地方——东赵乡上戈村。我因在北京未能回去参加此次活动，但看到同学们对此行发表的记事文章及照片上熟悉的学校和农村场景，倍感亲切和温暖，由此也使自己的思绪，回到小学时那次下乡的记忆中。

2015年部分同学在上戈村

　　1966年还在上小学五年级的一个假期，学校组织我们到榆次东赵下乡劳动学农，使走出校门的同学们开心极了。在通往东赵上戈村的路上需经过一条河，水不算深，但水流很急。通往对岸没有大桥，只有一座独木桥。我们小心翼翼地走在独木桥上，看着湍急而过的河流，感觉桥就像在移动，真是非常恐惧，生怕一失足掉下河里。尤其是我们一些女学生，特别胆小，有的甚至不敢上独木桥。这时，带队老师和男同学就向女同学们伸出援手，大家互相鼓励，互相搀扶，终于全部安全渡过了河。平时在学校一般连话都不说的男女同学，这时表现出了极高的姿态，互助友好，非常感人，从而进一步增进了师生之间、同学之间的情谊。

　　榆次东赵主要种植梨树和枣树，我们的主要劳动任务就是到梨园摘梨，到枣园打枣。刚去农村时，感觉什么都新鲜，同学们特别开心，农民允许我们可以边干活边吃梨和枣，结果没过两天，有些同学就开始闹肚子。老乡们非常关心这帮孩子，每天劳动结束，大家分头到老乡家都能吃到虽然简单却热乎乎的农家饭，就像回到自己家一样温暖。之后，大家看着满树满地的梨和枣，只是埋头干活，再也不敢乱吃东西了。那时才理解，果农为啥看着丰收的果实只干活不吃，并不是不舍得吃，而是天天吃就没胃口，吃不消了。

　　下乡结束时，为支持当地农民的收入，我们每个同学都用父母给的零花钱买了乡亲们的梨和枣带回去给家人吃。值得一提的是，这次我们离开东赵回榆次乘坐的交通工具不是汽车，而是一列铁路货车。原来，由于同学们下乡长达20余天，个个都归家心切。下乡结束当天步行到达火车站已是夜晚，得知晚上回榆次已经没有客车只有路过的货车时，老师经过征求同学们意见，大家毅然统一思想，坚持坐货车也要当天回家。

　　经过与有关方面协商，车站同意了我们的要求。就这样，大家在不经意中，体验了一次前所未有、至今也没有重复的生活经历。在从东赵开往榆次回家路的货车上，同学们一路唱着小曲，一个个黑眉糊眼的，真是开心极了。难忘此行，也成了我们很多同学一生中唯一一次乘坐拉煤货车的记录。

　　回到家里，家长们看到我们安全到家，又开心，又心疼，又后怕。想想这帮孩子为回家不计后果，竟然搭着火车货车回家，还真挺有"出息"。放到现在，似乎是不可想象的天方夜谭。事情虽已过去半个世纪，但至今想起来仍历历在目，让人难以忘怀！难忘的学生时代、难舍的师生友情！祝福尊敬的老师、亲爱的同学永远幸福安康！

东赵下乡时的赵老师

陈文义

很多时候，在一些不同场合，总会听到寿安里学校的同学们说起小学五年级时的一次"下乡"经历。大家争相议论，津津乐道，激动之情溢于言表。而我虽然嘴上没有说什么，但内心却是百感交集，心向往之，别有一番滋味在心头。2015年春节期间，远在南京的我在同学微信群里看到一张照片，小棣、利生、兰宏等几个同学在榆次东赵火车站牌下的合影，让我立马想起了那次下乡的一些往事，尤其是给我留下深刻印象的赵光耀老师。

"下乡"从广义上讲就是"支农"，这在当时很盛行。有党政机关、企事业单位、医院学校等等，到乡下人们都自带钱、粮票、镰刀、草帽以及行李等备品，然后分别住在老乡家里，也就是通常说的"同吃、同住、同劳动"。因为当时还是"人民公社"化，所以很能体现社会制度的优越性。

赵光耀老师

我们当时是五年级，很小，还是孩子，所以并不指望能割多少麦子，干多少农活，我想主要还是熟悉农村、体验生活、接受教育。从小养成勤俭节约，艰苦朴素的品格，真正读懂"谁知盘中餐，粒粒皆辛苦"的道理。

由于从小没有离开过父母，第一次出远门所以准备还是很充分，除了劳动工具外，其他也是应有尽有。

我们去的地方是榆次东赵乡上戈村，离学校大概有十几里地，坐火车能到东赵车站，下来后步行五六里地，一路欢歌笑语，不觉中便到了上戈村。村子似乎并不太大，没有想象中的喧嚣和热闹场面，看不到走乡串户的小商小贩，也无街中闲散无聊之人，正午时分，庄户人家升起的袅袅炊烟，似乎也印证着村子的和谐与安宁！

我们的带队老师一共是三位，赵光耀老师是其中的一位。此前他一直是代我们的算术课，是一个温和而又认真的老师。

安排好住宿以后，就在留宿的老乡家吃饭，而且以后的几天都是在此食宿，我们一共三个同学第一次在家以外的地方住在了一间房子里，心里的感觉真的就像是飞出笼子的小鸟，自由、放松、爽快！

中午吃完饭，本来老师是让我们午睡，下午还有活动。而我们刚刚兴奋起来，哪里还有睡意，也不知道是谁的主意，几个人悄悄地就去了后山。后山并没有多远，不一会儿我们就跑了过去，虽然全是土山，看不见一块石头，但却也连绵起伏，不着边际。也没有什么树，山也不高，像是公园的土坡，只是多了些土沟和土梁。大家真的是太高兴了，爬上跑下、跑上跳下，并且还附加着各种自选动作，自己只顾玩得尽兴，谁知危险也悄然而至；我在一次跳跃时由于动作过大，落地不稳，右脚崴了一下，虽然坚持着自己走了回来，当时还没觉得有什么事情，但赵老师看了后很严肃，告诉我必须卧床休息，哪也不许去。同学们都出去活动了，唯独我自己成了"留守人员"。我连做梦都想不到的是更大的打击还在后面。第二天一觉醒来，整个脚面都肿了，尝试着下地却怎么也迈不开步，脚踝钻心似的疼。赵老师又来了，看着我的脚说出了最简单的两个字"回吧"，我立刻就明白了：这是老师的决定！是让我回家。同时也是我精心准备的"下乡之梦"的破碎，我的下乡之日即为返乡之时！

还有更让我始料未及的：赵老师执意要背我去车站，我明白他是生怕我的脚再碰到什么更增加疼痛，而我内心是多么不敢，也不习惯啊，要知道那是老师的后背啊！而赵老师却一

部分同学在东赵火车站

直说着宽慰的话，"没几步了，马上就到了"而我趴在老师那长长的、细细的背上，太多的愧疚、郁闷以及伤感一齐涌上心头，真想说"老师，对不起，是我不好，让您受累了"几次话到嘴边，就是说不出来。总算是到车站了，我感觉身上暖暖的，而赵老师也出汗了，尤其是背上。我们等了很长的时间，赵老师一直在和车站联系，终于说好了是搭乘火车货车的最后一节车厢，铁路部门叫作"守车"老师又把我背上去。铁路师傅看着我问"这孩子有病"赵老师悄声告诉他"没病，捣蛋鬼，把脚崴了"我当时真有些无地自容。

到榆次站后，赵老师又一口气把我背到家，已经是中午了，赵老师跟我父母简单说了一下情况就急着要走，怎么也留不住，连口水也没顾得上喝，他说还有很多事情要办，必须赶回去。看着他离去的背影，我不由得一阵心酸，平时很少流泪的我，眼泪不禁夺眶而出。我想，这就是我的老师，这就是寿安里学校一名普普通通的老师，他没有太多的话语，却让我几十年魂牵梦绕、铭心刻骨。他没有责备我什么，却让我一生受益！

第一次下乡支农劳动

卜小坪

在寿安里小学五年级，我经历了第一次下乡支农劳动。肩背行李，坐着火车，来到榆次东赵时，已经过了午饭时间。老乡立即将每个同学分送到派饭的农家。猝不及防的我接受了第一次考验——吃饭！

没错，就是吃饭。对于一般人吃饭实在不是什么为难的事。可我幼时重病，险些丧命。爸爸遍寻名医才救了我的命。身体弱，食欲差。妈妈常说我吃饭比

1963年在榆次全家合影

咽药还费事。好家伙：一个大海碗，一个硕大的窝头！筷子都夹不动！老半天吃了个边。实在吃不完呀！又不敢说，那年代是没有扔掉一说的。愁死我了！老乡大嫂还在一旁偷偷乐。

下乡的时候，最锻炼的还是毅力。当时的劳动非常辛苦。那时候是不会偷奸耍滑的。大家个个生龙活虎，我这大菜鸟也奋力追赶。收高粱，割谷子，回村还要捎一捆荞麦，我走了一半路，就快散了麦捆，真草包。在家里，没人敢用我干活，也干不动。下乡就没那么简单了，别人又不知道我的情况。那时大家的觉悟都很高，我可不想落后，但是做起来难啊！割谷子，别人都是三垅，甚至四垅往前跑，我一会儿就落后面了。咬紧牙关，不敢说话，不敢休息，心急火燎也无济于事。还是老乡看到我实在不是干活的料，只让割两垅才算不太丢人。几天后的午饭，笑眯眯

59

的老乡奶奶对着正抱着个玉米棒啃的我说："你看才几天，你的饭量长了多少！"我说"是吗？"老奶奶说："你不是已经吃了三碗河捞啦？！"劳动结束回了家。我妈妈十分惊讶我的饭量。更对我这次锻炼在意志、学识和体质的进步感到欣慰。

爸爸了解这些情况后，对我说：能够积极地参加劳动锻炼，尽力而为就是好的。

人的一生会遇到很多事，任何经历都是一份宝贵的财富。爸爸真伟大，几句话就让我明白了。努力学习，努力工作，尽力而为，也为此成就了我后来参军、上大学、从医至现在的事业。

一件让我曾内疚的往事

张兰宏

人生有许多美好和一些难以忘怀的回忆，对于我们这些进入花甲之年的人来说，回忆往事既是一种乐趣，也是对自己生活轨迹的一个梳理。1991年10月的一天，还在广西南宁部队工作的小棣探亲回来，我们几个同学相聚榆次。大家在一起谈古论今畅所欲言，想起了很多过去亲历的往事。尤其回忆起在榆次寿安里小学上学时，同学之间在一块学习、玩耍、劳动、军训等，回想起同班同学小时候的音容笑貌，大家心情都非常激动。

1991年10月聚会留影

当然，我们也说到了当年由于年少无知而做过的一些错事，其中有一次给班主任李万华老师贴大字报的事，现在回想起来真是有一种说不尽的内疚和自责。

在1966年的"文革"初期，受到当时社会潮流影响，学校基本都停了课，我和张小棣、张宝增、陈文义、吕海平等同学也组织起了当时寿安里学校的第一个文革战斗组织

寿安里同学的记忆

——"驱虎豹战斗队"。同学们在一起制作传单、佩戴袖章、上街游行、写大字报并去原榆次市委大楼查抄所谓的反动材料，并在学校门口给当时的我班班主任李万华老师贴大字报，说他执行反动的教育路线，从而给李老师造成了很大的思想压力和痛苦。

在事发的第二天早晨六点多，李老师就跑到张小棣和我家劝我们把大字报撕掉，并苦口婆心地给我们讲如对老师有什么意见可以直接对老师讲等等。尽管我们没有马上答应，但最终还是于当天上午把大字报撕了。现在回想起李老师当时的神态和央求我们的表情，我的内心至今都充满了内疚。此事过去了多年，到1974年春节部分同学和李老师在一起聚会时，李老师见了我与我握手时脸上那种苦笑的表情使我非常内疚和自责。尽管此事是那个年代和环境由于我们年少无知造成的，但影响的是老师对我们的关爱和培养教育，是对彼此心灵的一种伤害。

现在李老师已离开了我们，但有时一想起此事内心都不免内疚和自责。但愿此类事情不要再发生，并永远记住老师对我们培养和教育的恩情。

一段苦涩的记忆

连民珍

　　出生在20世纪50年代的人，对"文化大革"命印象很深。1966年，正在读小学五年级的我们遇上了"文革"。年仅十一二岁的我们虽然不知道文革会带来什么，却因学习、生活因此受到巨大冲击，而对这段岁月留下了很多痛楚的记忆。

　　"文革"初期，老三届初、高中的学生造反劲头十足，罢课闹革命，揪斗走资派，全国大串联像喝多了狼奶一样张狂冲动。小学校也因此受到影响，不能正常上课，学校到处乱糟糟的。一时间可亲可敬的校长、老师都成了批斗对象，老师无法教书，学生没法上课，交白卷的张XX、和老师较劲的黄X竟然被捧成了英雄。一头雾水的小学生完全不明白

2014年11月部分64班师生合影

寿安里同学的记忆

该怎么办。整天不是被带着到农村下乡、就是上大街游行示威，受 "造反有理" 的思想影响，学生们在学校里就是和老师过不去。

2014年11月23日，原寿安里学校的部分师生在一起聚会联欢时，大家不约而同地说到了过去，想起了当小学生时遭遇的动乱岁月。那时，我们寿安里学校的学生充满革命感情，思想非常活跃，64班有两个男同学为了表现出革命小将的勇敢，总想干点什么，俩人就一起写了一张《要把学生带向何处》的大字报，责问班主任李万华老师，张贴在一进寿安里学校校门的照壁墙上。李老师家庭成分偏高，平时非常爱护学生，总劝说大家应该好好上课好好学习，别荒废了学业。没想到这张大字报在那个唯成分论的年代，给李万华老师造成很大的恐惧和不安。那天一大早，李老师就跑到其中一个男同学家请求他把大字报揭下来，而这个男同学却说：那得和同学们商量商量，致使老师很犹豫很郁闷地走了。

在那个扭曲的时代，李万华老师放下千古遵循的师道尊严，上门求学生而无果，确是斯文扫地。时至今日，大家一想起这件事就觉得十分对不起老师，很想给李老师道个歉，以安抚自己的心灵。可惜到同学们明白这个事理的年龄时，李万华老师已经永远地离开了这个世界，给大家留下了一想起此事就很不安的终身遗憾！

在我朦胧的记忆里，有一次我们被带到羊豪街回民清真寺前观看造反派焚烧封资修的东西，看到一些很精美很漂亮的物件被投入大火里烧成灰烬却只知道跟着喊极 "左" 的口号，现在回想起来都觉得有些悲凉。那年头，学校里掌点小权的校长、主任、成分高点的老师、爱漂亮打

"文革" 期间的宣传画

扮、会外语的老师都是被批斗的对象。其中大家印象很深的是和蔼的郭奠中校长，多次在学校受到学生和一些老师的批判斗争，有一位教导处主任还被小学生们带上纸糊的高帽拉着去游街。一位姓何的女老师因为爱美被冠以小资产阶级思想严重也被多次批斗。不少同学因为年龄小无法明辨是非，只是人云亦云，盲目地想去做个弄潮儿。记不清楚学校里是什么人带头成立红小兵战斗队，地富反坏右和黑帮子弟都没有资格加入。我们班曾经因为干部子女多而在学校里很引人关注，"文革" 期间却因为这个原因不少同学都加入不了红小兵战斗队。班里不少同学的家长不同程度地受到冲击。特别是几个地委领导子女连生活也受到很大的冲击。"文革" 初期，我和班里一位有着一对漂亮大眼睛的女同学的家，被

强迫从地委机关大院搬迁到离学校很近的市井南寿安里16号小院很久没人居住的危房里。她家住东房一大间，我家住一边靠厕所一边挨院门过道一明两暗的西屋。她和姐妹们因为有操持家务的妈妈照顾，日子艰难但过得还算平缓。我们家却因父亲被关进监狱，母亲被控在"五七"干校而遭遇了很大的磨难。我很清楚地记得刚进到那房间时的情景。纸糊的破顶棚有一半挂在顶上，一半垂在下面，小格木框纸糊的窗户全是破洞，墙上的裂缝从屋里可以看到外面的光，大土炕上面有好几个坑。当时天气已经很冷了，我们生起靠土炕砖垒的煤火时，那炕面上到处跑烟，吃水要到离家200多米一进小巷的口上去挑，早上起来水缸里的水都会结冰。一下子从有暖气，有自来水，睡木板床的舒适环境出来，我们都傻眼了。这段不堪回首的童年生活，让我们比起一些寻常百姓家的孩子们，多经历了许多心灵的伤和痛，但我们也从这种痛苦中学会了坚强。

当年的我

　　"文革"使我们上小学时就被耽误了一年的学习，本来应该1967年小学毕业，却到1968年3月才拿到毕业证，接着就辍学在家。做工不够年龄，上学没有地方，造成我们这个年龄段的孩子们，都有文化基础薄弱的致命硬伤。一直到1969年秋天，我们才到寿安里学校办的戴帽中学开始初中课程的就读。

　　在寿安里学校度过中、小学时光后，我当过工人，做过工会、共青团工作；继续读书取得了大学本科学历。在地方党政机关从事宣传、政策研究、司法行政、政法工作多年。

　　人生的路总有几道沟坎，生活的味总有几分苦涩。

　　这段"文革"初期惨淡的旧时光，就算作是匆匆岁月中的一道裂缝吧。生活要有裂缝，阳光才可以照射进来。暖阳之下，生活那么美好。

追忆"文革"中的小学生活

温来萍

　　"文化大革命"——一段不堪回首的岁月；一场浩劫，永远不要再重来！1966年文革开始时，我们正在读小学五年级，突如其来的这场所谓的大革命，打乱了我们正常的小学生活学习秩序，老师不能按计划上课，学生走向街头破四旧，很多学生家长的政治生命处在朝不保夕的非常状态，整个社会出现了无政府主义的动乱，给我们每个人幼小的心灵带来了极大的创伤。

　　由于文革，我们许多同学的父母亲，一夜之间被当作所谓的走资本主义道路当权派剥夺了工作权力，五花大绑押上了批斗台，有的被下放到农场、五七干校进行所谓的劳动改造，有的甚至被搞得家破人亡。当时，由于我们班很多同学是地区领导干部的子女，受到的冲击更加突出。在我们的课桌上、教室里，到处写着打倒、炮轰、油炸、火烧某某某（部分同学父亲的名字）的标语，直接对我们班里这些小学生造成了人身攻击和伤害，让这些尚未涉事的孩子只能默默忍受。

　　因为"文革"，让我们这些小学生在和平岁月经历了战争年代的枪炮声。那时社会上到处都是文攻武卫的武装组织，一些坏人挑动群众斗群众，致使各地的武斗造成流血死人的事件时有发生，把我们长

"文革"中的宣传画

期以来十分安逸幸福的生活搞得一团糟。"文革"开始后，我们家从晋华纺织厂里搬出，先是被安置在晋华街排房宿舍。一天，我们正和小伙伴在宿舍前玩耍，突然听到街上宣传

车大喇叭的呼喊声从远处传来，等车走近我们才看清是晋华厂批斗车过来了，车上被批斗者是晋华厂所有领导，我的父亲也在其中。当时我被深深伤害，扭头跑回家向妈妈哭诉，心中充满不理解和委屈。之后不久，为减少烦恼，我们家离开晋华宿舍，搬至位于榆次寇家巷的晋中建行（妈妈单位）宿舍居住。这里生活条件比起在晋华厂里宿舍差了很多，家里冬天没暖气，靠烧铁炉子取暖；家里没自来水，每天吃水还需用水票去街道上挑水，我们小小的肩膀上，开始挑起本不该我们这么早就承担的重担。但是，离开了给我们带来许多烦恼和精神伤害的环境，还是感觉非常满足。这里是四合院，邻居们都相处得非常好。

当然，旧的烦恼没了，又出现了新的情况。没完没了的派系斗争仍在继续，晋华礼堂成为一个榆次著名的武斗中心据点，给附近老百姓的安全生活带来很大的威胁。面对社会上武斗盛行枪炮声阵阵的混乱局势，为防不测，曾有一段时间我们家里门窗上全部钉上厚厚被褥准备挡子弹，想起来就像是回到战争年代打仗时的场景，真是毫不夸张，不可思议，而这种情况在当时的榆次并不罕见。

原榆次晋华礼堂

动乱的"文革"，使我们在应该读书学习长知识的年龄却无法在学校课堂里正常学习。1968年我们小学推迟一年毕业后，全国还处在工厂停产、学校停课的状态，我们无法正常升初中，全部待在家里，无所事事。直到1969年秋季，全国逐步开始复课闹革命，我们终于又有了上学的机会。感谢我们的母校——寿安里学校把我们这帮因文革失学的孩子召唤回学校，组成戴帽中学（"文革"的产物）初中一班，开始了初中学业。学校又恢复了往日的欢乐，我们和往届的部分学生成为一个班的同学，共同学习文化，同时还要学工、学农、学军，实在是丰富多彩。特别是在学校组织的为期两个多月的军训中，解放军教官对我们进行的严格军事训练，不仅使我们增强了国防意识，掌握了军事技能，学到了部队战士的优秀品质，而且使我们锻炼了体质，磨炼了意志，学会了做人，终身受益！这是大多数同龄人未曾有过的难忘而宝贵的经历，也是我们一生值得庆幸和珍存的宝贵财富！

"文革"的遭遇，让我们失去了很多宝贵的学习时光，致使我们很多同学在初中毕业后即纷纷走上社会。有的当兵入伍，有的下乡插队，有的参加工作进入机关、工厂。在各

寿安里同学的记忆

自的工作岗位上，我们不甘心落后，抓住一切宝贵的学习机会，不断提升自身素质。好多同学在工作之余，自学补习了高中课程，读了大专，升了本科，把"文革"造成的损失逐步补回来，努力跟上时代步伐，成为单位的中坚力量。有几位同学个人创业十分成功，还有的走上了地方县、厅（局）级和部队师级领导岗位，成为我们班同学的骄傲！如今，我们都已进入花甲之年，多数同学事业有成，家庭幸福，儿孙绕膝，正在享受着快乐的晚年生活！

一张老照片的回忆

马玉民

　　这是一张已经发黄的老照片，是1974年春节期间，寿安里学校64班部分同学与班主任李万华老师在一起的合影，乃宏（现在的王晋宏）同学保存了四十多年（照片上有我，但我却没有这张照片）。要让我去回忆1967年以前小学时期各位同学在校学习和课外活动的情况，那可是失意多、记忆少，很多同学连名也忘了，真成了陌生人一个。在2015年清明节的师生聚会上，看到照片中老师和同学们一张张曾经十分熟悉的面孔，勾起了我对小学时期每位同学及老师的一些点滴记忆。

　　照片上面第一排左起第一位是连民珍同学，当时是班里的学习委员。印象中的她，头梳两条小辫，穿戴打扮非常朴素，学习成绩非常好，但很少同学知道她的父亲就是当时晋中地委的主要负责人。记得60年代前期，她父亲回左权，坐的是美式吉普车，算是很高级的交通工具了。接下来是李海燕同学，性格比较内向，同学们都说对她记忆不是很深了，只知道她曾经在经纬厂工作。再下来是刘晓黎同学，给同学的感觉就是善良、温柔、活泼、爱动、乐于助人和所有的同学都相处甚好。据她说，有一次不知怎么把教室里的玻璃给打碎了，回家就拿了平时积攒下的五毛钱找人给安上了，连父母也不知道，她现在是经常组织同学们活动的一个活跃天使。挨着晓黎的是韩效福同学，同学们都记忆深刻，脸膛黑黑的个子不高，也很淘气，小号吹得非常好，腰特别软，经常给同学们表演翻跟头。陈晋平同学说和他是同桌，桌上中间画的三八线，谁也不能越过，但经常因为那条线发生摩擦，你用胳膊顶过来，我再用胳膊肘顶过去的战争不断，该同学已从省建三公司退休。接着是雷建安同学，他是大家记忆比较深的一个同学，小名叫三小，足球踢得非常好，但却过早地离开了我们，让我们更感到生命的可贵。三小过来是乃宏同学，大好人一个，一贯做事谨慎、勤俭，那时候我记得他一块橡皮擦一支铅笔，一定要用到实在不能用了才能买新的。听乃宏同学说，有一次，他和小棣、兰宏还有我等同学要去河坝游泳，我半路跑回来不去了，还告诉了他家人，

札号怀 新春观象 1974.

1974年春节64班师生合影

结果回到家就让他爸狠狠地打了一顿，所以他永远忘不了，在这里我要给乃宏同学赔个不是，让你受委屈了。他过来是我，记忆中我是小队长，学习不错，在班里看教室炉火看得好，受到老师的表扬（那时候教室里没有暖气），还让我参加过学校的群英会。在少年宫听小棣的同学加战友王胜利父亲王政委给我们讲革命故事，讲打日本鬼子用的是牛腿炮，我到现在也弄不清楚什么是牛腿炮，哈哈！文义同学说：那时经常到我家，看到我哥很爱画画。的确，他说的没错，我们全家都爱画画，也可能是遗传吧，我的孙子现在才7岁，在太行小学写字画画已然是出类拔萃的。挨着我的是黄萌和张秋红同学，都是在我转学到羊毫街小学后才来的，同学们对她俩也了解甚少，现在只知道黄萌在太原，张秋红同学在太原仪表厂工作，过去没有什么联系，就不知道现在的情况了。

中间一排左起，马建萍同学依次往右是陈晋平、刘莉莉、田玲、王玉珍、马改玲、张美芳、张晓芬、华笑珍、张京荣同学。马建萍同学是个漂亮的小女生，这次在师生聚会上，看到60多岁的建萍同学仍然容颜不老。陈晋平同学和我住在一个大院，学习好，也喜欢唱歌、跳舞，很活跃，记得她曾在学校跳过新疆舞。歌词好像是天上地下五星红旗迎风飘扬，新疆的各族人民喜洋洋，自从来了解放军和共产党，新疆的各族人民得解放……刘莉莉同学，学习优秀，长得洋气，穿戴得体，就是感觉好厉害，有一次我不知道怎么得罪她了，拿着笤帚追打我，直到打了我才算完事。田玲同学高高的个子，瘦瘦的，学习成绩优秀，是班里的班长。就是这么一个优秀的班长，也有任性的时候，据她说，有一次居然把胖胖的男子汉马利生同学整治得一路哭回了家，给大家的印象很深。王玉珍和马改玲同学，也是留在记忆很深的人，几十年不见还能一见面就认出来。听玉珍同学说，上幼儿班时就是左手写字，老师为了纠正她的不良的"坏习惯"，把她的左手用布包住，坚持让她用右手写字，经过一段时间的锻炼终于改了过来，让她永远忘不了老师对她的关怀。改玲同学说她和建萍是亲戚，放学后没事叫上班长田玲到自由市场（就是现在的晋中饭店所在地）去看西洋镜、拉洋片，每个人花上五分钱，在那个时候也算是一个高级享受啊！张美芳同学和张晓芬同学也是我们转学走后才来，同学们对她们的记忆也很少，只知道美芳在液压厂工作，晓芬在锦纶厂工作。华笑珍和张京荣也是两个性格比较内向的同学，不善言谈，笑珍同学在电缆厂工作，京荣同学在晋中地区医院工作。

那个时候，最快乐的莫过于课余时间，铃声一响同学们迫不及待地跑出教室，开始了快乐的课间活动。那时候女同学是跳皮筋、踢毽子、跳大绳、打沙包、跳格子、抓羊拐……晓黎同学还还记得两段歌谣：编编编花篮，花篮里面有小孩，小孩哭了打屁股……还有就是城门城门几丈高，三十六丈高，骑红马，带马刀，走进城门瞧一瞧……我还记得小汽车嘀嘀嘀，里面坐着毛主席，毛主席挂红旗，吓着美国拉拉稀……

寿安里同学的记忆

同学合影

男同学是推铁环、碰拐拐、弹蛋蛋、摔元宝、拍洋片……有个足球、篮球玩都算是奢侈品。特别是一到冬天，不管是男生、女生脸上冻得红红的，两个小手开着裂，那也不怕疼，照样玩得不亦乐乎。

虽说男女有别，封建思想有别，但男女同学之间想接近的朦胧意识还是有的，也想在一起玩，又怕同学们说是非，最怕被韩效福同学扣上流氓的帽子。

老照片中第一排左起是陈文义同学，同学们对他都不陌生，我当年更是上下学都要路过他家门口。他说有一次和淘气鬼宪民同学打了一架，打得还不轻，受到老师的严厉惩处。罗俊山同学不是我们班的，但却成了我们班的座上宾，可想他和64班的同学相处甚好。保增同学和同学们相处得都不错，好多男女同学都去过他家，都知道他家家境殷实，很羡慕人家的生活。的确，在毛泽东时代的干部和很多百姓家庭一样，有的干部还不如老百姓人家呢。坐在同学们中间的是李万华老师，他是64班同学在小学期间相处时间最长的一个老师，也是印象最深的班主任老师之一。但非常遗憾，他已过早地离开了我们，这是人生无法抗拒的一个自然规律。兰宏同学，印象中的他很帅气，也很善良，据他讲和小棣等同学成立驱虎豹战斗队，给李老师贴了大字报，弄得老师下不了台，我想这张照片上兰宏同学坐在李老师旁边，也算是对李老师的一种安慰。那时候，我们虽然年龄小，但史无前例的"文化大革命"还是波及了同学们幼小的心灵。捣蛋、淘气的宪民同学，大家多次提到他，不仅和同学们打架，快毕业时还和老师打了一架，真是开创了小学生打老师的先例，他现在想起来也觉得对不起李老师。最后一位是李晓明同学，当时个子不高，大大的眼睛，是很贪玩的一个同学，现在成了班里同学中最高个之一。

以上就是我对老照片上所有同学、老师的记忆，感谢乃宏、晓黎给我提供了不少的帮助，力争想做到真实反映当时同学们的实际情况，若有不对的地方，请同学们谅解。在这里，我还想要说一下，那时我们64班同学中有一多半以上都是干部子女，父辈们在"文革"中不同程度地受到了冲击和伤害，当时晋中地委的5个主要"走资派"，有三个子女在我们班，后来晋中地区成立革命委员会后，被核心小组结合的3个主要领导干部中，有两个后代是我班同学，要说写晋中、榆次的文革经历，我们班有的素材就是一部典型的文革史。

我出生于1953年2月23日，1961年9月至1965年在寿安里小学、1965年9月至1967年在羊

师生聚会畅所欲言

亳街小学上学，1970年3月至1978年9月在经纬纺机厂设备科工作，1978年10月在晋中建设银行工作至2013年3月退休。

弹指一挥间几十年过去了，当曾经是花儿朵朵的同学和风华正茂的老师再聚一起的时候，那时的幼儿孩童，已经步入了花甲之年，看看曾经的淘气鬼宪民同学，那两颗门牙已光荣下岗，保增同学也是满头白发，当年的帅哥靓妹们都挡不住无情岁月的摧残，脸颊均烙上了人生永远抹不掉的沧桑痕迹。

现在喜欢怀旧的我，习惯于盘点成败与得失，盘点苦乐与记忆，60年的风风雨雨，转眼即逝，忙忙碌碌，风风火火，有很多东西值得思考、感悟和体会。

对酒当歌，人生几何，曾经的跋涉、耕耘，如今的闲适、收获，何尝不是一种幸福的蔓延。人生如梦，时过境迁，时间的脚步不会因谁而停止。我们感慨，却无从捉摸，但当你抬头仰望天空时，你会觉得朝霞是美丽的，但夕阳下的余晖更美丽，更精彩。春天是生机勃勃，万象更新，但秋天更是秋高气爽、硕果飘香。

珍惜吧！难得的同学情谊。珍惜吧！大家有限的生命，希望同学们还像孩童时期一样，无忧无虑，再任性一回吧，快乐生活，过好每一天。

激情年代的同学发小

张兰宏

1998年12月的一天，已经从空军部队转业到广东广电系统工作的小棣回到榆次，几个同学在一起聚会时，不约而同地说起小棣1969年准备与我一起参军，我如愿以偿，他却壮志未酬，第二年才实现当兵梦想的往事。如今小棣从戎26年后也脱下军装了，作为那个激情年代的同学发小，曾经亲历的那一幕幕难忘岁月，仿佛又回到了我的眼前。

1998年12月榆次部分同学合影

受"文化大革命"的影响，那时学校停课已经一年多了。同学们都只能待在家里或游荡于社会。由于我父亲和小棣的父母很早相识并在地直机关的一个系统工作，我们两个也就成了形影不离的好伙伴，每天都在一起玩耍。

1969年入冬时节，当时珍宝岛事件刚发生，全国响应毛主席要准备打仗的号召，到处都处于战备状态。虽然我俩都只有十四五岁，但在那充满激情的年代，我们就商量着一起要去当兵保卫祖国。那年接兵部队来到榆次以后，由于我们俩年龄小不符合条件，于是我们便天天缠着接兵的同志，替他们打水、扫地并骑着自行车带着他们到榆次各地去搞政审外调，软磨硬泡足足一个月，终于感动了接兵部队并同意我们俩参军。

但在后来办征兵手续时，由于小棣母亲考虑他年龄太小，所以没有同意，致使小棣参军手续未能正常办理，但小棣从小就是一个非常认真和执着的人，凡是他认定的事情就一定要努力办到。于是，他和我商量要自己坐火车到部队所在地。1969年12月11日，我们榆次全体入伍的新兵，坐军用闷罐车来到河北易县狼牙山下部队所在地时，小棣也自费乘坐火车来到了部队。在新兵营，我和小棣同吃同住同训练半个多月，当时部队首长也非常喜欢小棣想留下他，并派人到榆次地方征兵办协商。但由于各种原因最终未能如愿，无奈只好将小棣送回榆次。当时我们分手时，小棣在送他的车上大哭并呼叫我的名字，我在车下也哭喊着他的名字难舍难分，当时的情景令我难以忘怀。

后来，我们部队参谋长还同我说起过小棣，说他是一个好苗子，将来是会成材的。我当兵后，父亲在"文革"中被错误地打成叛徒、特务、走资派而被关进了监狱，母亲在家中每日伤心哭泣，小棣回去后经常去我家中安慰我母亲，并帮我母亲给我邮寄一些东西，使我们俩一直保持着不断的联系和往来。

由于小棣坚定的信念和韧性，终于在第二年暨1970年12月参军到了广州，并在那里施展了他的智慧和才华，成为我们班同学中的一个佼佼者。现在我们时常有机会就相聚在一起，大家都十分珍惜这段难得的友情和经历。

2014年我俩在一起

快乐纯真的童年时光

郝建华

当翻开收藏50年的相册，看到我们在小学毕业时的相片，难忘的童年生活就像电影般一幕一幕浮现在我的眼前。

50年前（1965年），11岁的我，从外校转到环境优美的寿安里小学，64班的氛围感染着我，朗朗的读书声，和蔼的老师，一切的一切都让我想要加入这个大集体。但由于心里的胆怯，担心不能很快地融入这个大集体。但

7位女同学合影

经过一段时间相处，我们生活上互相帮助；学习上互相鼓励；下课一起玩石头剪刀布、跳皮筋、跳格子、扔沙包……才发现大家并没有歧视我，反而是主动接近，热心帮助我。给予了我很多感动，虽然当时没有说出口，但我都牢牢铭记在心。

刚刚转入寿安里小学，由于学习环境的变化，对老师的不熟悉，有时甚至听不懂老师讲的课。记得第一次考试中，数学成绩不及格，急得我泪流满面。但老师的鼓励，同学的帮助，让我走出自卑，树立自信，和大家一起勤奋努力，刻苦学习，学习成绩显著提高。

我与同学们相比，家里姐妹多，我又是老大，需要照看弟妹，与同学们一起的活动相对较少。从那时起，再加上自己的兴趣爱好，我就暗暗下决心，要学会一种乐器，丰富业余生活。凭借在寿安里小学的文艺宣传队，学习了二胡的基础，后忙里偷闲的开始学习小提琴。经过一段时间的努力，学有所成。参加工作后，积极参加各项活动，给我的生活增

添了许多色彩。

1967年就要小学毕业了，我们小组的七位女同学，怀着对往日生活学习的眷恋，对同窗之情的怀念，一起留下了一张永久的记忆。(王秀云、张秋红、郝建华、张瑞卿、李海燕、温来萍、李如冰)

童年的时光总是那么快乐纯真。在寿安里小学几年，使我学到了知识，增长了智慧，结识了很多知心朋友，为我的一生奠定了坚实的人生基础。千言万语汇成一句话：谢谢老师，谢谢同学！

从小向往的一个念想

张小棣

近期网上有则消息非常火爆：河南省实验中学的一位女心理教师，写了一封非常洒脱且充满愿景的辞职信，信上就10个字："世界那么大，我想去看看"。有人评论说："这是史上最具情怀的辞职信，没有之一"。无论是否为炒作，但这10个字显然打动了许多人，当然也唤起了自己的认同和感慨。因为在半个多世纪前，我作为一个学习和生活在黄土高原榆次古城寿安里学校的小学生，曾在地球仪旁放眼世界，幼小的心灵里生成过一些非常向往的念想，其中就有一个"世界那么大，我一定要去看看"的信念。

一晃50多年过去了，在进入花甲之年的时候，我在全世界五大洲的100多个国家和地区，已经留下了自己很多参加各种公务活动或者自费参观旅游的足迹，不少过去的念想已经变成现实。非常欣慰的是，从小在心目中就留下深刻印象，期望有机会一定要去看看当时的几个主要社会主义友好国家：如朝鲜、前苏联（俄罗斯）、古巴、越南和阿尔巴尼亚等，自己先后踏足，实现了这个从孩童起就非常向往的憧憬念想。虽然世道变迁，这些过去在电影和书画中留下不少猜测遐想的神秘国度，现在已经发生了很大异化。但当你亲身来到这里的时候，还是会唤起很多孩提时的回忆，想起那时对这些国家形成的朦胧印象。

一、"唇齿相依"的朝鲜

最早进入我心灵世界的第一个外国应该是朝鲜。

在20世纪50年代，全国人民万众一心支援抗美援朝作战胜利结束后，1958年3月15日，中国人民志愿军开始大规模从朝鲜撤军。至10月25日，志愿军由总部、3个师和后勤保障部队组成的第三批共7万人，全部撤离朝鲜，凯旋归国。

那年五一节前，榆次的王湖建了一个很大的军营，准备迎接志愿军21军从朝鲜撤出返回国内。当部队到达榆次时，父亲他们带领国家二机部225库筹建处的干部职工和哥哥、姐姐所在的学校学生等都去王湖街上夹道欢迎。虽然我当时只有3岁多，可是对姥姥抱着我去路边看热闹的情景至今还保留在脑海里。那时不懂事，朦胧中当然不知志愿军是怎么回事？朝鲜是个什么国家？在这个地球上的哪里？

接着到7月份，参加志愿军从朝鲜回国的三哥（大伯的三子张文科堂哥）来到榆次看望父母亲。身穿军装的三哥抱着我在家属院里转来转去，给我讲他在朝鲜参加抗美援朝作战的故事，由此进一步加深了我对位于远东朝鲜的印象。三哥临走前，与我们全家留下了一张合影。

1958年全家合影

在到榆次寿安里学校上幼儿园和小学后，我学会了唱"雄赳赳、气昂昂、跨过鸭绿江……"的《中国人民志愿军战歌》，表演过"打败美帝野心狼"的活报剧。知道了1950年6月25日爆发的朝鲜战争，了解了在历时3年的抗美援朝战争期间，中国以轮战方式先后入朝参战的各种部队共计190万，补充兵源近50万，共计240万，还有东北军区60万支前民工入朝保障战勤。作为当时的社会主义友好邻邦，中国人民志愿军帮助朝鲜人民进行捍卫祖国自由和独立的正义抗战所建立的丰功伟绩和用鲜血谱写的朝中友谊，毛岸英、邱少云、黄继光、杨根思等一大批牺牲在朝鲜的志愿军英雄故事。尤其是"文化大革命"期间，在榆次的各个电影院里，我们经常看到就是《奇袭》、《英雄儿女》、《鲜花盛开的村庄》和《摘苹果的时候》及《看不见的战线》等反映朝鲜情况的电影。抗美援朝作战和朝鲜江山湖海的秀丽多姿及高丽民族的能歌善舞，在我们记忆中是那般深刻。从而促使我在幼小的心灵里就逐步树立了一个信念：朝鲜到底是个什么样?有机会一定要去看一看。

当然，机遇总是给有准备的人留的。尽管我从学校参军去部队，在26年的军旅生涯中，一直没有获得迈出国门的机会。但在1996年转业到广东广播电视系统工作后，我即得到了多次放眼全球走出去的天赐良机。

2000年国庆节前夕，我在辽宁丹东参加国家广电总局召开的会议结束后，会议组织与会人员自费去朝鲜5日游。正巧当时父母亲在北京哥哥家里，作为两个参加过抗日战争、解放战争和支援抗美援朝作战的老八路，也都想去他们心目中的友邻国家朝鲜参观一下，但父亲因为腿脚不好，我就邀请侄女张旻陪同母亲来到丹东，一起跨过鸭绿江，第一次进入了这个一直保存在念想中的神秘国度。

寿安里同学的记忆

朝鲜是一个多山的国家，北朝鲜70%的土地是山地，首都平壤是一个相对平坦的地方，所以叫平壤。但平壤其实并不平坦，市内有许多缓坡，很多建筑都是依坡而建。平壤空气清新，市容干净整洁，街上行人极少，建筑一般都是八九十年代的，由于时间久了没有重新粉刷，给人的感觉是灰蒙蒙的，缺乏亮色。金日成广场有一尊巨大的金日成挥手铜像，参观前我们被告知不许学领袖的动作，只能在指定的地点照相，每人买一束鲜花（人民币10元一支），向金日成铜像献花、鞠躬。在国内我们对逝去的先人都是三鞠躬，而在朝鲜只是一鞠躬。

在朝鲜前后5天时间里，我们除在平壤参观了千里马纪念牌、凯旋门、中朝友谊纪念碑和地铁等朝鲜可对外公开的一些游览景点外，还去了朝鲜著名的旅游景点妙香山和万景台金日成故居及位于三八线的板门店。这个名不见经传的普通小村庄，在50多年前的那场朝鲜战争中，因交战双方曾在这里频频举行停战谈判，并最终签订停战协定，使这里成了一个令世人瞩目的地方。

我和母亲在金日成广场

在返回丹东的列车上，母亲非常感慨地对我们说：朝鲜的老百姓心态真好，生活水平还像我们六七十年代一样，可日子过得还那么平静安逸。我也在想，朝鲜尽管生活水平很低，但却是没有特别大的贫富悬殊，政府对群众在医疗、教育、住房等方面的优惠政策，确实起到了稳定国家民心的重要作用。

当然，发展是硬道理，一个国家不进行改革开放就没有出路。从现在来看，朝鲜真是一个一生中最应该去看一看的地方，估计全世界就仅存这样体制的一个国家了，一个表面上的乐土，拥有着世界上最朴实善良的人民，一个被主体思想牢牢控制的民族，一个让世人所给予无限期望的国度。

时隔10年后，为了扩大南方广播影视传媒集团走出去的影响，彰显中国广东广播电视系统的南粤品牌，大力宣传中朝两军、两国人民的传统友谊，通过朝鲜现场实地的采访拍摄来进一步充实《鏖战远东空军》电视专题片的影像内容，以实际行动来纪念中国人民志愿军抗美援朝出国作战60周年。2010年8月23日至28日，应朝鲜中央广播委员会的邀请，由广东省电视艺术家协会王克曼主席带队，我与广东电视台导演吕岛、编导舒顺龙、南方传媒集团办公室秘书李应青、广东电台办公室科长张铭芳（翻译）等一行6人，组成该电视专题片摄制组兼广东省广播电视友好访问团，专程赴朝鲜进行友好访问并进行了部分现场拍摄活动，让我第二次来到了这个东亚邻邦国家。

朝鲜中央广播委员会相当于我们中国的国家广播电影电视总局，作为一个国家级的政府部门，对我们广东一个省的广播电视访问团给予了很高礼遇，在我们抵达平壤的第二天，朝鲜中央广播委员会副委员长姜昌林就在一个悬挂着朝鲜半岛全图的会议室里，专门会见了我们摄制组兼访问团一行。

姜副委员长等与我们访问团一行合影

他们除在首都平壤为我们参观拍摄提供了各种方便之外，还安排我们专程去了位于桧仓郡的中国人民志愿军烈士陵园、中国人民志愿军总部旧址、距朝鲜南北军事分界仅约20公里的濂城里黄继光高等中学、著名的自然景观金刚山、开城边境朝鲜一方等，特批我们前往平壤锦绣山太阳宫瞻仰了金日成的遗容，观看并拍摄了大型团体操和艺术表演《阿里郎》演出，使我们圆满完成了访问和拍摄任务，顺利在纪念中国人民志愿军抗美援朝出国作战60周年之际播出了该片。

为了更全面地了解朝鲜，我还先后两次去了朝鲜民众心目中的南朝鲜（即韩国），从而进一步加深了对朝鲜高丽民族追求国家统一、期望不断发展、实现繁荣富强梦想的印象。

二、"社会主义的老大哥"苏联

　　作为第一个取得巨大发展建设成就的社会主义国家，在20世纪五六十年代，苏联一直是各个社会主义国家的老大哥，曾经与我国有过一段非常友好的蜜月时期。刚刚成立不久的新中国，不仅获得了苏联的很多经济、军事等支持，而且在教育、文化等领域受到了苏联的多方面深刻影响。其中《卓娅和舒拉的故事》中译本自在我国面世以来，受到社会的广泛关注和各阶层读者的热烈欢迎。尤其是广大青少年从这本书里汲取了丰富的营养，她哺育一代又一代青少年读者。可以说：我们在那时就是读着这本书长大的，若是今天看到这本书，那种眷恋感和亲切感显然是不言而喻的。还有《钢铁是怎样炼成的》，主角保尔在凭吊女战友娃莲的墓地时所说的那段话："人最宝贵的东西是生命，生命属于人只有一次。人的一生应该是这样度过的：当他回首往事的时候，他不会因为虚度年华而悔恨，也不会因为碌碌无为而羞耻。这样，在临死的时候，他就能够说：'我的整个生命和全部精力，都已经献给世界上最壮丽的事业——为人类的解放而斗争。'"我曾从小学、中学到部队，都认真地抄写在日记本上，成为我人生的一个座右铭。另外苏联电影《列宁在十月》《列宁在一九一八》和歌曲《莫斯科郊外的晚上》《红莓花儿开》《喀秋莎》等，在自己对过去岁月的记忆中，都留下了难以磨灭的文化印记。

　　尽管在我们上小学后，一度中苏关系发生了很大变化，反修斗争成为当时的一个社会主题，母校寿安里学校也在"文化大革命"中改名为"反修学校"，但大家对过去社会主义老大哥取得巨大成就的赞许、对很多苏联民族英雄的崇拜、对与俄罗斯人民的睦邻友好交往，还是一如既往的。尤其是苏联解体、中国改革开放之后，看一看曾经的"老大哥"现在怎么样了？想象中的苏联如今是什么情况？一个从小就形成的念想，通过我多次访问参观苏联几个国家，尤其是三进俄罗斯之后，感觉俄罗斯民族实在是了不起，真可谓"瘦死的骆驼比马大"，尽管外界特别是西方舆论对俄罗斯总是说三道四、品头论足，但今天的俄罗斯依然挺立历史潮头，向世界宣示着它别无选择的大国、强国地位。

2000年5月在海参崴军港

　　我第一次去俄罗斯是2000年，在五一前夕参加国家广播电视协会年会后，会议组织与会人员去俄罗斯边境城市海参崴（即符拉迪沃斯托克市，俄语意为"东方统治者"或是"征服东方"的意思）进行考察参观。这里是俄罗斯滨海边疆区首府，也是俄罗斯远东地区最大的城市，原名为"海参崴"。城市位于俄中朝三国交界之处，三面临海，拥有优良的天然港湾，地理位置优越，是俄罗斯在太平洋沿岸最重要的港口，也是俄罗斯太平洋舰队司令部所在地。

　　虽然当时是苏联解体后，俄罗斯的发展建设正处在一个低潮时期，人民群众的生活水平受到很大影响，但透过海参崴完善的城市建设设施、深厚的工业发展规模、强大的军事装备实力等，让所有看到这些外观的人都会感慨：俄罗斯不可小觑啊！

　　我第二次去俄罗斯是2005年7月11日，这是一个非常巧合的日子，当中国俄罗斯友好协会第四届全国理事会在北京召开的时候，我们中午在莫斯科一家中国餐馆就餐时看到了中央4套节目播出的新闻。下午，时任南方广播影视传媒集团党委书记、总裁的王克曼同志和我（时任南方广播影视传媒集团副总裁兼省网络公司董事长）陪同时任中共广东省委副书记蔡东士同志就来到了俄罗斯国家电视台，走进了副台长格雷洛夫先生的办公室。

　　此次访问俄罗斯，我们还与俄罗斯国家通讯社——塔斯社新闻中心签约建立了合作关系，去毛主席发表过"世界是你们的，也是我们的，但归根结底是你们的"著名演说的地方——莫斯科大学进行了参观考察，在红场列宁墓瞻仰了保存时间最长的伟人遗体——列宁遗容，到亚历山大花园向前苏联无名烈士墓敬献了花圈等。在莫斯科郊外的一家中国餐厅，我们与俄罗斯驻华大使馆新

与蔡副书记等在俄罗斯国家电视台

闻参赞易先夫先生共进晚餐后，伴随着熟悉且抒情的美妙旋律，主宾在一起边歌边舞起了《莫斯科郊外的晚上》，从而把大家现场的思绪带回到了20世纪的五六十年代。

　　作为同时代的同龄人，我的妻子周里加也是从小就非常向往去苏联国家看一看，特别是其出生时，她父亲正在苏军驻广州军区顾问团担任协理员。为了体现中苏友好关系和纪念中苏两军战斗友谊，所以就选择苏联加盟共和国拉脱维亚首都里加，确定为她的名字。同时，马利生与我从幼儿园、小学、中学一路走来，共同的经历必然会形成不约而同的念

在克里姆林宫三位一体塔楼前合影

想。为此，在2013年国庆节期间，我与马利生、孙志明三对战友夫妇相约，一起前往立陶宛、拉脱维亚、爱沙尼亚等苏联国家和俄罗斯进行了参观游览，圆梦了一个大家共同向往的旅行计划。

我们在结束苏联所属波罗的海三国之旅后，在圣彼得堡（原称列宁格勒）参观了打响十月革命第一炮的阿芙乐尔号巡洋舰、世界四大博物馆之一——艾尔米塔什博物馆（沙皇冬宫）等，这些在小学课本就读过和电影、书画中早就见过的实物实景，让大家想起了《列宁在十月》中的一个个故事。我们一行乘坐夜班火车从圣彼得堡到达莫斯科，主要游览了俄国著名的文学家、伟大的诗人普希金旧居；在有赫鲁晓夫、叶利钦、王明等墓地的新圣女公墓拍摄了卓娅与舒拉纪念雕像；参观了苏联国民经济展览中心代表暨代表苏联15个加盟共和国的15金人喷泉；在与法国巴黎的凯旋门不相上下的为纪念俄军打败拿破仑而建的莫斯科凯旋门前留影；瞻仰了红场无名烈士墓即卫国战争英雄城市纪念碑；在克里姆林宫院子里，我们在曾经召开中共六届一次全会的旧址大楼前合影，巧遇了俄罗斯总统普京的警卫车队及座车；在教堂广场见到了俄罗斯共产党总书记久加诺夫等。最后，我们在德军侵犯苏联的莫斯科保卫战纪念碑前，结束了此次我们在当年社会主义老大哥国家的俄罗斯之旅。

三、战斗在抗美第一线的古巴

古巴在卡斯特罗革命取得政权后的第二年就与中国建立外交关系，是整个西半球第一个与中国建交的国家。古巴是现存世界为数不多的5个社会主义国家（中国、朝鲜、古巴、越南、老挝）之一，而且是美洲地区唯一的社会主义国家。在20世纪60年代，标志着美国反古巴行动第一个高峰的猪湾事件和苏联支持古巴造成的导弹危机，使位于加勒比海一角、战斗在抗美第一线的古巴由此而闻名于世。

1962年，当加勒比海危机爆发时，美国封锁古巴消息一传出，中国政府和毛泽东主席就严正声明：坚决支持古巴、反对美国的战争挑衅。"不管在什么样的风浪中，六亿五千万中国人民都永远同古巴人民站在一起，坚决支持古巴革命，团结一致，为反对美帝国主义的战争和侵略政策斗争到底。"从而在国内各地掀起了广大群众支持古巴人民反对美国侵略正义斗争的游行示威活动。作为刚刚升入二年级的小学生，我们那时也积极参加到了声援古巴革命的游行队伍之中。同时，一首悦耳动听的古巴歌曲《美丽的哈瓦那》，也在我们这些50后人的心里，深刻地留下了对孩提时金色童年的美好回忆。尽管过去有几十年了，只要那非常熟悉的音乐响起，依然可以很流畅地唱起：

美丽的哈瓦那，那里有我的家，明媚的阳光照新屋，门前开红花，爸爸爱我像宝贝，邻居夸我好娃娃，可是我从来没有见过亲爱的妈妈……

这首歌委婉、动情，曾经打动过多少热爱世界和平、热爱幸福生活的中国人，也让自己从小就产生了对敢于挑战强权、英勇不屈战斗的古巴人民的同情和支持，充满了对北美洲加勒比海北部这个群岛国家的思念和向往。

当然，从1966年开始，卡斯特罗为了平衡中国与苏联的关系，致使中国与古巴之间经历了20多年在意识形态方面的对立和冷淡，一直到20世纪90年代初，由于苏联阵营的瓦解，中古关系才得以恢复正常，两党、两国间的往来重归于好，双方经贸文化等方面的交流合作又日见密切。

2004年7月5日晚上，我和时任广东电视台台长张惠建等陪同广东省委蔡东士副书记一行，乘坐法国航空公司空客340飞机从香港机场起飞，经巴黎戴高乐国际机场转机，于第二天下午17：30抵达了有"加勒比海的明珠"之称、1982年被联合国教科文组织列为"人类文化遗产"的城市——古巴首都哈瓦那，开始踏上了出访古巴的行程，也让自己很早就期望的一个念想变成了现实。

由于是中国广东省委领导带队且是广东省第一个广播影视系统高规格的代表团访问古巴，受到了中国驻古巴大使馆和古巴有关政府部门的高度重视。

在蔡东士副书记带我们到中国驻古巴大使馆拜会李连甫大使之后，由大使馆的文化参赞赵世涛同志陪同，我们一行来到了古巴国家广播电视部和国家电视台

我们一行在大使馆与李连甫大使合影

的办公大楼。

古巴国家广播电视部卡尔副部长是一个非常风趣的老共产党员，他对中国的改革开放情况很熟悉，对广东在中国的重要地位也很了解。他指着挂在会议室墙上的菲德尔·卡斯特罗的画像说：你们是这个会议室来的第一批中国广东的贵宾客人。

卡尔副部长热情地向中国广东的贵宾客人介绍了古巴和国家广播电视的一些基本情况，说明国家广播电视部所属的全国性广播电台有5家：即时钟电台、进步电台、起义电台、音乐电台和古巴哈瓦那国际电台；全国性的电视台有两家即古巴国家电视台和起义电视台。

他说：尽管古巴是与中国非常友好且是共产党为该国唯一合法政党、广东华侨也很多的一个国家。但在过去美国的禁运令对古巴经济造成了极大的打击，使古巴的对外交往受到了很多限制，所以，现在广东与古巴在广播影视方面的合作交流也基本是一个空白。卡尔副部长非常高兴地向我们介绍了参加会见的国家广电部国际部主任和副主任，同我们交换了名片，建议大家今后要经常联系，希望与中国广东的同行们建立合作关系，互相交流，互相合作，不断加深友谊，共同做好各自国家的广播影视工作。

赵世涛参赞在交流洽谈中给我们介绍说：古巴目前也在举行改革，面对国家的经济危机，古巴逐渐自由化了它的经济，国家允许了私有企业商业和手工业的发展，并于2004年使美元交易合法化，同时取消了允许美元流通的政策，旅游业均得到了发展，我们现在与古巴广播影视部门建立联系、进行合作交流的条件也逐步成熟了。

卡尔副部长与蔡副书记等在卡斯特罗像前留影

在参观考察古巴国家电台和电视台新闻中心及播控中心之后，赵世涛参赞等陪同我们参观了哈瓦那革命广场，著名的被称为"红色罗宾汉"的游击革命家、一个被誉为"共产主义堂吉诃德"的理想主义者、用他39年的短暂时光谱写了一部生命传奇的切·格瓦拉灯管像，悬挂在广场东侧的一幢高楼外墙，卡斯特罗组织"七二六运动"的82名战士从墨西哥驶向古巴的"格拉玛号"小游艇还摆放在古巴革命历史博物馆里。在20世纪最著名小说家之一的海明威故居，花园的凉亭内仍保存着他撰写夺得诺贝尔文学奖《老人与海》出海时的渔船。

晚上，卡尔副部长等与蔡副书记率我们一行分别乘车来到了哈瓦那郊区一个颇具古巴民族风情的餐厅。在北加勒比海的晚风吹拂下，大家非常高兴地欢聚一堂，双方贵宾一起举杯祝贺中国广东和古巴国家广电部建立友好的合作关系，共同祝愿两国和两省、部之间的友谊发展源远流长、万古长青。

在轻松愉悦的音乐伴奏下，蔡东士副书记同我们一起为古巴主宾唱起了20世纪60年代很多人都非常熟悉的那首动人歌曲：《美丽的哈瓦那》，把大家怀念的思绪又带回到了久远的过去，让大家高兴的心情更增添了欢快的气氛，随着大家非常和谐的击掌伴奏，从而把晚宴的友好喜庆氛围推向了一个高潮。

四、"同志加兄弟"的越南

越南中国，山连山江连江，共临东海我们友谊向朝阳。共饮一江水，朝相见，晚相望，清晨共听雄鸡高唱。啊——共理想心相连，胜利的路上红旗飘扬。啊——我们高呼万岁！胡志明毛泽东……这首颂唱中越两国人民友谊的《越南——中国》歌曲，曾是我们这一代人在20世纪60年代广为传唱的一支歌。因为在中国，一般50后的人说到越南，都会想到在毛泽东胡志明时期两国之间的亲密友好关系。那时中越两国人民的战斗友谊是由老一辈领导人亲自培育，经两国朋友加战友的相互支援、相互帮助而不断稳固和加强的。正如胡志明主席的诗句所深情描述的那样："越中情谊深，同志加兄弟。"

1964年8月7日，美国国会通过《东京湾决议》（东京湾即北部湾），批准总统采取所有必要的措施抵抗任何针对美国军队的武装袭击。国会的决议为约翰逊总统下令全面介入越南战争开了绿灯，大量美军士兵和武器装备开始进入越南，导致越南战争全面爆发。由此起，毛泽东主席领导下的中国人民给予了越南全面支持，全国掀起了援越抗美高潮。在榆次，我们作为小学生也走上古城的街头，参加了支持越南人民反对美帝武装侵略的游行示威。之后的几年里，我们举全国之力，发动各条战线广大人民群众支持越南。从1965年6月至1973年8月，中国先后派出了高炮、工程、铁道、扫雷、后勤等部队总计32万余人，在越南北方执行防空、作战、筑路、构筑国防工程、扫雷及后勤保障等任务。国内很多充满激情的年轻人也踊跃参军求战，以甘洒热血写春秋的豪情壮志纷纷走向抗美援越的战场。其中还有我们一些年少无知的中小学生，在那个特定的时期，同样表现出了大无畏的国际共产主义精神。我们大家都很熟悉的一位寿安里学校女同学、后来是中国人民解放军海军上校的王锐，1966年时仅13岁，她就与寿安里学校的几个同学伙伴一起，自费坐火车来到广西边境，要求出国去越南加入到抗美援越的血与火战场上，为世界革命贡献自己微薄的一点力量。虽然最终这个非常冲动的激情愿望没有实现，部队领导还是把她们送回了山西，但一代中国有志青少年在那时表现出的豪迈革命热情和敢闯敢干的忘我精神，则留下了一段让后人可圈可点的记载。

然而，时过境迁，两国间后来的情况发生了很大的变化。随着老一代领导人的先后逝去，中越之间在南海诸岛等领土领海问题上争持不下，致使两国关系因为边境领土争议、南海和天然气开采等问题而不断恶化，"同志加兄弟"的中越友好关系就逐步成为了历史。作为过去曾经期望去越南战场抗美援越的一个年轻人，结果从1979年起，自己还先后多次参加了广西边境地区的国土防空作战。直到1988年之后，两国关系才逐步开始恢复正常。

2002年元旦，我当时所在的广东省有线电视网络公司组织职工（家属自费）带薪休假去海南、越南旅游，我即陪母亲一起参加了这个活动，第一次踏上了与我国山水相连的越南国土。

我们去越南下龙湾、海防、河内4日游是从海口乘坐《海洋之梦号》游轮启程的。这是我陪同母亲第二次出国旅游，虽然还是一个社会主义国家，而且是当年"同志加兄弟"后来又出现朋友反目的一个邻邦。但毕竟风土人情与国内迥然不同，而且是她从小就教育我们支持抗美援越的一个国家，所以母亲和我依然对这次出行充满热情的期待。

我和母亲在巴亭广场

在游览世界自然遗产有"海上桂林"之称的下龙湾和越南北方最大的港口城市和最大的工业城市海防之后，我们来到了越南首都河内。市区内的巴亭广场是越南举行大型集会和重大政治活动的场所，亦是当年胡志明主席宣布越南民主共和国成立的地方。广场正面居中是胡志明墓，广场边的主席府内有胡志明故居，保持着胡志明当年工作和生活时的原貌，其简朴令人惊讶感叹。还剑湖则是河内市民的重要休闲场所，逢年过节湖边都会举办各种文艺演出和庆祝活动。也许是老布尔什维克人传统的感情所在，母亲这一代人对胡志明等老一代的共产党领导人都非常崇敬。我陪着母亲仔细参观了越南人民的伟大领袖胡志明主席的遗体存放地——胡志明主席陵墓。作为越南人民的革命领袖，胡志明领导越南人民革命，获得了国家独立和解放，是越南社会主义共和国的创始人和缔造者。陵墓的建筑为典型的越南风格，与广场非常协调。内外装饰华丽，用料讲究，体现了越南人民对胡志明主席的敬爱。

我们一路还先后参观游览了越南战争纪念馆、越南历史博物馆和独柱寺等河内一些著名的景点，充分了解和感受了越南民族的传统历史文化。尽管两国在七八十年代曾发生过一些不愉快，但人民之间的友好往来还是一直没变的。母亲在返回广州的路上对我说：越南和朝鲜差不多，还是穷啊！我们赶上了邓小平时代真是幸运，他们这些国家不知道要多长时间才能赶上我们啊！

我第二次去越南是2006年8月，应越南胡志明市电视台的邀请，作为时任南方广播影视

见证南方电视台与胡志明市电视台签约仪式

传媒集团副总裁，我带队和南方电视台党委副书记潘辉明、省网络公司杨力副总经理等一行6人飞抵越南胡志明市，参加了集团南方卫视在越南胡志明市落地入网的开播仪式。

为了扩大南方卫视的影响和节目覆盖面，我们此行除成功在越南西贡旅游有线电视公司入网试播外，代表团在越南胡志明市期间，与该公司高层就南方卫视在越南落地试播后双方将来的合作发展进行了友好会谈。同时，我们还见证了南方电视台与胡志明市电视台（HTV）举行的签约仪式，同意南方卫视在其有线电视网络播出，使南方卫视在整个胡志明市得到了完整的覆盖。从而让占越南全国大半以上的粤语同乡可以收看来自家乡的新闻、各种信息、娱乐节目、粤剧和电视剧等。

南方卫视在越南胡志明市有线电视网络的落地，通过华文电视进入越南老百姓的家庭，进一步加强了两国民众与文化之间的沟通交流，充分显示了南方广播影视集团走出去取得的一个很有意义成果。

这是一个非常有深刻意味的场面，当时与我握手见证签约的胡志明市电视台阮台长，曾是越南人民军的一名上校军官，当同事向对方介绍我曾是中国空军的大校军官时，大家

情不自禁地在现场都发出了会意的笑声。历史的变化就是这样反反复复，三十年河东，三十年河西，从朋友到对手，从交恶到友好，自己从小形成的念想，也曾由向往变憎恨，最终又回归于平常心，但愿作为两个山水相连的社会主义邻邦国家，能够恢复当年"同志加兄弟"的友好关系，让两国的社会发展更稳定、国家建设更富强、人民生活更幸福。

五、"天涯若比邻"的阿尔巴尼亚

最早看到"海内存知己，天涯若比邻"的诗句，不是读初唐诗人王勃《送杜少府之任蜀州》一诗所知，而是在1966年10月25日《人民日报》发表的毛泽东主席"祝贺阿尔巴尼亚劳动党第五次代表大会召开"的电文中。毛主席在这里比喻四海之内都有知心朋友，远在天边就好像近在眼前。形容思想感情相通，再远也能感受到亲近。说：中阿两国远隔千山万水，我们的心是连在一起的。我们是你们真正的朋友和同志。你们也是我们真正的朋友和同志。我们和你们都不是那种口蜜腹剑的假朋友，不是那种两面派。我们之间的革命的战斗的友谊，经历过急风暴雨的考验。

由于阿尔巴尼亚是在20世纪60年代早期中苏交恶论战时，在苏联主持召开的布加勒斯特会议上唯一完全支持中国的东欧国家，曾被称为是"社会主义在欧洲亚得里亚海滨的唯一一盏明灯"。1971年在第二十六届联合国大会上，又是经阿尔巴尼亚等23国提议，通过了恢复中国在联合国中的合法权利的提案。所以，作为"海内存知己"的朋友，在1958年至1978年间，我国对阿尔巴尼亚进行了长期的经济和军事等援助，总援助金额按照现时的汇率来计算，19年里对阿国援助总额达到9000亿元人民币之巨。按照六七十年代中国的经济发展水平来看，我们国家可以说是举国之力、倾国之力去援助阿尔巴尼亚，充分体现了那个时期的中阿特殊友谊。那时我们都是在校学习的小学生，一首《北京和地拉那》的歌曲至今想起来还会唱："北京，地拉那，中国，阿尔巴尼亚。英雄的城市，英雄的国家。中阿人民并肩前进，团结在马列主义旗帜下。万岁！毛泽东！万岁！恩维尔·霍查！万岁！光荣坚强的党！万岁！北京——地拉那！"

1966年9月27日，中阿友好代表团赴阿尔巴尼亚参观访问，时任山西昔阳大寨大队党支部书记陈永贵同志作为代表团成员随团出访，代表团在阿尔巴尼亚受到该国政府和人民的热烈欢迎和热情接待。当陈永贵同志出访归来回到榆次时，晋中地委、行署领导组织群众夹道欢迎，我们这些挥舞中阿两国国旗的小学生，在热情洋溢的欢迎队伍里，充分感受到了中阿友谊的炽热氛围，也充满念想插上翅膀飞向欧洲，期望去看看那一盏在亚得里亚海滨的社会主义明灯。

从1978年开始，我国根据国内外不断变化的形势环境，停止了对阿国的经济和军事等援助，保持了19年的"海内存知己"朋友关系就此结束，双方间各方面的交往越来越少。尽管我所从事的广播电视工作属媒体行业，国际的业务合作和交流比较常态，但与阿国间一直没有来往。为此，在我转业到广电系统近20年的时间里，没有获得一次去阿国公务的机会。

2015年五一放假期间，我和马利生商量，与马云山（原广东省交通集团党委副书记）、王其云（原广州军区联勤部参谋长）等4对战友夫妇相约，组成一个专线旅游团，以探寻记忆中的异国红色革命历史踪迹、了解东欧巴尔干地区异域风土人情、感受前社会主义阵营国家现在国民的生活等为宗旨，8天时间游历了1956年10月曾爆发10月事件的匈牙利首都布达佩斯、前南斯拉夫6个加盟共和国中最富裕的斯洛文尼亚、被称为"世界博物馆之都"的克罗地亚首都萨格勒布、饱受多次战争灾难的波黑首都萨拉热窝、有"人间天堂"美誉的世界文化遗产城市杜布罗夫尼克、通过公决第192个加入联合国的亚得里亚海东岸一个多山小国黑山和我一直非常念想去看一看现在被人们称为欧洲最贫穷国家之一的阿尔巴尼亚，了却了自己一桩久已向往的心愿。

地拉那斯坎德培广场合影

我们一行是乘坐汽车从黑山靠近斯库台湖的一个边检站过境来到阿尔巴尼亚的，由于阿国警察盘问很多且办事拖拉，在海关耽误了一些时间，让大家都很不高兴。从匈牙利一路开车过来的匈籍司机很诧异地对我们说，欧洲那么多很好的地方你们不去，为什么要来这样的国家呢？我随即请导游回答他：因为这个国家的历史和国情很特殊，我们就想来这样的国家看一看。

旅行车在还算平整的柏油公路上行驶着，路两边的土地大多没有开发利用，基本上都是荒山野岭。听曾经来过一次阿尔巴尼亚的匈籍华人张晓欣导游介绍：阿国现在正处于改革开放初期，过去没有多少旅游团到这里，现在中国国内也没有正式开发来阿国的旅游线路。因为这里的经济条件、接待能力还很欠缺，你们要有思想准备，比起我们刚刚走过的前五个国家，这里可能条件是最差的。

果然，当我们入境来到阿国第一个城市斯库台时，这个当年陈永贵同志参加中国政府代表团访问过的阿国第二大城市，竟然看不到一座比较像样的现代建筑。大家都说这里比广东的一些乡镇差远了，利生接着就说：这比我们山西的很多乡镇也不如啊！我们本想找个标志性建筑拍张照片留影，结果转来转去都未能如愿。只好返回城外，在进入市区时的一个解放斯库台纪念碑前拍了一张照片。

我们夫妇与利生夫妇在斯库台合影

我们到达首都地拉那时，夜幕已经降临。与不少老旧的楼房、比较脏乱的市容相比，地拉那街上的汽车很多，交通显得非常拥堵，而且街道两旁都停满了形形色色的各国名牌轿车。导游说：这些年很多阿国人外出打工，买回不少国外二手车，其中属奔驰最多，现在阿国人均拥有二手奔驰车比例为全世界第一。

在距市中心总统府不远的一个地方，我们入住了一家四星级酒店，其简陋的设施实在不如我们国内任何一个三星级酒店，尤其是品种数量少得可怜的早餐，让我们飞行师长出身的马书记不禁在微信上大发一番感慨。然而，我们在熙熙攘攘的地拉那街头上也看到，这里的水果、蔬菜、食物等日用品都很丰富，且价格也不贵，我们前后在一家中餐厅吃了两个午晚正餐，按照同样的餐费标准，大家一致评价说此行6个国家在这里吃的最好，品种多且内容丰富。

地拉那是一个历史悠久的首都城市，保存有很多文物古迹，也有不少上世纪六七十年代的建筑物。在市中心斯坎德培广场，导游指着国家历史博物馆和国家美术博物馆等建筑说：阿国过去主要是苏联援助建设，后来是我们中国接着援建。这个广场就是苏联帮助进行的统一规划设计，没有完成的部分就由我国继续帮着干了。凡是了解中阿友谊那段历史的人，都会在这里联想和看到中国当年援助阿国留下的痕迹。为此，已经是封闭多年的阿国人，在街上看到我们几个少见的中国人（也许是我们穿着印有中国文字T恤容易辨认的原因），不少人都微笑着主动与我们打招呼，说："中国"、"你好"、"谢谢"等中文单词，尤其是那些年轻浪漫、热情好动的中小学生，一个个都满面笑容地对我们致意示好，甚至主动围拢来与我们一起合影留念。

霍查金字塔前合影

在斯坎德培广场至地拉那大学的中心大道一侧，有一个从1985年开始建设、至今都没有完工的貌似埃及金字塔外形的建筑，当地人称它为"霍查金字塔"。这是阿国前领导人霍查临死之前下令开建的一个工程项目，但启动建设不久，霍查就因病离世。该工程在1098年完成基础土建后，就没有继续完善了。现在这个未完工的建筑摆在城市中心地区，与外围的环境显得很不协调，很多男女青年和小孩子在塔上爬来爬去随意地玩，成了一个非正式的游乐场所。导游说：这个塔顶有一个类似地球仪的圆球状物体，据说是霍查对工程设计提出的一个要求，寓意阿国虽小，但作为唯一一个真正的社会主义国家，它托起了担负整个世界革命的重任。当然，这都已是历史了，霍查不可能再站在塔顶上展示他放眼世界拯救全球的革命梦想。我和利生作为年过花甲但又是此团队最年轻的男士，自告奋勇地提出攀登到塔顶上去看一看，我爱人周里加也积极参与，我们三人一同站在高高的霍查金字塔上，兴奋地向塔底下的团友们挥手致意。

我们从塔顶下来后导游说：现在的霍查已没有当年那么万众瞩目的耀眼辉煌，他能静静地躺在地拉那郊外的一个公共墓地，回归于一名普通的国民已经是很不错了。当我们提出去霍查墓看一看的要求时，导游马上就笑着说：只有你们这样的旅行团才会有这种情结。因为我们都是曾经唱过"万岁·恩维尔；万岁·毛泽东"歌曲的过来人，毛主席的纪念堂现在还巍然屹立在北京的天安门广场，而霍查墓若不是导游请一位公墓工作人员带路，在一片横七竖八且形状大小不一的墓碑群中，我们都不会知道哪一个是真正的霍查墓呢！

在准备离开地拉那时，我们安排了2个小时时间逛街购物。虽然街上的日用物资种类等还算丰富，可是我走了1个多小时也没有看到一件有阿国标志或特点的旅游纪念品。在去机场的路上，我们看到一幢幢正在新建的高楼大厦，而有地拉那母亲河美誉的拉纳河却是一条冒着泡沫的污水沟；这里有如大都市一样的宽阔绿茵大道，又有一个个在路边草坪上"安营扎寨"乞丐家庭；看着有满街跑的豪华汽车，也有一些牛、马、羊等牲畜竟悠闲自在地散步在市区街道上。这种先进与落后、富裕与贫穷、城市与乡村交融中的不和谐反差，在阿国展示的真是淋漓尽致，这就是现实中的阿尔巴尼亚，这就是欧洲那盏曾经的社会主义明灯。

简陋的两个毕业证

刘 文

我有两个简陋的寿安里学校毕业证，一个是小学本应67年毕业但推迟到1968年3月发的毕业证；一个是1971年1月发的初中毕业证。这2个毕业证一直在我妈那保存着，搬家的时候我妈给了我。那年头一切从简，毕业证不像现在的是个本，有塑料皮，还有钢印。这两个毕业证是很普通的纸张；小学毕业证是蜡版刻制，手工油印的，初中的稍好点儿，是简易印刷的。到现在保存了半个世纪，都快成"文物"了。

当年的我

在一个不一般的年代，有一个不一般的中一班，有许多不一般的老师、教官、学生，有着我们不一般的友谊。让我们的师生情、同学情永远，班魂永远！

我是1965年9月从北京转学来到寿安里学校的。寿安里学校优雅的学习环境和同学们的热情给我留下了深刻的印象和美好的记忆……

旧式的校门，两面墙上分别写着小学校标志性的毛主席语录"好好学习，天天向上"。一进门是一个影壁，上面有面镜子，供师生们进校时整理检查自己的着装：即"正衣冠"。我是一个晚上不想睡，早上起不来的人，常常是踩着上课铃冲进教室，从来也顾不上在那面镜子前看看自己。校门旁住着看门的刘大爷，他总是笑呵呵的，上课、下课时为我们敲钟（准确地说是一截挂在树上的铁轨）。钟声就是学校时间段的总指挥。记得有一次我去刘大爷那里，上课时间到了，他拿起小锤走出去，准时地把上课钟声敲响。印象太深了，至今我都能想起他那认真严肃的神情。他那一丝不苟的工作态度也是我参加工作后的一项准则。随着当当的钟声，课间活动的同学跑步进入教室，喧闹的校园一下子静了下来，只有树上的蝉不听指挥还在唱着。

我的班主任、语文老师是李万华老师，他瘦高身材，黑黑的，大眼睛，总是那么精

寿安里同学的记忆

神，一口山西榆次话，就是念课文也是榆次味的普通话，以至我好几天都没听懂课，作业也只能问晓黎了。好在那年代学习压力不大，要是现在可就惨了。不过，李老师的教学水平可是一流的，班里呈现着团结、紧张、严肃、活泼的学习氛围，同学们还是很喜欢上语文课的。我也在同学们的帮助下，不但习惯了李老师的榆次普通话，还能讲一口标准的榆次话了。说到这要提提我的小伙伴（用现在的话叫"闺蜜"）刘晓黎，

当年的"闺蜜"

她是我的隔壁邻居，她白白的，大眼睛，人长得好，心更好。她给了我更多的帮助。我俩一起上学、一起玩、一起做好事：买来毛主席像，下学后把讲台上旧图片换了。我俩出双入对，形同一对亲姐妹。

我刚来就赶上十一国庆节庆典。全校师生列队从学校去体育场参加大会。我被定为学校擎旗手，打着校旗走在队伍最前面的马路中间，护旗手在马路两边，军乐队拉长拉宽，占据了整个马路。同学们穿着统一的服装，整洁漂亮；鼓镲锣号，雄壮响亮。好威风，好气派。一完小不愧为一流的学校，师资一流，设施一流，军乐队也一流。

前几天我梦见我走进了教室，老师还是那么年轻，同学也都是些小孩。"走错了？"仔细看看，是我的教室，我的老师，我的同学呀。噢，我穿越时空了，回到了40多年前。

小学毕业证

1966年"文化大革命"开始，停课闹革命，红卫兵大串联。初中停止招生，我们虽然还没小学毕业，但也不能正常上课了，本应1967年毕业的小学课程，断断续续地拖到了1968年初才马马虎虎上完，算是结束了我小学的学业。其实后期根本就没有好好上课。毕业也没有典礼，没有任何仪式，甚至没一张全体同学合影。我和其他同学一样，只有一张非常简单的小学毕业证。虽然只是蜡版刻制手工油印的，那也成为回忆我们那个时代的纪念品。

一年多后，1969年我又再次回到了寿安里学校，成为小学戴帽中学班的初中生。这是一个特殊年代的特殊产物。虽说只上了一年多的

初中，但我们经历了很多，学到了很多。军训、支农、去部队学军，参加稻田劳动、喊着毛主席"备战、备荒、为人民"的口号去挖防空洞……

忆起军训，同学们都会说起抓偷茅粪的。记得军训时夜间放哨是2人一组，2小时一换。我作为班长只能和班里最小最弱的组成一组了。那天夜里轮我和金猴放哨，刚走到操场边就听见厕所那边有声音。我那时可是真的吓坏了，心跳加快，屏住呼吸。可我带的是金猴呀，我又是班长，不能退缩只能上。幸好是做贼的人心虚，他被我们吓跑了，一副茅粪桶成了我们的"战利品"。

还记得1970年6月1日儿童节，榆次举行了庆祝六一运动会，在开幕式上，我们中一班有一个队列表演。当时我还真的有点儿担心，万一班里最小的同学金猴走错了怎么办？结果，我们的演出非常成功。队列整齐、声音洪亮，就像天安门检阅的仪仗队。整个运动会都为我们中一班叫好。

我和王锐、巧英在一起

上初中时寿安里学校已改名为反修学校。刚复课，用的是"文革"期间修订的试用教材。由于各种原因学制要由两年缩成一年，学习进度迅猛提速，数学一节课讲十几页，语文挑着讲，工业基础知识，农业基础知识（代替了物理、化学），英语等其他课几乎全停。1970年10月由于父母下放，我家搬到了张庆中学。我不想离开寿安里学校，不想离开我的老师同学。学校破例给我安排了一

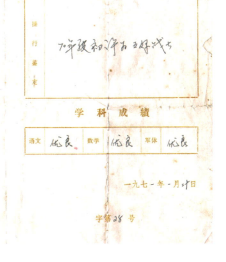

初中毕业证

寿安里同学的记忆

间宿舍，还安排在老师食堂就餐。巧英、王锐她俩本来离家很近，却主动陪我住校。那段时间我们白天课堂上学习，晚上宿舍里讨论研究、消化白天的课程，预习第二天的课程。尽管那时我们没有电视、电脑、手机，可我们是那么的充实、开心。到了后期一些同学参加工作提前离开了学校。一些同学入伍参军也离开了学校，班里的50多名同学剩下了30多名，初中课程也只好是不了了之。1971年1月，我们几个坚持到最后的同学，在学校领了一张简易的初中毕业证，算是初中正式毕业了。

同学们已经写了很多，都写得那么好，让我惭愧。小棣非说我保存了两个毕业证，就该写写这段故事。我写作能力实在有限，出了校门一字一篇都没写过。可40多年的友谊，每次聚会，每张照片都让我激动不已。试着小写一点儿，让同学们见笑了，谅解我这个只用数学不用汉字的老同学吧。

离别五十年寻师记

刘晓黎

2015年春节期间，寿安里学校初中班和小学64班的部分老同学小聚，欢声笑语中大家非常开心。为了留下老同学、老校园和对老师更美好、更深刻、更长久一些的记忆，小棣同学提议大家都写一些美好回忆的文章，再找找上学期间一些有意义的珍贵老照片。改玲同学积极响应，马上在微信上发了一张1971寿安里小学全体老师的合影。这张照片实在太珍贵了，不仅有许多教师年轻时的形象，而且还有校领导、炊事员、敲钟的老刘大爷，还有我们初中一班的温来萍、马改玲、王秋玲、常保华4位同学，她们当时正好在母校当代教。

这张40多年前的黑白老照片在群里引起了很大反响，也勾起师生们很多珍藏的记忆，大家你一言我一语地辨认着各位老师，有的依稀可记，有的因为没带过我们的课所以记不起名字，只是那面容很是熟悉和亲切。最后还是在初中班主任冀振德老师的辨认下才将各位老师的名字一一准确列出。

看到老师们当年风华正茂的形象，同学们都回忆起儿时老师孜孜不倦培养我们的情景，也让我回想起童年时期最开心的事：一是领新书。新学期开课第一天，老师为我们发新课本，抱着一摞新书特开心，回家后一本一本包好书皮，写上自己的名字。二是放假去玩。每当寒暑假到来，我特别开心，又能好好玩了。放假头几天，主要任务就突击写假期作业。写完作业开始拼命地玩，或与同学们结伴玩，或让父母送我们回老家玩。那时的我们没有学习压力，不需要补课，不需要上特长班，整天无忧无虑！我们的童年真是很幸福！很快乐！

一张老照片唤起了大家对曾启蒙、培育、教导过我们的班主任老师强烈的思念，小棣同学即建议寻找一下当年教过我们幼儿园、小学原62后64班的班主任老师，即赵翠仙（幼儿园）、陈淑蓉（一年级）、何淑英（二年级）、石小贞（三年级）、王志伟（四年级上学期）、王贵荣（四年级下学期）老师（五六年级的班主任李万华老师已辞世），在适当的时候和64班的同学们在一起聚聚。

离别50多年了，再找这些老师不是件容易的事，可恰好石小贞老师和我住在同一个小区，赵翠仙老师的家我也知道，所以找老师的任务我就不请自领了。

当年的赵老师

我首先去了石老师家看望，但去了几次都吃了闭门羹，难道老师去了儿女家居住啦？这在我心头犯了难。在邻居那里打听得知前几天还遇到石老师，忐忑的心放下了，并请邻居转告我在寻找她。与此同时，我又找到了赵老师。

赵翠仙老师1937年4月出生，1951年在寿安里小学毕业，1951年至1957年分别在太原国民师范、太原女子师范上学，1957年毕业后分回母校寿安里小学上班，直到1992年退休。先生在一中任教现已退休，有一儿一女，外孙已上班，孙子在上小学。赵老师住榆次一中宿舍，榆次一中是我娘家，我对那里非常熟悉，所以找赵老师比较顺利。见到赵老师我把来意说明，邀请在近期师生相聚，赵老师欣然接受并表达了对小棣同学影响很深刻，因他名字特殊好记，而且孩提时个子不高，非常惹人喜爱，虽分别54年但在心目中还是记得他的样子。又得知陈老师现居住在寿安里宿舍，身体硬朗，之前在儿子的陪同下参加了老师们的聚会，自己心中不由得暗喜。

过了几天，我来到了陈老师家，满怀欣喜地敲门，却无人应答。在邻居的帮助下，门终于打开了，来开门的是老师的儿媳妇，我自报家门，她热情地把我引进老师的房间，通过儿媳妇的介绍，得知老师现已89岁高龄，但是神智清晰，谈吐流畅，虽然耳背，只要说话声音大些，还是非常好沟通的。

陈淑蓉老师1926年4月生。1952年4月至1988年在寿安里小学参加工作到退休，有36年教龄。任教期间每年被评为先进

现在的赵老师一家

当年的陈淑蓉老师

班集体和先进个人，多次获市，省优秀教师和优秀辅导员称号。1988年被评为高级小学教师。她有5个孩子3男2女，是个幸福的大家庭。因分别50多年，老师对我已没有印象，但谈及小棣和马利生两位同学，老师眼睛一亮说"记得记得"，我便把同学来看望和聚会的事情说了，她听了非常高兴，当时聚会时间还不确定，所以和老师约好等聚会时间敲定后提前告诉她。并留下她孩子的联系方式，陈老师拿出她当年获得劳模时的相片和与儿子儿媳的近照，我翻拍下来，利生同学马上做成图片发到微信上了，在陈老师家我又找到了石老师的电话，说她们近期都有电话联系，我又是一喜，这下找石老师就更方便了。

陈老师和她的学生

又过了一个星期，通过电话和石老师取得了联系，说她正月里是在儿子家居住。哦，原来是这样啊！星期日是同学们早已相约游泳的日子，所以不便久聊，即约好中午去看望石老师。我游泳出来和同学们急忙告别，赶到石老师家，再次告诉她，小棣和利生同学等大约是4月6日来看望她，请她最好那时就不要出去玩哦！石老师呵呵地笑着说："我要提前做好准备，把房间打扫一下，做好迎接多年未见的学生。"

当年的石小贞老师

石小贞老师出生于1933年3月，山西清徐县城人，1951年毕业于山西太谷师范学校，1952年2月至1963年5月在山西省清徐县西谷完校任教，1963年6月至1970年9月在榆次寿安里任教，1970年至1989年在榆次大乘寺街小学任教，1989年3月退休后被学校返聘工作至1993年底，1994年解聘休息在家。从事教育工作38年中，始终担任班主任老师和语文、数学、历史等主课教学工作，所带班级的教学成绩总是名列全校前茅，在市、区组织的多次教学评比中，所带班级的学习成绩被评为优秀等级。在1988年开展的职称评定中被评为小学高级职称，并多次被评为市、区两级优秀或模范教师。先后担任少先队辅导员和教研组长等职务。

石老师一家

在石老师家又问起王志伟老师的情况，她说王老师调到花园路小学后又调到了二中，和石老师的爱人是同事，同时拿出爱人和王老师的聚会合影和通讯录，遗憾的是上面没有记录王老师的电话，但这一信息减少了很多弯路，直接求助于我五妹便打听到了王老师的电话和其儿子的电话，当晚就和老师取得了联系，老师竟然还记得我，说明情况，老师高兴地答应了聚会的事。

当年的王志伟老师

王志伟老师1941年12月出生，1956年至1959年就读榆次一中，1959至1963年就读太谷师范中师期间在阳泉实习一年，1963至1964年在寿安里小学任教，1965至1975年在花园路小学任教，1975至2001年在榆次二中任高中教师。退休前5年任二中后勤主任。退休后2001至2009年在榆次私立高中任教。2009至2015受聘榆次区关心下一代委员会，主要负责"中华魂"主题读书教育活动工作。任教期间多次受到市、区教育局和学校表彰奖励。1990年5月被评为国家优秀教师奖励工资一级，同年受国家教育基金会邀请到北戴河休养观摩。

我把找到四位老师的情况告诉小棣和同学们后，大家都非常高兴。获悉老师中最大的89岁，最小的也75岁，为了确保老师的身体健康和出行安全，小棣一再叮嘱我和老师们沟通好，在力所能及的情况下再参加我们的聚会，千万不要勉强，我又一一给老师打了电话。陈老师岁数最大，我又到家里和陈老师儿女商量，陈老师儿女非常支持我们这次聚会，并答应陪同母亲一同参加。和小

现在的王志伟老师

看望幼儿园班主任赵翠仙老师

看望一年级班主任陈淑蓉老师

看望二年级班主任何淑英老师

看望三年级班主任石小贞老师

看望四年级上学期班主任王志伟老师

看望四年级下学期班主任王贵荣老师

寿安里同学的记忆

棣再次敲定聚会时间后，因6日上午已有安排，探望老师只能安排在下午，路线如何安排？尤其是王老师住在大东关，我从来没去过那里，虽然老师已经详细地告诉我，但心中依旧没底，又赶上三月底天气反常，本是春暖花开的日子气温却急剧下降。那天风刮得挺大，让女儿从网上查清地址后，我骑车就出发。方向对了，但只是找到中角小区，又给王老师的儿子打了电话才找到。本是小区北面东4排，我却找到了南4排，给王老师打电话却看不到王老师出来，在寒风中等了十多分钟，才明白我把方向搞错了。又给王老师打了电话，王老师说出来接我没有看到人，看见王老师还和当年教我们时变化不大，神采奕奕，只是头发变白了，虽然退休，但每天还骑着电动车到关心下一代工作委员会工作，真是老当益壮。

期待的日子终于来到了，4月6日上午和初中同学（大部分也是小学同学）及冀老师、刘老师一起去榆次后沟踏青活动后。下午2点多钟，我和小棣、利生、文义、兰宏、海平、田玲、来萍等几个同学，分乘3部车从颐景酒店出发，首先直奔年龄最大的陈老师家，还没到陈老师儿子电话就打过来了，陈老师早已穿戴整齐，期盼着同学们的到来。之前我和陈文义、张贵生、王玉珍同学实地已把路线走了一趟，所以4月6日下午非常顺利地看望了4位老师，并准时接到了颐景酒店，让同学们开心地和老师们欢聚一堂，畅谈跨越了半个世纪的风风雨雨和人生路程，看到同学和老师们的笑脸，我从内心感到非常欣慰，离别50多年后，近一个月的寻师任务终于圆满完成了第一阶段的工作。

由于当时信息沟通不顺畅，我们二年级的班主任何淑英和四年级下学期的班主任王贵荣老师没有及时联系到，未能请上这两位老师也参加我们的联谊会，只能留下暂时的遗憾。谁承想，真可谓有时"踏破铁鞋无觅处"，而有时则"得来全不费工夫"，此次活动不久，我们就见到以上两位老师。

当年的王贵荣老师

时隔一个多月后，小棣同学5月16日再次回榆，他说张宪民知道曾是四年级后半学期的班主任王贵荣老师家。次日，我即和小棣、宪民、六一等一起来到了王老师家。

王老师居住在榆次迎宾路重工局宿舍。和一中宿舍只有一墙之隔，早些年经常碰到王老师，但近几年一直未见，同学们也不知道王老师的去向。但此次在宪民同学的带领下我们非常顺利地找到了王老师。

王贵荣生老师于1936年，1959年至1962年在太谷师范上学，1962年秋分配到寿安里小学工作至1986年3月，1986年4月至1992年在榆次太行小学教学后退休。有4个孩子两男两女，都非常出色，老伴在煤管局工作。

王老师今年虽已80岁高龄，但身体硬朗，只是得了帕金森病，双手抖得非常厉害。她对当年带64班的情景记得非常清楚。说当时她是已带比我们低一届的71班，因班容量太大，把寿安里的班级分到花园路小学一部分，并将寿安里学校原带我们班的王志伟老师也随分流学生调走。当时我们班比较特殊，又有退班下来的几个同学不好管理，王老师不敢接手，校长看她面带难色严厉地说："即使他们是老虎你也要有勇气去亲手摸摸他们的屁股，看看他们有多么厉害，要有武松打虎精神"。在校领导的鼓励下，王老师硬着头皮接任了我64班班主任（当时我们是62班，上五年级改为

现在的王贵荣老师一家

64班）。为了不辜负领导的信任，带好这个班，王老师不畏辛苦做了准备工作。还未开学在假期中她就提前到班上淘气同学家进行家访，和家长沟通，调动家长的积极性，请他们配合老师一同管理好学生，并在家督促孩子不迟到、早退，按时完成家庭作业。学校、家庭，老师、家长共同努力，结果非常好，老师成功地、顺利地把这个难带班的同学送升到五年级。时间虽然不长，但在她的教育生涯中却留下了深刻的记忆。

在和王老师的交谈中，我们提到了二年级的班主任何淑英老师，坐在一旁的王老师儿

当年的何淑英老师

媳妇马上说她知道何老师在八中（道北街中学）居住，并立刻和何老师的姑娘取得了联系。获此信息，我们异常高兴，马上决定立即动身，一行4人迅速驱车赶到了何淑英老师家。

何淑英老师生于1939年2月，1950年至1954年上小学，1954年至1957年上初中，1957年至1959年在榆次东大街小学任教，1959年至1960年在寿阳教育局工作，1960年至1977年在榆次寿安里学校任教师、副校长。1977年至1994年在榆次道北街小学任副校长、校长。1994年退休。有四个孩子三男一女。老伴在榆次区教育局工作已退

休，晚年生活得非常幸福快乐。

何老师听说分别50多年的学生来看望她非常激动，早在家里等候，一见面拉住我们的手，那种亲切真是使人感动。何老师虽已76岁高龄了，但思维仍然非常敏捷。当提到当年带我们的情景，她想起了很多同学的名字，还热情地打听大家的现状，我们一一做了答复。

我们向何老师汇报了准备筹划编写《寿安里同学的记忆》一书的情况，提出需要收集

现在的何淑英老师

一些有关寿安里学校的老相片，何老师非常支持我们的工作，马上帮我们找了一张2002年7月寿安里学校老教师在一起聚会的照片，共有21人，坐在前排左起的是苏秀英老师，曾经教我们班算术，接着是校长边计宁、老校长兼书记郭尊中、教导主任王润莲、教导主任张子华、模范教师李孟津、体育老师张昉。中排左起是郝源、张贵仙、副校长何淑英（后调道北街小学任校长）、常学芳（初中班常学玲的姐姐）、田春兰、王凤仙、李舒晞。后排左起是李梦真、陈林森（后调水利局任局长）、数学老师赵光耀、数学老师赵佑奄、胡圣

寿安里学校部分老师合影

明（后调道北街小学书记）、数学老师任栓荣、张恒庆校长，这张老相片再现了当年带过我们的很多老师及校领导，真是十分珍贵。

在榆次一下午的奔波让我们4人感到兴奋，经过我们的不懈努力，分别50多年曾教过我们的幼儿园、小学班主任老师全部找到了！去每个老师家的看望和拜访，为我们撰写的回忆录充实了内容，增添了新的色彩，减少了很多遗憾。相信我们《寿安里同学的记忆》书稿一定会更加丰满，更加精彩！我们的奔波就算为大家共同的回忆做了一个非常有意义的献礼！

青春的岁月像条河

武江波

青春的岁月像条河，难忘的日子汇成歌。青春的河是清澈的，流淌在那纯真的年代；青春的歌是甜美的，回荡着天真的欢乐。人年龄大了容易怀旧，尤其是那段满怀憧憬的青葱岁月。几次初中同学聚会，共忆曾经的美好时光，追溯青春年华的纯真，好像又回到了那个激情似火的时代……

一、小学校园里的初中生活

榆次位于山西腹地，毗邻太原。寿安里小学位于榆次老城北门外的南北寿安里胡同之间，始建于1940年，她的前身是天主教私立宠光小学，是榆次20世纪60年代的第一完全小学（当时设高年级班的小学称为"完全小学"）。寿安里小学的师资、教学设备等配置在榆次应该是最好的，教师愿到一完小教学，学生也乐于到此读书。

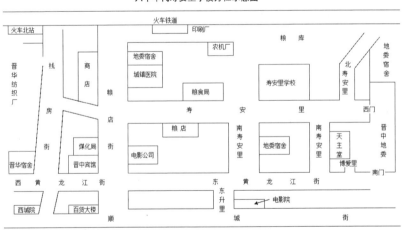

六十年代寿安里学校方位示意图

冀振德老师绘制的当年学校位置示意图

寿安里的名称来自旁边的胡同里弄，带有中西文化融合的味道。学校旁还有博爱里、天主教堂等街道建筑以及地委、行署等政府机关。

记忆中的寿安里小学，校门是厚重的黑色木门。放学时大门关闭，大门中套有小门供出入。门上是拱形穹顶，顶上白色框中用红字书写"榆次寿安里小学"，再上有象征着天天向上的尖顶。

学校占地20多亩，分前后操场。前操场有教师集体办公备课的大办公室，还有教导处，斜对面有学生文体活动的场所——少年厅。有同学回忆说："最想去的是少年厅，最怕去的是教导处"。大办公室门前常召开全校师生大会，少年厅大门上有星星火炬的标志。少年厅里放着一排乒乓球台，课余时间学生们可在这里打乒乓球，厅内还有表演文艺节目的舞台，舞台后面连着学校食堂。后操场有田径跑道，有足球、篮球场，有跳高、跳远的沙坑，还有单、双杠，吊环、爬杆、软梯、秋千等体育训练器材，是上体育课的地方。教室大多分布在前操场周围，都是平房。教室门前有柳树、槐树、榆树等。

在教师办公室与围墙中间还有一个小花园，里面有夜合欢树。每年夏天树上就开满红色、粉色的绒花，与地面上种植的各种低矮的草本花卉争奇斗妍，再伴上教室门前树上知了的叫声，校园便成了充满生机的花园。而我们是校园里开得最灿烂的花朵，少年的激情与活力使校园如歌如画、姹紫嫣红。

为什么小学会有初中班？因为历史曾在这里打了个结……

1966年春夏之交，轰轰烈烈的"文化大革命"开始了。等到了夏天，随着气温升高运动也进入了白热化阶段，全国中学以上的学校都停课闹革命了。当时的革命比上学重要，

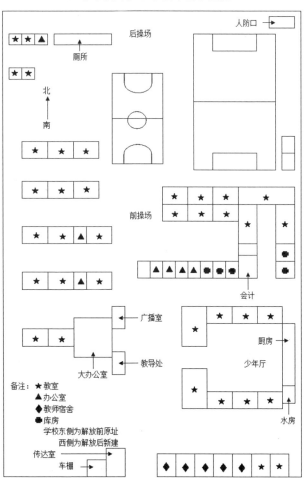

六十年代寿安里学校平面示意图

冀振德老师绘制的当年学校平面示意图

学生们全国大串连，还到北京天安门广场接受伟大领袖毛主席检阅接见。教师们搞揭批、造反、夺权。大中学校停止招生。寿安里小学也一度更名为"反修学校"。全国进入了一个特殊的时期……

直到1969年秋，全国学校开始复课闹革命，但小学已有连续三届的毕业生没能入中学，这些小学毕业生辍学在家，浪迹街头。怎样解决这些未到工作年龄的青少年就学教育问题呢？教育部门决定，在小学附设初中班，收留66、67及68三届往届小学毕业生就学，号称：戴帽中学。这样就出现了小学办初中班的教育形式和一批超龄的初中学生。我们就是这种小学校园里的初中班学生，经历了别样的初中生活。

我们初中班的学习，实际只有一年半的时间。教材是"文革"中临时试行的：语文、数学、英语……物理、化学课不开，分别以《工业基础知识》、《农业基础知识》代替。语文课本中的内容特简单，基本是文化大革命中的大批判文章。这一年半中除紧张的文化课学习外，还有很多社会实践活动。如军训、支农麦收，到部队参加插秧、给水稻田翻地等劳动；参加街道居委会组织的深挖战备防空洞；参加学校毛泽东思想文艺宣传队；为市里教育系统在市区体育场内组织的小学文艺演出执勤站岗……很充实也很紧张。

但不管怎样，那时能有学上已经是非常幸运了，因为我们是从街头、家中走回学校的。

二、富有才华的老师

由于我们初中班是附设在小学校的，代课的也全是过去的小学老师。寿安里小学师资力量强，许多老师都能够胜任初中教学。我们的第一任语文教师兼班主任刘麾老师，还未等我们毕业便调走了，后到榆次一中教初中班，后来还带了高中班并获得中教高级职称。

刘麾老师和蔼可亲，讲话不紧不慢。他微胖一点，被女同学们私下亲切、俏皮地称为"肉肉"。他很有文才，一般在语文课开讲时总要先讲个动人的小故事，才引入正题。那时的语文课太简单了，由于是"文革"中试行的教材，许多文章不能随便用，所以课文大多为报纸上的大批判文章，教学只要分出开头、结尾，归纳一下中心思想就可以了，基本不讲字、词、句这样的汉语基础知识。那时最受欢迎的是毛泽东主席的诗词，课本上选入他青年时大气磅礴的佳作《沁园春·长沙》。那"恰同学少年，风华正茂，书生意气，挥斥方遒。指点江山，激扬文字，粪土当年万户侯"的雄心壮志和"到中流击水，浪遏飞舟"的英雄气概，使我们很受激励和鼓舞，毛主席的词句成为我们学习生活的座右铭。

刘麾老师才华横溢，他在课余时间还教同学们拉二胡和小提琴。他拉出的"空山鸟语"，如雨后空谷中鸟鸣一般清新，跟他学拉二胡的同学，有的把拉琴发展成了终身爱

1970年初中班军训师生合影

刘麾老师　　　　　冀振德老师　　　　　赵佑庵老师

好，现在退休了还在街头广场为老年红歌合唱团伴奏。看着他享受悠扬琴声的陶醉样子，相信他此生一定受益匪浅。

接手刘麾老师教语文课当班主任的是冀振德老师。他身材颀长，气质儒雅，戴一副近视眼镜，为人热情，讲课富有激情。他同样才华出众，手风琴拉得特好，常给学校文艺宣传队伴奏，还偶尔创作点热情感人的歌曲。在1997年同学聚会时，他即席以当时流行歌曲《年轻的朋友来相会》为主调，新填歌词一首，他的手书大家珍藏至今。在2015年正月，已是古稀高龄的他，凭借高昂的激情，以《青藏高原》的曲谱作基调为大家创作了我们初中班班歌《我们一班》。歌中喊出了"一班非同一般，班魂永远"的口号。他倡导并组织了横跨半个中国、穿越近半个世纪的五地初中班同学唱响班歌大合唱。合唱请刘冠娥老师伴奏，由他亲自指挥。此举加深了师生友谊，弘扬了可贵的班风。他是个优秀的班主任，后来也调正规中学任教了。

梁福田老师　　　　　刘冠娥老师

数学教师是赵佑庵、张铎，一个教代数，一个代几何。当时两位还是优秀的青年，风度翩翩，讲课抑扬顿挫，循循善诱，将枯燥的数学课讲授得生动有趣。赵佑庵老师富有文学才华，他就像电影明星一样，成为同学们心目中的偶像；张铎老师才思敏捷，粉笔头甩得特别准确，如若哪个同学在那打瞌睡，准会一下将他击醒。两位老师的毛笔字都写得极好，同学们的课本、作业本包上书皮后，都请他们题写科目名和姓名。他们的字大家互相传看，爱不释手，成为同学们学习毛笔字的范本。他们讲话风趣，业余时间还爱下围棋，这些雅好引得不少同学围观并跃跃欲试。如若不是老师的优秀，那时的数学课会有不少人放弃，因为那时我们没有升学考试的压力。

梁福田老师当时已年近花甲，本是数学课老师，由于没有英语老师，所以改教英语。他是个老学究，在某单位任过领导，有很深的国学功底。但由于他年龄大，地方口音重，很多同学顽皮地学他说话。也有同学疑心他英语发音不准，所以影响了不少人的学习信心，加上当时受读书无用的思潮影响，很多人对英语课的学习不够专心认真。很多同学后来后悔没好好用功，只能靠业余自修弥补了。

还有《工业基础知识》和《农业基础知识》课。因小学无物理、化学教师，临时请的老师无此教学经验和知识，所以只是带领大家念念教材。讲得极概括也不专业，同时也未能安排实践学习，后来这两门课就不了了之。现在看来这两门课基本是虚设，没学到多少东西。

刘冠娥老师是音乐教师，她年轻漂亮，活力四射，才华过人。她组织了学校毛泽东思想宣传队，把不同年级的学生组在一起，发挥各自的特长编排节目。她自编自导了许多短小活泼、大家喜闻乐见的小节目，如表演唱歌、对口词、快板书、舞蹈……那时社会上群众性的文体活动很多，所以这些节目非常受欢迎。初中班的不少同学参加了宣传队，有乐队成员、有演员，还有助理辅导员，大家既是演职员也是忠实的观众。刘老师的宣传队走出了一批批杰出人才，成为社会各单位的文艺活动骨干，有的被输送到省青年歌舞团，有的进入国家级文艺团体。大名鼎鼎的军内导演张继刚就是从当时的寿安里学校文艺宣传队走出去的，刘老师是他们的启蒙老师，也是发现他们的伯乐。刘老师后来组织的银河少儿艺术团很有成就，她组织的老年合唱团还到过维也纳金色大厅演唱……她古稀之年同我们畅游榆次后沟古村，即兴写下感赋："踏青后沟回味多，古村风貌未见过。更喜学生情谊暖，古稀之人添快乐。"

寿安里小学还有几位优秀的体育老师。张昉老师是个老资格的体育教师，工作认真负责。他组织指导同学们打乒乓球、游泳。他现在虽已80岁高龄，仍非常健康，常骑车出行。左真德老师，头发卷曲，皮肤黝黑，臂膀肌肉隆起，看着非常健美。当年在操场上，他能单臂举起一辆加重自行车。学校挖战备防空洞时，他在竖井中用双手双脚撑住井壁，上面数个同学用绳索拉不动他。他学识丰富，谈笑风生，曾带领初中班篮球队外出交流比赛，活跃了我们的初中生活……听说他后来调到某个学校当领导了，果真是天生我才必有用。

我们在校期间有两个军训教官也给大家留下深刻印象。他们和我们相处得如兄弟一样，但我们还是将他俩当老师看待，因为他们毕竟是教官。其中一位是班长姓高，能力很强，表情丰富，讲述事情绘声绘色，很有幽默感，很受男同学欢迎；另一位是战士小吕，白净文雅，略带腼腆，一口四川话，很受女同学喜爱。两位教官和我们同吃同住，训练时教我们走队列、拼刺刀、投弹、匍匐前进，打背包。在两位教官的指导下，我们能将各家带来的颜色、大小不一的行李，整理得像豆腐块一样齐齐整整；把毛巾、牙刷、喝水杯摆放成整整齐齐的一条线。

部分同学与高班长等在一起

军训期间实行军事化管理，晚上我们轮流站岗放哨。教官还要组织紧急集合，哨子一吹，不许开灯，摸黑捆行李打背包。起初我们很不适应，男生宿舍有人背包一直打不好，胡乱捆扎起就往外跑；女生宿舍则有穿错衣服的趣事发生。大家在操场上集合列队后开始跑步，一圈跑下来丢盔弃甲，有的同学行李散架了像逃荒的一样，笑得大家前仰后合。后来搞了几次就利索了，在一分四十秒的时间里，全体同学就可以全副武装列队在操场上。军训增强了同学们的组织纪律性，提高了身体素质，加强了相互间的友谊，大家互相关心爱护，生活自理能力有了很大的提高。

军训期间还发生过一件现在想来依然很好笑的事情。一天晚上高班长如厕时听到有响动，他以军人的警惕、干练，迅速将手电筒举在身侧向前照射。这样可给人错觉，以为人在电筒后，避免对方顺电筒光进行袭击伤到自己，结果发现是郊区农民半夜偷掏大粪，那时大粪是上好的农家肥，很值钱的。不像现在的人巴不得让人掏走，甚至还需要花钱雇人来掏呢。

三、敲钟的老刘大爷

那时学校没有电铃，凭钟声通知上下课时间。校园里离门房不远处的树上挂着一段铁轨，门房和蔼慈祥的老刘大爷是它的管理人。他每天迈着坚实的脚步，提着一把铁榔头，按时将它敲响。那铁轨的声音很洪亮，就像钟声，是指挥学校教学秩序的号令。随着它一次次发出的指令，校园生活有序地展开了。

当年的刘大爷

老刘大爷的铁榔头

老刘大爷的铁榔头
敲出了校园的紧张
教室开启了有序的运行
老师的语调悠扬
学生的书声琅琅
知识的种子在心田扎根
智慧的想象在脑海飞翔

老刘大爷的铁榔头
敲出了校园的喧嚷
下课的号令下达
急切的顽童冲出课堂
稚气的能量在校园释放
天真欢乐的笑语
在校园上空交响

老刘大爷的铁榔头
敲出了校园的空旷
拥出校门的学生
形成回家的一群群、一行行
校园里留下静谧的操场
酝酿着又一天的繁忙

老刘大爷的铁榔头
敲出了校园的篇章
日日、月月、年年
懵懂岁月在此学步
漫漫人生从此起航
课堂培养精英
校园孕育栋梁

我们曾经在此成长

老刘大爷的铁榔头
敲出了岁月的流淌
清脆的钟声穿越时空
在校园里回荡
舒缓、优美、动听
"铛…铛…铛…"

四、同学素描

初中班的同学大约有50来个，是个大班。班中同学主要是六七届及少量六六、六八届小学毕业生中留下来愿意继续上学的，也是未到工作年龄找不到工作的人。同学们个个都很出色，有几个因为活跃而更引人注目，用现在的话说就是同学们中的"男神"、"女神"……

我珍藏着一张照片，是五个男同学的合影，上书几字"红卫兵战士志在四方"。那是临毕业的分别照，照片中有的同学等不到毕业就入伍了。那时的我们都像待飞的雏鹰，梦想着广阔的蓝天，憧憬着祖国的天南地北，带着自认为坚定的革命信念，周身沸腾着青春的热血和飞扬着创业的激情。

前排中间那位同学，就是当时我们班的"男神"。他在学校时各方面就都很优秀。首先他身体素质好，体育技能强。打篮球时，别看他个子不高，但爆发力强，弹跳力好，耐力持久，跳起来摸篮板，人群中抢球、奔跑、样样出色；打乒乓球时，他能将

1970年部分同学合影

对方发过来的球用带胶皮海绵的球拍搓出强烈的下旋，球到对方台面上会自动倒回本方球台；他还会发下蹲球，球强烈侧转而对方不知球旋转方向，无从下拍接球，一接球就飞向一边。那时为解决男女同学和谐融洽问题，专门组织男女同学乒乓球对抗赛，和他对阵的女同学因接不住他要倒回本方球台的球，急得跳上球台追打。再有他的悟性好，学习成绩

优异，而且特别维护班集体，关心同学，善于组织社会活动，所以成了同学中的领头人。他曾经在上初中班前就闹着当兵，悄悄跟着接兵的军列跑到河北保定，部队因他年龄小且没有正式入伍手续而送了回来。后来他还是在毕业前当兵去了遥远的南方，那时当兵是我们同学择业的第一选择，军人的形象是十分崇高的。他在南方听说我想要一顶军帽，就把自己戴的军帽给我邮寄回来，使我着实喜悦了好些日子，那时能有一顶货真价实的军帽是难得的。他在部队很出色，成为我们班同学中进入军、政界的佼佼者。他后来成为一个大单位领导，但仍然平易近人，关心大家。他多次组织同学聚会，给参加聚会的同学赠送纪念品，为同学联谊会制作影视光盘，并亲自撰写解说词。他写的解说词细致周全，生动有趣。他还组织大家共同撰写回忆文章，使中学生活的回忆更加丰富多彩，使大家的同窗之谊更加深厚真挚。他组织的活动得到了大家的积极响应、认同和感激，他确确实实地成了大家的核心。

　　我们班的"女神"却不止一位。其中一位非常出色的"女神"上初中时常穿一套大到不太合体的旧军装，风风火火，快人快语爽直可爱。班里的一切活动她都十分热情、认真地去参加。记得她曾和一群热血沸腾的少男少女，瞒着家人登上南下的火车，要去越南战场上参加抗美援越，为祖国奉献自己的热血青春，因为年龄太小被送了回来。记得那时社会上流行赤脚医生针灸治病，一心想当兵的她，认真地学起了针灸，为去部队当卫生员做准备。开始她拿着银针在茄子上，厚厚的草纸上，练习进针拔针，接着就看书找穴位，还在自己身上试扎，找感觉。那年学校组织支农，她责无旁贷地背起小药箱，负责给同学们包扎伤口及治疗头疼脑热的小病痛。我在清理化肥时不小心被铁锹铲伤了手指，就是她为我细心地包扎的。当时支农的村里有一位农妇腿脚有病下不了床，没钱也没办法去城里看病，于是她成了那位农妇的专职医生。经过她的精心治疗，那位农妇竟奇迹般地能下地走动了。农妇家人喜出望外，把感谢信贴在学校操场边最醒目的墙上。这更加激发了这位同学从医的热情，后来她入伍并被推荐上了军队医科大学，实现了成为一名医术精湛的军队医生的梦想。她用自己的满腔热情投入部队工作，在和

1974年部分同学合影

寿安里同学的记忆

平年代里立了三等军功。现在虽然从工作岗位上退下来了，但又被返聘回去。她出来参加聚会常是行色匆匆，大概军中还有许多需治疗的人在等待，她一定乐在其中。

还有一位"女神"是个巾帼不让须眉的强者。她是刘冠娥老师文艺宣传队辅导员，在校时就非常活跃，学习用功成绩优良，各项活动都不愿落后。学习之余她还参加宣传队独唱、领唱，领着低年级的同学排练节目。她讲上小学时因家贫常常交不起学费，参加六一活动，因为买不起白球鞋，当天临时借了一双鞋没来得及刷白，而受到了老师不理解的批评。为了改变处境，她发愤攻读追求上进，毕业后在工厂当过工人，期间上了电大学了会计并搞起了财务。后来毅然放下铁饭碗去经商，在商界倾力拼搏，凭着一腔热情十二分的辛苦找到了自己的位置，也获得了回报，在同行业中干得小有名气。她讲到东北出差，曾在滴水成冰的环境下收粮，押运两火车皮大豆从黑龙江佳木斯回榆次，七天七夜吃睡在篷布夹缝中，饿了啃口干粮，渴了喝口冷水……现在虽已年逾花甲，但每天商务不断。她是家族的经济支柱，是我们初中同学中最富有但日子过得最仔细的一位，仍然保持着克勤克俭的家庭传统。她虽然自己勤俭，但对同学间的公益事却非常热心慷慨。她手机常忙，她停不下来，也不愿停下来，她乐在事业中……

有的同学在学校时表现未必出众，却在步入社会后取得很大成功而让人以"男神"的形象刮目相看。其中有一位就是我最要好的朋友，他是反差最大的一位同学。反差大是指他曾经生活在社会底层，家庭兄弟多，经济拮据。他瘦小的身板为生活曾赶着套上毛驴的车拉煤；在垃圾堆里捡有用物品；还拉过平车，为了生活付出许多的辛劳，他是一个能够吃大苦耐大劳的人。经过几十年的奋斗，他跻身于上流社会，成为社会的精英人物。现在他衣冠楚楚，风度翩翩，鹤发童颜，谈笑风生，气度不凡。他还是一个睿智的学者、幽默的演说家、雄辩的律师。当他在朋友圈中侃侃而谈时，他那博古通今，妙语连珠的话语常令人折服、我建议他著书立说，辑为一册，他笑说没时间。作为他的知己朋友我很为他惋惜……

有的同学在某些社交才能上虽谈不上很优秀，但他们的真诚和热心一样给人留下了深刻的印象。有位女同学很自理，上学时常站在人群的边上，静静地听别人热烈交谈而自己很少插嘴。印象中她从不与别人争锋，自我介绍时很不好意思地说，自己是北关农民。军训发枪时我迟到了，现场没能领到枪。她将自己刚领到的心爱的762步枪送给我。我感谢她时，却听到她悄声说：以后对我好点……40多年后的同学聚会时，我为大家带的酒和自己新写的准备赠送同学的书要搬。对这种别人不屑于干的小事，又是她主动跑过来帮忙并抢着搬大件东西。可我竟没能认出她，还以为是酒店的勤杂人员。她帮忙后仍是悄悄地走到同学群体的一旁，把话题让给那些高谈阔论的同学，自己则作为一名默默倾听的忠实听众。看到她，我就想起自己在一篇散文《黄土高原上的春天》里描述的那黄土地上生长的野花："最美的是那荒野里绿草地上的小野花开了，这应是黄土地上的花，淡淡的、野野的、无人栽培，无人呵护，但开得灿灿地、悄悄地、静静地……这些野花开得淡雅、清香、烂漫，未必雍容，也不华贵，登不上大雅之堂。然而它们应是黄土高原上的主体。像那无数的普通的高原上的人生，用自己的美丽装点着关山，为高原默默地奉献着自己短暂而灿烂的生命。"

哦，同学，我赞美你，你就是黄土高原上朴实、平凡、顽强、美好的女神！

五、她（他）是朋友们心中的一首歌

同学很多，你只要静下心去回味，就都有可记取之处，我印象深的还有几位：有一位是秀外慧中的淑女型，性格温雅，曾和我是同桌。她刻苦用功、执着向上，学习成绩很好。她身材适中、面容姣好，与另一位女同学一起常常被学校抽调参加各种礼仪接待工作，这一特质也使她毕业时被当时的省委机关招待所选中，成为一名服务员。3年后她被选调到省委机关，从此开始了在省委机关40多年的漫漫公职生涯。她工作尽职尽责，逐步从干事成长为一名资深的处级领导干部……她的勤奋造就了她的文才，她讲话中肯、热情，用词准确；她热爱生活、性格活泼、兴趣广泛，业余时间还爱好歌唱，参加了山西省干部合唱团，担任着领导职务。她对朋友热情真挚，曾为一位团内优秀歌手的参评获奖倾全力扶助，那种忠诚热情令人感动。她对朋友怀着一颗感恩的心，她评价一位女同学时说"你是我心中的一首歌"，其实她又何尝不是同学们心中的一首歌呢？花甲之年的她不仅为同学们写出了一篇篇热情洋溢的回忆文章，还频频为同学点赞并热情地转发大家的好文章。特别可贵的是为大家填写了一首友爱温情的歌词《中一班师生来相会》，温文尔雅的她浑身散发着让人向上的正能量，用她自己的纯真友爱为大家谱写了一首友谊之歌！

还有一位是美丽的公主型。她出身于一个地方领导干部家庭，"文化大革命"爆发时家庭受到冲击，她随家从政府机关大院搬出，迁到了南寿安里的市井之中，过起了寻常百姓的生活。但性格坚强的她并没有消沉，依旧活泼热情，办事爽快，学习成绩优异。毕业后曾当过工人、工厂播音员，其间她自修了大学文凭，后被选调为本地政府机关宣传系统干部。她主持的单位工作曾多次在全国获奖，她在地方上奋斗成为一名领导干部。她相貌秀俊，更能以美的眼光看待世界，她的独生女儿亲切地称她为"大美女"。确实名至实归，这个称谓成了她的雅号，也成了她的微信昵称。她由于从事过宣传工作，更因为能刻苦学习、博采众长，因此文采飞扬。她为2014年冬季几位同学在北京相逢，即兴所写的纪实散文非常精彩。她写的忆旧文章《那一年，年轻的朋友来相会》，内容轻松活泼、妙趣横生，被《榆次时报》选中全文配图刊载。热情洋溢的她还为大家在微信平台上创建了

寿安里同学的记忆

"寿安里同学群"，成为同学们联系、交流、享受情谊的温馨园地。她成为同学群中"美和情"的群主了，她乐在美中……

2010年部分同学合影

　　还有一位女同学是典型的善良博爱型。她出身于一个知识分子家庭，父亲是本地第一中学的学术权威，很有名望。然而"文革"中学术界权威被横扫、蔑视，父亲的名望没能给她在学校的生活带来优势，反倒因为父亲出身于有产阶级，使她加入红卫兵组织的愿望受阻。看到别的同学们神采飞扬地戴上了红袖章，她天真向上的心灵一定受到不小的打击。她年轻时清纯靓丽，曾是许多男同学心中的偶像，但她的善良特点更为突出。她对同学热情、真诚，同学们交给她的事情最放心，她在大冷天骑车辛苦地为同学聚会联络老师而奔波，大家叫她老黄牛，想给她发美好和善良的金质奖章……她对弱者充满了同情，据说，她的斗室中养着狗，室外还领养了一群流浪猫，它们享受着她的一片爱心。她热爱生活，脸上总是洋溢着笑容；她热爱体育，上学时乒乓球就打得好，并成了终身爱好，退休之年的她仍骑车到处和球友切磋并乐于当指导和陪练；她喜爱游泳，因此身体康健。当你在游泳场看到她双臂奋起跃出水面进行高难度蝶泳之时，你会感到她身体的强健。她有一个美丽的名字：拂晓黎明，这是她那位受人敬重的父亲留给她文化味浓浓的印记。

　　还有一位女同学和上面这位同学是形影不离的姐妹花，她们有共同的向善向美的情致，而且居住也很近。她同样出身知识分子家庭，是从北京回到这个小县城的。他的哥哥也在我们学校读过书，高个子戴眼镜很斯文，据说后来到了东欧经营餐饮业。而她也是高个子，但没有哥哥的斯文劲，表现为大大咧咧、爽快热情。她虽表面有男孩子样，实则心底有着女孩子的细心，有着内在的文气。她会钩花等很多女工活，在外公的传授下，她还做得一手好京菜。她多才多艺，敲得一手好扬琴，游泳也是佼佼者。她军训时是五班班长，总是起着表率作用，很受同学们爱戴。她毕业后到石油系统工作，曾代表本地石油公司参加系统的文艺汇演。她在单位是业务骨干，由于工作认真出色，退休了还受聘单位的会计工作。2014年冬季几位同学在北京聚会，尽管已是白发丛生的人了，她仍然是那么爽快，不时发出爽朗笑声，让人感觉她的内心充满了阳光。她为自己起了个微信昵称："木门人"，是光荣赋闲了……

还有一位是干练而快人快语的女强人型。她上学时常与那位到省委机关工作的女同学相随。她们是发小，都因身材面容好、待人接物温情被学校选做礼仪接待工作，毕业时同被当时的省委机关招待所选中，只是她妈妈不舍得女儿离家到省城工作而未能成行。后来她被招入一家大型国企当了一名车工，步入产业工人行列。她在国企工作非常出色，在一个300多人的大车间里的车工技术比武中荣获第一名，成为技术状元。后被调入车间技术革新小组，这只有能创新的青工才有此殊荣。她后来立业成家，先有了一个儿子，再次怀孕时，婆家娘家大人联手劝她放弃，但她执意要过自己想要的生活。结果现在她生活收获最丰，儿女双全，而一双儿女又各添一对可爱的双胞胎。作为奶奶、姥姥，虽然照看孩子辛苦劳碌，但她乐在心里。她待友热情，时常请初中老同学们一块游泳，享受来之不易的友谊。结果形成了以她为核心的一个游泳队，大家尊称她为"队长"。

还有一位聪明智慧型的男同学。他小时候就长得黑瘦，但异常聪明伶俐，那时候玩的游戏大多一学就会，打篮球、乒乓球、扑克、棋类，涉猎很广。初中毕业后他当了工人，技术掌握很快，后来当了施工队长。他在管理上很早就试行计件工资制，给工友们拿到了高薪酬，实现了好收益。然而在那个年代此举有点超前被单位思想传统的一位老领导不接受。年轻气盛的他一气之下辞了职，调到一家小商品批发公司。开始当保管，由于能力强很快担任了副经理。据说单位改制中他发挥了很重要的作用，以至退休后还兼着单位的一份管理工作。他业余时间喜欢游泳、打乒乓球、打体育竞技麻将，健身健脑，相得益彰。他游泳技术精湛，同游的朋友称赞他动作舒缓、不紧不慢，看似悠闲自在实质速度很快，是典型的投入产出的黄金比，一如他当年任施工队长时的谋划。他的竞技麻将谋求高智商、高技术、高难度，曾在全国性的比赛中荣获第十名，曾与国防大学一位中将教授同桌竞技。他参与的竞技麻将圈子中，大部分是中学教师，这个圈子里的人打牌不讲粗话、不摔牌发脾气，而是诙谐幽默、风雅有趣，是一个有品位的朋友圈。

寿安里同学的记忆

还有一位男同学是怡然自得的充实型。他和我小学、初中班都是同学，在初中班我们六六届的小学毕业生屈指数来也就六七个。他和那位黑瘦的同学住得离学校很近，因此他俩上下学时常相随成为密友。他虽然个子高高大大，但是人却很细心。由于他处事细致，所以毕业后从事了财会工作。他业务能力强，所以离岗后仍有朋友请他帮忙料理企业，他便退而不休，快乐地忙碌。他喜爱体育，微信昵称为"体育爱好者"，体育运动方面他确实兴趣诸多。他喜欢游泳，大家看到他在游泳场的一招一式都非常认真；他酷爱打乒乓球，在学校时就打得好，是班队水平，以后成了终身爱好。他除自己打球外，还热衷于裁判工作，因此在市、区诸多的职工乒乓球比赛中，常能见到他正襟危坐、有板有眼的身姿。他评判话语不多，但诚挚中肯。他很有文才，在微信中写给我们同班一位女同学的两句诗颇令人玩味，很多人感到自己写不出那样的句子，达不到那样的水平。他还肯为同学点赞，给予中肯的评价，当然肯定勉励较多。他认为肯定勉励别人是一种胸怀和美德。他为同学微信群撰写的词《同归群里》，既忆旧又写实，为大家传颂。他最近写了一篇我与他生活片段的文章《老同学，你在我的记忆中》，洋洋洒洒8000余字，被同学誉为扛鼎之作。他与我们班那位黑瘦而聪明的同学成了终身朋友，小时形影不离，老来仍然时常相随。有忠实的朋友终身为伴，人生该是多充实和幸福！

还有一位男同学是踏实认真的理智型。他和我也是小学、初中班的同学，虽然我们两

2015年部分同学合影

家离得较远，人却走得很近。能走到一起，肯定有不少共同之处，但我们各有特点。如我喜欢文学，长于形象思维，他擅长数学，理性化优点突出；我喜欢说话兴之所至海阔天空，他喜欢办事认真脚踏实地；我喜欢写文章在内容上多琢磨，他的字却写得非常漂亮；我们都在文艺宣传队拉二胡，我跟着有点滥竽充数，他却拉得细腻入微，悠扬动听，以至后来成为终身爱好，还能在街头演奏；我是一个感情不加掩饰的人，他是一个内秀深藏的人；我们都当过工人，不过我不满足工人生活，靠着广阅博读考入学校，走出工厂，后从事国家行政管理工作，更多关注的是精神世界。他却从优秀工人到车间主任，最后自办车间，俨然成为一个小企业家，过着殷实的日子；我到广州是旅游，想的是黄花岗、虎门销烟、黄埔军校……他南下羊城则是为了在珠江畔拓展业务寻找关系，赢得了同学的鼎力相助。他有两个已立业成人的儿子，我们同学偶尔在一起开怀饮几杯，就有儿子来接他。他生活很充实，在家里顶天立地，是个大写的人。

六、当年的红卫兵战士现在哪？

当年上学时属"文革"后期，学校成立的红卫兵组织相当于现在的共青团。当年的红卫兵臂上曾佩戴过红袖章，有着保卫革命而战斗的理想。现在半个世纪过去，当年那些年轻的"红卫兵"在哪？我又忆起了几位同学……

一位是我们班军训时的擎旗手，走在队伍最前面。只有各方面都优秀的同学才能有此殊荣，而他很符合标准：五官端正、身材挺拔、喜爱思考、成绩优异。特别是他写得一手好字：遒劲有力、流畅漂亮，他的字被老师推介给众人临摹。他的乒乓球也打得非常出色，攻球后，球拍挥过头顶，动作潇洒、利落，显示出一种果敢的力度美。后来他当兵走了，而且是被破格招收的。那一年部队从我们班招了好几个不够服兵役年龄的小兵，那可是百里挑一，沙里澄金，他就是其中一位。由于字写得好，在新兵连就被确定为连部文书，并最早提干。后转业到南方大城市一个高新开发区机关担任领导，后调到一家由国企改制的大型房地产企业当老总。他自然在南方成了家，成为名副其实的南方大城市人。多年的历练使他思想深沉，处事持重，自称"老马识途"。他的思维活跃，常用最新的电子媒体形式为同学秀出一篇篇满怀深情的美文，和大家共同怀念曾度过的美好时光。作品中那优美的音乐、悦目的色彩、怡人的图景，特别是画龙点睛的拟题，让年轻人咂舌，同龄人侧目，受到了同学们的珍爱。他自称老马实则有着一颗年轻好学的心……

一位是我们班最老成持重的人。他上学时就显得老成，同学们喊他老王，其实他与大家同龄。那时的他很敏感，见了女同学说话便脸红。女班干部把他值日的名字写在黑板上，男同学调侃他，他的反应是脸红红的一句话也说不出。但他有着开朗出色的一面，待

寿安里同学的记忆

人非常热情，许多趣事由他向同学讲述，就显得形象生动，有声有色。惹女同学羡慕的是他有个当兵的姐姐，那时的女兵特少，很出类拔萃才行。1970年12月他也当兵走了，也是去了遥远的南方。后来他复员回了家乡，进过工厂，转过行业，故事很多，波折不少。但他不屈不挠，执着奋斗。他好像还经历过两场诉讼，比常人更懂法。为了支持自己的爱女出国留学，他出让了自己两处房产，还到南方打工拼搏。他爱女的名字很独特，寄托着父情母爱。如今他的爱女即将远嫁美国，看来他的心血没有白费，他的爱女将成为他的骄傲。最近他写了一篇回忆短文叫《回不去的青春岁月》，充满了真挚动人的情感。

1974年部分同学在广州

一位是我们班的"小机灵"。那时候他个子不高，略胖，头也是圆圆的，大家昵称"肉葫芦"。他突出的特点是聪明、活泼、顽皮、可爱。因个子小，给人的感觉年龄也小，他自己也乐于"顽劣"，常常成为大家的"开心果"。军训时有一次夜间紧急集合，同学们的背包是按规定打成井字形，他却是把行李一卷，一根绳单挑着就出来列队了，女同学说他像逃荒的大叔。几圈跑下来，背包全散架了，逗得大家前仰后合。那时的他活泼、淘气、幽默，给大家留下了深刻印象。他有个漂亮秀气的姐姐，我在校时常看到她持拍在少年厅打乒乓球，还见过她为学校大型合唱当指挥，时而挥舞双臂，时而双手柔软、灵巧地按动，像在流水行云似的弹琴，是个出色的少女。他离开学校后也当兵了，看见过他穿军装和同学的合影。多年之后再见到他时，已经是身材修长的大人了，可与班里最高的同学比肩，再无半点小时候矮胖的样子。他性格却一点未变，仍是那样活泼、幽默，不时讲些出人意料的妙语，眼睛里闪现着风趣的光彩，不失"小机灵"本色。

一位是我班的帅哥。他长得清秀帅气，小时候是不少女同学眼中的"白马王子"。他爱好体育运动，还积极参加了校文艺宣传队，很是活跃。在学校军训时他是二班的班长，也和其他几位同学一起入伍。他是独子，按当时的政策是不需要参军的，可是酷爱当兵的他千方百计想办法实现了自己的愿望。转业以后当过工人和交通警察。1997年同学聚会时，他和一位女同学共同主持，诙谐风趣，给大家留下了快乐的记忆；2014年的同学聚会他又积极主动联系同学、邀请老师，买礼品、订饭店，做主持人，诚恳地为大家服务。为了搜寻寿安里学校老校门的照片，他不厌其烦地到城建、档案、史志、教育等有关部门查询，是一个踏实做事的人。他又是个很传统的人，在太原工作的儿子星期天回来了，他就

2014年部分同学合影

推掉所有的活动，在家做几个拿手好菜，享受一家人团聚的快乐。

一位是我们班"笑对人生"的同学。说"笑对人生"是他经历曲折，但却保持着乐观、幽默的人生态度。他小时在班里个子不高，家从县城迁来，讲话时常带点县城口音。他父亲在政界名声很大，有过浮沉，是那种有胆识敢作为的人。他在校时也很活跃，参加乒乓球队、篮球队、游泳队、宣传队，尽显才华。女同学们还清晰地记得他小时在宣传队的情景，他皮肤较白，唱歌又很卖力，因而常憋得青筋暴出、满脸通红，红到脖子根上。学校文艺宣传队的集体照中我们初中班的同学大都站在最后一排，其中有他。他初中毕业后因父亲的原因，曾跟随母亲被下放到到祁县农村生活，当时他挣的是工分，放牛、耕地、修梯田、割麦、间苗许多农活都干过。他就在这艰苦的劳动中还考上了乡镇高中，毕业后当过工人，后又读了大学。分别多年又见到他，个子高挑，身材挺拔很有气质，名副其实可以称"峰"。近期他加入了同学微信群，群里发的一张照片便是在耸立的大厦前留影：后面大厦双峰并峙，前面的他当然是人中山峰。他从容微笑，显示一种成熟男子的气概和事业成功者的风度。他现在不时给同学微信群里发些有深度的微信，其中的微信哲理诗"笑对生活，别太辛苦"和人生经历"悠悠岁月"引人深思，他是一个不断给同学们增添快乐、雅趣的人……

还有一位是我们班中书生气很浓的人。他出身于一个典型的知识分子家庭，身上带有书卷气，长很洋气名字也很洋气，和他名字同样洋气的妹妹好像校园里的一对"洋娃娃"。他是瘦型男，身材苗条、脸型清秀，以至于下巴也尖了起来。他清秀的眉毛上还有颗漂亮的红痣。他见人常微笑，大家都喜欢他。他上学时爱打篮球，也爱说笑。毕业后他到了介休铁路系统工作，虽然不算太远，毕竟离开了土生土长的地方，算到了外地，而且在那里成了家。同学聚会时见到他，他仍然保持着清瘦特色，仍是一副慈眉善目的笑脸。然而，他已不像儿时那么活泼、清纯了，经过了蹉跎岁月的磨炼，似乎有点心事沉沉。几次同学聚会，他总是早早赶来参加，又急着匆匆回去，和同学们见面的机会屈指可数，让思念他的同学们颇感未能尽兴叙旧的遗憾。

在女同学中，有一位最执着、最认真、也最有事业心。她和我小学、初中都是同学，住得不远，常常碰面。她给人的感觉是沉着冷静、循规蹈矩、少年老成。从未见她大喜过望或愤怒异常，更不见说俏皮话或做出格事。在学校她是班干部，办事认真一丝不苟很有主见。她学习特刻苦，字写得好，出板报、写标语总也少不了她。她的字老师要求大家临摹学习。初中毕业后，同学们大都参加工作或参军走向社会，她还执着地继续到榆次一中求学。高中毕业时正值知识青年上山下乡运动，于是她也随潮流到农村插队，当了知青。返城后进了一个大单位，成为一个大家信赖的党务干部。她现在仍爱写字，常练毛笔字也欣赏自集的邮票，在书法的线条和邮票的方寸美之间品味艺术，寻找美感。她是一个沉静的人，爱学习的人，认真热情工作的人。2015年春节期间，在榆次初中班师生"唱响班歌"的火热现场，初学微信的她热情地为大家用手机摄影，回去竟截图制作出了精美的师生演唱画面图，并有精确中肯的点评，堪比专业人士。她还学会了炫拍为大家制作美图。最近她竟然意外发现自己保留着刘麾老师当年为同学们军训所写的一首诗，为同学们汇集回忆录增添了珍贵的内容。

还有一位是我们班富有才气的女生。她大眼睛，面容俊俏，高个子。她爱学习，心特别细；字写得很认真，横平竖直、一笔一画写出来，是典型的楷体方块字。军训时她打的背包也方方正正，受到表扬。她性格活泼、兴趣广泛，爱好游泳、打球，当然学习成绩特别好。中学后期，她和同班一位女同学随家转到某个县城中学读书。后来她上过高中，因家庭成分有点高没敢报考大学，以她的学习成绩大家认为一定能考个像样的学校，许多人为她惋惜。她有一个帅气、聪明的儿子，在航空公司当飞行员，当然还有好儿媳，家境很好，生活很幸福。

还有一位是我们班的"小宝贝"。她是我们班最小的一位，年龄小，个子也小，跟大家站在一起，好像班里拖着一个不到龄的小孩子。军训时半夜紧急集合，她最后一个出来，还是被班长拎出来的，说是找不到衣服，坐在那里哭。因她年龄小，大家对她要求也就不太高，她当时给大家的印象就是拖着鼻涕的孩子。多年之后，一位同学在一处下棋，忽听耳旁有人"嗨"了一声！他猛然抬头，见一位女同胞笑问"不认识我了？老同学！"那同学辨认片刻，才依稀认出是当年的她。她早已不是当年的模样了，如今大人大样，但依旧很活泼，在大街上碰到了，老远就会和你打招呼"嗨——"！据说，她嫁入了当地儒商名门，有一个出色的女儿。她女儿因得知国家大剧院的设计由外国人承担而发愤学建筑，大学建筑系毕业后继续考取了硕士、博士研究生，人小志大，会很有出息。她参加同学聚会较少，许多同学与她不敢相认，因为大家脑海中保留的是她未成年时的形象。

七、那个时代绽放的青春花朵

青春的人生是灿烂的，青春的年华是美丽的，哪怕是在那个没有多彩时装映衬的年代，青春的花朵也照样开得清清的、雅雅的……

我们班有两对并蒂盛开的姐妹花，都长得清秀漂亮，都非常娴雅，都出身于地方领导干部家庭，都拥有父辈革命奋斗的气质，都一样在"文化大革命"的冲击下，丢掉了政治上的优越感和贵族气，过上了寻常百姓的日子，变得朴实平凡。说她们是并蒂盛开的姐妹花，是说在那个特殊的年代，特殊的招生办法，使不同年份毕业的孩子汇集到同一届入学，出现了不同年龄的同胞姐妹却在一个初中班学习的事情。

她们姐妹那时是从政府机关大院迁到南寿安里市井之中的，搬迁的打击可谓洗尽了家庭的政治优越感。姐姐文静秀气写得一笔好字，作得一手好文章，但平时内秀不多说话，把对生活的热爱蕴藏在心底，不爱出头但不离群，是个很随和的人。妹妹活泼伶俐，眼睛里闪射着调皮的光彩，她的风格是快人快语，说话爱抢个风头，办事则很麻利。在学校军训队列行进训练时，她手捧毛

其中一对姐妹花当年的全家福

主席画像，在两名擎旗手中间，走在全体队列最前面，这幅画面被永久地定格在一张黑白并有些泛黄的老照片上，成为大家追忆那个年代生活的珍藏品。从寿安里小学初中班毕业后，她们随着父辈的复职到省城去发展了。家庭曾受到的政治冲击过去了，她们通过自己的努力先后跨进了大学的校门，迈入了人生的顺风顺水阶段。她们的名字都有一个"小"字，表示着可爱，寄托着谦逊，也显现着"小中见大"。

另一对姐妹花也是干部子女，只是家在政府外面的机关家属院里，所以不需迁出。但

寿安里同学的记忆

"文化大革命"的风暴照样冲击了她们的家庭，于是她们也一样地丢掉了特殊待遇、特定的照顾，和普通人家子女比肩站在了一起。她们姐妹俩属于内秀型，学习成绩都优异，各项活动都不落后，似乎姐姐更内向些，很谦逊不出头，妹妹活泼一些，军训时还担负着班里的职务。她们都是大家闺秀出身，但军训时和大家一样的持枪投弹、匍匐前进，紧急集合，如若不是那场触及灵魂的大革命，很难想象她们会和普通人家的孩子在一起吃大苦耐大劳，在同一队列里拼搏。毕业后，随着父辈的解放，她们都远走高飞了。

2014年部分师生合影

还有一位女同学属于那种可以忍让别人的人。她也是干部子女，曾住在机关宿舍大院的小栋别墅里。她外表略显柔弱些，看人的目光也是较为温情的。不怎么爱争强斗胜，没见过她与人争执动怒，也不见她扯着嗓门大声讲话，应该是温和派，但绝不是落后者。女同学讲她思想比较活跃，有些观点还较前卫。毕业后，她随家去省城发展了。父辈虽在"文革"中受到冲击，但解放出来后，自己的子女则可得到顺风顺水的发展。她有个妹妹后来和我在一个系统工作，其脾性有如她的姐姐，柔柔的，几乎和人没什么争执。

还有一位女同学是那种一丝不苟的人。她和我同住政府机关家属大院的排房中，同一排房两家中只隔着一家。她和我一样，兄弟姐妹四个，她是老大。她长得漂亮，一如她漂亮能干的妈妈，不过比她妈妈内向些。她比她的弟妹们都内向，做事条理，不越矩，不出格，让人省心。她爸爸是政府卫生系统领导，她家墙上挂着她爸爸的一张照片：一身戎装，胸前挂着勋章。从相片上可知她父亲是在军队卫生系统做出显著贡献的人。她后在医院工作，几十年无差错，确是个让人放心的人。

还有一位一直保持着淳朴活泼本色的女同学。她也和我同住机关家属大院，同一单元同一排房与那位女同学家紧邻，只不过她是住在爷爷家，爷爷是老干部。她从外县迁来，身上洋溢着近似乡下的淳朴之气。她心灵手巧，长得漂亮。毕业后进入一个国有大型企业，工作异常出色，在大企业的机关干着白领管理者的工作。最近她把同学们过去的黑白照片和今日的彩色新照片合在一起，配上经典话语和音乐制成电子微秀，使人感到亲切动人。她的微秀作品体现了对生活素材的提炼，对逝去岁月的浪漫怀想，对情感抒发很别致，而且往昔与现今穿越，有着轻松、活泼的风格，标题用语浓浓地显示着特色。

还有一位女同学人长得秀气，可以说是秀骨天成。她是政府商业系统领导的女儿，有一种执拗向上的劲头，学习好字娟秀，办事也干净利落，给大家留有很好的印象，后在商业系统一个贸易公司当会计，工作得很出色。

还有一位女同学是那种细致条理的人。她长得个子不高，表面上笨笨的，但心灵手巧，办事条理，干的活都漂亮。她的字是当时班里写得最好的，不知是否得益于从小就办事条理？她初中毕业后在国企机关档案室工作，以她的性情干此项工作当然会得心应手，所以干得非常好。她还是单位刘胡兰民兵班班长，刘胡兰民兵班的女工能像男工一样在野外爬杆作业，都是能干出众的女人。

还有一位女同学是一朵民间盛开的花，她漂亮，有如其名字一样的国色天香。她也和名字一样心劲高，"心比天高，风流灵巧"。有人说她是班里最漂亮的女生，的确不为过。她最忌别人讲干部子女如何，一讲她心就受伤，别人受伤不一定说出口，她则会坦荡地讲出，显示自己的磊落和顽强，可这个班干部子女多得几近主体。她毕业后自我拼搏，后来自己开了工厂，成了小企业主，生活很充实。现在她决不担心别人再讲干部子女如何，平民也能干出大成果，她挺起胸膛，站在成功者行列中，她还不时宴请身边的同学，很显潇洒大方。她还撰写了一篇散文诗，把学校比作花园，同学们为各种花草，异常优美……

还有一位女同学也是来自平民层。当年她羞涩、天真，长得像她的名字一样秀气坚贞，像天边飘着的一朵白云，是典型的东方淑女，她经常微笑着，不显山露水，人群中也不靠前站，集体照片中她常站在后排。多年后同学聚会，参观母校结束后同学们要打牌小玩，让她作陪，人够了她便在旁边默默看着，安安静静。人不够，她便顶缺，毫无怨言。她的牌打得非常好，思虑周全出手麻利，没有其他女同学常常表现的犹豫不决或怨声连连，既有好的牌技又有好的牌风，牌风如人。当我们赢了时，她在开心地微笑。我想她的心底有多宽厚呢？

还有位女同学比我们略大一点，是插班学习的往届生。她学习认真、办事老成，因此大家觉得她比较"老辣"。她带副近视眼镜，当时戴眼镜的人不多，我虽近视但也只是偶尔戴一下而已。她毕业后当了小学代教，教得比较好被调入行政事业部门工作，工作认真出色。她是一个很要强和有能力的人。

八、天空中飞过的一群鸟

"天高任鸟飞，海阔凭鱼跃"。如果把人比作鸟，那么，我们初中同学毕业后就像鸟一样曾在时代的天空中一起比翼飞翔，并飞出各不相同的精彩轨迹。我们曾领略过那个时代的蓝天，也接受过暴风雨的洗礼……

有位男同学后来成了涉猎广博的文人。他是一位爱读书的同学，生性聪明，小时候爱看闲杂书。在校时就显露出与众不同，他研究些旁人不涉及的学问，如野史及风水八卦，还涉猎过古典诗词，被同学们称为诗人。他当年个子不高，但自我意识很强，不随波逐流，总有自己独特的认识。他的许多见解和一般人不容易融到一起，因而显得不大入群。毕业后，他把自己的著述送班里一位女同学阅读，人家在家反复看了一些日子后送还给他，并据实相告"看不懂"。他毕业后到外地铁路系统工作了，在机车上当过司炉，像《红灯记》里的李玉和那样在风里雨里扳过道岔。他很有见解，一般人不与他辩论，因为争辩不过，连单位领导也让他三分。他学识自成一家，活得很从容，回来时常与自己观点相近、气质相同的朋友在一起，和一般同学不多走近。他最近在群里常发些清新的词作，大家很是爱读。

还有位认真扎实型的男同学。这位同学和我同是干部子弟，两家只有一墙之隔。未隔墙时我们常到对方家中玩，一墙隔开后仿佛东西柏林墙，得绕行很远，很不方便。他有一个姐姐也与我们同学。他父亲对他们要求很严但也很有耐心，还帮他修改过作文，结果那篇作文受到老师的表扬，还当堂朗读，他因此喜欢上了语文课。花甲之年的他撰写了一篇文章《少儿时的点滴回忆》，文笔流畅、生动感人。他很聪明，记忆力超群，上学时能把一些课文倒背如流；他记事深刻细致，仿佛我们同学中的一本活字典，同学相聚，他能对当年事说个所以然，并且还能说出许多同学当时的家庭背景、社会关系。他曾在大工厂的车间当过团支部书记、车工班长、金工工段副工长，还下海经过商。他生活中不像大家随意，印象中的他戴着眼镜像个老成持重的学究，认真刻板到不喝酒、不抽烟、不打牌、不去KTV、不跳舞……同学聚会他又说出：现在不看书了，想来是眼睛花了。在他身上，有很多的"不"……

还有位男同学从小到大一直待人热情如火。他是一位活泼的同学，爱说爱笑爱动，常显得急急忙忙、风风火火。他心直口快，快人快语，有啥说啥。他突出的特点是为人热情、爽快，注重感情。记得当年有一位同学要当兵走了，不舍之下，他对那同学说：你走前，我帮你去拉煤。在那个年代，拉煤是家庭生活中最重的体力活，可是当时离不开这种体力活，雇人拉煤得有花销，而且那个年头并不兴雇人一说。半大小子帮家里拉煤是顶了大事，是男子汉的骄傲，因此男同学间常互助拉煤。他的这句话感动得那位要入伍的同学一时竟说不出话来，那内心的波澜一望可知。后来那位同学从部队探

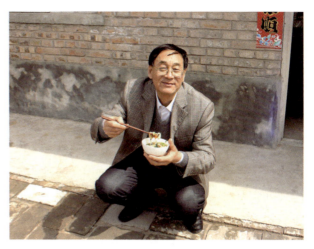

王晋宏

亲回来常去的就是他家，几十年了俩人感情依旧敦厚。还有一位同学和他走得很近，当年这位同学参加工作时曾住在单位单身宿舍，那里是图书室，他们几个要好的同学经常到那里读书。那位同学多年后聚会时谈到自己曾受伤住院，他便质问："为啥不告诉我，我去护理你，我退休了没事"。他讲的是实话，是真情。女同学们还记得，每次聚会时他总是热情地开车送大家。没汽车前，他推着自行车也要送一程。读他写的回忆文章《不忘的初中年华》，我才知道了，他们当时从学校防空洞通过邻近的面粉厂偷着回家拿东西吃，他就是这样一个对朋友充满热情的人，是一个说实话的人。

还有位男同学至今在事业上奋斗不止，是一位为人和善、谦逊、热情的同学。他父亲是市里一个单位的主要领导，但是他看不出一点干部子弟的样子，从没见和谁吵闹或打架。大家管他叫"猫"，我想猫是有爪牙但不张扬的小动物，是温和而有城府、外圆内方的代表。可那时他应该还没有老练到这个程度，也许只是大家叫顺嘴了吧。那时不少同学有绰号，顶多只能算昵称，未必有什么深意。那时他的座位离我不远，我写的诗大多给他看过。他看过我写的送别刘麾老师的诗后说，看到"忘不了那军训时吹响的声声军号"时顿感心头猛然一热，可见他很注重感情。他把我的诗拿回去让他姐姐读，他姐姐和了一首诗给我，那娟秀的字迹令人赏心悦目，可惜诗句现在都记不起来了。后来听说他兴办企业很有些成就，做得风生水起，也有过起落，但还是干出了些名堂。现在虽未成为大企业家，但业务也很忙……

还有一位帅气的男同学，他妈妈就很漂亮，是榆次的名人。他秉承妈妈的基因聪明、活泼、调皮，小时候常喜欢搞点小小的恶作剧，但只是为活跃气氛，只限于幽默。他后来听说到艺校工作了，很适合他。

九、那个年代的我自己

当年的我

我出生在一个干部家庭里。父亲出身贫苦，爷爷早年病逝，家里只有他一个男子。他有母亲和三个妹妹，但他十几岁便投身革命了。因工作需要用了化名，许多人诧异我们父子不同姓，我不厌其烦地据实解答。我的母亲是有钱人家的大家闺秀，与父亲相识后毅然离家随父亲投身革命。她漂亮能干，和父亲终身相爱无悔。

父亲家境苦，只读了四年书，但学习能力强，在革命者队伍中算是"知识分子"、"饱学之士"。他当过"抗日民高"的校长，经常在队列前向学生、教师讲话，许多老干部尊称他为"老师"。他还任过新中国成立后首任县委宣传部部长，后调市委党校做干部理论教育工作，他是革命队伍中用笔战斗的人。他用西汉开国元勋智者张良的字为化名，显示出他不凡的抱负。

我出生在县城，由于父母工作忙，奶养在山区，奶妈家是放羊的。我至今还清晰地记得，奶妈的儿子站在山坡上，扬鞭击打天空中低飞的燕子的情景；还清晰地记得那时晚上寂静的山庄里狼的嚎叫和村民"打狼"的呼喊声。我在上小学前被接回，在机关幼儿园寄宿，后就近到大乘寺小学(三完小)读书，在一年级末期，因父母在政府机关宿舍安家，我转到寿安里小学读书。从小学出来，穿过北寿安里就是政府机关家属大院。大院分四个单元，我家是第四单元，是档次较低的，一二单元为级别较高的干部居住区。

当年我和父母亲合影

到寿安里小学读书后，由于是从外校转来的，开始有些不习惯，跟不上趟入不了群。但我爱学习，尤其是语文，阅读能力强，接受知识快，带动我逐步融合进了这个群体。到三四年级时我还担任了学习委员，在班级有了一定的名声。

1966年夏天我小学毕业，赶上"文化大革命"，中学停止招生。父亲是单位领导被作为走资派打倒，并下放介休农村劳动改造不得回家，母亲受到牵连一同下放，偶尔回来看一下。奶奶领着我和弟妹艰难度日，睡觉甚至没床，我作为一个半大小子经常睡在放衣物的箱子上。在那个年代，我们家还被抄过，但父亲是穷苦人家出身，家中每个人都身无长物……那时候的我正值风华年少，好奇心强，精力特别旺盛，于是无所事事便浪迹街头看造反派夺权游行，欣赏革命造反组织激进而又火辣辣的名称和他们激昂的辩论以及铺天盖地的大字报。后来学生造反发展为工人武斗，我只能躲在家闲居了。由于精神饥渴想法搜罗借阅了不少古今中外的小说，读了不少诗歌，毛泽东诗词都能背下来，眼睛就是那时看大部头小说看近视的。

2014年部分66届同学合影

1969年11月，初中恢复招生，我和其他没就业的少年一样顺潮流进了寿安里小学读初中班。1966年到1969年，有四届小学毕业生同时上初中，在班里，我是年龄稍大点的，被老师器重，临时指定为班干部，但我对此并不热情。我喜欢语文课，然而那时的语文课内容满足不了我的要求，那些大批判文章，讲空话、假话、大道理，没有扎实的文字功底，没有文学上的情感想象，没有动人的文采，朗读时只是感到有种盛气凌人的语气，读毛泽东诗词便不是这样。我的朗读认真流畅，字正腔圆，感情充沛，得到老师的赞许，同学的认可。我喜欢语言文学，还不时写点抒情的句子和散文，在男同学小范围内传看。那时我还在黑板报上发表豪言壮语，尽管自己读来还有点不好意思，可得到班主任老师的赞许，在那么多同学面前意味深长地说："他可以朝这个方面发展"。后来刚参加工作时我还给班里到南方当兵的同学写过信，信中还附有我在工厂写的四首小诗，他收藏了，还在回忆文章中涉及，今日读来很有点汗颜。我还喜欢参加文化娱乐活动，在工人毛泽东思想宣传队驻校时，常看他们排练节目，并琢磨他们的台词，后来自己也参加了刘冠娥老师组织的跨年级的文艺宣传队，刘老师的才干和校文艺宣传队的活动熏陶了我，造就了我的一些活泼的文艺方面的气质。

临近毕业时，部队招收小兵，我们这些不到年龄的小伙伴们去应征，大家热情洋溢的入伍申请书原稿是我起草的。由班里同去的一位钢笔字写得好的同学抄写后交给部队接兵的人。接兵的人很欣赏申请书，定要见见起草人，实则是目测面试，结果他非常满意，后来体检时由于我近视度数过深并有人持不同意见而未能如愿，所以入伍当兵的事就这样与我擦肩而过了。我在想，如果当年我去了部队，也一定会干得很好，因为热情高，身体好，又爱学习，有着强烈的上进心，为人虽不会逢迎但厚道正派，决不会差。后来我在工厂当过基干民兵，演练过高炮防空，我因视力不好只能任七炮手搬运炮弹。

后来我的父亲解放了，母亲也回到了单位工作，我也被招收到当地最好的国企当工人，在那工人阶级是领导阶级的年代，当时是荣耀也是理想。感谢寿安里小学初中班的军训，使我具有了些许军人的素质，以致我在工厂徒工学习班的野营拉练中表现良好，奠定了我在工厂的发展；感谢寿安里小学和初中班的学习，感谢刘冠蛾老师文艺宣传队的熏陶使我有了文化、文艺活动的一些功底，使我在工厂俨然是一个有文化的青工了。我那激情似火的诗句，在车间黑板报上刊登，在工厂广播站朗诵，我还在厂里开会的大礼堂和宣传队的工人一起登台演出。后来恢复高考，我考入了大学，学了自己喜欢的专业，毕业后走到了干部的岗位上。经历了毕业后几十年的职场磨砺与搏击，逐步实现了自己人生的价值，成为一个无愧于时代、无愧于自己的敢于拼搏也拼搏过的人。

青春的岁月像条河，这条河奠定了人生发展的方向。我盘点自己：中学时是迷惘的青春期，那时自己是个跟着感觉走的青年，但正是在那个时代，老师、同学给了我帮助、给了我榜样、给了我参照、给了我启发，我的感知才会是那么的正能量，才有幸走得端正。

在青春岁月的长河中，我是个普通人，有着自己火辣辣的生活，在这些生活里也留下了自己的些许印记。

十、两只折翅的小鸟

如果说同学们是矫健的鸟儿，在时代的天空中都尽力飞出自己的精彩，有的飞得很高很远，视野很宽广；但也有的起飞后不久便不幸折翅了；如果说同学们是靓丽的花朵，绽放得灿烂似锦，可偏偏有的花儿早早地凋谢了……

祁建中

有这样一位同学，他出身于本地知识分子世家，爷爷辈是乡村望族，广有田产，到父亲时家道中落，田产变卖。但家人都是读书文化人，爸爸姑姑都大学毕业。他的姑父早夭，姑姑独身一人未再成家，他便过继到姑姑门下，由姑姑一手抚养。他长得很白，由此便被同学们调皮的称为"白客"。他个子适中，不胖不瘦，目光中常有些自得。我记得他酷爱学习，除上课外，还涉猎其他，天主教、基督教的事他能说上一大堆，并与那位涉猎广的同窗成为诤友。初中毕业后，大概由于家庭问题未能到大工厂上班或当兵，便继续读高中。他还在家自读了很多书，在那个年代，他能从省新华书店找到内部出版的书阅读，阅读量很大，从一位同学的回忆文章中，我还知道了他为了读一本《周易》多次到北合流村拜访藏书者，买好烟孝敬人家才借到手读。他后来经人介绍到母校小学当了语文代教，和一些志趣相投的青年指点江山、激扬文字，高谈阔论，常探讨些忧国忧民的大问题，很显少年时的轻狂。记得有一次我在老城旧巷里遇到他，他穿了一件新中国成立前的旧装，立领笔挺，颜色古旧，然而他的神色却庄重了许多，仿佛一位民国时代的学者绅士。在那时，周围人的服装全是一片灰蓝色，因此他的服饰特别惹眼，是极有个性的人才能穿出来的，在街上不时引起路人侧目。与我相随的一位紧跟时代潮流的青年讥讽他的服装像从当铺里取出来的。可我毕竟是他同学，知道他不随俗，有卓尔不群之感。后来他夭折了，有传言说他是愤世嫉俗、忧郁成疾自杀的，因此有人认为他和社会不融洽，被运转的社会甩出去了。但实则是他看书过于沉溺，抬头时晕倒在地，头磕在门栏上，磕的过重，因此无救……二十多岁的他本应一鸣惊人，一飞冲天，却空怀一腔壮志、一身才气、一副傲骨，撒手人寰。他的名字是建设中国之意，出师未捷身先去，没能如愿，我们为他惋惜。

还有一位女同学，她个子不高，胖墩墩的，叽叽喳喳、爱说爱笑、活泼好动、招人喜爱，经常是欢天喜地的样子。女同学对她印象极好，只要有活动，绝对少不了她，宣传队、体育组，同学们当年的各种聚会、合影留念，几乎哪里都有她。她淘气，是女同学中的"开心果"，由于她学木偶剧的动作很传真，所以女同学们亲切地叫她"小木偶"。她家生活条件好，她本人又热心，竟然把家里的自行车骑到学校让大家"公用"，供集体"捣砸"，后来闸都不灵了。那时有辆自行车很不容易，自行车可是家中的大件财产。她毕业后到了中

张瑞卿

央广播事业局驻榆次的一个企业里当了产业工人，这个厂执行北京地区的工资标准，高于本地不少，让人很羡慕。她吃苦耐劳、克己奉公，年年被评为先进生产者。她不仅工作优越，还谈上了一个据说很不错的男朋友，正当花好月圆，生活如意展开之时，却被查出患了肿瘤，手术时已为晚期，不久便怅然离世。据说她去世前她的男朋友一直守护床前，她不在世了还常到她家里探望。她妈妈一见了班里和她要好的女同学就免不了流泪，因此许多女同学尽量避免与她妈妈照面，以免勾起老人家的伤心。一朵青春的花，一个惹人喜爱的"小木偶"就这样谢世了，让许多女同学幡然落泪，她给同学们留下了深深的遗憾和久久的怀念。

两位初中同学，二十几岁的青春年华便匆匆离世，对我内心触动很大，有段时间我很是感叹生命的脆弱和生活的无情。但久而久之，只有无奈，直到有一天我偶然看见了泰戈尔《流萤集》中的一句话"天空中没有翅膀的痕迹，但我心已飞过"，我心释然了。虽然两位初中同学韶华早逝，但他们也曾追逐过自己的梦想，体验过生活的百味，他们也曾享受过生命的快乐，大家也应无憾了！

十一、学农、学军的日子

在寿安里初中班跨两个年度的学习生活中，军训有两个多月，学农有近一个月，时间

寿安里同学的记忆

不算长但挺热闹新鲜，所以记忆也就更深刻些。

旭日东升，蓝天白云。我们初中班列队到张庆乡小张义村去驻村支农，支援麦收同时也是学农。当时是在军训期，我们是连队编制，分两个排，一排在前，二排在后，队伍前有同学打着旗帜，还有同学捧着毛主席画像。

我记得我和一位清瘦的同学走在一排前面，紧跟着捧毛主席画像的女同学。在城里马路上我们很严肃不苟言笑，还有带队的领喊"一、二、三、四"的口号，步伐整齐、精神抖擞。当走在乡下的小道时，路长话多，不由得热闹起来了。我记得我俩身后的同学评论说走在前面的我和那位同学谁厉害？男同学说厉害是指打架，我俩从不打架，可还是不影响后面同学的想象。

我们住在村里，分散在老乡的各个院落中。我们去间过谷子；把被冰雹打坏的苗从上面割掉，让新苗往上长；夏收割麦子时，一位姓谢的女同学抱麦子时，竟发现一条尺把长的绿蛇，吓得同学们惊叫躲避。沉稳的班主任刘麾老师小心地抓住了蛇的尾巴，轻轻地将蛇拎了起来，蛇将头弯上来想咬，他便轻地一抖，蛇也咬不到他，也缠不到他，也不致伤到蛇，后来大概放生了。一位男同学还表演活吃蚂蚱，摘掉头，塞进口里，这需要胆量豪气，对胆小者是震撼，匪夷所思。

一次我们在大队部库房里分化肥，准备为玉米施肥。我在用手扒拉化肥中，不小心被一位女同学用铁锹铲伤了手指，那位女同学说她当时吓得腿都软了。好在我们班有"预备赤脚医生"，她带着药箱，仔细地为我清理包扎伤口，堪称专业水平。那时的我们绝不娇气，要是现在早休息了，把不住家长还领上到医院好好地检查。但那时我们全不当回事，继续干活。有两个同学脚崴了，伤了踝关节，也是我们的"赤脚医生"为他们治疗，点燃酒精擦抹消肿按摩。还有位肚子不舒服的同学被送回了城里。"赤脚医生"还给村里一位腿脚有疾下不了炕的农妇针灸，后来患者竟奇迹般的能下地了，农妇的家人把感谢信送到了学校，贴在教室外的墙上。

那时我们在一起吃饭，青年人在一起吃饭很热闹。正是长身体的年龄，再加上参加体力劳动，我们男同学一顿几乎都能吃下五个大白馍。吃上好饭，劲头十足。有天同学们割倒了很多麦子并按老乡的指导捆好，一垛垛地码在地里还没来得及往回运就收工了。半夜里，疲惫的大家睡得正香，突然电闪雷鸣大雨倾盆，不知是谁呼喊了"抢收麦子去……"同学们纷纷跑出去，冒着大雨到地里把白天割倒码好的麦捆扛回了大队，放到柴棚里，折腾了一晚上，又是雨又是泥，狼藉一片。按老农说这是糟蹋麦子，如果在地里太阳出来一晒没什么影响，抱回来没场地如果晾晒不及时反而容易生芽，好心办成坏事。不过，毛头小伙子小姑娘都是这样过来的，况且我们是城里来学农的，需要成长，需要交点学费。村支部在广播喇叭中表扬了我们的事迹，赞扬了同学们热爱集体、不怕吃苦的奋斗精神。

几十年后同学们结伴再访小张义村，原先的谷地已盖起了村委办公楼和村民活动广场。当年的村支书现已七十多岁了，他的女儿任支书也有几届了，当然人家是选出来的，不同于有的国家领导是世袭制。

后来我们班还在聂村下乡近一个月，刘麾老师带队。班里还是部队建制，同学们起床都听军号指令。遗憾的是那次下乡活动我因校文艺宣传队有演出任务而未能参加，只能听大家讲趣闻。

我们还在城西南的军垦农场参加种植水稻劳动，主要是和部队战士一起在稻田里翻地、插秧，既在部队学军，也在农场学农。不过这种学农是和战士们在一起，体验着部队的集体生活，感受着军人的

2015年部分同学在小张义村

集体观念。挽起裤腿下水田插秧，大家都是生平第一次，对有的人来说也是终身唯一的一次。许多同学那时才认识了蚂蟥，爬在腿上拔断也不下来，后来学军人的办法，轻轻拍它就掉下来了，不过它吸足了我们的血。劳动强度大的是翻泥田，部队战士的锹很锋利，圆弧的锹头在劳动中磨得铮亮。我们同学都是自带的家用和煤泥的铁锹，生锈卷刃，手柄松动，很不利索，所以大家一有机会就抢用部队战士的锹。部队的午饭基本是大米饭，有可口的菜，好吃管饱，大家都吃得肚子圆滚滚的。但菜有点咸，饭后口渴，需大量喝水，水喝多了在胃里晃荡，影响劳动，于是便感到干活很累，其实是经验不足。

在部队劳动最愉快的时光是在劳动中间休息和收工后。休息时我们和战士分开坐，常常拉歌、赛歌，此起彼伏，歌声响彻稻田的上空；劳动结束后列队回营，唱着"日落西山红霞飞，战士打靶把营归"可切实体会雷锋同志所说的"劳动后最愉快"的愉悦之情。那时我们年轻的心也在这强大的、向上的、充满正能量的军队集体生活的氛围中得到锻炼和升华。

秋天稻子熟了，一片金黄，我们还去参加过割稻收稻劳动。看着北方大地上长成过去南方才有的稻米，看着有自己亲身参与的劳动成果，同学们都很开心，那些劳作的辛苦和

2015年部分同学在原部队农场

收获的欢乐，使我们突然之间就长大了许多。这大概也是学校安排我们学农学军参与社会活动的初衷吧。

十二、那时我们的体育运动

身体是生命之本，承载着生存奋斗的重任，从小养成良好的体育锻炼习惯，是未来事业成功的基石和保证。所以学校教育把体育放在重要的位置，强调学生要"德、智、体"全面发展，做三好学生。

寿安里小学的体育设施及各种器材是一流的。我们小学时的体育课是先从垫上运动做起，前后滚翻，常常是单兵训练，在众目睽睽下过关，继而爬杆、软梯、单双杠、跳远跳高、短跑、接力赛，还有球类运动：篮球、足球、垒球、乒乓球……

课间活动是少年人释放体能的时间，除集体广播体操外，女同学们还会做一些小学生所独有的游戏，如跳皮筋、跳绳子、跳格子、踢毽子、丢沙包、抓骰子……男同学们在这方面活动项目则比较少，一般只有奔跑、打闹、碰拐子等几项，所以男同学早早就喜欢上了球类运动。但大球存放在学校体育运动器材室，领取不方便，所以男同学常玩的是自己能拥有的乒乓球，只是台子太少。

少年厅的正规球台有打得好的大同学"霸着"，我们只能观看学习。那时，我就经常在少年厅观看榆次少年乒乓球赛冠军杨松在那打球。教室门前砖砌的球台，因人多也常轮不上。教师大办公室朝向小花园的门前有水泥台阶，那儿一般没人去，我们便在那水泥台阶上打球。尽管台子很不正规，我们还是打得有滋有味、兴趣盎然。打得入迷时，回家还要对着墙壁练推挡，对着火炕练大板扣杀，连抓筷子、拿尺子都可击打乒乓球。可以说打乒乓球我们是"童子功"，很是老道深厚。

上初中后，我们成为全校最大的学生了，那少年厅球台就变成了我们的天下，成了我们的阵地。

我那时球艺长进不少。一是靠看点技术书，自己琢磨；二是因大同学少，显出我们了，老师有时间专门指点我们了。记得赵佑庵老师指点我的扣球动作，让我学习马利生扣球完把拍子挥过头，这样可以最大限度地提高球的力度，给对手造成凌厉的攻势。他的指点，我至今记忆犹新。从那时起，打乒乓球成为我爱好的体育运动。和我一样保持这一爱好的，还有曾是班队

2015年部分同学在学校操场

成员的王晋明、周秋生、刘晓黎等同学。我们数十年一直坚持打球，后来形成了一个球友小俱乐部，一星期总得活动好几次，活动少了就浑身不舒服。在打乒乓球时，击打着那轻盈、蹦跳的小球，让它旋转，让它飞速或变化着前进，真是其乐无穷，我们称之为"健康乒乓、快乐乒乓、友谊乒乓"。有同龄者赞我们打球者"身轻似燕"，确实如此，乒乓球运动使我们在击打中锻炼身体、提高反应、磨炼意志，身心愉快，自然在球场上跑动健步如飞了。

那时我们还学游泳，当时因毛泽东主席畅游长江引发全国游泳热潮，大家争着到大风大浪中锻炼，称为"闲庭信步"。游泳也成为学校体育课的一项内容，成为我们的一项趣味横生的体育运动。我那时学会了踩水、蛙泳、侧泳、仰泳、潜泳，曾和小伙伴一起跑步入水，各种跳水法都曾尝试过。记得周秋生的弟弟游得极好，由于经常到游泳场游泳，被阳光晒得黑黑的，在水中像条黑色小精灵。后来听说他被专业队选走了。

那时学会的游泳也成了我的终身爱好。在湖南湘江边、在美国旧金山的游泳池里，我曾为同行的伙伴捞起过他们不慎掉入水中的眼镜，离开眼镜他们会很不舒服，我的游泳技能竟有了用武之地。游泳确是一项好的体育运动，水的浮力对缓解骨骼压力、缓解腰椎间盘突出病均有好处，水对皮肤全方位按摩，水的冷热刺激会让血管作些收缩规律的体操，

保持健康状态，游泳时头脑非常清晰，大概血流畅通了。

花甲之年的同学们在马改玲同学的倡导下，每周末进行一次集体游泳健身，畅续同学情谊。有的同学讲，一人就不想去了，但一想到大家等着，那就一定要去！于是增加了游泳锻炼的机会；还有的同学讲：游泳一次，快乐一周！马改玲同学讲，一块游泳感到同学们更亲了、更近了。同学们尊称她为马队长。

2015年部分同学在榆次力奥

那时男同学打的最多的还是篮球。篮球场在前后操场中间，非常方便。篮球运动可大可小，小到可一人投篮、运球，也可两人对打、四人比赛，可半场、全场，全场比赛会引来不少人围观，形成热闹的场面。我们班的球队还频频出访，去军分区和战士们比赛，到邻校和同学们交流，我作为预备队员兼啦啦队员也参与其间。在大乘寺小学和那里的初中班男子篮球队比赛时我们大获全胜，张小棣同学身体素质好的优势毕显，在对方队员疲惫不堪的情况下，他经常爆发抢断，以惊人的弹跳力和速度突袭灌篮，屡屡得分。王晋明同学的后卫非常尽责，周秋生同学的右前锋"勾手飘球"投篮非常精准。总之，上场的队员均有自己的绝活，看得人目不暇接，很是有趣。

当时学校还开设军体课，实则是测试每个人的军人身体素质。在城镇联校军体运动会比赛中，张小棣以惊人的成绩名列男子第一，把第二名远远甩在身后，许振英同学以顽强的毅力勇夺女子第二，他们是我们当中体育运动的明星……

十三、一首激越奋斗的友谊之歌——《班魂永远》

人是要有一点精神的寄托，精神是做人的支柱，是灵魂。安徒生童话《海的女儿》中的小美人鱼，就渴望获得一个人不灭的灵魂。

一个集体也是要有灵魂的，灵魂是一个集体的信念，有着杰出灵魂的集体是优秀的团队。电视剧《集结号》、《我们的团长我们的团》里面有杰出的集体团队，还有美国海豹突击队也都是杰出的集体团队。我们初中一班也是杰出的，班主任冀老师认为带了许多班，我们班特别优秀，认为"初中一班，非同一般"，他说"我爱中一班，成长的摇篮，红梅的品格，硕果的甘甜，学友的真情，师长的温暖，青春的岁月，长河的眷恋，相逢的热泪，班魂的模范，真情的呼唤，我爱你一班！"并创作歌词《班魂永远》，以班魂为主题写出了一首激越昂扬的班歌。

老师讲的"班魂"是什么？实际上是一种精神，是一种组织起来的力量，是一个班团结奋进的凝聚力，是1+1>2的组合。在这个集体中每个人都是优秀的个体，都可以发挥正能量，可以相互激励，相互补缺，形成一个卓越的战斗团队，成为一个青少年成长的摇篮。

老师讲的班魂还是一种友爱，一种关心，一种相互联谊的温馨纽带。这里有学友的真情，有师长的温暖，每个人在这里可以关爱别人，也可以得到别人的关爱，这就是大家人人珍惜的缘分友情。

我们的班魂还是一种永远向上的创造力量，只要在这个团队中，就会奋发向上，不会颓废，不去停止。

班魂还是每个同学胸中涌动的激情，是大家企盼的凝聚，是共同理想，共同意志的体现，是我们愿意共同遵循的价值规范，是大家心中真情的呼唤。

我们初中班的生活仅仅一年半多，但这一年半的学习却胜过或等于许多集体的十年，以致有的同学称之为"浓缩了的初中生活"。在这浓缩的生活中，我们创造了学习勤奋的事例，半月二十天左右攻读一册书；我们创造了参加社会实践活动的典范：军训、支农、文艺宣传，涌现出的个体都非常优秀；我们搭起了

2015年部分师生唱班歌

友谊的桥梁，近半个世纪的联谊友情牢固，热忱不减、欢聚不断，相互勉励、互相扶持，在人生奋斗的旅途中，真正是"岁久情更浓"，这浓浓的情就是我们集体的精神，就是我们的"永远的班魂"，就是我们班魂最具体的注解。

就在穿越近半个世纪的友谊中，班主任冀老师寄言《班魂永远》，他谱写的一班班歌是一首唱给初中一班同学的激越的歌，一首抒写师生友谊的诗，迴荡着催人奋进的旋律。

青春的岁月像条河，虽然渐行渐远，但它流不断，永远流淌在我们思念的深处，何况班魂真情的呼唤仍然鞭策我们去续写"生命、奋进、友谊"的诗篇。

十四、青春的记忆与友情

漫漫人生岁月，记忆会有很多。许多事小且淡，过目就忘，因为我们记忆容不下那么多；许多事很大也许不愿回眸："故国不堪回首月明中"，因为痛苦，人生许多事确实需要相忘于江湖。但人生又有许多事情愿意记忆，特别是那暖暖的温情，纯真的友情之记忆又会久久地萦绕在脑海中，所以人生存在着许多的感思。

暖暖人世情缘，亲情、爱情、友情维系着人与人的关系。情是做人之本，不然为什么大家说"人非草木，孰能无情"？不然为什么有的人在绝望时，一个"情"字又使他平添了生存下去的勇气，有了支撑自己的信念？同时，谁又愿与一个没有情感的人相处？亲情

2015年师生畅游后沟古村

浓于水，爱情让人生死相许，友情更是人与人之间的信任、互助、支撑。茫茫人海中有那么一份真情，的确让人感动，令人珍惜，你听古人虽天各一方，却唱出了"海内存知己，天涯若比邻"的友情之歌。

青春的记忆是美好的，待岁月匆匆逝去，再回想往昔，许多事记忆犹新。青年时的朋友，年轻时的奋斗，青春的激情活力，青春的友谊和纯真的记忆穿过漫漫岁月，竟使人感到历久弥新，而且岁月蹉跎的越久，越觉得难能可贵。

青春的岁月像条河，从最美的花季开始，载着青春的友谊，流过漫长的人生旅程，更引起人的思念、怀想。于是寻访，叙旧，追忆，一次次的同学聚会，由于大家情绪激昂而显得热烈、甜蜜，激发出人内心深处隐隐的情愫。

我们寿安里小学初中班的同学在毕业后近半个世纪中谱写着一曲曲穿越时空的友谊之歌，同学们从遥远的广州、首都北京还有秦皇岛、太原，特别是在故乡榆次相叙、相携、相助。这些动人的相聚，每次都留下了美好的印象，有同学制作了怡情的微秀，刻录思念的光盘，记载了漫漫50年之久的友谊。

日月如梭，岁月流金。当年的热血青年，如今已头染些许白发，脸增几丝皱纹，但大家心还在、血仍热、情正浓，与过去比更多了深沉、苍劲，添了厚重、豁达，有了应有的淡泊和从容，但大家仍然深深地眷恋着那浓浓的同学情。

同学情是良遇，是相知，是缘分，只要你珍惜它，它就会成为你心中一抹难得的真情。这份真挚之情也许会成为你雨中伞、雪中碳，为你疗伤，给你慰藉，让你带着激励与感动前行，最少也会给你留下一段温暖的回忆，而这温暖的回忆不会随着岁月的流逝而失去。

青春的岁月像条河，奔流着青葱时代的优美故事，让人焕发出年少的豪情，在自己心中激荡……

十五、青春的歌

青春的岁月像条河，灿烂的日子汇成歌。
青春的河是清澈的，流过那纯真的年代，
青春的歌是甜美的，回荡着天真的欢乐。

青春的岁月像条河，奋斗的日子汇成歌。
青春的河是湍急的，流过那奋进的年代，
青春的歌是激越的，唱响在扬帆的时刻。

1974年的部分女同学合影

青春的岁月像条河，坎坷的日子汇成歌。
青春的河是曲折的，流过那多舛的年代，
青春的歌是凝重的，抒写着生命的苦涩。

青春的岁月像条河，铭心的日子汇成歌。
青春的河是短暂的，流过那匆匆的年代，
青春的歌是永久的，在思念的深处定格。

十六、久被尘封的诗草

擦开尘封的记忆，这是当年写在寿安里学校的诗章……

座谈会

——刘老师要走了，我们召开了离别座谈会……

座谈会开始了
大家心里
非常难过
恋恋不舍的滋味涌上心头……

刘老师要走了
一年来
我们的每一点进步
每一点成绩
哪一次不是老师在教导？
回想军训日月、乡下劳动
我们的老师
总是勤勤恳恳
走在我们的前头

多少深夜
在准备明天的讲课
多少晨晓

和我们一起锻炼、跑步
多少次劳动
带病坚持战斗
多少次的教诲
语重心长回响在耳旁

初中班这风风雨雨的一年
记录着我们师生携手向前的信念
寿安里这春华秋实的一年
谱写着我们师生播种收获的篇章
共同走过的日子我们怎能忘记？
忘不了，忘不了！
忘不了那文化课上的阵阵激情
忘不了下乡支农的麦收热潮
忘不了那教育革命的大批判怒涛
忘不了那军训时吹响的声声军号

有的同学诚恳讲道：
"自己本来不对，可是常和老师对抗
现在回想起来，心中惭愧非常。"
我们的同学
给予老师最高的评价
有的同学落泪了
仿佛送别解放军高班长时的景象
一样伤心断肠

此时，似有万语千言
说来没有头绪
千种情思，汇成一句
祝老师在新的学校，立新功，站好岗
我们在新老师的带领下

发扬军训作风，争取更大光荣

在时代的风雨中

成长锻炼的更加坚强！

1970年8月

校园分别　志在四方

——要分别了，我们几个红卫兵合影留念

当年的我

五个红卫兵

肩并肩地站在一起

朝着前方

教育革命的战斗友情

使我们连得更紧

更加亲密非常

"红卫兵战士志在四方"

题词是我们的心在闪光

看啊，随着我们五人的目光

你会想到遥远的农村、边疆

和那火热的部队、工厂！

"红卫兵战士……"

多么豪迈的回忆

"红卫兵战士……"

多么美好的时光

笔锋是何等的刚劲

使人一看便醒目非常

"……志在四方"

多么远大的理想

"……志在四方"
多么壮丽的诗章
你刚劲的笔锋啊
是未来记忆中
最可贵的一张！

1970年10月29日

毕业歌

——献给亲爱的母校

祖国在召唤
红旗在飘扬
整装待发的红卫兵
像渴望暴风雨的海燕
即将踏上三大革命的战场

红卫兵的青春
是八九点钟的太阳
红卫兵的心房
沐浴着党的春雨
毛泽东思想的阳光

……翻开军训日记
回想贫下中农的赞扬
抚平这鲜红的袖章
心血滚沸啊
意志更加坚强！

毛主席的红卫兵
勇于搏击大风大浪

147

寿安里同学的记忆

想一想五湖四海
想一想祖国的期望
把继续革命担在肩上

祖国在召唤
红旗在飘扬
年轻的红卫兵战士啊
你的心胸里
到底有什么样的理想?

高举的拳头坚强有力
出口的誓言铿锵作响:
"沿着毛主席'青年运动的方向'
奔向与工农兵相结合的战场
在那里谱写新的一章!"

1971年1月20日

回不去的青葱岁月

王永新

　　当看完小棣编印的《穿越半个世纪的纪念》画册后，一些很少见的老照片让自己的心情十分激动。我仿佛又听到了高班长半夜吹响那滴滴滴的紧急集合哨声，大家高喊着121、121、1234的行进队列口令声，还有同学们迈着整齐的步伐，高唱着那"风在吼、马在叫、黄河在咆哮"的嘹亮歌声；刘文在下乡劳动中那哈哈哈的爽朗笑声。又仿佛看见了冀振德老师声情并茂地在讲解"恰同学少年，风华正茂……江山如此多娇"的诗句。还有王锐手拿银针给同学们针灸的画面；卜小坪端着毛主席像走在队伍前面那英姿飒爽的身影。还有许多许多，真是思绪万千难以入眠。本想封存在脑海里的记忆一旦被打开，各种美好的、不好的、甜蜜的、苦涩的事情都通通涌了出来。

1997年10月部分中一班同学与老师

一、我们的初中生活是在小学里开始的

1969年11月1日，我怀着一种复杂的心情，走进了小学毕业后已经离开一年多的寿安里小学去报名上初中。当时初中班位于学校大门西边第三排最西面的一间教室里，当我们走进教室时，迎接我们的是一个个灰头土脸、缺胳膊断腿的桌椅板凳，窗户上几乎没有一块完整的玻璃，还有一位那就是面带微笑的刘麾老师。刘老师当时的心情现在无法猜测，但有一点是肯定的，在那个知识分子是臭老九的年代，饱经几年文革洗礼的知识分子、人民教师又能登上讲台给同学们讲课了，他的心情一定也是很复杂的。当时来了不少同学，有认识的有不认识的，上午刘老师简单讲了几句布置的任务，我们就各自回家收拾工具。时间不长，大家就从家里拿来了扫把、抹布、水桶，我是从家里拿来了斧头和铁钉，同学们七手八脚扫地擦桌子等忙了起来，我和刘老师将好一点的桌凳挑出来修好，不能用的搬走，把低的课桌摆到前面，凳子有长条凳还有单人凳，五花八门的都派上了用场，窗户有的钉了木板，有的贴上了纸。第二天又把铁炉子用几块砖垫好安起来，装上了白铁皮做的烟筒，拿细铁丝一固定，找了点废桌椅板凳腿用斧头一劈，用旧报纸点燃了往炉子里一扔，把劈成片儿的小木块往里一放，火就点着了。然后再放几个炭块，过了不一会，冷冰冰的教室里渐渐地就有了暖意。几个同学围着火炉前伸着双手烤火，脚都不停地轻轻跺着地面，有的同学还跑到讲台上，用粉笔写了几个字，画上个洋相画。记不清是谁了，还写了一句为什么不让我们上一中的话，挺逗人的。有的同学后来去了一中，有的同学没有再来，但多数同学都来了，那段时间时不时就有新同学来到我们班里。

我们·年多的初中生活就是这样，在寿安里小学这么一个特殊环境中开始的。然而，就是在这短短的一年时间里，我们的初中生活却是那样的充满激情和活力，那样的多姿多彩。就是在这个史无前例的戴帽初中班里，我结识了上天放在我生命中的每一位同学，从而拥有了这份质朴纯真的同学情。

二、初中班里的小学同学

米琦是我初中班的同学，也是小学67班的同班同学。在学校停课闹革命的一年多时间里，我和米琦、宋志强等经常在一起玩，米琦还曾经救了我一命。

1966年我的12岁生日那天，晚上吃过饺子后，我和米琦到榆次体育场游泳池去玩，一开始我们在浅水区，因为那里人多的和煮饺子似的，没游几下就上岸了。当我们走到深水区时，看到水面上人很少，我就说，咱们下去探探底，看看水有多深，说着就和米琦从跳台旁边抓住竖立的钢筋棍，小心翼翼地下到水中，手抓着水泥槽的边不敢松手。旁边有一个会游泳的大哥，我对他说，能不能拉住我，让我探一下底就上来，那位大哥爽快地答应了，他拉

我和米琦1974年榆次合影

住我的手，我就沉在水里，当脚一落水底的时候，我轻轻地一蹬就浮了上来，那种感觉真的是美极了。后来，我又让米琦拉住我探了一下底。在水里泡的时间一长，有点冷，米琦也上岸了，可是我玩的还没有尽兴，就对岸上的米琦说，我再下去探探底，如果上不来，你就叫人救命。米琦一口答应，我便放开手一下沉到水底，哪知道，这次一下去就憋不住气了，一张嘴喝了一口水，一喝水就慌了，急忙蹬水往上一窜，头露出水面，停了一下就又沉下去了。我张嘴想喊救命，一张嘴又连喝了几口水，又拼命挣扎着浮上来，听见米琦在喊：快，快救人……我接着就又沉下去了。这样上下折腾了两次。突然，有人架着我的左胳膊，将我推出了水面，米琦和另外一个人将我拉上了岸。这时已经有许多人在围观，有的问没事吧？有的人让我赶快吐一吐水。我坐在泳池边上一个劲的喘着粗气，好长时间才慢慢地缓过劲来。

一眨眼工夫事情过去快50年了，多亏有米琦这么好的同学，多亏是在崇尚英雄的那个年代，救我的那位无名英雄大哥也不知道现在何方，但愿今天的他快乐、幸福。

三、同学、战友、朋友

上小学时，小棣是64班，我在67班，我和小棣是1965年在东赵上戈村下乡认识的。当时进入上戈村，我们五年级各个班的学生分别住在老乡家里。其中从每个班抽调了几个同学组成了一个临时班，由赵光耀老师负责，我和小棣就住在了一起。白天我们一起劳动，晚上我和几个同学一起回到老乡家的窑洞里，吃饭都是到老乡家派饭吃。那时下乡时，我带着一个手电筒，不小心放在背包里没有关开关，晚上使用时电已不足，灯光已经有点发黄了，就是这个手电筒发黄的灯泡，却发挥了它不小的作用。小棣吃派饭的老乡家离我们住的窑洞比较远，吃完饭后天就黑了，我和小棣一起打着手电筒深一脚，浅一脚的往回走，特别是下了雨后，更是要小心翼翼地往前走，不小心就会踩到小水坑里，有一天晚上在上戈小学，小棣和一些

我和小棣1971年广州合影

寿安里同学的记忆

同学一举打败所有的对手夺得友谊赛的胜利，我们也是打着发黄的手电回到住处的。

晚上回到窑洞，同学们一上炕就都睡着了，可是每天晚上小棣都趴在炕上被窝里，把日记本放在枕头上认真地写日记，因为煤油灯很暗，我就用手电给他照着他写，写完才睡觉。他那本日记本的样子，现在我还记得清清楚楚，第一页是马克思的伟人照片，第二页是毛主席的照片，第三页写着这样一段话："人最宝贵的东西是生命，生命属于人只有一次。人的一生应该是这样度过的：当他回首往事的时候，他不会因为虚度年华而悔恨，也不会因为碌碌无为而羞愧——保尔·柯察金。我有生第一次看到的第一句名人名言，就是从小棣的日记本上看到的。

4年后，我在寿安里初中班里又见到了穿着一身绿军装头戴一顶没有帽徽军帽的小棣。我们成了真正的同班同学。我们一起在教室里学习，一起在操场上军训，一起在田野里劳动，一起举镐头钻到那10米深的地下挖防空洞。打篮球他是左前锋，我是左后卫。我们一起加入了红卫兵，立下了红卫兵战士志在四方的誓言，一起度过了活泼快乐的初中生活。

1970年12月，我们又一起踏上了保卫祖国南大门的列车，那时，我们站在列车最后一节车厢的后门踏板上，听着火车咣咣咣急速的前进声，看着那铁轨不停的延伸、消失的独特风景，谈着对未来的美好憧憬，那一幕就好像是在昨天一样，从那时起，我们纯真的同学情中又增加了一份浓浓的战友情。

刚到部队，我就用参军前寿安里学校赠送的笔记本开始写日记，那笔记本的封面是彩色有光的林海雪原、杨子荣的剧照。里面第一页是赵佑庵老师亲笔写的：赠永新同学，昔日红卫兵，今日解放军，紧跟毛主席，永远干革命，榆次反修学校。那时，我也开始收集一些名人名言，在部队的几年里，我和小棣见面时，免不了经常抄他笔记本上的名人名言，如：信心是做好一切事情的基础，决心是做好一切事情的关键，恒心是做好一切事情的保证等都是从小棣笔记本上抄来的，这些名言在我每当遇到困难的时候给了我很大的信心和力量。

2000年部分同学合影

1976年3月，我复员回到家乡，虽然相隔千里，但我们还一直保持着通信联系，还记得我给小棣的信最后一句总是祝你进步。后来的40年间，小棣多次立功受奖，职务也越来越高，从连级到师级干部，我却经历了下岗、企业破产、住房补拆、多次维权诉讼等困难，但小棣仍然与我一直保持着联系，在各个方面帮助我，使我渡过了一个又一个难关。小棣真是一个重情、重义、充满激情、乐于助人胜过兄长的小弟。我们之间的这份纯真的同学情、浓浓的战友情、真挚的朋友情岂不是上天赐给我们的一笔宝贵财富吗？我会倍加珍惜，我要真挚地感谢寿安里学校的老师和同学们。

浓缩的一年中学生活

张小棣

　　说起我的中学生活，很多人对我只有一年的中学学历都会产生疑问，甚至会说匪夷所思。实际上这并不奇怪，因为在20世纪那个非常混乱的时期里，学校不正常开课，学生没有正规学习环境，我能赶上在1970年读了一年初中课程，已经是很不错的了。

　　寿安里学校初中班准备开课前，按照母亲的要求，尽管我闹腾着要当兵，但还是正常去学校报了名。由于我当时对参军决心非常坚决，所以在学校正式开课时，我都没有去参加上课。直到最终参军未果，自己才回到学校坐到了中学生的学习位置上。

一、小学校里上初中

　　那时寿安里小学开办的初中班同学真是一个非常特殊的群体，年龄大小不一、毕业年级不同，作为寿安里小学（当时已改为反修学校）第一个初中班（即中学一班、简称中一班），可谓汇集了来自各个阶层、怀揣各自理想、抱有不同目的的很多少男少女学生。58个同学中，我们原小学64班的学生就有26个，占了近一半的比例，从而成为中一班学生中的一个主体。这里面有两个原因：一是64班的学生大多是地委行署机关的干部子女，很多家长都非常重视知识就是力量，希望孩子能多读书；二是在当时很多单位招工过程中，我们有不少家长作为"当权派"还没有解放分配工作，没有条件为自己的子女安排就业。所以，自己是在一个非常熟悉的同学环境中，开始了为期一年的中学学生生活。

　　我于1969年最后一个礼拜的星期一上午来到教室，老师和同学们对我因为想当兵而耽误了一个多月的课程都非常关心及呵护，帮助我很快补上了落下的课。1970年元旦后不久，我回到学校后的各种学习生活随即转入了正常。

　　如果说我的中学生活应该是以学习文化为主的话，那么在歪曲理解毛主席："学生也是这样，以学为主，兼学别样"的重要指示的大环境下，实际上我们并没有以学为主，而是重点兼学别样了。本来毛主席明确指出学生要区别于工人以工为主，农民以农为主，而应以学为主，青少年学生正是处在长知识，长身体，世界观逐步形成阶段，因此，学生的主要任务是学习。使自己在德智体诸方面都得到发展，成长为有社会主义觉悟的有文化的劳动者。

"以学为主"学什么？在那个时期，舆论宣传、上级强调、学校突出的就是组织学生要学好阶级斗争和生产斗争规律性的知识，就是学好政治课和社会主义文化课。所以，我在中一班的一年时间里，学习文化课仅是打下了一个初步的基础，而丰富多彩的各种社会实践活动，着实也让自己得到了很大的锻炼，为尽早走向社会参加工作积累了非常丰富的实践经验。

在"以学为主"方面，首先是精简后的数理化基础知识，初中数学从实数、代数式、直线形到函数及其图像、解直角三角形和圆等；以工业和农业基础知识代替的初中物理从基本概念磁、力、光、测量、密度、压强等浮力、电路、电能和机械运动等；从什么是化学、物质的变化、物质的性质到物质的提纯到氯酸钾制取氧气及人类赖以生存的空气等，老师让我们粗浅地了解了中学生的数理化基本内容。在语文、美术、音乐、体育课等方面，我们的学习当然也是走马观花，在没有专业英语老师的情况下，山西五台口音很重的梁福田老师，把我们英语教得"津津有味"，"Long live Chairman Mao！"即"毛主席万岁"这句话，虽然都过去45年了，我们至今仍念念不忘。可以说：所有这些文化课的学习虽然不够扎实，但作为一个重要的铺垫，都为我后来顺利就读华南理工大学无线电技术专业、在职完成广东广播电视大学中文专业班、中共中央党校领导干部函授专业班、广东省委党校经济管理研究生班学习，荣获第三届中国广播电视学会有线电视科技杰出贡献奖，考评为高级工程师职称等，奠定了不可或缺的学习基础。

在"兼学别样"方面，这是我们在校一年占用时间最多的学习实践。其中军训两个多月，在高班长等两位教官的严密组织、严肃施教、严格训练下，让我就像提前半年当了兵，以至我后来到部队就在队列、军姿、内务等方面都成了新兵连的示范样板。我们在学校期间，还参加了小张义、聂村、部队农场等多次支农劳动，既让同学们体验了艰苦辛勤的劳动生活，也使大家学会了诸如割麦、插秧、收稻等一些农活技术。同时，参加学校宣传队的经历，让我这个滥竽充数的二胡手从很多才艺双全的老师和同学那里学到了不少东西，当然也为我后来从事广播电视宣传工作充实了很多音乐、文学等艺术细胞。另外我一直喜欢体育运动，参加了学校的篮球、足球、乒乓球队等多次外出比赛，在球场上结识了后来在部队一直工作战斗在一起的杜和平、贾孟奇等学友、球友和战友。

在参加社会活动方面，可能是自己从小学开始就先后担任了班的小队、中队干部和学校的大队干部，带过一杠、两杠、三杠红臂章的原因，在中一班依然获得了学校老师和同学们的信任，除兼职学校红代会（当时的红卫兵代表大会，相当于现在的学生会）工作外，还在

寿安里同学的记忆

军训连里担任了班的干部，参与组织了很多社会活动，及早就锻炼培养和丰富强化了自己的组织协调能力。其中我们作为军训先进单位，先后参加了榆次一些社会活动的民兵执勤，尤其在"六·三"事件中抢救踩踏受伤的小学生，让我们亲历了一次生与死的严峻考验。有一次参加榆次市组织的军事项目运动会，我有一张匍匐穿越铁丝网的照片曾经展览在榆次街头的橱窗里，可惜没有保存下来，留下了一个很难忘的遗憾。

2015年清明与部分同学留影

虽然我在中一班只有一年时间，1970年12月就参军离开了尚未初中毕业的学校，但作为一个有11年寿安里学校学历的学生，这一年初中班生活对母校、老师和同学们的熟识程度，比过去从幼儿园到小学近10年的印象都更为深刻。作为寿安里学校进行教育革命的实践者、教学改革的先行者，我们师生在冬春夏秋里每天的朝夕相处，其一幕幕往事就恍如昨日历历在目，也让自己在此期间与很多老师和同学都建立了非常深厚的师生及学友感情。一些特别尊敬且如今仍在健康生活的老师如张昉、冀振德、赵佑庵、刘冠娥等，我和他们结识交往超过了半个多世纪的师生关系。诸如郭奠中、张子华、边计宁、陈林森、张铎、左真德、任栓云、李梦贞、郭云山等学校领导和其他一些老师，在我的脑海中都有非常深刻的印象；虽然刘麇、梁福田老师等已经遗憾地过早离世，但他们在课堂上的音容笑貌永远都留在了我的记忆里；马利生、王晋宏、刘晓黎是我从幼儿园开始一直到中一班的同班同学，我们一直保持的同学情谊穿越了50多年；从小学62（后改为64）班到中一班的同学有吕海平、任峰、李晓明、张勇、连民珍、温来萍、田玲、刘文、马改玲、郝建华、卜小坪、王秀荣、张京荣、刘计生等，大家在一起立马就可以回忆出当年的童年生活；从初中开始在一个班的同学有王永新、武江波、米琦、白文魁、王晋明、周秋生、郝保卫、杨榆寿、王民生、李国祯、高建中、李华、王锐、王巧英、卜小琳、许振英、张书云、侯牡丹、常学玲、金和、李淑芳、武曼霞等，还有英年早逝、同学们都很怀念的祁建中、张瑞卿两位学友。大家于几十年间在一起的很多照片，充分反映了我们从孩提时代到进入花甲之年期间的发展变化和不断成长的过程。当然，中一班还有一些同学在毕业各自走向社会之后，大家之间的来往不是很多，有些甚至失联，只能让我们把记忆保存在当年的岁月中了。

在中一班从开课到毕业的一年多时间里，后期是在20天一册书的学习进度下完成学业的。虽然把过去初中三年的课时减少了一半，但我们接受的教育、学习的内容、给大家的印象则是经过浓缩、非常凝练、颇为精典的，这种非正常情况下产生的学习成效，是以往任何一届学生都无法比拟的。到2016年1月该班就整整毕业45周年了。为了收集整理纪念书稿，我翻出了收藏已久和中一班同学师生在一起的部分老照片，其中有被大家称为"班宝"的学校操场队列训练留影；有江波于1971年寄给我的《黑手高悬霸主鞭》等4篇诗作手稿；有永新、利生等同学战友早期在部队时的往来信

2015年利生、晋宏、晓黎与我在校门前留影

件；有和同学们在不同时期不同地方拍摄的合影照片等，这些资料既再现了我们曾经浓缩的一年多中学生活，也为我们保持了几十年的同学情谊提供了真实的佐证。

二、相约回到老连队

1970年12月21日早上9点钟，我和寿安里学校中一班同学王永新、马利生、吕海平及王胜利、杜和平、贾孟奇等寿安里学校、榆次一中、铁路中学的学友、球友一起，在榆次登上了去广州的军用列车。

我们是在参加完学校组织的欢送仪式后来到火车西站的。

当时父母亲和姐姐建华、弟弟六一及很多邻居、老师和同学等，都去火车站为我们参军南下送行。

这是一个让人永远铭记的场面，父母亲没有像在场的有些亲朋好友那样依依不舍的，两个老人在儿子就要离开身边远去南方时所表现出的大度、从容和理性，给了我告别父母、走入军营、走向社会、对未来更加憧憬、坚定的信念。

当然，和很多送行的亲人和老师及同学们一样，在火车开动的那个瞬间，我看到了父亲那坚毅淡定的期望目光和母亲那慈祥的眼角中闪动的泪花。

我们乘坐的军列沿同蒲线铁路南下，经临汾在潼关转入陇海线，过洛阳、郑州进入京广线，

当时的榆次火车西站

寿安里同学的记忆

车过湖北、湖南后，就告别了银装素裹的北国风光，进入了郁郁葱葱的南粤大地。

在南下的军列上，我望着窗外那迅疾闪过的一幕幕风景，心里慢慢地逐步酝酿出了一首记在我日记里的诗（此诗后于1973年在通信团宣传队创作组时进行了整理，现在看来真是当时一个热血青年对未来单纯浪漫的憧憬，充分反映了那个时期年轻人对宏伟理想的强烈追求）：

再见了，爸爸妈妈

爸爸，再见了！再见了！妈妈！

火车即将开了，孩儿就要走了。

当我——这只娇嫩的小鹰刚要展翅的时候，

当我——这只脆弱的幼燕刚要远飞的一刻，

爸爸：您还有啥肺腑的话语要诉说，

妈妈：您还有啥殷勤的期望要嘱托？

请你们放心吧！

爸爸昨天的深情回忆，现在还翻腾在我脑海里。

妈妈早上的一言一语，我已经牢记铭刻在心。

艰难困苦的峥嵘岁月啊！孩儿决不会忘记。

爸爸、妈妈：

看着你们那慈祥的面庞，透过你们那无限的思想。

你们——好像在想啥？

啊！爸爸、妈妈：我知道了，

我们的思想都回忆到一起啦！

您想到了昔日——战火峰飞的黄河畔，

我想到了昨天——枪林弹雨的沂蒙山。

您似想到了——"四七年"的南征北战，

我仿佛同你们——一起行军在"渤海湾"。

爸爸妈妈：英雄的先烈、革命的前辈们！

请放心吧！

你们战斗了黑暗的昨天，今天由我们新的一代来接班。

你们打下了红色的江山，未来由我们新的一代来承担。

魔怪横行的昨天，我们是不会让它复返。

滚滚历史的车轮 我们是不会让它反转。

生命不息战斗不止，我们一直会战斗到胜利的"明天"。

爸爸、妈妈：

此刻，你们又在想啥？有什么心还放不下？

今天，孩儿穿上了军装，

将要接过先烈流荡热血的五尺钢枪。

奔赴祖国的南疆， 为伟大的领袖毛主席放哨站岗。

今天，孩儿踏上了征途，

满怀你们革命前辈寄托的无限希望，

走向革命的战场， 到革命的红色熔炉里百炼成钢。

我年龄虽小，可孩儿战斗的理想像矗入云霄的高山，

我心灵虽幼，但孩儿革命的志向像辽阔宽广的海洋。

生活的急风暴雨，会荡涤孩儿的旧陈思想。

革命的惊涛骇浪，会练硬孩儿的娇嫩翅膀。

放心吧！爸爸、妈妈！

爸爸、妈妈，放心吧！

孩儿决不会做个白痴纨绔儿，

一定会像前辈们当年生活的那样。

呜——汽笛一声长鸣。

透过小小的列车窗口，看着爸爸妈妈慈祥的面容。

我意志更坚定，我豪情更倍增。

再喊一声"爸爸、妈妈，再见"

再挥一次告别父母那激动的手。

让我们在内地、边疆，一起为祖国战斗、革命；

让我们在五湖、四海，共同为未来革命、战斗；

迎接胜利的明天啊！ 必将"鲜红的太阳照遍全球"……

我们乘坐的火车经过三天三夜又一个白天的铁路行军，这辆满载一批山西新兵的军列，于24日傍晚时分顺利抵达当时的广州天河火车站。

在这里，我和王永新、马利生、吕海平等同学就此暂时分手，他们分别去了空军高炮十

寿安里同学的记忆

师在广州郊区和佛山的部队驻地，我则到了位于羊城北郊新市的广州军区空军通信团。

一个星期后的1970年12月31日，我结束了在广州军区空军通信团新兵连的生活，正式戴上了盼望已久的红领章、红帽徽。

第二天是1971年的元旦，我和几个战友相约到驻地新市的照相馆拍了一张穿军装的照片，洗好后马上就给远在山西的父母亲寄了回去。

在那张照片上有一个"永远忠于毛主席"的印字，真实地留下了那个年月的时代痕迹。

虽然我们4个同学都在广州军区空军部队，但具体分配单位则各自不同。那时部队内部电话主要用于作战指挥，战士没有特殊情况不能随便私用电话。所以，我们新兵在广州天河火车站分手后，很长时间都没有联络上，直到通过家里的通信联系，才知道了大家的各自工作单位，从此恢复了4个同学之间的信件联系。后来，我和永新、利生、海平等，先后分别在不同场合都单独见过面，但在1973年之前，我们3个同学以上的聚会还一直没有过。

1973年4月，利生从空军学院学习培训后被分配到军区空军机要处工作，我当时也从连队调到通信团政治处电影组。由于军区空军机关大院和团部机关相距不远，且经常有工作来往，所以我俩之间的联系和见面机会就多了。五一节前夕，我们就相约一起来到广州海珠区的新洲，这里是永新所在的空军高炮十师二十九团八连驻地，3个同班同学亦战友，自从3年前在天河火车站分手后，第一次又聚会在一起。

当时我带了一部老式的"135"照相机，本想在连队的高炮阵地上，我们三个同学以武器装备为背景拍摄一张合影，但永新说有规定不能在阵地上拍照，为此，我们就只好在连队外面拍摄了几张照片。由于是请别人拍的，照的效果很不好，保留下的这张合影背景是四连旁边的一个烈士陵园，照片上我和利生的面目还很清楚，但是永新有些模糊，只能从轮廓上感觉应该是他了。

我们三人在八连驻地合影

时隔40多年了，后来我和利生一直工作和生活在南方，永新在榆次退休之后，与妻子一起也来广东佛山又找了一份工作。2015年清明节前的一天，我们三人相约在广州聚会，商量为《寿安里同学的记忆》一书撰稿的有关事宜。当我把42年前在永新连队拍摄的老照片从电脑中调出来时，永新马上就辨认出合影中后面在中间的就是他，而且背景即是他们连队旁边烈士陵园的纪念堂。

在信息灵通、交通方便、人们可以说走就走的年代，我们旋即相约决定，再回当年我们在一起合影的故地去一下，不仅是陪永新到他曾经战斗生活过多年的老连队看一看，也是对我们延续了几十年同学战友情谊的一个珍贵纪念。为此，我马上就打电话找到后任高炮部队副团长的山西老乡葛福亮，确认了现在原高炮十师二十九团八连驻地位置，随即就一起乘车出发了。

我们3人再回四连驻地合影

40多年前的广州海珠新洲地区，一眼望去全部是稻田和蕉林，我们从市区到这里来，要转两次公共汽车，途中至少需要一两个小时。那时在新洲车站下车后，我们为了走近路，就沿着稻田中的蕉林田埂小路往连队驻地去，想起来当时真有台湾歌曲《走在乡间的小路上》描述的那种感觉。而如今的海珠新洲已经沧桑巨变，昔日的乡间风情完全无影无踪，出现在我们眼帘的全部是高楼大厦。我们乘坐的商务车在一栋栋住宅大楼间转来转去，当掩饰在一片楼群之中立有《军事管理区》标牌的原部队驻地猛然出现在我们面前时，大家才反应过来永新的老连队到了。

永新重返老连队，同学相约回故地。随着空军部队装备现代化建设的不断更新，过去的很多高炮装备已经封存撤编，永新老连队的阵地也撤出高炮准备开发建设了。我们站在荒凉的老连队驻地院子里，永新说起了当年在连队的一些老故事，我们3个榆次寿安里学校中一班的老同学，仿佛又回到了40多年前，大家告别山西，投笔从戎，南下广东的一幕幕往事，即清晰地回放在每个人的脑海里。

三、1974年的五一节

1974年是一个平年，在中国是农历甲寅年，也就是虎年。 1月19日，中国人民解放军打响了举世瞩目的西沙群岛保卫战，海军紧急调遣了东海舰队3艘导弹护卫舰紧急南下支援南海舰队。以往由于台海关系紧张，人民解放军海军舰艇从东海到南海，都需绕道入太平洋，过巴士海峡。而这一次在毛泽东主席"直接通过台湾海峡"的要求下，驻守台湾海峡的国民党海军破例亮起请通过并派战舰护航创造了两岸携手捍卫领土完整的佳话。负责南粤地区空防的广州军区空军部队直接参加了支援海军西沙作战行动，我所在的军区空军通信团也向前线派出了目标引导组人员，整个部队全部都进入了高度戒备的值班状态，让我亲历了一次现代条件下前后方一体化行动的陆海空军联合作战氛围。

保障西沙群岛作战行动结束之后，羊城近似北方夏天的春天就很快来了。4月14日，在规模为历届之最的中国第三十五届广交会开幕前夕的一个星期天，海平从他所在的佛山南

我和海平在广州新市

海空军高炮部队来到军区空军通信团驻地——广州新市，与我一起商量回家探亲的事情。

按照当时部队的规定，服役3年的战士就可以回家探亲一次。根据我和海平的约定，在1974年五一劳动节到来前夕，我们两个一起回到了阔别3年的家乡——山西榆次。

虽然离开家乡刚刚3年，但我曾于1972年7月出差在北京见过母亲和其他家人。所以，除父母亲和姥姥及兄姐弟等是我最急于见面的亲人之外，其次最希望看到的就是当年学校的老师和同学们。为此，我的探亲假期在与家人欢乐团聚之外，很多时间就交代给看望老师和"发小"了。

国际劳动节又称"五一国际劳动节"、"国际示威游行日"，是世界上80多个国家的全国性节日，定在每年的五月一日。它是全世界劳动人民共同拥有的节日。1889年7月，由恩格斯领导的第二国际代表大会在巴黎举行。会议通过决议，规定1890年5月1日国际劳动者举行游行，并决定把5月1日这一天定为国际劳动节。新中国成立后，中央人民政府政务院于1949年12月做出决定，将5月1日确定为劳动节。所以，在1974年全国统一放假的这个节日期间，我在榆次度过了一个非常充实的五一劳动节。

在这个国家统一假日和我们探亲休假交织在一起的假期里，我和海平与寿安里学校中学班的部分同学一起去看望了住在榆次远郊的刘麾老师，并且相约刘麾、赵佑庵、冀振德老师与中学班的25位同学在一起合影留念。在这同时，我还想到了一些从幼儿园到小学的一些可称为"发小"的

我和海平与部分小学同学合影

同学，他们很多没有上中学，很早就走向社会参加了工作，经过联系，我和海平与张兰宏等8位小学同学也欢聚到了一起。

与一般的文字叙述相比，一张记录史实的照片往往能集中表达出更丰富和真切的时事内涵，超越人们传统的语言描绘和情感认知，唤起观赏者对影像中所展示的那段故事的深刻记忆。可以说：一张照片就是一段会说话的历史。

在这张已经泛黄的老照片里的"发小"同学中，有我们双方父母亲就是一个单位工作、曾与我在河北保定工程兵部队一起度过数日临时"军人"生活的张兰宏；有双方姐姐也是同班同学、曾与我一起去太原分别到省成套局和省政府代领各自父亲工资的任峰（当时叫任奋）；有从小就非常活跃调皮、曾蹲在我姥姥摊煎饼的鏊子旁等着一定要卷一张吃吃的李晓明；有双方父亲都是20世纪50年代晋中地区工业局的局领导、曾与我同住东黄龙江街67号一个院的张宪民；有过去常在一起玩耍、曾帮我在擅自乘火车跑去想参军的驻冀部队后向家里补报信息的王铁牛；有从幼儿园开始就是常在一起的玩伴、小学一直是一个班同学的靓仔张保增；有从小就有共同体育爱好的球伴、经常一起活跃在足球绿茵场上的罗俊山；还有其父亲是与我母亲在一个系统工作的同事、同海平住在粮店街23号一个院的路生贵等。

时隔40多年了，尽管期间我们很多同学一直都保持了联络交往，但有些同学由于各种原因，确实相互间比较少见。2015年清明节时，我和文义、兰宏、俊山、任峰、保增和晓明等同学聚会在太原，虽然还有几个当年在一起合影的同学没有到场，但大家在一块说到过去的岁月，想到曾经的风华正茂年代，依然对40多年前的五一节同学聚会，还是那么记忆犹新。

部分同学在太原合影

四、是同学亦是战友

在神州大地掀起"工业学大庆、农业学大寨、全国学人民解放军"的那个年代，很多人都非常向往绿色的军营。尤其是充满一腔激情热血的男女青年，总是被革命战争年代先辈们的流血奋战精神所激励，特别渴望穿上绿色的军装，成为一名英勇的战士。军营，成了那代年轻人最瞩目的一个地方。即便是没有能够参军的人，也都以穿上一身没有帽徽领章的绿色军衣为荣。把一顶军帽戴在头上看得极为荣耀，似乎谁能得到一件草绿色的军衣，比现如今

寿安里同学的记忆

任何的世界名牌都名牌！

就在这样一个举国上下青年人都以从军为荣的大背景下，我们当时在榆次寿安里学校中学班一年多的学习期间，仅军训即安排了两个月时间。1970年12月，我和永新、海平、利生等4个男同学，带着赵佑庵老师教授的部分数学知识、梁福田老师解读的一些英语单词、刘冠娥老师培育的音乐艺术细胞、张昉老师指导锻炼的强健体魄、冀振德老师知书达理的师德影响、刘麈老师给予大家的谆谆教导，中断了正在读书的初中学业，毅然参军离开了家乡，全部穿上了蓝裤子、绿上衣，南下广州加入了空军部队的序列，进入了中国人民解放军这所大学校。

在部队一晃3年多就过去了，我在广州军区空军通信团架设八连工作一年后，被调入团政治处电影组担任了放映员兼打字员；利生经过北京空军指挥学院的专业培训，从空军高炮部队调入了广州军区空军司令部机要处工作；永新和海平还分别战斗在驻广州郊区及佛山的空军高炮连队。大家虽然没有完成正常学业就离开了学校，但求学求知的强烈愿望却一直没有放弃。当中共中央批转《北京大学、清华大学关于招生（试点）的请示报告》，决定废除考试制度，"实行群众推荐、领导批准、学校复审相结合的办法"，直接从工厂、农村和部队等一线工作单位招收工农兵学员，并决定先在以上两校进行试点后，作为那个时期的一个幸运儿，我于1974年的秋天获得了一个非常难得的机遇，以工农兵大学生的身份去了时为广东工学院（即原华南工学院、现在的华南理工大学）无线电工程系无线电技术专业50174班，成为那一年通信团唯一离开军营走进地方高等学府的一个大学生。

四个同学战友合影

40年后再相聚合影

永新、海平和利生获悉我将去地方大学读书时，大家都非常高兴。作为过去的同学现在的战友，我们即相约在一起，拍摄了一张合影留念。

40年后，2014年4月，我和同在广州工作的利生及再次南下生活在佛山的永新，迎来了从榆次到广州的文义和海平同学，我们4个当年一起从榆次参军到羊城的老同学暨老战友，又高兴地在广州聚会在一起。大家回顾了持续几十年的同学情和战友情，又按照当年我们合影留念的各人位置，拍摄了一张时隔40年后的纪念合影。

为了记录我们延续了几十年是同学亦是战友的这份珍贵情谊，我把这相隔40年时间拍摄的两张照片寄给了《广州日报》，以"是同学亦是战友40年后再相聚"为题，还撰写了一篇短文，于2014年8月3日登载在《广州日报》的《老照片》版面上，很多同学和战友在报纸和网上看到这个消息后，纷纷打来电话问询我情况，祝贺我们4个同学亦战友的这种难得友谊，我也聊以自慰地感到，这两张穿越40年时空的照片，就是我们从榆次寿安里学校同学到广州军区空军部队的战友，大家曾经在一起学习、工作、战斗和生活的难忘历史纪念。

五、相会在中山纪念堂

在榆次寿安里学校的首届中学班中，集中了本校66、67、68级的三届小学毕业生。其中我们67级的同学最多，且多数是1954年或1955年出生，而66级同学多是1953年出生的学兄、学姐，年龄最小的则有68级1957年出生的学弟、学妹，是一个年龄跨度很大且结构也很复杂的特殊学生群体。

寿安里学校中学班在正式毕业前，有5位同学穿上军装，离开学校，走进了人民解放军的军营。我和王永新、吕海平、马利生等4位男同学南下羊城，成为广州军区空军部队的一员。唯一一个女同学王锐，则身穿一套绿军装，奔赴陕西紫阳，进入了人民铁道兵的行列。时隔3年多后，曾经失去读大学良机的我们这一代人，一个自然也很偶然的机遇，让我们几个幸运儿又获得了上大学的机会。1974年9月，我从广州军区空军通信团政治处电影组，来到了华南工学院（现华南理工大学）无线电系无线电技术专业班。王锐则从铁道兵二师医院二所外科南来广州，就读于解放军第一军医大学医疗系军医专业班。鉴于华工和军医大这两所学校都位于广州石牌地区，相距不远，为此，在王锐到广州后，我们就很方便地见了几次面。由于王永新的部队驻地在广州南面海珠区的新洲，吕海平的连队驻防在广州西面的佛山南海，马利生在广州军区空军司令部机要处工作又外出学习，所以就一直没有机会大家见面聚会一下。

1974年12月，全国体操比赛在广州体育馆举行。我嫂子的妹妹胥科当时是山西省体操队队员，同她一起来广州的队友中，有一位是与我太原战友张贤住在坊山府一个院的张巧英。她们在参赛之余，给我提供了几张广州体育馆的比赛进场票。利用这个很好的机会，我即相约几位在广州的寿安里学校中学班同学聚会了一次。

那时我们都是"穷学生"、"小当兵"的，没有条件和能力组织大家到酒楼聚餐相会，也没有如今这样AA制的同学、朋友聚会方式。正巧比赛时间是一个星期天的下午3点，中山纪念堂就在广州的市中心，距离广州体育馆不远，且永新从广州南面的海珠区来，海平从广州西面的南海来，我们从广州东面的石牌过来都很方便，我即把这里作为集结地，请大家下午两点集合在中山纪念堂南门。

记得那是一个冬日的中午，明媚的阳光普洒在珠江两岸的南粤大地上，羊城到处是一片绿荫葱葱的美丽景象。当北方已是天寒地冻的冰雪世界时，这里正是温暖如春的最宜人季节。大家午饭后从各自驻地出发，约在两点之前就汇集到了越秀山镇海楼下的中山纪念堂。

相会在中山纪念堂

分别多年的山西榆次寿安里学校中学班的同学，有幸都穿着军装又相会在南国的羊城广州，大家自然都非常的高兴，你一言我一语的，见面就聊个不停。由于还要观看体操比赛，我就提议在中山纪念堂门前合影后再走。

恰好时逢午后，太阳还高悬在稍有西斜的正空中，我把海鸥牌120照相机调好焦距和光圈后，就请一位路人为我们拍摄了这张合影。照片中的8个人是：前排右起是王锐、张巧英、胥科、杨于军（王锐军医大的同班同学）；后排右起是张贤、王永新、吕海平和我。从照片的拍摄效果看，实在是不够理想，浓密的树荫正巧遮住了王锐的脸庞，本来已经调好的焦距，由于那位热心的路人对来对去反而变得不准确了，从而使这张合影仅能算作一个留念，在质量上是一个很不理想的作品。但作为老同学在那段流金岁月的一个时代记录，它充分展示了我们同学少年曾经拥有的潇洒英姿和靓丽青春，那充满质朴纯真的同学友情，给大家留下了永远难忘的历史记忆。

六、中国首颗卫星上天之夜

一般同学久别后聚会，大家都会在一起谈天论地地开心聊天，而且话题通常是过去记忆犹新的精彩故事或时下人们最关注的社会新闻，同时对历史旧事和现实的感触往往会上挂下联，构成一种非常愉悦的交谈氛围。

2008年8月13日，为了现场观赏北京奥运会来自五大洲健儿的精彩竞技，亲身体验举世瞩目的奥运盛宴氛围，我在北京五棵松体育馆看完中国 VS 西班牙的男子篮球比赛之后，又来到设在秦皇岛的足球赛区。在准备观看晚上19：45 中国对巴西的男子足球赛前，见到了分别多年的中学班同学王锐。

当时的王锐是上校军衔、技术七级的海军秦皇岛保障基地门诊部主任。她原从铁道兵调往海军九江办事处工作，1994年我陪父母亲去江西时，曾安排接送我们上庐山，一晃就10多年过去了。王锐的丈夫宋志昌，是原榆次一中一位老三届的兄长，他在九江、上饶分别担任办事处干部科长和海军装备仓库政委期间，我曾在江西、广西和广州等地，与志昌兄多次见面。此次再会秦皇岛，王锐夫妇在其居住的文化北路361号大院旁边，热情地招待我来到一间当地的风味餐厅，大家在高兴的杯盏交错中，聊起了奥运会和我们过去在学校参加体育活动的一些情景。

20世纪的60年代末、70年代初，我们在学校体育活动的球类内容并不是很丰富，主要普及的就是篮球、足球和乒乓球等，而女生参加篮球、足球活动还不多，男女生共同参与的基本上就只有乒乓球了。当年小小的乒乓球，曾经影响轰动全球，打破过中美之间多年冻结的外交坚冰，而在那时的榆次寿安里学校，绿

2008年聚会在秦皇岛

色的乒乓球桌，亦成了男女同学友谊互动的一个主要交流平台。王锐说：王晋明是我学习乒乓球发球技术的师傅，他让我的球技长进不小。我说那时我们不仅在学校里打球运动，还组成乒乓球队走出去，与兄弟学校和友邻单位进行比赛交往。有次我们到榆次体育场的晋中体委机关进行友谊比赛，正巧赶上我们中国的第一颗卫星上天，大家立即停止比赛走上街头，参加了榆次连夜举城轰动的庆祝大游行。王锐马上说：对、对、对，这件事我也印象很深。

随即，我们聊天的话题就转到了山西、榆次，那同学少年、风华正茂的年代。

1970年4月24日，我国自行设计、制造的第一颗人造地球卫星"东方红一号"，由"长征一号"运载火箭一次发射成功。这颗卫星运行轨道距地球最近点439公里，最远点2384公里，轨道平面和地球赤道平面的夹角68.5度，绕地球一周需要114分钟。卫星重173公斤，用20009兆周的频率，反复播送《东方红》乐曲。实现了毛泽东主席提出的"我们也要搞人造卫星"的号召。它是中国的科学之星，是中国工人阶级、解放军、知识分子共同为祖国作出

的杰出贡献。

那时我们国内的电视还非常少，也没有像现在这样，每天晚上19：00都有中央电视台的新闻联播节目播出，只有中央人民广播电台每天晚上20：00的新闻和报纸摘要节目，可以让全国人民了解到当天发生在世界各地的重要新闻，而且在那个年代，每当有毛泽东主席的最新指示或中央有重大政策文件发表，及国内外发生一些重要喜庆事件

"东方红一号" 卫星

时，人们都会自觉地迅速组织各种庆祝活动，形成了一种雷厉风行、宣传贯彻落实不过夜的社会行动。

当24日晚上中国首颗卫星上天的新闻发布时，我们学校乒乓球队的几个同学，在张昉、张铎等老师的带领下，正与晋中体委机关的乒乓球比赛在紧张进行中。突然一位体委机关的干部闯进比赛现场，洪亮地大声宣布说：我们中国的人造卫星上天了，赶紧停止比赛，上街游行庆祝去。

好啊！盛大的喜讯马上让比赛现场沸腾了。大家立即中止了赛事，迅速地收拾东西就返回了学校。在学校的统一组织下，我们和老师及已经回到学校集中的同学们，敲锣打鼓地走上了到处是一片欢呼的榆次街头，融入并增添了节日般全城欢天喜地大狂欢氛围，大家在激情满怀的异常兴奋中，渡过了一个难忘的中国首颗卫星上天之夜。

"永远活着的良师"

马利生

拜读了近期改玲同学饱含深情、流着泪水写的怀念"小木偶"张瑞卿同学逝去的文章后感慨万分！不禁勾起我对"群"里很多同学常常提起的"初中班主任"刘麾老师的怀念……

我是从江波、秋生等几个同学在"群"里发的文章里获悉刘老师英年早逝的消息的，着实让我心痛！也许是他在我们这群"加冠"之年任过老师的缘故吧，其影响更显深刻！如若再对个人成长进步稍稍有些"特例"的话，那种眷恋将会更加久远，甚至刻骨铭心……

记得好像是"寿安里初中班"刚刚开学那阵子，印象中还是北方冰天雪地、寒气逼人的季节，教室里依然是要靠烧煤炉取暖。偌大一间房子仅有一尊似水桶大小般的铁炉摆放中间，班上五六十人常常因炉火不旺且数量又少，上课时冻得搓手跺脚。如若头天下学后不能把煤炉打理好，第二天早上灭了再重新燃热的话，更是冷得发抖，烧好煤炉将是一件十分不易的事情。

刘老师1963年的证件照

当时刘麾老师曾在班上向大家征询谁来管它？只见个个面面相觑，你看我、我瞧你，竟无人举手！当天放学后，也许是冲动，或许是热情激发的主动，我即下意识地拉上王乃宏商量，咱俩做吧？乃宏二话没说，痛快地和我一起去找刘麾老师请缨，记得刘老师正在他的宿舍里抄写着什么，见我俩进来向他提起，顿时很严肃地问我："你白白净净的样子，行吗？"我脸红地嗫嚅道："在家里我就是负责和泥、挑水、倒煤渣的，看爸爸经常做这样的活，觉得不太难……"乃宏这时也帮腔："我在家也干过，我俩能行！"刘老师见我俩决心很大，马上表态说："好吧！不行再找我。"话毕，我俩转身离开时，他又突然问我："你叫什么名字？"我随口不经意地告诉了他。

打那天自告奋勇承担了这件事后，我和乃宏就乐此不疲地干了起来，开始几天还行，谁知过了一段时间，不知是学校里新添的煤湿，还是炉灶和烟筒链接不畅，接二连三出现早上回来时，炉火灭了，教室里冷飕飕的，不少同学责怪我们。有一次，尽管我俩弄得满头大汗，但上课铃响了，炉火还是未生着，冷得大家哆哆嗦嗦地挨了一节课，课间操时，当我再次走近炉旁刚俯下身准备点火时，一个浓厚的男中音传入耳朵：生火要摸索规律，火要空心，人要实心，炉子里的柴和炭不能填太满，上下不透气火就燃不着……刘老师的话一下子点醒了我们，从此后，我俩管"火"的技能越来越纯熟。谁料想以后这一"能耐"竟在我当兵时的一次部队野外拉练中发挥了作用，受到了战友们好一阵子夸奖……当然，使我终生受用的还是老师教诲的那句话：做人要实！它几乎伴随我走到今天，为我赢得了为人处事的口碑，也同时为我的戎马生涯及转业后从政经商等事业获得了可观的成效。

初中班学习进入到军训阶段时，又一件对我人生影响较大的往事，是老师在选择军训班干部时，让我当排长。记得是一天上午，上完了三节课，到了上午最后一节课时，刘麾老师进来先向大家宣布了学校决定，初中班要按当时要求搞军训，说部队派来了军训教官，同学们要按军队序列编排，成立两个排，每排三个班，由于班上女生多，故一排编成了二个男生班，一个女生班。刘麾老师宣布排班长任命，第一个点到我当一排长。这一突然宣布很出乎我的意料！当我听后情不自禁地环视了一下左右前后，发现有不少同学都露出了惊诧的表情！当时是部队派来的军训教官高班长接着老师的话说了一句：站起来，让大家再认识一下嘛！别不好意思！我惴惴不安地站起来，好像是被任命为一班长的吕海平同学还冲我敬了个军礼，说："排长同志，一班长吕海平向你报到！"搞得我脸一下子就红到耳根上了。

那时班上同学是好几届学生组成的，无论年龄还是资历，自认为不是优越的，更没有优势可言，老师咋会选我当排长？那天下午放学后，我悄悄地又来到刘老师宿舍，问他为什么？可否另换他人？只见刘老师由开始的笑容满面刹那间变得阴云密布，用深沉的语气批评道：马利生呀，你咋的那么不自信？我就是看你在全班没人敢承担管"火"的事时，能主动去做别人不干的这点上，觉得你行才选择你的，怕什么？锻炼一下自己有甚不好？何况你下头还有三个班长具体负责……他的这番鼓励，顿时使我增添了勇气，但军训生活开始不久，由于个人性格上的欠缺，或是生性胆小和私心杂念的缘由吧，和一些同学产生了矛盾，于是再一次向刘老师提出了不想干的想法。不料他不仅没批准我辞职，反而表面上不表态，暗地里却帮我做其他同学的工作，要求他们支持我干（这是事后有同学告诉我的）。现在回想起来，老师真是用心良苦，他那种言传身教，以真心培育我的精神，潜移默化地感染着我的成长进步，对后来塑造自我要相信自己、挑战自己、突破自己、完善自己的人格品性起到了不可磨灭的作用。

初中班办到1970年夏末初秋阶段时，校宣传队为了增强演艺效果，决定从班上抽调一些有点"文艺细胞"的同学组建一支乐队，配合他们提高演出质量。记得那一天下午已上完所有的课，不少同学已陆续离校了，我好像还在鼓捣一道数学题，只听武江波同学冲我喊了一嗓子："嗨！马利生，你不是会吹笛子吗？刘老师正在招收乐队人员呢，你不去试试？"当时也不知是出于一种什么想法，我二话不说放下课本马上去了老师那里，只见老师身边已围了不少男同学，印象中有任峰、杨榆寿、吕海平等，正认真听着他讲些乐器方面的知识。老师见我急匆匆地闯过来，扭脸问道：你会什么乐器？我还未答，不知是哪个同学替我应道：他会吹！这时旁边的几个同学哈哈哈地笑了起来，只见刘老师马上阻止了他们，说道：你们不要这样嘛！接着又指着几样乐器对我说你会什么？我答：会吹笛子。他接着问：你会吹什么曲子？我拿起笛子，用手揉了揉笛膜，吹了曲《在北京的金山上》，还没吹完，刘老师一摆手说：行了，你可以参加乐队！后来，我记得小栋、江波等同学也随后赶来了，虽然我是以笛子特长加入的，但组建乐队时，刘老师却不知出于什么目的，让我改拉二胡，我记得当时十分不情愿，老师便循循善诱道：马利生你看这个乐队连你一共四个人会吹笛子，但我发现你的乐感不错，改拉二胡更好，一是弥补了咱们乐队弦乐缺少的不足，二是你又多掌握了一门技艺，"技多不压身嘛！"

当年的刘老师

好一句"技多不压身"。正是在老师这句话的激励下，我几乎把当时课余时间全部投入到了"拉二胡"上。乐队在一起排练时，我仔细观察其他人的特长和技功，杨榆寿同学拉的音准，倒把位利索连贯没有间断感；任峰同学运弓平缓，腕力柔韧，揉弦优美，拉出的音色委婉动听……我就认真揣摩，虚心请教他们，渐渐地使自己的二胡水平得到了很大提高，这段时间还有一件印象较深的事，也是在刘麾老师的鼓励提携下，得到了长远的进步，并为我日后的人生事业起到了很大推动作用。

那是在一次同学聊天时听到的。好像是永新同学对我说：马利生！刘老师夸你的字写得好！当时我听后心里着实兴奋了一下。回到家里拿出作业本马上自我欣赏起来，晚上爸妈回来后又把老师评价告诉了他们，但记得我妈说了一句，我觉得你的字不怎么样！你别高兴太早！过了不久，有一次刘老师单独把我叫到他的宿舍，手里捏着一叠班里同学们写的"小评论"文章摇了摇说：我看了你写的内容，没有分析和判断，就是痛快的"骂"声！思想性、理论性也不强！那你看人家王永新写得挺有深度的，问题抓得也准，你要好好学学。另外，你的字最近也退步了，写得潦草不说，也不认真……我当时听了脑子一下子就炸了，觉得特难为情！从此后，我又逐步地重视起来，同时，处处注意克服沾沾自喜和骄傲自满的情绪……

时至今日，每当我回忆起自己走过的岁月，想想当年刘麾老师在我青葱年少时的指点和教诲，使我感到获益不浅！尤其是我在二十多年的军旅生涯中，更是尝到了不少"甜头"……

记得新兵连集训后，因我会拉二胡，随即便参加了师里演唱队，尔后还学了表演和创作，成了会写、会演、会乐器的"多面手"，为此还受到了部队的通报嘉奖。再后来我任职广空司令部机关宣传科长期间，还亲自抓了直属部队宣传小分队的组建，以及编排了许多官兵喜闻乐见的各类反映"兵"生活的文艺节目，深入到边防、海岛等一线连队演出，深受好评，小分队还荣获了集体三等功……

而刘麾老师曾经对我写字的鼓励及培育，使我对"字"的兴趣和练习一直爱不释手，以至于在硬笔还是软笔书写上，都有较大长进，凡是我工作过得单位，书写方面的事情几乎成了"专利"！在部队从军事干部转做政工干部是"字"为"媒"，转业时不少地方单位"抢"着要我，也是"字"的功！不过写字是一方面，而个人写作水平的不断提高却显得更为重要！老话说"好马配好鞍"，好字还得好文章才能相辅相成……

刘麾老师虽然过早地离开了我们，但他对寿安里初中班所有同学的辛勤栽培，却永远载进了大家心中的"史册"！现在不少同学在群里发文怀念他，更说明了他在我们心目中的"分量"。正像一位伟人说的那样：有的人活着，可是已经死了；有的人虽然死了，但他仍然活着！

刘麾老师就是寿安里初中班同学心里"永远活着的良师"！

怀念班主任刘老师

周秋生

忆年少，同窗共读，书生意气，挥斥方遒，豆蔻年华，众香国里，亦仕，亦军，亦工，各奔前程，不尽相同。

看夕阳，各在坐家，老眼昏花，白发婆娑，花甲之年，天伦之乐，离休，退休，下岗，同归群里，谈笑风生。（王晋明）

同窗别年各西东，少轻狂，梦青春，勤立业，岁月太匆匆。今相聚，忆少年你吹我棒，映现笑谈中。情浓浓，意真真，白头年少戏微群，乐在心头……

海平江河波浪涛，皇城才女乘舟行。鸿雁飞南轻细浪，船行千里掌舵人。

这是我和晋明等在寿安里同学群中有感而发的《岁月》《抒怀》《永远》……几首拙诗。

言为心声，文如其人。同学们欣赏他人之美德，无疑是文章之灵魂，使人肃然起敬，为人喝彩的人要有宽广的胸怀，不吝惜真心的付出，收获朋友，收获感动。智慧与修养，高尚与情操。是一种大家风范，是一种人格修养。但又何尝不是一种激动，为别人喝彩"见贤思齐"，从中得到一种激励，明白一个道理，吸收一份营养。

"校园一别四十载，清清河水东逝去"……时间过得真快，恍惚间，离开母校已45年了！花甲之年相聚，大家还是那么欢歌笑语；畅谈几十年的趣事，容颜未改，情义未变，好像又回到了那少年春意盎然的年代。那种年少轻狂确实使人怀念、令人遐想

刘麾老师夫妇

寿安里同学的记忆

……岁月催人念旧，友谊难以忘却。在已过花甲之年，不免时常会想起曾惠教于我们的老师。受同学们委托，我专程去初中班第一个班主任刘麾老师家，看望了师母杨老师，进一步了解刘老师的生平履历……

刘老师是榆次东阳镇车惘人，生于1934年，小学毕业后1952年上太谷师范学校，1955年参加工作，分配到榆次李墕村小学当老师。1958年教学成绩优异被保送到太原师院进修(在李墕教学全班20多个学生考初中时就有20个考上，受到教育局的表彰)1960年进修结束到榆次什贴中学任教，1964年因什贴中学招不上生员撤校调寿安里学校。1970年10月调郭家堡学校，1972年榆次一中向小学要四个语文教得好的老师，于是又调一中当初中老师，后带高中班。1990年因心梗辞世，享年57岁。在榆次一中享受中教高级教师待遇。

刘老师家现住榆次一中宿舍，我讲明来意后，师母将刘老师的简历给我讲了，然后找出了刘老师保存着的一个旧相册。

这本相册有30年的历史了，陈旧相册的第一页，是1974年张小棣、吕海平同学当兵探亲时与老师、同学的合影，老师将它深情地放在了首页。第二页是张小棣挎军用包的站相及军训高班长一寸相。此时，师母说这是刘老师生前的最爱，他唠叨的就是你们这个班的学生，印象最深的也是你们这个班。我心里着实感动，我也告诉师母：我们同学们也想念着刘老师。

确实，我们也非常想念老师，尤其是在大家共同怀念寿安里学校初中班那段美好生活的时候，想起老师，昔日的谆谆教诲言犹在耳，熟悉的音容笑貌还历历在目……

古文《师说》讲："师者所以传道授业解惑也"。刘老师是教师，他以培养学生为己任，以传道授业为职责，他以自己崇高的师品感染、影响了自己的学生……

"桃李满天下，春风绿千里。"我们这届初中班是自上而下的"文革"运动中停课搞运动3年后，在复课闹革命的口号声中办起来的。同学们来自不同年级、不同班，年龄最大和最小相差四五岁。寿安里小学戴帽初中班于1969年下半年开学，第一个班主任就是刘麾老师。

我们的初中生活正是当时"教育要改革，教育要革命。学生负担太重。学生以学为主，兼学别样，也要学农、学军，学工"的教育改革时期。学校在这个时期应该怎么办学，全国尚在探索，我们是一代实践者！

"校园春秋短，师生情谊长。"我们的师生情谊是在校园建立起来的。课堂上老师用生动的讲课启发和激励学生，让我们懂得了很多道理。记忆最深的一堂课是冼星海的故事，一个小提琴家参加抗战谱写了黄河进行曲，凝聚了民族精神，激励了全国人民抗击日本侵略者的斗争。

老师多次讲团结，讲团结的意义，引导同学们一定要团结。他说干任何事情团结是基础，是一个团队成就事业的保证……

老师还经常教导我们，凡事应设身处地去想；告诫我们，这应是我们讲话办事的原则。

为丰富校园生活，老师组织起学生文艺宣传队、篮球队、游泳队、乒乓球队，增进了同学之间的了解、加强了班集体的团结，促进了同学间友谊的建立，这友谊我们会维系终身……

老师还带领同学们参加农村劳动。我们在榆次张庆公社小张义村劳动时，一个大雨倾盆的夜晚，抢运小麦的故事就集中反映了一个优秀的学生团队一心为公的不怕苦、不怕累的革命集体主义精神；王晋明、许振英同学谷地里间苗脚肿了是王锐、卜小坪两同学背着小药箱用酒精点燃给予治疗，培养着同学间温馨友爱的互助精神；老师还在村里找了辆马车并让一位同学将他们护送回家，充分体现了老师关爱学生的深厚感情。

我们的军训也为老师和同学们的校园生活增添了生动、活泼的色彩：军姿、队列、瞄准、刺杀、跨越障碍、紧急集合，样样都行……最让同学忘不了的"六三"踩踏事件，同学们将被踩受伤的儿童——送往医院，彰显了崇高的道德风尚，那种见义勇为至今仍可歌可泣！

"尊师辞世音容在，传道授业品德存。苍松翠柏楼外楼，桃李花香园外园。"

人生岁月漫长而又短暂，岁月中有的事转瞬就忘，有的记忆却挥之不去，给人留下了难以忘怀的美好回味……

1970年秋季，刘老师调榆次郭家堡学校教学了。回味和老师相伴的日子，我们收获很多。我们处在"文革"运动的中晚期教学的探索期，免不了有盲目性。但老师用心血把我们中一班办得那么丰富多彩，那么盎然有趣，使我们班很多同学在家庭受到社会冲击的不快

刘麾老师家人合影

寿安里同学的记忆

在学校得到了释怀，受伤的心灵在校园得到了慰藉，以至于走向社会后，一个个成为单位的中坚、栋梁，一个个有了自己的多彩人生……这些，我们感到，源于老师您的"谆谆教诲""喋喋不休""诲人不倦""精心培育"……

刘老师为了尽职尽责搞好教学，多年与妻子两地工作，和家人分居两处，没有时间也没有条件拍摄一张全家福留影，现在我们可以看到的仅是一张没有刘老师身影、只有师母杨老师与她四个女儿及孙辈在一起的合影。

在我们从寿安里学校初中班毕业后的那几年，几乎每年春节我和晋明都会去给刘麾老师拜年。老师谈起我们中一班同学们常是赞不绝口，常感叹和中一班的同学们在短短的一年多的朝夕相处中，是他一生中的幸福时光，欣慰之意写在老师慈祥的脸庞，同学们的求知欲望，勤奋好学，集体主义……得到了老师的认可，并且对同学们的优点大加赞赏，看到同学们的成长，在各行各业所取得的成就，很是欣慰。

1985年，时隔10多年后的一天，晋明找到我说刘老师病了，我们就赶紧去了老师家。老师得的是高血压病，行动不便，谈论起同学记忆却很深刻："你们这批同学出色的很多，当兵走的张小棣、马利生、王锐，还有武江波、王巧英、连民珍、许振英、卜小萍……还记得调皮的任峰、小明，爱写诗的文魁、国祯"。他觉得以后几年带的几届学生都没有我们这班优秀。他说当年王巧英写军训总结一写40页稿纸，现在的许多高中生也写不了，他们感到写文章很难！谈起我们同学事，老师很自豪，如数家珍……这是师生情谊的结晶，是我们共同奋斗的结果！

1990年，我们的敬爱的刘麾老师不幸辞世离开了我们，至今已25年了，当我们回想起中一班的校园生活时，老师的音容笑貌还是那么慈祥、严肃，可敬、可爱……

榆次一中和刘老师曾在一个教研室的李俊老师、刘庭芳老师对刘老师的评语是——多才多艺，为人正直，正气凛然，十分可惜！这也正是我们初中班同学对班主任刘老师的评价！

想念你——刘麾老师

武江波

在同学们共同怀念寿安里小学初中班那一年多如火如荼的日子里，有同学在微信群里发出了我们初中班第一任班主任刘麾老师的两张黑白老照片。年轻的一张大概是刚毕业不久吧，风华正茂，气质儒雅；中年的一张沉稳慈祥，眼神中含有些许忧郁。端详着老师的旧照，不由得浮想联翩，思绪又回到了40多年前……

刘麾老师证书

那是1969年秋季，轰轰烈烈的"文革"已进入中后期，学生们停止了串联，开始了返校"复课闹革命"。我们是六六届小学毕业生，毕业时正赶上"文化大革命"的风暴骤起，中学停止招生，既上不了初中也就没赶上全国学生造反大串联。

在家中闲居、街头浪迹了3年，此时再回到母校，有一种久违的亲切感。是老师您在校园里迎接我们，高大的身躯穿一件洗得发白的旧军衣，慈祥的脸上带着微笑。小学办初中班，这是破天荒的大事，您当班主任，肩上负着重任！

您是班主任，还是语文老师，站在讲台上最多的就是您。你讲课前常爱先讲一段小故事，这故事引人入胜，把大家的注意力导入课文的氛围中。

寿安里同学的记忆

你讲得最生动的一节课是人民音乐家冼星海和他的《黄河大合唱》，深谙音乐的你是用心在讲，用情在述。那节课是那么娓娓动听、起伏跌宕、浪漫而又深沉凝重，让我们领略了冼星海先生坎坷有为的人生，也感受了刘老师您讲课的风采！

您常讲一句话："凡事需设身处地想一想"，这是您对大家的谆谆教诲，也是您人生的处世真经！里面饱含着多少宽容、忍让、理解、亲和，体现着中华民族传统文化"己所不欲，勿施于人"的思想精髓……

您才华横溢，小提琴拉得婉转动人，那夹琴运弓的英姿展示出您年轻时的意气风发，清亮饱满的音色显示出你人生情志的坚定高昂。您展示最多的是拉二胡，那蟒皮蒙的琴筒、细细的钢弦、擦过松香的马尾弓，还有您那柔软灵巧的手指，气定神闲的坐姿，进入境界的神态，给我们留下深刻的印象。从您拉的"骏马奔腾"中，我们仿佛能听到万马嘶鸣、蹄声阵阵……你的内心是那样丰富，对音乐的理解是那样的深刻，表现的是那样的灵巧……

您家在乡下，住学校单身宿舍，除深夜苦读外，还早起和同学们一起跑步、锻炼。你篮球打得好，投篮准，引得不少家离学校近的同学早早到校和您一起进行强身健体的运动……

在初中班新编写的黑板报栏下，您深情地进行点评，评语体现出您循循善诱的风格。我自己不好意思见人的小诗，您却投来赞许的目光……

您恪尽职守，富有爱心。在张庆乡小张义村支农割麦子时，一条绿色的小花蛇引起女同学们的惊叫、恐慌。您挡在大家前面，手提蛇尾将它轻轻拎起，微微抖动，并高举起让大家观赏。在阳光灿烂的金色麦田中，您面带微笑，手拎着绿花蛇的情景，成了我们总也抹不去的记忆……

您从乡村走来，出身于富庶的榆次东阳镇车辋村刘家寨，您家道一定很殷实，您的家人也一定有很高的文化修养，不然您不可能有这么丰厚的文化功底，您的名字让那个年代的许多城里人也经常读错。

您很细心，下乡时用军号指挥同学们作息，和小号手同住一户农家，怕他年少军号吹不响亮并伤身，自己往往亲自上手，让大家在嘹亮的号声中传承军训培养的优良作风……

就在我们即将毕业时，您却调走了，后来您调到市里最权威、最正规的中学，还当上了高中教师。回首您的从教生涯，从乡村小学，到县城小学，最后走上了堂堂正规中学的讲台，成为一位来自小学校园的

当年的刘老师

高中名师。这是对您学识和才能的最好诠释。

然而天不惜才，您正当英年之时竟溘然长逝，屈指算来至今已有25年。世间少了一位才子，我们失去一位良师、一位益友。40多年来，您的殷切话语时常回响在我们耳边，是我们终身受益的教诲。师恩如海，无以为报，谨以此文表达我的思念和感激。

永远的怀念

马改玲

她圆圆的脸、大大的眼睛、中等身材，一说话先笑，性格开朗，她就是张瑞卿。四年级转学到我们62（后改为64）班的一个同学。刘文说：张瑞卿聪明、活泼，学木偶剧"草原小姐妹"木偶动作学得特像，因此得名"木偶人"。同学们都叫她"小木偶"。张瑞卿家住新集街、秀云家住关庙巷、我和来萍家住在寇家巷，三巷距离很近，走出巷子马路对面就是"小木偶"家。所以我们上学时，她等上秀云、来萍和我后一起上学，从一年级到初中，无论春夏秋冬、刮风下雨，这成了我们不变的约定！

记得有个夏天的某一天，她给我们买了冰棍，但是我们都出来晚了，她等到冰棍都快化了也舍不得吃，我说："都快化了，你就吃了吧！还等什么？"她笑着说"给你们买的！"诚实的她，让我们好感动！上学路上的我们欢声笑语，下学后我们一起玩耍，一起写作业！就这样我们一起度过了在校的学习、军训、支农的快乐时光。我们的父母都彼此相识，都非常喜欢我们这个爱笑的"小木偶"。

1971年学校毕业合影

毕业后我们找到了各自的工作，她到了录音器材厂工作，并凭借自己的努力，年年获得劳模称号！我们还是一直保持密切的联系，一到周末、过年、过节都有我们在一起玩耍的身影。那时候电话很少，有事都是去家里找。王锐回家探亲时，我们请假去公园拍照，一起看刘麾老师和高班长，一起去晋祠公园玩耍，每次活动都有她，她的开朗笑声，风趣的话语都给我们带来了很多欢乐!

　　然而，天有不测风云。有一天我们去找她，邻居说她上班出黑板报时，突然觉得肚子疼就去了太谷二院看病去了。过了两天，我和来萍又去找她，她已经出院了，当时看她躺在家里的床上，脸色苍白，可是还是笑着对我们说"小病，做了手术，马上就好了，到时候咱们再去玩!"那时她男朋友也在，个子高高的，很英俊。我们出来后，她妈妈含着眼泪告

1974年王锐探亲合影

诉我们说瑞卿是肠癌，手术不能做了，开了刀就给缝上了。我们听到这个情况也都哭了，都默默地祈祷："老天爷，留住她吧! 她是那么的优秀，那么的善良! 不要离开亲她疼她的父母，离开爱她的男朋友，离开朝夕相伴的朋友们!"那时我们都不舍得离开床前一步。术后半年，她还是撒手离开，英年早逝。当我们再遇到她妈妈时，老人家哭得和泪人一样，说看到我们就想起她的女儿。那时后，一看到她妈妈我们就绕道走，心想不要再让她老人家伤心、落泪。

　　来萍在说起瑞卿时回忆："小木偶"生病后，我和改玲、秀云及许多同学都为她着急，常去家里看望她，陪她玩。她性格特别开朗，为人善良，我们总觉得她一定能好起来! 正如改玲所说，我们这几位同学常在一起玩，因此家里的大人也很熟悉。我的母亲得知这一消息后，很为张瑞卿着急，她认识榆次一位有名的中医老专家，很快为瑞卿联系好，并与我亲自带瑞卿到老中医家中求医问药，一度瑞卿的病情有所好转，精神状态很好。但毕竟当时的医疗技术还比较落后，加之是晚期，最终还是未能留住她年轻的生命! 使我们永远失去这样一位好朋友!

　　任峰同学在微信群里说：每次同学聚会，大家都在努力回忆我的同桌是谁? 看着每一张熟悉的脸庞，寻视几度也未能想起我的同桌是谁? 众里寻她千百度，蓦然回首，那人却在灯火阑珊处，噢! 原来是她! 当年的"小木偶"又活灵活现地呈现在我们面前，她就是我的同桌……

刻骨铭心的"六·三"事件

温来萍

在山西纪实·晋中大事记中，载有：1970年6月3日，榆次县城镇各小学校在地区体育场举行文艺晚会，因突降暴雨，人群发生混乱，11名学生被踩死。

这就是我们在中学班读书期间，亲历且对每个人都是刻骨铭心的"六·三"事件。

那是一个北方夏日的晚上，在榆次体育场座无虚席的篮球场里，庆祝六一国际儿童节的晚会现场欢歌笑语，演出活动正在进行中。然而，由于天气瞬间发生变化，一场意想不到的悲剧发生了。当时我们寿安里学校中学班的同学虽然只是十五六岁的孩子，却受命担负着维持会场秩序的任务。因为我们是中学生，而且正值军训期间，根据晚会主办单位和学校领导的要求，我们全体同学负责持枪(无弹)站岗，协助维持秩序。就在演出活动正进行期间，突然电闪雷鸣，

当时的榆次体育场

狂风暴雨袭来，顿时让现场不知所措的小学生们乱作一团，人们蜂拥至一个狭窄而有坡度的出口通道，瞬间发生了严重的踩踏事故。当时现场哭喊声一片，一场惨剧活生生地出现在我们面前。在晚会现场明亮的灯光断电后，现场更加混乱，使疏散、抢救工作难度加大。我班全体同学在老师的带领下，迅速帮助疏散分流小学生，运送那些受伤的孩子，这项任务主要由力气稍大的男同学承担。女同学就帮忙将所有枪支收起，防止混乱中丢失。当现场疏散完毕后，我们看到体育场出口处成堆被拥挤和踩踏丢下的学生鞋子和伤员的血迹，真是惨不忍睹。任务完成后，老师清点我们班学生时发现，关键时刻全班同学非常齐心，高度负责，没

有一人擅自离开，没有丢失一枝军训用步枪。这时，老师要求大家分头回家看看自己弟弟妹妹是否安全到家，确定安全后迅速回校休息(军训期间统一住校)。

卜小坪同学在寿安里同学群里评议"六·三"事件时说：前几天大家在一起聚会时还在回忆那个惊心动魄的夜晚，不想在新年第一天上海外滩又发生同类惨剧。生命如此珍贵，大家一定要珍惜啊！

记得那年庆祝六一儿童节，晋中体育场的篮球场文艺演出只进行了一个节目，就突然电闪雷鸣。随后中止演出。现场立刻乱成一团。只见几个同学神情严肃，跑来跑去。我还不知道发生什么事情，就被同学当作照顾对象，负责保管枪支。有人说：小学生被踩了！我和另一个同学（不记得是谁了）抱着个小女孩，从看台向下方球场转移。看到小棣同学从出口跑进来，我们隔着栏杆就交接伤员，真是非常困难。可是旁边还有个老师光看着，也不施以援手，即被我们斥责，现在想来还很气愤。

回到学校，高班长简单地说了一下现场的事。事后知道真相，大家都非常痛惜。我经常想起当时那个小女孩的样子：软软的身子，眼睛紧闭，头歪向一侧，臂佩红小兵袖章的肩上，沾了不知道啥时吐的小米稀饭……

令人刻骨铭心的"六·三"事件教训惨痛，后来事件责任者很快得到组织纪律和法律的制裁。"六·三"事件夺走了一个个花季少年的生命，留下的是这些孩子家人无尽的痛苦。想起这些不堪回首的往事，希望这样的悲剧永不再重演，同时也为所有老师同学当时的纯真、友谊、勇敢、忘我而特别感到骄傲自豪，相信好人一生平安，永远幸福安康！

小小银球·友谊的桥梁

王 锐

我们寿安里同学微信群真是很活跃，大家在群里除了有那么多热情似火，温情可人的祝福语；有美的音乐欣赏链接，还有那么多表情丰富的图片。来萍说：自从有了同学群，看微信成了每天茶余饭后主要任务。4岁小孙子常常问我：奶奶，你离开手机是不是就不能活了？逗得全家开怀大笑。晓黎说：我看咱们同学们十乐俱全！我已享受并感觉到，看群里真热闹，它已成了我每天必看的任务，太高兴了，每次活动后都难以忘怀，兴奋，快乐，真是一种享受。再看刘老师，冀老师，还像当年一样，潇洒，多才多艺，青春亮丽。发自内心的敬仰，敬佩。谢谢群里的同学，每天都有新的精彩内容。江波说：同学友情至纯，至真，没有利益相交，没有尔虞我诈，同学间可以不设防（指我们群里的同学，不包括给舍友投毒之辈哈）！所以，我可以在群里任性，同学们包容我，懂我！因为我们是一起走过青葱岁月的同学！

有一天，我在群里看到"改玲、晓黎对垒挥拍扣杀，国家级裁判晋民坐镇中间，江波、来萍助理裁判认真负责……球赛进入赛点，精彩继续"（群语）的情景，当年我们中学班小小银球建立同学友谊桥梁的场面，仿佛又回到了我的眼前：

1969年秋天，毛主席复课闹革命的一声令下，我们这批失学多年的半大孩子回归到母校——寿安里

青葱岁月的同学！

小学中学一班，开始接受初级中学教育。那时的男生女生似乎是天生冤家：彼此间不讲话，课桌的三八线还画得分明，稍有过界一个胳膊肘回去不说，卫生球般的白眼要瞪老久……相互间话语若稍有一个不慎，彼此就用互相取的不雅外号去攻击……整个班级里弥散着一种极不和谐的气氛……对于此种现象，时任班主任刘麾老师看在眼里，急在心上，就召集几位班干部商讨改善现状促进团结的思路，寻找契机。大家不约而同地想到了：虽然男女同学之间彼此如此不屑，却都有着共同的喜好——打乒乓球。于是，小小乒乓球就担当起了链接同学友谊的纽带与信使。那时，男生似乎都是乒乓球天才，球桌前那远距离削球会画出一个漂亮的弧线，凌厉的直线大板扣杀，长传短调令人眼花缭乱，目不暇接，也让女同学赞叹羡慕不已。就这样，班里组织让男生带女生提高乒乓球技艺，后来的国家级裁判王晋民同学，就是我当时的指导教练，对我提高球技帮助很大。至此后，中一班男女生之间经常在一起互相切磋球艺，互相帮助提高学习成绩，同学们沐浴在一种团结互助和睦温馨的氛围之中，为日后的军训奠定了一个良好的基础。

马改玲和刘晓黎在打球

可以说，我们寿安里学校中学班的乒乓外交架起友谊桥梁还早于周总理1971年与美国开创的乒乓外交。当年小小银球建立的同学间真挚友谊，一直永葆常青，历久不衰。

质朴纯真的中学班同学

刘晓黎

看着寿安里学校中学班军训期间的一些相片，当时的情景马上就映入眼帘。我们是文革时期复课后的第一批中学生，因为就读学生多，66届、67届和部分68届毕业的小学生被安排到原小学就读，时称"带帽中学"。复课后，我们参加过学校支农和挖掘防空洞等一些社会活动，还请部队的教官到学校进行军事化训练，吃、住、行、学都在学校，同学们对那一段军训生活记忆犹新，大家每次相聚都要提起。

军训时分两个排，一个排三个班，男同学两个班，女同学四个班，我分到三班，和两个班男生属于一排。为了争荣誉，我们女生一点都不示弱，支农收麦、部队插秧等样样不落后，为了纪念这段历史，我们三班的8位女同学一起到照相馆合影，留下了寿安里学校质朴纯真的中学班同学一段难忘的记忆：

军训三班女同学合影

前排第一位王锐是三班班长，她是一个老干部子女，也是位幸运儿，没有架子，平易近人，同学们都非常喜欢她，是班里的女神。可能是受其母亲的影响，她从小就喜欢当医生，在班里哪位同学有个小病小痛，她都用手中的银针给同学们治疗，下乡还给老乡治疗。后来她参了军，又上军医大，退休前是海军秦皇岛保障基地门诊部主任，当了一名真正的军医。

第二位是王秋玲，从她的样子看，就知道是一位非常稳重的女孩，她写得一手好字，和人一样秀气端庄，中学毕业后因受父亲的影响，工作到处漂流，干过装修等较苦的工作，最后到食品公司肉联厂担任会计。她有一对学习非常出色的儿女，现都在上海工作，这和她对孩子的教育息息相关，她也经常在上海享受着天伦之乐。

第三位是我，一看就是单纯调皮的样子，也是受家庭的影响，提前就离开学校，随母插队到榆社，后又返回榆次，所以同学较多。毕业后在服务公司担任会计一职。我喜欢体育运动，尤其钟爱乒乓球和游泳，儿时弟、妹多，没机会玩，现在退休有时间了，经常打球、游泳，生活过得充实愉快。

第四位是张金花，她是我们班的大姐，性格稳重，说着一口普通话，当时能说普通话的人很少，她那一口普通话让我们很是羡慕，毕业后在北京锅炉研究所工作。

后排第一位是赵玉芬，她个子不高，非常精干，不爱说话。她是北关村人，毕业后在北关正太油脂厂工作。

第二位是肖丽英，三班副班长，她喜欢文学，上学时总是拿保尔·柯察金的名言鼓励自己。毕业后在邮电局工作，后又上大学，在省中医院工作。

第三位是侯牡丹，人如其名长得漂亮，毕业后上了高中，曾在寿安里、北关小学当代教，改革开放后，自己经营了一家小厂。她喜欢跳舞，闲暇之余，自娱自乐。

最后一位是畅玉花，她是一位内向的小姑娘，腼腆，毕业后在电务段工作。

我出生于1955年5月，1960年至1970年9月就读寿安里幼儿园、小学和（反修学校）初中1970年10月至1973年5月在榆社中学上初、高中，1973年6月至1974年12月榆次一中上高中，1976年1月至1990年12月在服务公司理澡中心店任出纳，1991年至2005年在服务公司财务科工作，2005年5月退休。

儿时的8位玩伴，现在都已到花甲年龄，先后退休当上了奶奶姥姥，享受着天伦之乐。祝大家身体健康，开开心心地过好我们又一春的美好生活。

那些年的二三事

白文魁

2014甲午年末，本人携妻与好友郭志清、何江一同南下，在羊城见到了寿安里的小棣、永新、利生、胜利等同学。大家在一起杯盏交错中回顾往事、畅叙友情，其中提到《寿安里同学的记忆》一书正在征文，同学们都在奋笔疾书，争先恐后呼唤青春，点燃激情，为该书填张续页。我也是接到同学多次催稿，盛情难却，几次提笔，却又放下。因为本人初小勉强读完，连小学毕业证都没见过，初中班只有半年学历，至今任何文凭都没有，可谓腹无点墨，恐落人笑柄。

本人与各位同学在广州

时隔近半年，眼看征文时间已到尾声，本人却还未动笔。在同学多次催促之下，只好狗尾续貂，真正胆大，不知羞也！恳请编委将此文放在书册最后，因为有些人看书只看前边，到后边因乏味、工作忙等就不看了，这样笑话我的人也就少了。

作为50后的人，在小学时赶上了"文化大革命"，曾亲历了践踏"师道尊严"的那个混乱岁月。我父母亲均是文盲，见了老师如同圣人，从小对我们少不了唠叨一定要听老师的话。老师家访，父母特别授权多次面告老师，孩子不听话，你就打他。尽管我没有挨过老师的打，可我认为老师打是天经地义，他有权利，他打我就是代表父母大人打，打得对，打得理所当然。所以我从小就怕老师，尊敬老师。然而，在寿安里学校的少年厅，我曾看到老师被摁头弯腰站在台上，学生喊着回荡礼堂的口号，心里真不是滋味。老师们腹有诗书气自华，那个年代没有名牌，没有西装革履，虽说粗布蓝衫却也衣着整洁，仪表端庄，每每走上讲台总让我肃然起敬。医生护士救死扶伤是白衣天使，邮递员传送家书是绿衣信使；老师传授知识，传授智慧，是开启灵魂的天使。只有具备知识，社会才能发展，才有今天，才有未来。

茫茫人海、芸芸众生，相逢相处皆因缘。仔细掐算，下乡、军训、挖防空洞，我曾与初中同学相处半年，时间虽短，但前生注定，今生相遇，也算有幸！由缘生情，吾等花季少年，面稚心纯，情谊如白纸纯洁、泉水清醇，复想记忆犹新。

受人滴水，涌泉相报，为做人之本。吾兄弟众，过去家境贫寒，又逢"文革"，几乎未学，如同白丁，进初

情同志合 意共云飘

中班还是消息滞后，实属后补。半年后，又因家母年近花甲（58岁），为供我上学，每日早出晚归，携带午饭，且往返15里步行，又是裹脚，如此艰难，我心不忍，故提前辍学，不辞而别。时间虽短，往事却历历在目。我有感恩之心，感谢上苍将吾等安排相遇；感谢老师对我援知解疑；因吾瘦弱单薄，感谢同学们在军训、下乡、挖防空洞劳动中处处予以关爱、照顾、帮助；我虽未从戎，却要感谢高班长，与同学们一起军训，也算享受戎马洗礼；还要感谢那些年伤害过我的人，他们使我学会了坚强。

我11岁就放羊一冬，12岁流浪街头捡破烂，撕卖大字报，挖野菜喂猪，14岁割草赶驴拉平车。我进入初中班时身板瘦小，衣衫褴褛，但有幸老师同学对我关爱有加，我衷心地感谢大家，在此深深地给大家鞠躬。我仅在班里待了几个月，难怪很多同学早已遗忘，也在情理之中。

我过早地在社会底层磨砺，对很多事情和一些同学的看法有所不同，一直不愿流露，今日斗胆坦白，如有不妥，敬请谅解。

寿安里同学的记忆

如：在学校军训中有一晚，抓住三偷茅粪的。看他们衣着破旧，夜深翻墙，不嫌累，不怕臭，还是为集体，一晚上顶多能挣几工分，估计连一块钱都挣不到，但被我们手握钢枪，具高度阶级斗争觉悟的同学现场抓获。当时凌晨寒意侵袭，他们饥肠辘辘，纯朴、善良的他们内心应该感到不公。学校厕所的粪便，本是废物，但农民看着是宝，白天怕影响学校空气和带来交通拥堵等诸多不便，晚上披星戴月，摸黑赶路，顶着臭气，冒着晚上的危险，因为稍有不慎，就有可能掉进粪坑。这一切都是为了城市的整洁和教学的秩序。市民本应有感激之情，但他们却被误以贼捉。更为可悲的是，面对一群满脸稚气的孩子，说不清，辩不明，故他们由抗争到服从、乞求，眼神中含有委屈、愤怒。我在一旁，不敢多言，虽然他们淘粪没有告知是属误会，但我也不能说是我的同学们不对，因在那个年代，大人们还为政治离婚，父子为政治断绝关系，登报申明。老师们也卷入滚滚洪流，真难为我们这些"青苹果"、"小蓓蕾"。写到此我触景生情眼噙泪，想起了自己的际遇……

我12岁那年夏天，上午出去捡破烂、撕大字报卖得几角钱，如数交给母亲。午饭后手持搪瓷大缸（能盛二斤水），到北门口西瓜摊上，找外地吃瓜客人，乞求将籽吐入缸内。半下午，眼看缸快满，逢一对男女吃瓜，称大哥大姐，求将籽吐入缸，女子没反对，男子却嫌好脏，出言比我更脏：滚……抬脚将缸踢翻，尽撒一地。当时地面尽是土，不像今日人行路上有砖，我两只小手连土带泥，拢聚收起，含泪哭回，母亲讯之，好言安抚，久久难平。

更有14岁那年，因父亲被迫失去工作，全家人没有工作，二哥插队下乡，三哥因生活所迫到了晋城煤矿下井。父亲买了一辆平车、买了一头驴。中秋后，我约院邻一位童伴去捡谷草。顺着旧一中铁路往东，当时是农田，只是在谷子割倒被运走后的空地踏入。捡弃谷草一小捆，遇身背七六二步枪，臂带民兵袖章的青年训斥道："哪来的小鬼，竟敢偷我们队里

1997年部分师生合影

的谷草？"我申辩并让他看，我说，这是我在空地里捡下的，长短不一，如果是偷的，那一定整齐，谁知那人喝道：小兔崽子，还敢顶嘴，言罢，从腰间抽出传送带做成的三角皮带，手柄系铁丝缠绕，挥手一鞭，打得我痛叫一声，童伴替我申辩：我证明他不是偷的。此人喝道，用你多嘴，挥手也打了他一鞭，并将谷草没收。我哭着回家，进门跪母，母亲抚摸我背上鞭痕，母子相拥而泣。

写到此，我再一次提到感谢，感谢那些伤害过我的人，他们使我懂得了坚强。松树的挺直，是因为它经历了暴雨风霜。

军训期间，为庆祝六一儿童节，全市小学儿童欢聚，我们是小学的唯一初中班，受命维护会场，散会后，由于儿童拥挤，发生踩踏事件，全班同学齐心协力，抱、抬、背往医院。大家争先恐后，不嫌脏（说实在的，有的孩子被踩得拉在裤子里）不怕累，我们都是少年，虽然是小草护幼苗、虮子背虱子，却用我们瘦弱的肩膀担起责任、道义，真正体现了大爱无疆。这是我们的骄傲，同学们，向你们致敬！

人生苦短，转眼已逾花甲，不要谈谁今日官至几品，不要比谁的存款多少，历史的长河，伟人也不过流星一过。我们只是草木、凡人，我们没有对人类有过什么贡献，也没有发明创造，爱迪生等科学家可算得一根火柴，曾经燃烧，曾经照亮他人，我们只不过是受潮的火柴，可能闪了一下火花，甚至也就是冒了一下烟，只是有一点温度而已。曾经经历，曾经沧海难为水，现在应该是宠辱不惊笑看庭前花开花落，去留无意，漫随天外云卷云舒，趁尚有余温，大家多办实事、善事，学做几件吃亏事，以百世留用。留一点善念心田，厚德载物，使儿孙永耕。德乃修来的，前人栽树后人乘凉，多给后人载几棵树吧。桃仁杏仁柏子仁，仁心救人，水仙凤仙威灵仙，仙药济世。路在脚下，全凭自己走，不论好坏，脚底的泡，那是自己走出来的。心存善念，福虽未到祸已离，心存恶念，祸虽未至福已去。

愿同学们长相聚，长沟通，长帮助，如能此，定长寿！再相续来生缘！

现附在微信群里给同学们的几首小诗：

1.花季真情

少年花季三月春，本应琅琅读书声，
臂上新添红袖标，不见颈上红领巾。
下乡军训防空洞，绿肥红瘦尽凋零，
轰轰烈烈文字狱，学生斗师成英雄。
善恶丑美被颠倒，是非黑白难分清，
本应皆是栋梁材，却不逢时误青葱。

本人近照

寿安里同学的记忆

喜逢进入初中班，路边小草进花篮，
同吃同住同劳动，相互帮助相互搀。
童真无邪缘来聚，真情如同金子般，
自古莲子芯中苦，恰是梨儿腹中酸，
虽说相聚仅半年，情谊足够一生谈。
汾河绵绵流千里，真情夜夜绕耳环。

2.回来萍：
天生丽质俏佳人，本是宦家令千金，
只因那个年代里，同是天涯沦落人。
时辰八字不一般，命运机遇各不同，
能够同窗皆因缘，同学情谊似海深。
莫论身份高与低，真心相处贵如金，
老牛自知夕阳好，载笑载颜看黄昏。

3.回阿笨：
 逆境先离学校门，后知阿娇从了戎，
一别四十又五载，少时音容无影踪，
素日无有鸿雁飞，只在同学讲述中，
数次聚会不曾见，唯恐路遇不相逢。
难得阿娇还记起，何时能够睹芳容，
但愿同学再相聚，不再插茱少一人。

永远忠于毛主席

温来萍

1970年12月21日，我们中学班12位女同学胸前佩戴毛主席像章，左臂戴着红卫兵袖章，兴致勃勃来到榆次红旗照相馆，拍摄了一张题为"永远忠于毛主席"的珍贵照片。这12位同学分别是：王巧英、王秋玲、刘文、马改玲、肖丽英、徐振英、侯牡丹、温来萍、王秀云、刘计生、李淑芳、张瑞卿。44年后的今天，我反复看着这张照片，浮想联翩，思绪万千，脑海中闪现出中学期间一幕幕难忘的生活片断。

1970年12月合影

那是一个非常特殊的时期，为体现"永远忠于毛主席"，毛主席像章、红卫兵袖章、解放军军装就成了一个鲜明的时代特征。当时，人人胸前都佩戴毛主席像章，每人都保存有许多像章，表示对毛主席的忠诚和爱戴。红卫兵袖章是一种荣誉的象征，不是每个人都能拥有的，当时被选为红卫兵是一件很光荣的事。我们这些红卫兵是班里自下而上推选出来的，由于年龄较小，我们这些红卫兵仅限于校内活动，从不参与任何社会活动。说到绿军装，在那个不爱红装爱武装的年代，是最流行的服装。记得这是我们这帮女同学被发展为光荣的红卫兵后，心情激动，专程到照相馆拍了这张照片留念。当时都穿着军装，可以看出，我穿的军装是一件洗得发白的旧军装，颜色最浅，也是当年最流行的。这是我让母亲从二舅那里淘来的宝贝！当初为得到一件真正的军装，自己缠着妈妈给远在成都当兵的二舅写信，要一件军装，且越旧越好，最终如愿以偿，特开心！这12位姐妹中，大

寿安里同学的记忆

部分同学都分别在1997年和2014年见过面，大家生活得都很好！只有肖丽英、李淑芳几次未参加聚会，想必她们过得也很好，衷心地祝福姐妹们！最难以忘怀的是我们大家都非常喜欢的"小木偶"——张瑞卿，此后不久就因患绝症永远地离开了我们，我们真是永远怀念她！虽然当时我们仅有十六七岁，但与现在同龄孩子相比，看上去显得非常懂事，非常成熟，非常精神，真可谓"恰同学少年，风华正茂"。

在那个年代，为体现"永远忠于毛主席"，我们在学校军训中不怕苦、不怕累，培养出非常坚强的毅力和优秀的品格。回想中学时期，最难忘也是最受益的就是军训那三个月。当时正值"文革"期间，社会上动乱不堪，学校里教学秩序受到严重影响，根本无法正常上课。在这种情况下，学校决定对我们初中班学生进行集中军训，统一住校。为我们军训的是驻地部队派来的两位优秀战士，一位是高(文潮)班长，一位是小吕(中华)。我们的宿舍是两个大教室，男女生分别住一间。二三十人一间的女宿舍靠墙两排打地铺，最底层为干草，中间铺床垫，上面就是各自带的床单被子枕头，很简单。我们这帮十五六岁最大十七岁的孩子，从小娇生惯养，从未离开过父母，突然要过集体生活，而且是这么简陋的条件和环境，真是一个很大的挑战。当时的心情是复杂的，既高兴开心，大家吃住在一起，不用起早贪黑家里学校来回奔波了；同时又怕吃不了睡地铺、搞军训这种苦。军训第一天，按照高班长的要求就是整理内务：被子要叠成豆腐块，毛巾、牙刷要摆成一条线。这下难住了大家，最难的是叠被子，我们各自带的被子大小、薄厚、软硬程度不同于部队发的被子，根本成不了形，大家忙得满头大汗就是达不到要求，最后高班长好歹勉强通过。接下来，走队列、练刺杀、打背包、紧急集合、拆装半自动步枪等，学到了很多平时在学校学不到的本领。从开始的游兵散勇达到后来的一个个整齐划一的小战士；从一个连枪都未见过的学生，竟然能蒙上眼睛将半自动步枪各部零件拆开又装上；从开始半夜紧急集合时丢盔弃甲的狼狈，到一分钟内紧急集合装备齐整无一掉队，同学们都表现得非常刻苦，非常优秀，发生了很大变化，我们自己都觉得非常了不起！非常有收获！军训期间，我们除了练刺杀、走队列、匍匐前进、打靶、紧急集合外，还常常代表学校出去进行军事表演，还有支农、学军、学工等等。记得在一次军事表演中，大家肩扛半自动枪行进在操场上，步伐整齐，口号嘹亮，赢得阵阵掌声。在匍匐前进穿越障碍的演练中，大家表现非常突出。男同学个个生龙活虎，女同学表现也不落后。印象较深刻的是张小棣、武江波、王永新、马利生、王锐、刘文等同学带头穿越障碍网时的情景，按要求是匍匐前进穿越障碍网，而他们几乎是依靠冲力直接贴住地面穿插而过，非常精彩。在班干部的表率作用下，全班同学出色地完成了演练任务。每次外出或返校，大家都是排着整齐的队伍，唱着嘹亮的军歌，展示着军姿，成为当时活跃在榆次的一道亮丽的风景线，引来古城街上无数人的关注！记得一些记者专程到我校对我们军训情况进行了实地采访，并在榆次相关报刊上以及电影院等许多公共场所的玻璃橱窗内都宣传并展示了我们班军训时的成果和图片。此外，在这段时间内，我们不仅在军事训练中增长了见识，得到了锻炼，更在团结友爱的氛围中增进了友谊，提升了才华，许多同学的聪明才智得到充分展示和交流。多数同学在这段时间内，学会打乒乓球、打篮球、游泳、拉二胡、小提琴、敲扬琴以及唱歌跳舞。我们班打乒乓球高手不在少数，印象中张小棣、武江波、任峰、李小明、王晋明、吕海平、马利生、王锐、连民珍、卜小坪、刘文、王巧英、刘晓黎、肖丽英、徐振英等都很强。还有许多同学很有文艺天赋，比如卜小坪，在我们表演的舞蹈"大刀进行曲"中，她开场动作就手连续几个侧手翻从舞台侧幕条内翻至对角前台，为我们这个节目增色不少。她在企业工作时也是文艺骨干，号称"沙奶奶专业户"。"大刀进行曲"舞蹈等许多优秀节目作为我班自编自演保留节目，外出演出过好多次，记忆犹新。有趣的是，为表达同学们对毛主席的忠诚，利用空余时间在学校操场上排练舞蹈"领导我们事业的核心力量是中国共产党……"等毛主席语录歌。记得当时我和马改玲负责教男同学，大家笨手笨脚但学得很认真。不知大家还有印象吗？总之，军训三个月很辛苦，但苦中有乐！苦中有甜！它为我们美好的人生奠定了重要的基础；它不仅丰富了我们的阅历，让我们尽早地学会独立和坚强，也为我们后来走向社会、进入工作岗后确立正确的价值观、人生观、世界观产生积极的影响。感谢榆次寿安里学校！感谢尊敬的各位老师！感谢敬爱的解放军叔叔高班长和小吕！

　　为在各方面都要体现"永远忠于毛主席"，我们积极响应毛主席号召，利用假期到农村体验生活，接受贫下中农再教育。记得中学期间，我们在班主任老师率领下，到榆次张庆公社小张义大队农村下乡支农，正赶上烈日炎炎的麦收季节。我们这帮城市长大的孩子，从来就没干过农活。看着一眼望不到边的麦田，无从下手。农民群众手把手教我们如何割麦，长长的麦芒在我们的脸上、臂上、腿上划来划去，汗水和泪水混在一起，但大家不怕苦，不怕累，认真学，不甘落后。看着我们身后一陇陇亲手割下并摆放整齐的麦子，心里美滋滋的，很有成就感。晚上，当我们经过一天忙碌劳作，满怀喜悦和疲惫进入梦乡时，突然听到电闪雷鸣，暴雨骤降。大家被惊醒之时，首先想到的是我们辛辛苦苦收割的麦子还在地里。这时接到班里的紧急通知，迅速抢收麦子！农村的夜晚漆黑一片，伸手不见五指。同学们迅速集合，冒雨行动，深一脚浅一脚，将垛在地里的麦捆全部抱回仓库。这种战天斗地的精神，我们只有在电影里见到过，想起来个个都像英雄人物，真了不起！第二天一大早，我们半夜抢收麦子的"英雄壮举"在公社大喇叭和榆次广播电台里都进行了广播宣传，受到大力表扬，大家很受鼓舞。虽然事后听说我们是帮了倒忙，因为下雨天麦子在地里不要动，雨后晾晒干就没事了。我们往回收麦子，反而可能会造成不必要的损失。难怪我们抢收麦子时，未看到农民参与进来，他们照睡不误。可以肯定的是，我们当时的出发点是好的。大家这种不怕苦不怕累的精神值得称赞！这次行动使我们既学到了知识，又磨炼了意志。

永远忠于毛主席！这是那个特殊年代对每一个热爱祖国、热爱中国共产党、热爱社会主义的公民提出的特殊要求！全党、全军、全国人民都是在毛泽东思想的指引下，去工作，去学习，去办一切事业。我们处于那个时代，必然会留下时代的印记，这是我们经历的中学生活片断，是值得我们永久铭记的宝贵财富，同时也是那段历史的一个真实写照。

匆匆那年·军训记忆

连民珍

1969年的秋天，我们50多个十四五岁的半大孩子一起走进了榆次寿安里学校的戴帽中学班。这个班容纳了66、67、68三届年龄参差不齐的小学毕业生，学习的课本是《工业基础知识》、《农业基础知识》等，主要的课程是学工、学农、学军。1970年夏天，学校从驻榆部队请来了高班长（高文潮）和小吕（吕中华）两位军训教官，中学班被划分成两个排六个班的军队编制，全体同学集中在学校教室里打地铺居住，在学校食堂统一吃饭。匆匆那年，同学们两个多月集中吃住在一起的军训生活，给我们每个人都留下了抹不掉的记忆和超凡的同学情缘。

之一：那一夜我们紧急集合

夜，寂静。午夜时分，第一次紧急集合号惊醒了学校的夜空，睡意沉沉的我们被急促的号声惊醒，按照规定要穿好衣服、打好背包在操场上统一集合。瞬间，黑漆漆的教室里乱作一团。按照部队住通铺班头接班尾的要求，作为六班长的我，和五班个头最小的金猴紧挨着，慌乱中我摸到比我几乎矮一头的小金猴的上衣，怎么穿也不对劲，只听到金猴自言自语：我的衣服呢？我意识到可能是拿错上衣即随手一扔，快速摸到我的上衣整理好行装，飞快地跑了出去。当各班在月光下清点人数时，只听到五班长刘文喊，金猴怎么没来，并撒开大长腿以百米冲刺的速度冲进教室把坐在地铺上抹眼泪的金猴拎了出来。就在这一刻，侥幸和歉意同时出现在我的大脑。时至同学再后来的聚会时，我才把这段故事讲给大家听。

紧接着，我们开始跑步急行军，没跑几步，当啷，不知谁的水壶掉了；啪，又不知什么东西落地了。随着跑步速度的加快，队伍里不时发出奇怪的声音，形成和跑步不太和谐的交响乐。操场几圈跑下来，溃不成军的队伍终于回到教室。灯光下穿反衣服系错扣子的、没穿袜子没系鞋带的、秋裤腿长出来的、记不清楚是谁的内衣袖子像尾巴一样垂着。特别滑稽的是出名的淘气包李晓明一卷铺盖一根绳子单扛在肩，就像个落难而逃的大叔，大家都被一个个衣冠不整狼狈不堪的囧态逗得前仰后合。

这段美好的回忆，以后就成了每次同学聚会必讲的一个经典保留节目。

之二：大家张口就来的红歌

那个年代，当兵是每个青少年都追求的一个梦想。军训时，解放军高文潮班长要求我们每个同学就要像军人一样，唱歌要声音洪亮。年少轻狂的我们，俨然觉得自己就像是一个兵，常常像军人一样放声歌唱。我们训练时在学校操场上唱、吃饭前在少年宫食堂门前唱、睡觉前在教室地铺上唱、参加比赛在赛场上唱、支农期间在乡间小路上唱、体验部队生活插秧收稻和战士们唱、外出执行任务在行进的路上唱，榆次的大街小巷经常能听到我们的歌声。我们高亢嘹亮的歌声和精神饱满的形象，成了榆次这个小城一道靓丽的风景，常常引得路人驻足观看。有细心的同学保留下不少我们当年稚气满脸的照片，2015年1月，武江波同学在榆次时报和榆次社区报上发表了《青春的岁月像条河》的怀旧文章，刊首附上了张小棣同学精心保存下来的一张非常珍贵的照片，展示了我们中学班同学当年持枪行进在学校操场上的场景。照片上在指挥训练的是高班长，走在队伍前面的是两名擎旗手张小棣、马利生和双手捧着毛主席像长着一双漂亮大眼睛的卜小坪，还有走在队伍里的王锐、吕海平、王永新以及张仁义、李晓明等8位同学，后来都穿上军装进入人民解放军军营，成了真正的军人，替大家圆了那个当兵的梦，从而成为我们班同学的骄傲。

唱歌是我们激情的释怀，拉歌也是我们的拿手戏。《三大纪律八项注意》、《打靶归来》、《语录歌》等等，是我们每次拉歌必唱的曲目，在全市中学生军训比赛场上，我们寿安里中学班不仅军训成绩优异，拉歌也不逊色。我们高亢强大的声浪急坏了对手，兄弟学校的起歌手直接把《三大纪律八项注意》的歌名替代了首句"革命军人个个要牢记"，大声喊唱，引得全场哄然大笑。

可能是秉承那个年代浓烈红色元素的缘故，2011年我们在榆次能常联系到的武江波、吕海平、白文魁、陈文义、杨玉寿、王民生、

持枪行进在学校操场上

王巧英、马改玲、田玲、刘晓黎、侯牡丹等十几位同学国庆小聚后去K歌，大家点的都是红歌。童颜鹤发的白文魁边笑边说，什么年代了，只会唱革命歌曲，连个流行歌曲也来不了吗？他的话音瞬间淹没在同学们的笑声中。

之三：浓缩了的小时光

短短三个月的军训小时光，给我们留下了浓墨重彩的青春记忆和鲜活宝贵的精神财富。这期间：我们一起读书学习、一起摸爬滚打、一起唱红歌演节目、一起吃饭睡觉、一起游泳打球、一起参加社会活动。这期间：我们经历了发生在晋中地区体育场灯光球场惨烈的中小学生"六·三"踩踏事件，在抢救受伤的学生中做出了超越年龄的坚毅和勇敢；体验了部队生活，收获了和战士们一起插秧、打稻的新鲜和快乐；参加了榆次市张庆乡小张义村龙口夺食的麦收农事，尽管雨夜雷鸣中由于不懂农事演绎了一幕幼稚的滑稽小品，但我们表现出了担当、果敢和崇高的境界。那段年华凝聚了我们太多的情结，那些记忆中的小时光成了我们同学40多年友谊的纽带，让我们从同学、朋友变成了真正的兄弟姐妹。同时，我们还对一些同学家的兄弟姐妹大多知晓，譬如张小棣的弟弟张六一，是全班很多同学都熟悉和喜欢的小弟弟，儿时常随哥哥和同学们玩，时隔40多年后的今天，依然是我们这个同学团队不可缺少的成员。2014年年底组织榆次、北京两次老同学聚会和2015年3月部分同学与军训教官高班长在北京及霸州聚会，小六一都忙前跑后帮助摄影照相，做向导当司机，为哥哥姐姐们提供了优质的服务和高质量的影像资料，为张小棣送给大家的珍贵影像纪念品付出了许多辛劳。谢谢六一，我们全班可爱的小弟弟，期望六一在今后我们同学的相聚中，再忙也要来看望一下这帮早就喜欢你的哥哥姐姐。

部分同学与高班长在霸州

寿安里同学的记忆

那些年，我们经常同学姐妹相伴。有一次，我和巧英、来萍、改玲、小木偶等去班里的幸运女神王锐家玩。走进晋华医院旁边的一座小四合院，最北端的东屋是王锐家，门口的大盆里有一条一斤半左右活蹦乱跳的大鲤鱼，王锐卷起袖子要给大家表演杀鱼。在物质匮乏的那个年代，北方人吃鱼很少，自己动手杀鱼会做鱼的人不多。在我的记忆里，吃鱼逢年过节父亲请机关食堂的张大爷上家里做好了吃，也没注意张大爷怎么做。我们很新奇地看着王锐把鱼捞出来，鱼在她的手里不停地乱摆动，鱼鳞和水喷的我们满头满脸，鱼掉回盆里。王锐一边说不信还收拾不了它，一边进屋取出案板和刀，手起刀落，啪……那次鱼什么味道怎么做的我完全没有印象，脑子里只留下我们这位亲爱的女神变成女汉子杀鱼的记忆。

那些年，同学之间的兄弟姐妹友谊留下许多动感符号，延续至今依然跳动着快乐的节奏。2011年年底同学两次相聚后，经过王巧英的悉心营造，同学微信圈由我们发起时的三四个人迅速拓展到28个人。大家在群里有讲不完的心里话和说不完的新旧故事。我们的微信达人温来萍、马利生、武江波、王锐、王巧英、任峰、刘文、刘晓黎、周秋生、王晋明等，经常给大家传递正能量和健康知识。现在寿安里同学群成了大家每天都会关注的友谊平台。这个群很火，像家一样很暖，家里的兄弟姐妹心很热。

岁月如蹉跎，年华似水流，青山随云走，大地沿河流。浓缩了的小时光承载着我们无悔的青春，永远留在寿安里中学班每个人的心中！

我们尊敬的军训教官

刘晓黎

高班长入伍时的照片

榆次1969年各个学校复课后，一些六六、六七届的小学毕业生，即由市教委统一安排到原小学上戴帽中学，其中在寿安里学校（"文革"中改名叫反修学校），就以我们六六、六七届为主、加少量六八届毕业的小学生，组成了中学一班，开始了初中课程的学习。

开课不久，学校先后组织了不少社会实践教育课，其中时间最长、印象最深的是军训。寿安里学校的军训教官是从驻榆陆军52940部队请来的高文潮班长和他的助手吕中华。两个多月的短暂军训，让我们和高班长、小吕结下了非常深厚的友谊。然而，因岁月的流逝，大家分别走向社会，工作战斗在祖国的天南地北，使我们一度就中断了联系。

2015年春节期间，同学们在聚会时又一次说到了当年我们学校军训的往事。在张小棣同学的倡议下，我经过多方寻找，终于与远在北京昌平的高班长取得了联系，当时真是兴奋得无法用言语表达，立刻就把好消息告诉了同学们。在小棣同学的精心组织下，3月21日中午，我们9位同学终于和高班长在北京辽宁酒店聚会相见。大家围绕圆桌如同一家人，畅谈离别故事，合影拍照留念。饭后，高班长又盛情邀请我们去河北霸州他的家里做客。

在高班长的家里，我们看到了他入伍时的新兵照片，通过他的介绍，得知他是1965年参军，1968年入党。入伍后曾在北京带领红卫兵

我们在高班长家里

寿安里同学的记忆

接受毛主席的接见，并去内蒙古，邢台等多地参加支持地方工作，在榆次很多学校当过军训教官，主要有寿安里、经纬厂、铁中、二中等。由于工作积极表现突出，早在1971年就提干了，但过度的劳累使其在1974年便因身体原因病休。2000年在部队以营职待遇正式退休，结束了39年的军营生活。

在寿安里学校组织我们军训时，高班长22岁，当年的他英姿飒爽、浓眉大眼、口齿伶俐。他讲话时那严肃的表情让同学们尊敬佩服，尤其是半夜吹紧急集合的哨声，让大家心惊肉跳至今尚记忆犹新。军训锻炼了同学们，军训中培养出的那种勇敢、坚强、不怕困难、不屈不挠、团结向上、组织纪律性极强的中一班团队精神，造就了一个个优秀的学生和一个优秀的班级团队。当年我们的军训班集体在榆次是一道靓丽的风景，队伍走在大街上的整齐划一不次于正规解放军部队。那时报社的记者曾给我们现场拍照，一张张相片展示在繁华的大街宣传栏内。我们所取得成绩离不开高班长的严格训练，尤其是后来去参军当兵的同学更是受益匪浅，感受很深。

当年的高班长一家

高班长在完成我们军训归队不久就结婚了。嫂子叫徐秋云，精明强干，操持家务任劳任怨，一人在农村带孩子种地，默默支持高班长工作，是一位非常称职的好军嫂。1980年随军后在部队军工厂上班，现已退休。嫂子做的大饼非常好吃，具有家乡特色外焦里酥，同学们去看望高班长，她都给大家亮了一手，使大家感到特别亲切和温暖。

高班长有一儿两女，儿子高立国，和父亲一样英俊帅气，继承父业于1987年入伍，1989年提干上军校，毕业于解放军长沙工程兵学院，在陆军38军112师任正营职干部。入伍18年后自主择业到地方工作，儿媳在霸州市幼儿园，高班长的胖孙子今年已20岁正在上大学。

他的大姑娘叫高立娜，1990年入伍，1995年退伍。离开部队后分配到霸州市房管局工作。大女婿在霸州市机电公司上班，有一个可爱的女儿。

高班长的小女儿高立星，1998年参军，2001年退伍分配到霸州市供电局工作。小女婿是位现役军人，在北京某部队任科长，也有一个可爱的女儿。

这次霸州之行，让我们认识了高班长的家和他的家人。高班长全家对我们的热情招待，让每个同学都感到非常亲切。高班长说：他曾在很多学校组织军训过，唯有寿安里中一班的同学让他难以忘怀，每个同学相貌特点都能记起，这次相聚的同学们，大家的模样和性格没变，只是脸上充满成熟和稳重，在他心目中我们都是他的小弟小妹。的确，高班长军训结束后，同学们常去他家里玩，互通信息。有一位同学的孩子不听话，请他过去帮助开导。高班长说话风趣易懂，不伤孩子的自尊。经过他的开导说教，孩子增强了信心，从不学到用心学，最后还考上大学，现在在上海就业。他还关心同学们的婚姻大事，我当年快30了还没有合适的男朋友，是高班长作为红娘促成了我的幸福家庭，高班长在我们眼里就是一位非常令人尊敬的兄长。

现在的高班长一家

在霸州市，高班长带领我们参观了全国独一无二的自行车博物馆，游览了清洁宽敞且非常时尚的霸州市容。晚饭后，他们一家又请我们专门到歌厅放歌娱乐。他大女儿高歌一首刘和刚演唱的深情歌曲《父亲》，唱出了他子女们对父亲深切的爱戴，也唱出了我们每个同学对高班长诚挚的尊敬。衷心祝愿高班长身体健康！全家幸福！

感谢军训教官高班长

刘　文

　　对于寿安里学校中一班的同学来说，每次同学聚会，不管是大聚还是小聚，都会不约而同地说起军训，说起教官高班长。可是之前在很长一段时间里，由于各种原因，大家都没有与高班长经常联系，只知道他退休回去老家河北霸州了，但谁也不清楚高班长的近况。2015年正月初三部分同学在榆次小聚时，小棣同学建议把寻找高班长的任务交给晓黎，因为高班长曾经是晓黎的"月下老人"，过去晓黎与高班长来往较多，并让我告知在北京的同学，若能联系到高班长，届时找时间将组织大家去霸州看望一下他。

　　晓黎果然不负众望，很快就找到了高班长。这么多年了，高班长还记得我们吗？电话接通了，"高班长知道我是谁吗？""刘文。"太激动了，40多年不见，一句话就听出了我是谁。

高班长和我们在霸州

很快，我们在北京的辽宁饭店就见到了高班长。高班长还是老样子，走路、说话一点儿没变。用高班长的话说"脸都没变，就是多了几个褶"。是啊，我们在一起就仿佛又回到了40多年前，怎能不年轻呢。虽说当年我们和高班长相处时间不长，可他能说出许多同学的名字和特点，也许是我们这帮同学太特殊了，一个特殊年代造就的一群特殊人，印象太深了。

饭后，应高班长邀请，我们一起去了霸州，先是参观了中国自行车博物馆。之后去高班长家，他的两个女儿、儿子儿媳热情地招待了我们，让我们深切感受到了高班长家庭的温暖。感谢军训让我们认识了高班长，感谢高班长教会了我们许多，为我们走向社会奠定了良好的基础，相信每位同学都经过军训受益匪浅。感谢高班长对我们此行霸州的盛情招待，感谢小棣弟弟六一为我们开车、摄影的"特级服务"，感谢专门从榆次来京看望高班长的同学们。祝愿高班长、老师和同学们永葆青春，期待着我们的下一次聚会！

军训五班同学之印象

温来萍

　　自2014年11月23日榆次同学聚会和12月23日部分同学在北京聚会以来，自己就思绪万千，心情久久难以平静。特别是"寿安里同学"群的不断扩大，将身处各地的同学们再次紧紧凝聚在一起，好像一个大家庭，有说不完的话，叙不尽的情。许多同学将珍藏已久的老照片翻拍发到群里，并从这些老照片中寻找回一段段难忘的真情和美好回忆。

　　当我正在群里寻问军训时我在几班、班长是谁、班员又有那些人时？巧英马上回复说：是五班，班长刘文，我是副班长。刘文迅速发上来1970年10月20日五班同学的合影，照片题名为"恰同学少年"。照片同学包括前排左起：卜小琳、刘文、肖小英、温来萍；后排左起：郝建华、王秀珍、王秀云、卜小坪。

　　在我印象中，照片里军训五班的这8位同学各有特点，都非常优秀。卜小琳思维特别活跃敏捷，学习成绩骄人，尤其语文较为突出，她写的作文经常被老师选为范文在课堂上宣读，是我们学习的榜样。军训期间，她作为比我们略大一点的小姐姐，处处关心我们，特有大姐风范。毕业后，在省电力行业工作，现已退休。刘文是从北京转来我班的同学，一到我们班里很快就和同学打成一片。特别是军训期

军训五班同学合影

间，她作为五班的班长，无论是学习还是军训，处处起表率作用。她高高的个子，走路一阵风，性格豪爽热情，从来不会轻声说话，往往是先闻其声，后见其人。在训练场上，她总是和男同学比，摸爬滚打毫不逊色，表现出女中豪杰，常常赢得喝彩声一片。毕业后，在晋中

石油公司工作，后调省建筑施工公司干财务工作，现退休在北京看外孙。肖小英天生丽质，也是个大个子，军训总是排在队伍前列，有过硬的基本功。她性格内向，喜欢笑，学习成绩也很好(几次聚会未见，现状不太清楚)。我的性情温和内向、不善言辞、一说话就脸红，但热情高、人缘好，比较听话。记得在班里除了正常上课、参加军训外，经常被老师安排出墙报和黑板报、写简报、在学校卫生站背红十字药箱搞服务，在学校的一些活动中搞接待等等，也是兴趣爱好广泛，打乒乓球、篮球、游泳、唱歌、跳舞、玩乐器等，样样都会点，但都不精通。毕业后，参加工作到太原，在省委办公厅一干就是43年，去年年底退休，现在北京，成为"孙管"干部。郝建华也是中途转来的同学，学习认真，军训吃苦，为人善良朴实。她还是我校宣传队的成员，二胡拉得很不错。据她说，由于家里姊妹多，她作为老大要帮妈妈带妹妹，所以一放学就往家跑。很羡慕我们这些放学后在学校玩够了才回家的同学。毕业后，在榆次经纬厂党办工作，现退休在北京帮看外孙。王秀珍也是特别内向的同学，印象中经常是默默地跟在同学后面，一说话就很不好意思，但军训时毫不含糊，表现很好。据说毕业后一直在太原工作(几次聚会未见，现状不清楚)。王秀云瘦瘦的，个子中等，大大的眼睛，深深的酒窝，活泼可爱之中有时显现出一些男孩子气，特别是军训期间表现较为突出。毕业后在榆次水泵厂工作，现退休。卜小坪很漂亮，有一双会说话的大眼睛和一对深深的酒窝，活泼可爱，点子多。说起话来干脆利落，走起路来四平八稳，聪明伶俐，学习成绩名列前茅，军事训练也样样走在前。她多才多艺，打球、唱歌、跳舞、唱戏，无所不能，成为学校宣传队的骨干队员。她还是学校的卫生员(当时还有王锐和我)，后来卜小坪、王锐都当了兵，王锐还上了军校，成了真正的军医。卜小坪1978年参加高考，就读山西医学院。1983年毕业后在太钢总医院工作，现在退休。除了照片中8位同学外，五班还有一位重量级人物——金猴（实名为金和，金猴是同学们对她的昵称）。她是我们军训连个子最矮、年龄最小的一个女同学。人如其名，猴精猴精的。在班里，同学们总把她当作最小的妹妹去保护关爱，她也经常会给大家带来欢乐。据民珍曝料，军训期间第一次紧急集合号惊醒了学校的夜空，睡意沉沉的同学们迅速按照规定需穿好衣服、打好背包到操场紧急集合。瞬间黑漆漆的教室乱作一团。按照部队通铺的要求班头接班尾，作为六班长的民珍和五班个头最小的金猴紧挨着，慌乱中民珍摸到比她矮一头的小金猴的衣服，怎么穿也不对劲，只听到金猴自语：我们衣服呢？民珍意识到拿错上衣随手一扔，快速摸到自己的上衣整理好行装，飞快地跑出去。当各班在月光下清点人数时，只听到五班长刘文喊，金猴怎么没来，同时撒腿冲进宿舍把坐在地铺上抹眼泪的金猴拎出来，让全连同学都笑得肚子疼。初中未毕业，金猴就随母亲下乡去了介休，后来又回到榆次上高中，毕业后到和顺林局插场，再后来调到晋华纺织厂工作，直至退休。

2015年清明中一班部分女同学在榆次后沟

当年学校军训时我们五班在很多方面都很有特点，其中有个子最高的女生刘文，最矮个的金猴，两人相差一头半；有卜小琳、卜小坪两个亲姊妹花，都很优秀；有王秀云、王秀珍不是姐妹胜似姐妹，不仅名字相近，而且长相个头都差不多，同学们经常会把她俩搞混。军训期间，大家每天学习、军训、吃住在一起，团结友爱，互帮互学，特别开心，那段岁月真是回味无穷！

不忘的初中年华

王民生

随着时光慢慢地推移，我们已进入了花甲之年，记忆力有所下降，有些事情则相对模糊，唯有初中经历的点点滴滴让我记忆犹新。

那是1969年的一个秋天，正是"文革"时期的第四个年头，党中央提出"复课闹革命"的指示，对于我们休学多年的学子是一个大好消息，可因年龄问题，使我们与正规中学无缘。寿安里小学则创办了有史以来第一个初中班，也就给我们带来了就读初中暂时课程的机会。

当时正是"文革"期间，各种派系左右着人们的人际关系，而我们初中班同学们之间却没有受到这种影响。当时的我们意气风发、朝气蓬勃、天真活泼、聪慧可人，在各位老师的谆谆教诲下，怀抱远大理想，努力学习各项文化知识，以便为今后回报国家和社会作出应有的贡献，实现自身的价值。

初中生活最难忘的是军训。我们大家一起同吃同住同训练，射击、刺杀、投弹样样都在考验我们的胆量、毅力、意志。

有一次投弹练习时，我的胳膊扭伤错位了，是王晋宏同学陪我去职工医院治疗。当时军训同学们的体力消耗较大，不到吃饭时肚子就咕咕叫了，学校防空洞地道和面粉厂的通道连着，我就和王永新同学经常偷偷从地道到他家拿些糖饼分享，这种纯洁的友情让我永远回味无穷。

走向农村接受贫下中农再教育，是我们当时的一门主课。我同大家一起到小张义村进行支农活动，感受地球这个母亲是如何养育人类的，也体会到"谁知盘中餐，粒粒皆辛苦"的深刻含义。在风雨交加的夜晚，我们与农民兄弟一起抢收麦子的场景历历在目，仿佛又回到了那时的雨夜，这一夜的辛劳感动了很多人，让我们拥有了一次不同凡响的经历，也成了榆次电台热播的一条新闻。

寿安里同学的记忆

1974年部分同学合影

1971年，王晋宏同学到晋中汽修厂工作，当时他还是个单身，宿舍在图书室，那个年代文化活动单一，而能阅读很多书籍真是一种享受。王晋宏同学不仅给同学们提供了一个交流与阅读的场所，还给我们提供了很多便利条件，成就了我们阅读的"渴望"。初中毕业后，同学们各奔东西，参加工作后，联系聚会就少之又少。可让我难以忘却的是到了星期天，只要同学们有时间，大家各自购买一些鸡、鱼、水果、蔬菜，到晋宏的图书室一起动手做饭做菜齐聚一堂，感受家一般的和谐与温暖。

在短短一年多的初中学校生活中，有一位同学让我终生难忘。现在距他离开我们已有35个年头了，他的长相尤为深刻，国字脸型，皮肤白净，天生一头自来卷，戴上一副眼镜，活像美国基辛格，这也是他一生中最崇拜的人物。

他常说的一句话是"不吃苦中苦，难为人上人"，他说的苦就是学习，初中毕业后，他继续深造，考上高中为自己的理想而努力奋斗。

他经常鼓励我要多看书，多学习，不要虚度年华。为了学习英语，我们每人各自买了一台电唱机，在电唱机的帮助下一遍一遍地反复练习，仔细纠正每一个发音，更好地学习每一句英文。

之后，我们又买了一把小提琴，共同找到刘麾老师学习音乐知识，通过一段时间的学习，我们就能演奏一些歌曲了。

他兴趣爱好比较广泛，看到一些古式桌椅就自己制作木工工具，叫我和他一同干木工活，后来他的手艺越来越好，在他有生之年也帮助过好多个同学干过，如榆寿家盖房子，他召集几位同学做门、窗、干泥水活，增进了同学们间的友谊。

70年代年轻人同龄交往甚多，而他却不一样，多接近老年人，以敬畏之心，向他们请教未学到的社会知识，虚心学习，取长补短，增长见识，在以后的现实生活中充分运用所学到的知识服务社会。

如果谁家有家庭纠纷，他都会耐心、细致地做调解工作，也因此让许多家庭重获谅解和幸福。

他酷爱阅读各类书籍，"文革"时期有些书作为禁书，而他为了得到一些书籍四处打听。有一次听说北合流村有一位老者有一本《周易》的书，叫作《蚂蚁相》，我就和他多次到村里打听拜见这位老者，最后买了几盒好烟送给老者，才同意借给我们看几天。

他酷爱古典书籍和各国名人自传，那些年他买书没少破费，他把读书当成他生活中不可缺少的一种元素，每当得到一本好书，他就有一种说不出的喜悦。而对自己的日常生活没有过高的要求，他从小就和他姑姑生活在一起，她姑姑上班忙没时间给他做饭，他回到家把剩饭用开水一泡，放一点糖，也没有菜，就这样草草就吃了一餐，所以让自己的身体状况愈加隐患重重。

我们经常在一起谈论国家大事，他有着超乎常人的见解，在当时那个年代可以说是超前的思想，有些想法，不可思议，难以理解，他有着自己的远大理想和抱负。

在他得病临终前的一个月，到过泰山，看了日出，他说："人要站得高，才能看得远；人要有野心，才能奋力拼搏。"王晋宏当时对我说过，如果祁建中还活着，我们跟着他一定能干一番事业，我们都对他有信心。

而天有不测风云，人有旦夕祸福。在1980年8月的一天中午，他在家突然跌倒，后来有人通知他姑姑从厂里赶回来，把他送往地区医院。正好那天我去他家，半路上遇到他，后来我告知王晋宏一道在医院帮忙，当时我问建中他说头痛，到了医院12天后，他父母从太原赶来签字，做了头部手术，第二天4时手术结束送回病房。之后我和晋宏在他身旁帮忙，一人做手动心脏起搏，一人做脉搏检查，直到凌晨5点多钟，他的心脏停止了跳动，他和我们永远地告别了。

我们万分悲痛，眼泪奔涌而出，我们失去了一个好伙伴。在第二天的追悼会上，他在社会上的朋友代表，寿安里学校教师代表，我们的同学代表纷纷表示，他的一生虽然平凡，但没有因虚度年华而悔恨，他一直勤勤恳恳地学习、工作，做他应该做的事情。他的一生平凡而伟大，我们愿他一路走好。

世界之大，因为有缘我们这些寿安里中学班的同学之间才彼此相识、相知、相伴，我们要永远珍惜那份在初中年华中建立的纯洁友谊，愿友谊之花盛开于世，友谊之树常青于心。

寿安里学校首次出"兵"

王巧英

对每一位寿安里学校初中班的同学来讲，1970年都是非常难忘的一年，因为我们的初中生活从严格意义上来讲，也就是浓缩在那一年。

1969年11月，"文化大革命"进行到中学和大学学生大串连的后期阶段，各个学校开始了"复课闹革命"，榆次恢复了从1966年夏季开始就停止的初中招生，我们这批辍学好几年的小学毕业生，有不少人小小年龄，扛着小学毕业或未毕业的学历参加了工作，留下来的属于66、67届毕业的小学生及少量的其他届学生被安置到当时的寿安里学校，期间一度曾改为"反修学校"，也即"带帽中学"读初中，其他两届被安置到正规中学。就是那一年，我们度过了短暂又别样的初中生活，那一年发生了许许多多的逸闻趣事，丰富多彩的经历给我们的生命历程铭刻下时代烙印，影响了许多同学的人生轨迹。

1971年1月，我们从寿安里学校初中班毕业，到今天经历了将近45个春秋，期间同学们也曾几次相聚、离别，那一张张泛黄的怀旧照片，记录了我们的欢乐和离愁。然而那第一次的离别，学校虽进行了精心组织，但我们却连一张照片也没有留下，成了终身遗憾。可它又是那样的不一般，那样的让我刻骨铭心久久萦怀，对不少同学来说，那是一次命运的重要转折，是生命长河中一个重要的里程碑……

王永新

那是1970年12月的一天，我们的初中生活临近尾声，虽然已是寒冬，寿安里学校寒冷的校园里却洋溢着欢乐的暖意，一大早学校就焕然一新，到处挂着条幅，贴着标语，彩旗飘飘，红黄蓝绿，五颜六色，写有"热烈欢送我校同学应征入伍"字样的条幅，和"参军光荣，保卫祖国""向解放军学习"的标语，交相辉映，夺目耀眼。随处可见许多同学穿着节日的服装，有的同学拿着各式花朵，还有同学拿着缠了多种彩色纸条的藤圈在院里比画练习。军乐队的同学在试音、调音，本来就生机勃勃的校园，在鼓乐声，欢笑声中更增添了喜气洋洋的节日气氛。

这一天是我们欢送4位同学入伍的日子，也是寿安里学校自建校以来首次"出兵"，也即第一次直接送学生入伍，是学校有史以来空前的一件大喜事。以后肯定不多了，因为后来学校恢复了小学名称，小学毕业生年龄太小，出不了兵。

永远忠于毛主席！

张小棣

我们这代人从小受革命战争年代先辈们"浴血奋战"的精神激励和教育熏陶，入伍到部队是多少青年男女的向往，穿上军装当一名解放军战士更是梦寐以求的愿望！别说军装了，那时就是一顶军帽也是珍贵的，戴一顶纯正的军帽是非常荣耀和惹人羡慕的，社会上还发生过抢军帽的事情。为了能到部队，许多同学早早做足了准备，还有同学恨自己生不逢时，没赶上那火热的战争年代，不能去战场冲锋陷阵，甚至于有人自己买车票搭火车要去当年有战火的地域——越南，抗美援越。也有同学在上初中前就已经偷偷跟着上一年入伍的新兵到部队报到一回啦，当然都没有成功。然而却从一侧面表达了同学们想入伍报效祖国的迫切心态。

那一年进行冬季征兵，男同学得到消息奔走相告，争先恐后、跃跃欲试，都想着实现自己的当兵梦，经过征兵有关部门层层选拔，步步审核、精挑细选，最终有4位优秀的同学被选中，成为首批参军入伍的小兵。

他们当然是我们初中班男生中的一些精英：王永新16岁，张小棣、马利生、吕海平都是15岁，而且王永新、吕海平还是独子，按规定年龄小、独子，均不符合服兵役的条件，不过，正值那一年部队招收小兵，培养特殊人才，他们实现了自己美好的愿望，他们是光荣的也是幸运的。

他们4人都是我们初中班的干部骨干，分别担任排长、班长，都多才多艺、能文能武，足球、篮球、乒乓球，上场就是选手，二胡、板胡、扬琴拿起就能表演。尤其是学习成绩都特别优秀，马利生同学还写得一手好字。他们到部队一定会大显身手、大展宏图。

欢送新兵的主席台设在学校操场，上面挂着国旗、彩旗，庄重热烈，由我们班的刘文同学担任司仪，学校领导和新兵家长及新兵代表都讲了话，校领导张子华老师代表学校宣读了热情洋溢的祝贺词，鼓励同学们到部队好好锻炼，保卫祖国，为家庭争光，为学校争光。新兵吕海平的父亲代表新兵家长也发了言，他的寄语体现了关爱，充满了期望。马利生同学代表新兵也在会上发言表态：到部队好好干，一定不辜负学校、老师、家长、同学们的殷切希望，给大家交一份满意的答卷。我还记得他当时斗志昂扬的神情，很是亲切。整个会场真有些战争年代送儿

马利生

寿安里同学的记忆

上战场的热烈气氛，一浪一浪的口号声此起彼伏，伴着入伍新兵佩戴大红花的议程把欢送会推上了高潮。

这些年少帅气的新兵个个英俊潇洒、英姿勃发、神气十足，看着就让人从心底里敬佩、喜欢，往日的同学今日真正成了"最可爱的人"，让台下许多同学羡慕不已，很多同学眼睛红红的，激动的心、依依不舍的情，溢于言表。

亲爱的同学：出发吧！努力啊！你们是我们的骄傲！是我们班的骄傲，是我们学校的光荣！一定要干出优异的成绩！不要辜负上天给你们的眷顾……我当时心里一再默默地念叨着，也期盼着、幻想着他们穿着笔挺的军装戴着红领章红帽徽，再见面时给我们一个漂亮的军礼……说出来也许好笑，现在回忆起来却是那样的温馨，感触良多。

吕海平

盛大热烈的欢送会后，体育老师张昉举着戴小旗的指挥棒走在前面指挥引导，学校军乐队打着大鼓、敲着小锣、吹着号角，同学们排着整齐的队伍跟在后面，去送戴着大红花的新兵，有小花鼓队、花儿操队、藤圈队、载歌载舞。在那个年代，不管是庆祝"六一"、"开运动会"或是其他活动，只要是寿安里学校的队伍出来，都是街上一道靓丽风景。当然这一天更不例外，引起很多路人驻足让路、观看、鼓掌。记得当时我是右护旗手，走在旗手刘文同学的右边，也起一个预备旗手的作用，刘文身强力壮，校旗举得笔直，寒风吹得旗帜哗啦啦响，寿安里学校的字样随风飘扬着，当然了，我们是走在整个队伍的最前面，也使我倍感自豪。就这样同学们一路鼓乐一路歌声，一路口号一路欢笑，护送着将要分别的新兵，步行着穿街过巷。那时代搞活动都是步行，不像现在发达，没有豪华轿车，也许现在的孩子们理解不了我们那代人的穷开心是多快乐。尽管是冬天，许多同学竟走出了汗，一个个脸色红扑扑的，但那一份高兴和激动却是难以用语言表达的。

我们把未来的英雄送到了榆次西站对面的军供站。一列绿色的车厢停在站台上，就是它——将载着我们的同学到那遥远的南疆去奋斗、拼搏、建功立业！

那是学校第一次组织大规模的欢送新兵活动，接着王锐作为从寿安里学校直接走出去的第一个女兵，也参军离开了榆次，我们恋恋不舍地在火车站送走了寿安里学校的第五个兵。

从此，初中班即拉开了送别一个个同学的序幕，以后我们班同学陆陆续续离开学校走向社会，有下乡插队的，有进工厂就业的，有到商海搏击的、有到其他学校继续升学的，也有后期去部队当兵的，当老师的，当干部的……"好儿女志在四方"的誓言激励着我们奋战在天南海

王锐

北，各行各业。同学们谱写了一篇篇绚丽的、充溢着生活激情的人生奋斗篇章。

即便是在40多年以后，谈起那个年代，我也经常会想起这一幕幕我们相聚和分别的情景。时代在发展，社会在变化，但是我们的共同经历不会变，我们镌刻在寿安里学校的青春记忆不会变。以后遇有相聚、送别的场面，那个年代的那一幕送别就常常浮现在我的脑海里，那是我第一次感受到送同学的离情别绪，如今回想起来，仿佛又让我穿越到了"那一年"……

1971年的清明节

温来萍

从小到大，我都很崇拜英雄人物。在读书的课本里、看到的电影以及父母的讲述中，我们知道或听到过关于黄继光、董存瑞、邱少云、麦贤德、韩英、江姐、赵一曼、尹灵芝、刘胡兰等众多英雄人物的感人事迹和故事，一生铭记，受益终生。特别是山西家乡女英雄刘胡兰"生的伟大，死的光荣"的真实故事，在全国广为传颂，影响了几代共产党员、共青团员和新中国的青少年，至今记忆犹新，印象深刻。记得在我们小学的课本里，就有介绍刘胡兰故事的课文。那时年龄虽然很小，对有些历史事件认识不那么深刻，但通过这篇课文，我们能够看到一个年轻女共产党员面对敌人严刑拷打不怕牺牲的精神！那个时候，刘胡兰高大的英雄形象即在我们幼小的心灵中深深扎下了根。刘胡兰是山西的英雄，是山西人民的骄傲，为此，同学们非常希望有机会能到刘胡兰的故乡参观学习。

为满足同学们的这一意愿，1971年4月清明节期间，在学校的组织下，我们中学班的部分同学，怀着对革命烈士的缅怀之情和崇敬之意，专程从榆次乘车前往文水的刘胡兰烈士陵园进行了祭奠扫墓。

刘胡兰烈士陵园位于山西省文水县城东17公里的云周西村，距太原市区85公里。始建于1956年，后于1957年、1976年先后两次进行了扩建。纪念馆馆舍坐北向南，占地6万平方米。馆前广场的汉白玉纪念碑上刻着毛泽东同志的亲笔题词："生的伟大，死的光荣"。烈士墓前耸立着汉白玉烈士石雕像。馆内还有烈士生平事迹陈列室、烈士被捕处、斥敌处、就义处等。在中国革命战争年代献身的英烈中，刘胡兰是唯一的一位由毛泽东、邓小平、江泽民三代领导人题词的革命烈士。

通过参观刘胡兰纪念馆，瞻仰英雄工作、生活和牺牲的地方，我们更加深了对这位女英雄刘胡兰的了解，更加体会到毛主席关于"生的伟大，死的光荣"题词的历史和现实意义所在。在刘胡兰烈士陵园，我们怀着激动的心情，身穿绿军装，胸佩毛主席像章，手捧红宝书，在刘胡兰纪念雕像前留下了珍贵的瞬间。这张照片我们每个人至今都珍藏着。照片中的同学分别为：王秀云、张瑞卿、李淑芳、侯牡丹、王巧英、温来萍、肖利英、马改玲、刘文、王秋玲。

此后，因工作需要，我又多次去过刘胡兰烈士陵园。其中一次是在党的先进性教育活动期间，我所在的省委办公厅信息处的全体党员，到刘胡兰烈士陵园接受革命传统教育，开展重温入党誓词活动，并与刘胡兰民兵班的全体女民兵进行了座谈交流。还有一次是根据工作安排，我们几位同志到吕梁市部分县区进行工作调研时，再次到刘胡兰烈士陵园参观，通过参观纪念馆展览、在烈士墓前重温入党誓词、向烈士献花等活动，进行革命传统再教育。每次参观学习，我都看得认真，听得仔细，思考得很多，心灵得到不断净化，自己确实受益匪浅。

在刘胡兰纪念雕像前合影

难忘的流金岁月

王 锐

　　很多人将过去那美好的日子都珍视为流金岁月，虽然对不少往事总体上是有印象的，但有些毕竟是几十年前的事了，回忆起来常常会断片，一些事与人的记忆也会模糊。当看到来萍、巧英、改玲等晒出那张1974年我从部队探亲回榆次时与同学们合影的泛黄老照片，看到冀老师撰写的《永远的一班》中描述："一班同学以他们高度的思想觉悟，顽强的拼搏精神，严谨的组织纪律、刻苦的学习态度、真挚的师生情谊、独特的才艺展示，铸造了一班的灵魂。感动一班，班魂永远"时，真是深深地感动和震撼了我！我拿什么奉献给您，敬爱的老师？我拿什么奉献给您，我亲如兄弟姐妹的同学？在一班的精神、班魂激励下，面对着这张留有一个个风华正茂的同学青春倩影照片，我想到了自己当年是怎样由一个榆次寿安里学校中学班的学生，华丽转身为一名人民解放军战士的情景，时光在瞬间就仿佛穿越回到了20世纪那激情燃烧的流金岁月……

　　在20世纪的六七十年代，参加"解放军"是那个时代少年男女特别崇拜与向往的！我也是机缘巧合（你懂的），在1970年年底有幸实现了自己的梦想。隆冬时节，几位同学前去车站为我参军送行（爸妈因为在五七干校行动不是很自由）。凛冽的寒风中，巧英、民珍、改玲、来萍、秀云、小木偶等同学在榆次火车站站台

1974年探亲回榆次与部分同学合影

上给我力量，给我祝福……让我泪奔！

带着亲人、老师和同学们的嘱托，带着自己追求已久的青春梦想，我来到驻地在陕西紫阳的铁道兵部队，开始了为期三个月的新兵训练。或许是（一定是）我有寿安里一班的学习和军训的经历，我受命担任了新兵连四班副班长（班长由老兵担任）。我们这批新兵的年龄跨度较大，从48年出生到58年出生的都有，我属于中间地带不大不小的新兵。或许是一班的精神与班魂的伴随与鼓励，我与同年入伍的姐妹们都结交成了非常知心的朋友。由于在寿安里学校一班曾经有过严格正统的军训生活，让我在新兵期间的这段训练受益匪浅。就拿晚上紧急集合来说，我们班有个12岁入伍的小战士，紧急集合时背包打不好急得哭鼻子，而我在打好自己背包后又帮她打好再出去集合都不会迟到，寿安里学校的军训成果在这里得到了直接的体现。同时在新兵训练期间，我积极地配合班长，团结班里同志，努力完成各项训练科目与学习，在新兵训练结束时受到新兵团团嘉奖。新兵训练结束分到医院二所外科做卫生员工作，依旧在一班精神与班魂的激励下，用顽强拼搏的精神去工作学习，努力全心全意服务于广大部队指战员。用严谨科学的态度对待工作，不断汲取医学知识提高自己的服务质量与水平。用真诚与坦诚和同志相处，成为他们（她们）真正的朋友。我们还一起谈理想，谈工作……后来很快就成为业务骨干及外科护理班副班长（班长是65年入伍的护士干部），入伍当年被评为五好战士，第二年8月1日加入了中国共产党组织，并于当年荣立三等功，参加了师的巡回报告团。这些荣誉的获得与寿安里学校老师的教诲密不可分，与我们一班同学优良品格互相影响分不开，使得我由一个普通学生很快就华丽转身为一名真正的战士。

时间流逝，很快到了1974年，这是我入伍后的第四个年头，可以享受探亲休假的待遇了。好兴奋，好忐忑！4年来，我一直用一班精神鼓励自己，用班魂激励自己，永不懈怠，努力做好自己，这样的我行吗？

带着急于回到家乡的激动，怀着令人向往的热切心情，我搭上了从部队驻地到榆次的列车。当见到久别的亲人、看到数年未见却一直思念的同学们时，我和大家一样激动着，叫喊着，拥抱着……在榆次探亲期间，我与巧英，改玲、来萍、秀芸等同学一起去看望了刘麾、赵佑庵和刘冠娥老师等，和如同姐妹的几个同学，到鸟语花香的公园里留下了一个个珍贵的瞬间，与14个亲如姐妹的同学在照相馆留下了永久的记忆。大家在一起感觉4年的时间是那么的短暂，仿佛就在昨天，同学之间无话不谈的亲密感情依旧。短暂的20天假期就要结束了，浓郁的同学情还是那么纯、那么的醇、那么的美！我爱你，我的师长们！我爱你，陪伴我一起成长的同学们！

非常幸运的是，那一年我休假回部队后不久，就接通知被选送解放军第一军医大学上学深造，开启了人生一段新的旅程。在之后从南到北、从西往东的军旅岁月里，一班精神与班

寿安里同学的记忆

魂始终是激励与鞭策我不断完善、提升的动力！谢谢一班！一班精神源远流长，一班班魂辉煌永镌！

由于各种原因，我在后来的很长一段时间里，先后从铁道兵到海军，从陕西去广东，再到江西、河北等地工作和生活，没有参加到与同学们在榆次的几次聚会。直到2014年12月19日，我接到小棣同学来自广州的电话，说是12月23日计划在北京举行一个小型的同学聚会以后，我的心情开始不复平静：尘封许久往事不断浮现……以至于夜不能寐，激动不已，甚至于每日竟多出了许多的期待与少许不安（期待着与同学们的会面，不安着是否会认得出彼此）。时间的确善解人意，日历很快就翻到了12月23日。晨起，我从秦皇岛搭上了进京的列车，怀着与很多分别近40年的同学、老友相聚的迫切心情抵达了北京。出站第一眼看到的便是此次活动的组织者、多年未见的张小棣同学。真是感叹！上苍如此眷顾着他，依旧是那么敏捷矫健，依旧是一副淡泊出世的神情……他告诉我：参加聚会的几位同学都在北京站口外等候你呢！我感动得几乎泪奔，疾步向前走去，看到了来萍、民珍、建华、田铃、刘文以及随后不辞辛苦从榆次赶来参加聚会的巧英、江波。我一一认出了这些亲爱的同学，同时深切地感叹道，岁月的流淌，世事的磨砺，给我的这几位少年女同学留下的依然是：神闲气定的雅致，一种淡然的端庄，耐人寻味的质朴，而男同学江波还是那种云淡风轻的飘逸与儒雅。

啊！太好了，见到咱们这些同学如此的出彩真是让我好开心，好自豪！大家自是一番的激动与感慨。小棣同学的弟弟六一，用照相机和摄像机分别拍下了我们时隔40年相会在北

北京火车站合影

京站这激动的时刻。接着，我们移步来到火车站旁的湖南大厦，在春意融融的湘西厅共进午餐。席间，我看着一张张熟悉的面孔，一张张还是当年可爱的青春笑脸，当时当刻只能说出的就是激动两个字。同学们在一起回忆着母校，回忆着可亲可敬的老师，回忆着初中班的军训，回忆着下乡的支农，回忆着那年"6·3"踩踏事件，回忆着当年你的、他的、她的那些糗事……追忆着我们那逝去的青春。同学们在餐桌上举杯祝福：祝福我们的老师福乐安康！祝福我们不曾相聚的同学们健康快乐！祝福我们已经或即将是爷爷奶奶外公外婆的同学们安享天伦之乐！

7个姐妹同学在一起

午宴在快乐热烈的气氛中结束后，大家一起驱车前往天安门广场——全中国人民心中最神圣最向往的地方。老天似乎格外眷顾我们这些昔日的好娃娃，现今的好公民吧，一扫数日雾霾之气，呈现给我们一个蓝天白云，阳光明媚的绝妙景致，大家寻找到最佳位置，请同样热爱北京天安门的游客为我们拍下了此次小型聚会的全家福，并且用摄像机拍下了同学们在天安门前的开心与欢乐，拍下了同学们在天安门大声地喊出给我们榆次寿安里学校老师与同学们诚挚的祝福！以至于引起许多路人驻足观看与羡慕。

欢乐的时光总是短暂的，激动人心的会面终将结束，我相信，此次难忘的聚会会使得我们同学情谊更加密切，更加浓厚。亲爱的同学们：祝福我们敬爱的老师，健康长寿！祝愿我们亲爱的同学们友谊地久天长！

在返回秦皇岛的高铁列车上，刚刚过去的一组组精彩镜头在我脑海里逐页翻过。待激动的心情平复下来之后，几乎一口气读完了江波同学撰写的《岁月如歌》文集。我赞叹他的文笔，赞叹他的细腻，赞叹他的本色，赞叹他的才华！也祝愿江波同学献出更多的作品以更饱我们的眼福，丰富我们的人生，记录下我们一段段那难忘的流金岁月。

1997年的师生联谊会

连民珍

1997年10月2日，榆次金融大酒店陆陆续续迎来了一大帮40岁出头的大青年。这是寿安里中学班毕业26年后的第一次规模稍大的同学聚会。那日，秋高气爽的天空湛蓝，天上的白云像花朵绽放。仿佛天空敞开胸怀为我们助兴。

这次聚会由我和王巧英、田玲、马改铃、刘晓黎、白文魁、王永新、吕海平等七八个常能联系到的同学发起。后来在东方酒店，白文魁同学做东请客谈及此事，又有武江波、王晋宏、王明生、郝保卫等三四个人加入。当时我上班的地方在市区中心，有一些便利条件，同学们常常去我工作的地方小议聚会事宜。当时手机只有极少数人使用，通讯不如现在便捷。大家用了不到10天的时间，向40多名天南海北的同学发出邀请，定在榆次金融大酒店举办一场久别重逢的同学聚会。

10月2日上午，金融大酒店的大厅里洋溢着国庆节日的喜庆，好像专门为我们的聚会披上了盛装。大家按照分工，各司其职，我和巧英、江波、海平认真看了一遍匆匆赶写出来的聚会致辞。刘晓黎、田玲、改玲等坐在报到席上准备记录参加聚会同学的联系电话、家庭住址，为这次聚会联谊册做着细致的工作。

岁月如梭，一晃26年过去。当年的发小已长成为各路才俊，从四面八方汇聚到酒店大厅。远在南国羊城的张小棣同学专程从广州飞来，当年，他带着同学的梦想参军入伍，如今已是一名优秀的军官，是我们同学的骄傲。随后在太原的任峰、李晓明、温来萍、卜小坪、刘文……大家都来了，在晋中各县的米奇、李华、周秋生等和榆次的同学也都来了。大家见面握手问候，寒暄一番，欢颜一片。尽管好多同学是26年后第一次见面，但大多数都能辨认出当年稚气的轮廓。26年后，同学中既有精英大腕，也有部队军官、政府官员，当然更多的是活跃在各行各业的骨干和佼佼者。

考虑到大家返程时间不一，请到的赵佑麾、冀振德两名老师下午有事，我们午饭前在榆

榆次寿安里学校中一班同学联谊合影 97.10 2

1997年国庆节师生合影

寿安里同学的记忆

次金融大酒店楼前拍摄了榆次寿安里学校中一班同学联谊合影，以至晚到的王晋宏等几位同学没能在合影中留下自己的形象。照片中只留下33位同学和两位老师。后来，张小棣将这张珍贵的合影收录在他的《穿越半个多世纪的纪念》画册里。

午宴在酒店的二楼餐厅举行，席间大家无暇顾及细品美味的菜肴，只顾神侃海聊，感慨万千。聊分别后的种种经历、聊当年的趣闻轶事，聊得开心，说得动情。结束了欢乐祥和的午宴后，同学们在一层多功能大厅，开始联欢活动。在多功能厅的茶座席间，大家挨个儿做了简单的自我介绍，吕海平、连民珍两位同学为大家提供了主持服务，气氛热烈、笑声不断。老师和同学们的即兴发言不时引起阵阵掌声、喝彩声。随着掌声阵阵我们开始了歌舞联欢。有的引吭高歌，有的击掌伴奏，大家随着快乐的节奏翩翩起舞，幸福地唱着跳着，沉醉在久别重逢的狂欢之中。

同学们歌舞联欢

这次聚会我们请了专业摄影师用镜头记录了联谊的过程，留住了美好的瞬间。劲歌热舞之后，大家兴致不减，来到酒店楼前进行自由组合留影。男生一伙、女生一拨、中学一个班的、小学一个班的、太原的、榆次的、外地的、一条街住着的、一个宿舍长大的，那一幕就像发生在昨天。

同学之间的情缘是血缘之外最真切最纯洁的感情。26年的风风雨雨，26年的期期待待，凝聚成我们自己的故事自己的歌。欢乐的时光总是短暂，很快到了说再见的分别时刻。大家依依惜别，相互祝福，相约着下一次聚会。这次难忘的同学聚会是传递友谊的接力棒，是延续友情的加油站，也成为下一次相聚时刻的美好难忘记忆。

微信群里忆当年

王巧英

同学们以为我是寿安里同学群主吗？不！应该是民珍或是来萍吧。最早我下载了微信不会操作，向民珍请教，民珍和来萍说建一个初中同学群聊天，邀请晓黎等就搭起来了。这次建群，大家把任务交给我，因为已经有一个同学群，就直接扩编了。呵呵，开始我以为我是发起人，后来晓黎说发起人的群成员图后面应该有加号有减号，我的没有减号，所以群主不是我，不过，我觉得不管谁是群主，群里活跃，需要每个同学的支持和付出以及维护，我应该谢谢大家，奖励大家！

44年前我们相识同窗，开始了今生今世相互牵挂共勉的缘分，44年后的短暂相聚，我们有多少话未说，多少情未叙，短暂相聚难解我们多年的思念，留下了多少遗憾。小棣制作的光盘真的是太精彩，通过记录同学聚会，把同学间的纯真、深情表达出来，慰藉释怀，是珍

2015年2月部分同学重返小张义

贵的收藏品。谢谢同学永恒的情谊，谢谢小棣让我们的纯真永远珍藏。

再聚融纯真，同学眷情深。短暂的聚会，有多少离情未叙、多少思念未尽，愿今后常相聚共缅怀，祝老同学们幸福安康！

大家在一起聊天中又说到了在张庆小张义下乡时的故事，白天同学们把麦子割倒，按农民教的方法捆起来，一簇一簇立在地里，没来得及全拉回就收工了。半夜突然电闪雷鸣，下起了瓢泼大雨，同学们一个个冒雨跑到地头去抢救，深一脚浅一脚，在陌生的地里扛着一捆捆麦子往仓库里送，有的同学摔倒了，有的崴了脚，一个个全身湿透，满身泥泞，全是小花脸。折腾了一晚上，同学们无怨无悔。第二天，老乡告诉我们，放在地里，太阳出来晒晒，就干了，不影响，可我们把湿小麦弄回来放到库里，如果晾晒不及时，而且没场地，反而容易生芽。同学们看着一地狼藉，再看看相互的狼狈样，才进一步认识到去农村不仅仅是支农，更重要的是学农。认识上有了升华，对我们这些生活在城市的孩子，是多么重要的一课啊。

当时在麦地那个崴了脚的人是我，第二天我就被安排在一个库房里，把结了块的化肥再砸碎，还原成粉状，满身的汗味混杂着屋子里化肥散发的刺鼻气味，深深地刻印在我永久的记忆中。

李国祯同学曾在《微信同学情》中写诗曰：

同学情，友谊真，挥挥洒洒微信中。

走一程，伴一春，一群花甲逛微信。

思也迟，手也缓，天南海北显真心。

一诗一图传友谊，高高兴兴度年华。

有感同学情

今生，见与不见，我都在。

今世，想与不想，无法忘。

轮回，愿为牛马，祈相见。

来生，寻觅万世，堕红尘。

来世，纵死无悔，两相依。

老同学，你在我的记忆里

王晋明

南山松柏年年青，长江波涛奔流急。极目芳草依旧绿，十里桃花仍然红。时光荏苒，岁月如梭，转眼人生已是耳顺之时。回忆起与江波老同学儿时相识、同窗共读，到如今两鬓花白解甲归田，相距半个世纪，一生与老同学的分离聚合颇有蒙太奇的戏剧性韵味情结。

童年幼儿园擦肩而过

老来与江波相聚攀谈中，方知儿时两人同在榆次南寺街机关幼儿园上过学，因江波从平遥乡下来得较晚，而我又早早地转到寿安里小学幼儿班上学，所以当时就这样彼此擦肩而过，互相没有留下多大印象。老来谈起会心一笑，同样背景经历，一件趣闻逸事，以后又神奇地走到一起，开始了相伴半个多世纪的缘分，而且同学中秋生也是我们南寺街机关幼儿园的园友。

寿安里小学同窗共读

因客观原因我转入了寿安里小学幼儿班，新学期开始随即在本校一年级（实验班）就读，班主任是张芝英老师。大约在小学二年级开学时，江波由大乘寺小学转入寿安里小学实验班，与我开始了将近5年的同窗共读。江波刚转学来给人印象：腼腆文静、不好言语，不是"三天不打，上房揭瓦"的主，尊师守纪、勤奋好学，与同学们和睦相处，很快得到了老师和同学们的认可和好感，也很快与同学们打成一片，融为一体。三年级，贾秀珍老师当班主任时，江波的学习成绩开始扶摇直上，成了实验班的中队学习委员，当上了班干部。他不仅学习成绩优秀而且热爱班集体，爱劳动，能助人为乐，帮助同学。当时冬季每个教室都要生火炉取暖，他不仅自己值日时能做好本职工作，而且卫生清扫不分分内分外，同时不是他值日，他也经常帮助值日的同学打扫卫生，生火填碳、倒炉灰，从不和同学红脸，更不要说打架。他品学兼优，很快参加了少先队，红领巾映红了他俊秀的脸庞。江波是我们班的学习委员，作文写得出色，老师经常拿他的作文作范文。他特有的文学天赋已渐显现，邻班的梁淑英老师曾夸奖他是"是个好学生，好苗苗"大有惜才之意。实验班本身为五年制，也是当时改进教学体制的一种尝试，最终夭折。六年级时实验班的同学们被拆分到本年级的各班继续求学，我和江波同学被分到不同的班次，又形成一次分离，直至小学毕业时参加升初中考试，遇文化大革命，初中停止招生，我们的升学愿望化为泡影，各自休学在家，又有了3年的分别。

小学生时的江波（前左）和部分同学

寿安里学校初中班再次相聚

1969年秋，学校开始了"复课闹革命"，寿安里小学当时更名为反修学校。同时，为解决三至四年未能升学的小学毕业生就读初中问题，学校开办了初中班，我和江波两人的父亲均为抗日战争时期参加革命工作的老干部，均为当时单位领导干部，也均在"文革"中被当作走资本主义道路的当权派打倒，我们作为子弟也都暂时找不到工作，只能回校就读。于是我们再次相会于反修学校中一班（同时就学的还有小学同学：王锐、杨玉寿）。老同学相聚分外高兴，叙衷肠，谈过往……中一班初建时，江波年龄稍大一些，也凭借小学时的印象深受班主任刘麾老师赏识，临时指定为中一班班干部。他虽当了班干部，但仍不失谦虚友爱，默默地参与班里的各项工作，任劳任怨，从不争名，并且学习成绩仍然优异，是一位品学兼优的学生。

在一起吃住的准军事化训练

拂晓军号划长穹，队列整齐英气生。男生挺胸剑出鞘，女生扬眉走偏锋。摸爬滚打大地抖，刺杀声声震天吼。备战备荒为人民，万里长城民族魂。

当时的学校是"文革"中后期，毛泽东主席的指导思想是"教育要革命"，提出"学生以学为主，兼学别样"，所以我们当时一起参加了众多社会实践活动，如乡下支农、挖战备防空洞、参加毛泽东思想宣传队、军训等等。时间最长的是军训，全国学习解放军，学习解放军的好思想，好作风，学校也不例外，或更胜一筹。学校曾特邀部队优秀教官高文潮班长和战士吕中华到学校对学生进行准军事化训练，我们全部住校，按部队建制组连、排、班，苦练各项军事技术，适应国际风向，做到来之能战，战之能胜。当年的口号有："备战备荒，全民皆兵""七亿人民七亿兵，万里江山万里营""谁敢来侵犯，就让它葬身于人民战争的汪洋大海"。

军训和江波同分在一个班，住同一宿舍。当时地作床，睡通铺，形同亲密无间的战友。我们睡的是一张床，吃的是一锅饭，唱得是一首歌，爱得是班集体，接受的是军事化训练，练就的是战士般的身躯，立下的是报效祖国的誓言，也时刻响应着祖国的召唤。江波吃苦耐劳，刻苦训练，各项军事训练指标：队列、步伐、投弹、刺杀、武装急行军、半夜紧急集合……处处走在前头，不怕苦，不怕累，起到表率作用，内务检查，江波叠的被子像豆腐块，很标准，半夜紧急集合背包打的也很快，为班集体荣誉做到了尽心尽力。

在一起共筑备战防空洞

当年为防核战，有效保护人民，全国开展了轰轰烈烈的挖防空洞运动，要修筑适应战备的地下万里长城。江波先后参加了校内及榆次市区东猫儿岭防空洞主航道的挖掘，坐着箩筐从竖井下去，拿着铁镐冲在前面，不怕苦、不怕累，手磨起泡，也不肯下火线，挥汗如雨起到模范带头作用。同学们与他一起人人干劲冲天，当主干道快打通时，先是听到对面"咚、咚"的刨击声，继而透出光亮，然后全面贯通连接，我们一起欢呼，庆祝胜利！江波及同学们感到无比欣慰，出色地完成了任务。

在一起乡下学农、支农、接受贫下中农再教育

那时，下乡学农也是我们的一项主课，我们先后在部队农场劳动，在榆次聂村下乡一个月，还在张庆乡小张义村支农麦收。江波同学因文艺宣传队有演出活动，未能参加聂村下乡，参加了小张义村的支农。那是70年6月中旬初一班赴榆次张庆乡小张义村学农、支农，接受贫下中农再教育。实践中，江波虚心向老农学习间苗技能如何识别苗与草的差别，在实际操作上，顶烈日抗酷暑，细致认真，从不会出现拔了苗留下草的差错，可见其听讲的用心，实践中的认真，不惧手疼，一招一式像个地地道道的行家里手。雨夜抢收麦子，他不惧风雨，不惧麦茬扎得脚生疼，坚持奋战，保护集体粮食。

小荷才露尖尖角

江波文化课优秀，文章是最具代表性的，有一次从小张义村支农回来，刘麾老师安排大

家写抢收麦子的作文，他和我的作文同被选中，并上讲台宣读。我记得他的作文题目是"人心齐，泰山移"，台下当时很安静，可说鸦雀无声。他刚开始时略显紧张，逐渐平缓，抑扬顿挫、字正腔圆，赢得老师和同学们的赞许。作文是以团结就是力量为主线，弘扬同学之间互助友爱的精神。他写道：一花独放不是春，百花齐放春满园，同学们的团结，积极进取，百折不挠才是战胜一切困难的法宝。深情的阐述，境界的崇尚，得到老师同学们的首肯。作文朗读后还在学校小板报展示，校领导也给予很高的评价。"小荷才露尖尖角"江波的文学才干初试锋芒，开始了征程的起步。

体育场上的健身良友

江波学习优秀，运动场边也是一员骁将。他和我一样热爱打乒乓球，少年厅乒乓球台经常看到他矫健的身姿，潜心学习的身影，我们常一起切磋。他和我一样还特喜欢游泳，时常相随到市体育场，如今花甲年纪还一起畅游。他和我一样喜欢跳高，相当的高度，只见他身轻如燕，起步、加速、弹跳、纵身一跃，可谓跳姿优美，高度可观。在同年榆次市城镇学校举办的运动会，江波和我代表寿安里学校参加了跳高竞赛，互相鼓励、相互支持，为班集体争得了荣誉，为寿安里学校夺得团体总分第一，尽了自己的最大努力。

同学聚会合影

"六三"事件中我们的英勇表现

1969年6月3日傍晚，榆次市城镇学校举办的庆"六一"文艺汇演时，中途突然狂风大作，乌云密布，灯光球场（汇演现场，晋中体委东面篮球内场）瞬间断电，现场一片漆黑，组织者不得已宣布汇演提前结束。低年级的小同学慌乱退场，涌向了狭窄坡度较大的出口，不幸踩踏事故发生了，组织者捶胸疾首，小同学惊慌失色，恐怖蔓延整个会场，在这危难关头，江波和同学们第一批冲到事故现场，毅然决然抱起受伤的小同学向附近医院急速而去。险情就是命令，同学们一次次往返与事故现场和附近的医院之间，为抢救伤员赢得宝贵时间。大家只有一个信念，早一分钟到达，伤员就多一分生的希望，当把受伤的小同学全部送到医院，大家已是精疲力竭，瘫坐在地。回想起这段往事，心潮起伏难以释怀，不禁为拥有江波和初一班见义勇为的全体同学感到无比自豪。我们可以说，我们无愧于人民，无愧于祖国，无愧于民族。向我们中一班的全体同学，无名英雄致以最崇高的敬礼!

曾是文艺宣传骨干

江波同学，学习优秀、体育出色，文艺才华也一并了得。在寿安里学校中一班期间，深受班主任刘麾老师影响。刘麾老师才华横溢，二胡拉得尤为出色，时而像草原上万马奔腾之气势恢宏，时而像丛林中百鸟朝凤之委婉啼鸣，引起江波和同学们极大的兴趣，他马上买了把二胡和同学们一起向刘麾老师学了起来。由于他虚心向学，自己也时时苦练，所以迅速掌握了拉二胡的技巧，水平渐渐的有所提高，拉得有板有眼、如痴如醉，博得寿安里学校宣传队负责人刘冠娥老师的赏识，征收江波为校宣传乐队的二胡手。

毕业后职场上的拼搏

1969年的秋天，因客观原因我辍学打工，离开了学校，也失去了与老同学的联系。后来获悉江波1971年1月毕业后，进榆次液压件厂当了一名装配钳工。1977年国家恢复高考制度后，他于1978年11月份考入晋中师范专科学校中文系读书。在校期间刻苦学习，曾写过一些诗歌散文，得到师专老师学生们的好评。英国著名哲学家培根在《新工具》一书中明确响亮地提出了"知识就是力量"的观点，可见知识的重要性。江波正是在大学几年的学习充电，汲取和积累了丰富的知识营养，为后来从事的教学、行政、业余写作打下坚实的基础，开始了他人生事业的征途。江波于1981年7月大学毕业后，分配到晋中体育运动学校任语文老师。他悉心教学，备教案、列提纲，学习刘麾老师的教学方法，开课往往先讲导语，并力争讲课形式多样，成为学生们喜爱的语文老师。1983年11月他调共青团晋中地委工作，期间任干事，宣传部副部长、部长，在共青团工作实践中潜心思考，大胆工作，撰写的一些论文在《中国共青团》、《山西团讯》上发表，被评为"山西省优秀团干部"，被晋中地委、行署荣记二等功。1982年3月他又调灵石县工作，任县委常委、组织部长、副书记、在职期间放小家，顾大家，（照顾家庭的重任，爱人独自承担）一心扑在工作上。

他体恤民情、关心群众疾苦，注意发挥同志们的作用，工作很出色，同时还培养了一批优秀青年干部后备力量。

江波在灵石任职期间恰遇晋中市体委主办的全国六省市乒乓球运动会在晋中举行，我荣幸地参加了此次比赛的裁判工作，经过在榆次几天的激烈预赛，产生了进入冠亚军决赛的选手，应灵石县委、县政府的邀请，将冠亚军决赛安排在灵石县举行，在当日举行的决赛仪式上，当主持人宣布：由灵石县委副书记武江波同志致辞时（这是我多年来第一次见到老同学），老同学款款走上主席台，依然是儿时上讲台读作文时的模样，只是多了一份睿智，多了一份成熟，显得神态自若。老同学热情洋溢的致辞引起运动员、裁判员、观众的热烈掌声。我沉醉在老同学的致辞中，老同学风采依旧，还显示出一些领导才华，我深深地引以为豪。遗憾的是因客观原因没能叙旧便又一次与老同学擦肩而过。

2001年9月江波荣调晋中市司法局任党组书记、局长，他宣布了自己的为人处世的四条守则：与人为善、与人为诚、与人为公、与人为容，并提出全局"站在排头不让，手把红旗不放"的工作定位，要求全局干部眼睛盯着创新，心中想着创新，以创新推动司法行政工作的向前发展；要求全体员工用自己的眼睛看，用自己的头脑去想，用自己的语言去说，坚持作一个独立创新的人。我在网上阅读过他在2010年3月30日在全市司法行政工作会议上的讲话，题为《架桥造船过大河，众志成城创一流》，要求司法行政工作人员"咬定青山不放松"，要有新要求、新成效、新起色……高起点的要求带出了一个光荣的集体，全省司法行政工作考评晋中司法局排名第一，被市劳动竞赛委员会荣记集体二等功，江波被评为全国普法先进工作者。这期间他积极写作，多篇学术论文发表于《领导者》《晋中论坛》《山西司法行政》等报纸杂志，荣获华北地区、山西省组织系统，山西省司法行政系统，晋中社科研究、晋中政法系统征文一、二等奖。

我和江波在一起

在江波于司法局任职期间，全省乒乓球运动会在我市举行（举办地新兴学校），我担任了此次比赛的裁判。在比赛休息的间隙，忽然听到有熟悉的声音喊我的名字，回头望去，老同学已映入我眼帘，感到分外亲切。相互寒暄之后，老同学提出切磋一下，当时确实不知江波乒乓球技艺已是上了一级台阶，便欣然迎战。实则我是仓促上阵，哪能经受得了老同学的凌厉攻势？老同学坚持直板近台的快攻打法，左推右攻，并结合发球变幻，避实击虚。没几个回合，我便只有招架之功，无还手之力了。

退而不休的作为

2012年6月江波以副厅待遇提前一年离岗，2013年6月正式退休。江波退而不休，老骥伏枥，志在千里；烈士暮年，壮心不已。应晋中中华文化促进会的邀请，出任了该会副主席兼秘书长之职。"洛阳三月花似锦，多少功夫织得成？"2015年3月21日他携手文魁同学一同出席了全国中华文化促进会在九朝古都洛阳召开的三届四次理事（扩大）会议，并撰写了以："古老别致的白马寺、壮美残缺的龙门石窟、悠久灿烂的河洛文化"为内容的游记体散文《洛阳古都三记》，并同文魁一起与全国中华文化促进会主席王石先生合影留念。2015年5月9日他作为山西晋中代表出席了在北京国家会议中心召开的全国中华文化促进会第四次会员代表大会，会中会晤了寿安里小学的同学，解放军舞蹈艺术家张继刚将军，一同合影留念，并记诗咏志：五月北京行，花海收获丰。握识新文友，昂首再出征。他还在微信群中向大家阐述会议的感知：感受家国情怀，感触文化血脉、精神家园，感叹文化名人的不念稿、不高调，讲真话、说实话，创造推广融有东方哲学、西方智慧的活的自我进化的新国学。他对中国文化未来充满了信心……2015年6月，他还参加了全国民间艺术家协会在后沟举办的"文化先觉的脚步"中国民间文化抢救工程巡礼活动，参与了中国知识分子对古村落的文化保护工作，还写出了《后沟古村探幽》、《驻足相立古村》、《品读上安古村》等系列古村探访保护的文章。

他在中华文化促进会任职不忘耕耘，为弘扬中国传统文化，弘扬社会主义核心价值观，弘扬中华传统美德，弘扬民族精神，在文化领域勤奋耕耘。先后写作集册《七十年代的青春记忆》、《旅游散记》、《文趣散得》并又形成新集《岁月印痕》。新集中《青春的岁月像条河》文章有十五章，洋洋洒洒3万余字。《青春的岁月像条河》真实可贵地记录反映了"文革"后期初中一班老同学们的阅历和事迹，涉及同学老师近50名。他以实事求是的态度，边采访，边记录，边写作，边改进，不厌其烦，精益求精，生怕挂一漏万，努力做到真实，近似苛刻，几易其稿，全力倾注。此文部分章节在《晋中日报》、《榆次社区报》、《榆次时报》发表，全文在《晋中银龄》杂志带图片连载，引起很大的社会反响。据班主任冀振德老师在同学微信群里讲，市进修校的王校长专门找到他谈这篇文章，认为是学校"文革"生活的经典之作，评价极高。为写好这篇文章并搞好全班同学的青春岁月记忆，江波还亲赴北京与小棣和在北京的老同学们，共议有关事宜蓝图，做计划、绘远景，可谓呕心沥血，拼尽全力，使《青春的岁月像条河》文章日趋完善，得到老师和同学们的一致好评与赞美。

和老同学们重聚

人老怀旧，退休后老同学们常聚到一起活动，一是建了微信群。寿安里学校同学微信群非常活跃，甚至火爆，为民珍始建，巧英最付出心血，我自己也撰写了一首有感而发的词：《同归群里》。江波更是群中中流砥柱之一，著文发论，功不可没。除群之外，他还尽心尽力，为活跃老同学们生活，探索新方法，引领新潮流，花样翻新开展各项活动，踏青春游，游泳健身，打乒乓球强体，诗词歌赋，文学作品，引领潮头，高歌欢畅，四方联播……不胜枚举。江波首先提议在后沟古村老同学们聚会踏青，与巧英酝酿斟酌，向四方同学邀请，八面同学响应。羊城、县城、省城……的老同学们不辞万水千山齐聚榆次，相会后沟。诚邀冀振德和刘冠娥两位德高望重的老师参加，他和组委同学精心组织、策划、安排、调度……井

同学相聚

井有条，并设宴致辞盛情款待，酒过三巡，菜过五味，欢声笑语，余音绕梁。此次活动，我们踏的是青，游的是春，凝聚着的是老同学的心，深化着老同学的情。"四十里龙门河正当中，二龙戏珠后沟村"，老同学在后沟聚会中还领略了中国历史文化遗产古村落及中国北方汉民族千百年来自给自足的农耕传统文明，同学们还留下了在山村、农家小院、古刹、古树下、杏花旁恒久的画面，写出了许多激情洋溢的诗篇，成为同学相聚的一座里程丰碑！江波对同学间的活动热情支持，踊跃参加，既作组织人，又当参与者，两者兼备，相得益彰。他关心、爱护同学，不管大事小情，倾力相助，和老同学亲如兄弟姐妹。同学之谊，"发小"之情，天成地造。同学们尊称他为老学长，打心里敬重这位相交近乎半个世纪的老学长。

我们晚年的运动友谊

每星期与老同学的定期游泳、打乒乓球……几乎成了江波和同学们不成文的约定。泳池内，江波时而蛙泳展技，时而侧游前行，时而仰泳休闲自得，时而水面燕子飞，时而潜水小匿，童真顽趣，尽显无余，优哉游哉与同学们同乐，同锻炼。打乒乓球，挥牌上阵、着运

动装，短裤短衫，英姿潇洒。坚持近台快攻打法，左推右攻，守如处子，攻若脱兔，酣畅淋漓、挥洒自如，俨然运动员的样子，谁知已是年过花甲的人了。至午就餐，少许饮酒，席间畅谈趣闻轶事，谈笑风生，席后有时也打牌，健健脑。可谓民珍同学所讲：每星期一次的相聚，就是整个星期的快乐！也正如秋生同学所言，大家老有所动，老有所乐，老有所为。江波也爱歌唱，一曲左权民歌"亲疙瘩下河洗衣裳"唱出了黄土高原的农家地方特色，意境新颖、诗味浓郁、有品有味，赢得同学们的阵阵掌声。

我们在一起球场

行万里路 读万卷书

江波酷爱读书，热爱文学，以书为伴，以文为友。江波的《文趣散得》一书中有八个章节：韵海思得、文山拾得、闲情雅得、随谈偶得、家园悟得、行旅撷得、岁月记得、墨趣友得。其中"家园悟得"、"行旅撷得"详尽记录了他领略祖国大好河山，足迹遍布大江南北。重温三晋黄土高原的灿烂文化、人文地理、风土人情、风景全貌。彰显他对祖国的赞美，对家乡的热爱，他的《黄土高原上的春天》文字清新，似信手拈来，博得了同学们的好评。他出国门、游世界，历经美国度假胜地夏威夷、端庄的首都华盛顿、独立圣地——旧都费城、华人聚集地旧金山、文化娱乐之都洛杉矶、沙漠赌城拉斯维加斯；邂逅俄罗斯莫斯科、克里姆林宫、世界著名的红场、列宁墓、河流中的岛城圣彼得堡……欧洲之旅：恬静平和的芬兰、强健辉煌的瑞典、美丽富饶的挪威、童话般浪漫的丹麦；新加坡美丽的狮城、一衣带水的朝鲜、韩国……港澳之旅……还有那万米高空中的美文《旅欧机上观云》……以一个行者的视野、旅人的情怀、文学者的角度，从各个方面记叙了所见所闻，他的游记文章为"古为今用，洋为中用"，刷新着大家的视野。

江波自幼聪慧，受家庭知识文化传统教育的熏陶，浓厚氛围的潜移默化，逐步养成良好的学习习惯，树立正确的人生观、世界观、立足自身，把握好人生风向标，把爱祖国、爱人民、为人民服务作为自己毕生的追求。他认为文化是人类的思维创造，是人们对生活的认知，文化价值观是文化的核心，要建筑新时代中国文化价值观的万里长城。他崇尚国学文化，立足于中华五千年灿烂文化的传承，认知尊重是和谐社会的基础，人人要有严于律己，宽以待人的情操，人类文明世界需要宽容。他倡导中华美德与人在社会中的平等，疾呼官员应是人民的服务员，服务人民是宗旨。他在《文趣散得》中思考了许多问题，他在《文趣散得》中的境界，诚如序言所说："半亩清风常自在"。

"岁月记得"留下《岁月印痕》

"岁月记得"是《文趣散得》中的重要章节，也将成为《岁月印痕》里的基础内容，在此章节中，江波曾书写自己的人生，从少儿时的乡村印象到七十年代的青春记忆，校园生活的青涩回忆，中学时代的迷惘，大学时代的求知，从政后的兢兢业业、勤勤恳恳的工作，退休后的退而不休，继续为中华文化事业的繁荣奉献着自己的余生。

为此，我在读江波《青春的岁月像条河》后而有感《青春的记忆》：

忆年少时，青涩年华，孜孜以求。勤园丁尽心，三尺讲台，因材施教，英才辈出。英俊教官，军事训练，御强敌华夏安宁。看少年，许英姿勃发，崇学尚武。以天下为己任，为八方领域竞建功。睹百花群芳，天生丽质，点缀诗画，国色天香。时代天使，巾帼英雄，似木兰不让须眉。青春季，乃悠悠岁月，汇流成河。

因为本人知识的匮乏，文中提及不免挂一漏万，而不能全面回忆老同学。诚惶诚恐，敬请老同学们谅解，希望老同学们予以更多补充和修正。言止于此，权引江波老同学离岗后写的几首自我写照诗作为本文的结束语：

无题·有感

（一）

此身此世此心中，信念情感两分明。

情感菲菲柔似水，信念铮铮挺身行。

（二）

曾经沧海难为水，十年功过任汝评。

既然人间已得道，何需世上问虚名。

（三）

老时聊发少时狂，花甲之年做事忙。

涉猎商海学走步，游记杂感著文章。

（四）

五月北京行，花海收获丰。

握识新文友，昂首再出征。

怀感恩之心 忆师长之情

温来萍

感恩父母给予我生命，感恩老师教会我成长……每当唱起这首《感恩》的歌，我都会非常激动。感恩把我们带来这个世界的父亲母亲，感恩给我们知识、培育我们成长的每位老师！

2015年春节期间的一天，我按惯例进入"寿安里同学群"浏览，欣喜地发现好友马改玲发来几张我们过去在一起的老照片，其中有一张寿安里学校老师的合影引起我特别的关注。如果没记错，这张照片应是1971年秋季照的。当时我们初中刚刚毕业，学校让我、马改玲、王秋玲及常宝华4位同学当代理教师，带小学一年级。因此，这张全校老师合影中就有了我们4位同学的身影，真是很荣幸。44年后的今天，我仔细看着这张珍贵的照片，端详着每张既熟悉又陌生的面孔，心中充满无限感恩和回忆。同时，我在群里请各位老师和同学共同辨认并提供这些老师的名单，很快就得到大家的响应。刘晓黎、周秋生、武江波、许振英等同学纷纷提供可知老师的名字；冀振德老师一一做出补充。仅仅几分钟，照片中老师的名字绝大部分都凑齐了。从第一排开始(由下而上)分别为：宁相民、边计宁、杨万荣、陈林森、郭奠中、张子华、刘师傅(门卫带敲钟)、郝师傅(炊事员)、于培敏、苏秀英、何变叶、刘冠娥、王贵荣、梁福田、李梦贞、郭永芬、李万华、赵佑庵、任栓云、贾秀珍、李梦津、李砚梅、何淑英、陈老师、杨一萍、郝源、张昉、李舒晞、于淑华、赵翠仙、陈淑蓉、马改玲、温来萍、王秋玲、常宝华、梁淑英、孙善敏。除我们4位同学之外，这些老师们无论是否教过我们，是否熟悉，都是我们母校曾经的领导和老师，都是值得我们尊重的师长！

看着照片中我们自己那么风华正茂的青春身影，不禁引发出自己对当年许多美好的回忆……

1971年初，我们中学初中班毕业后不久，由于寿安里学校老师紧缺的缘故，我、改玲、秋玲、保华就被安排留校担任了代理教师。经过一段时间简单的培训，我们就上岗教小学一年级新生了。当时对我们而言，刚毕业才16岁，突然由学生转换成老师，无任何经

1971年11月寿安里学校教职工合影

验可谈。也许是经历过军训的锻炼，我们中学班的学生比一般学生显得成熟、胆大，敢于承担，勇于探索，没有推辞。我们4人每人负责一个班，边摸索，边总结，边交流。面对一帮什么都不懂的娃娃，要有足够的耐心和爱心，找到适合他们的管理方式。一段时间下来，结果令学校领导和学生家长都很满意，改玲带的班学生考试还是全年级前两名。学校教导主任张子华当时还想让我和改玲留校继续任教，并说送我们去师范进修。改玲问我什么想法，我说"你留我就留"，说明当时校领导还挺认可我们。记得我带的班刚刚理顺，和学生已经相互适应时，感到得心应手，很有信心。但没过几天，学校却又交给我一个艰巨任务。有一个班的孩子特别淘气、难管，气得班主任女老师直哭鼻子，知难而退。校领导让我去带这个班，啃硬骨头。我二话没说，迎难而上，接下这个班。很快将这个最乱的班，管理得有条有理，孩子们都愿意服从我的管理，班里秩序大为改观。我的办法就是抓重点，对那个最淘气但很聪明的男孩先进行调教，将他安排在第一排，并给他个小队长职位，他马上表现特别好，还主动帮老师维护班里纪律，这个班最后被评为优秀班集体，受到学校表扬。秋玲和宝华也一样出色，圆满完成了学校交给的教学任务，让我们留下了一段寿安里学校学生留校任教的难忘经历。

看着照片中很多熟悉老师的亲切面容，仿佛几个担任过我们班主任和主要教学课的老师，又来到了自己的跟前……

陈淑蓉老师是一位慈祥得像妈妈一样的老师。她是我们小学一年级64班的班主任。她对待每一个学生像自己的孩子一样，和蔼可亲，关爱有加。上课时，她总是笑容可掬，轻声细语地为我们讲课；放学时，她会将学生队伍送至校门外，目送学生慢慢走远。她常系一条白围巾，与照片上一样，很爱干净，很有特点。

2015年4月看望陈淑蓉老师留影

李万华老师是我们小学高年级的班主任。他有一双炯炯有神的大眼睛，工作起来非常认真，一丝不苟。他对学生严格要求，课堂秩序非常好。他幽默风趣，常与学生交流，同学们也非常喜欢他。

张昉老师是寿安里学校一位资深的体育老师，从小学到初中都是上他的体育课。我们学校是榆次一流的学校，不仅有许多一流的教师，而且还有完善的教学装备。在校园里，操场特别大，各种体育设施和器材应有尽有。不出校园，我们即可进行各种体育赛事。我们的体育课包括跳高、跳远、鞍马、长跑、单双杠、篮球、足球、乒乓球等等，这些项目都是在张老师的指导下进行的，而且我校的体育项目常常在全市学生运动会上夺冠！除此之外，张老师指挥的学校军乐队也是名声在外。我曾是军乐队小鼓队员，是张老师手把手带出来的。刚进军乐队时，张老师发给我们每人两根小鼓棒，一张鼓谱，每天放学后在操场上训练一两个小时，非常辛苦。在张老师辛勤组织训练下，带出一支非常出色的军乐队。这支队伍有大鼓、小号、铜钗、小军鼓，队员有三四十人，规模庞大，队伍整齐。常常参加榆次各种大型活动，而且往往总是走在队伍最前列。队伍四列纵队一字排开，马路有多宽，队伍就站多宽。张老师在队伍最前面挥动指挥棒，鼓乐齐鸣，服装统一，非常引人注目。马路两旁站满观众，掌声喝彩声此起彼伏。我们站在队伍里敲着小鼓，感觉非常自豪开心！毫不夸张，我见过许多其他学校的类似军乐队，没有我们那种气势和美感！我们班许多同学都参加过军乐队，相信都有同感！我认为，当时张老师是我们学校最好的体育老师之一，培养出无数具有体育特长的优秀学生。现在看来，我班有那么多优秀的体育人才，基本功都是来自中小学阶段，张老师可谓功不可没！2014年11月同学聚会时，张老师如邀而至。他还是那么谈笑风生，老当益壮，精气神十足，他幽默地自诩为"四肢发达，头脑简单"！我理解，张老师说的"四肢发达"与他一生从事体育教育事业有直接关系，培养学生的同时也练就了健康的体魄；"头脑简单"意指他性格直爽、快言快语，说明张老师是一位思维敏捷、聪明伶俐、可亲可敬的"老顽童"！祝福张老师永远健康快乐！

刘冠娥老师是我们的音乐老师。她可亲可敬，文艺才华出众。她当时梳着两条长长的辫子，穿着布拉吉长裙，在学校也是一道亮丽的风景。她有着较高的文化素养，为人纯朴善良，同学们非常喜欢上她的音乐课。美妙的歌曲为大家带来了欢乐，陶冶了情操；深奥枯燥的乐理知识经刘老师由简入繁的讲解，使同学们很轻松地接受和运用。我的识谱基础就是那时候

张昉老师参加师生学友联谊会

奠定的，至今运用自如。刘老师组建的学校文艺宣传队也是很有建树的，我们班许多同学都是宣传队的文艺骨干。在刘老师的培养下，学校宣传队许多文艺人才走向社会，分布各行各业，成为传递正能量、弘扬主旋律的中坚力量。

赵佑庵老师是我们的数学老师，他才华横溢、智慧聪颖、风度翩翩、一表人才，用现在的话来说，是全班同学心目中的崇拜偶像。赵老师与刘冠娥老师是学校公认的模范夫妻、才

貌双全！赵老师也是知名的数学老师，教学方式活泼多样，幽默风趣，与学生互动，思维开放，将枯燥乏味的数学课变得有滋有味，同学们充满好奇，增添了学习数学的兴趣，接受能力明显提高，全班同学数学成绩普遍较好。赵老师对每个学生都非常关心爱护，对学生提出的问题都会不厌其烦地耐心解答，直到弄懂弄通为止。1997年中学班同学聚会时，尽管许多同学毕业26年未与赵老师见过面，但一见面赵老师都能叫出我们的名字，令我们非常感动。2014年11月同学再聚时，赵老师、刘老师双双应邀出席，赵老师虽然因患病行动不便，但可以看出，在刘老师悉心照顾下他们生活得依然很幸福，很甜蜜！刘老师还是那么温柔大方、端庄秀丽，祝福二位老师身体健康！幸福永远！

刘冠娥和赵佑庵老师参加师生学友联谊会

刘麾老师和冀振德老师为我们中学班前后任班主任兼语文老师。两位老师由于工作需要，先后在我们中学期间和毕业之后调离寿安里学校，到别的重点中学任教。1971年这张教师合影中虽然没有二位老师的身影。但是，二位老师在我们中学班学生成长发展历程中，是主导者、引领者、参与者、见证者。我们每个学生的成长进步，都倾注着二位老师的心血和关爱。如果说，中学班这帮学生在离开学校走向社会、书写人生的征途中，能够有所成就，都与二位老师对我们的培养教育有着密不可分的联系！二位老师各有特点。刘麾老师性格随和，很有文才。他上语文课时，常常引经据点，深入浅出，使同学们的遐想空间不断拓展。如讲到火烧云的自然现象，他绘声绘色，立马感觉火烧云画面出现在眼前。学农期间，黄昏时分，我们经常能看到火烧云这一自然天象，非常壮观美好。往往在这一瞬间，就会想起我们敬重的刘麾老师。现在高楼林立的城市，常常笼罩于雾霾之中，很难见到这一自然奇观了。刘麾老师多才多艺，会拉二胡、小提琴，我班好几位同学都跟刘老师学过拉二胡、小提琴，现在仍坚持着这一爱好，丰富着自己的业余生活。在他们的影响下，我自己也对各种乐器产生了浓厚的兴趣，放学回家后自学二胡、小提琴、口琴、笛子，拿起什么都能摆弄几下，遗憾的是自己没有毅力，半途而废。冀振德老师才华出众，出口成章，文字功底扎实，时不时赋诗一首，同学们非常佩服。上课时，他常常会拿一些范文为大家解剖分析，从识文断句到语法修辞，从文章结构到逻辑推理，融会贯通，条理层次分明。为培养同学们对写作的兴趣，他常常将一些同学写的优秀作文读给大家听，互相学习，取长补短。如卜小琳的作文就常常被老师用来作为范文在课堂上讲评。正是有二位优秀语文老师的辛勤浇灌和栽培，才使中学班这批小苗苗壮成长；

正是有老师的无私传授和教诲，才造就了我们班小棣、江波、利生、民珍、王锐、巧英、振英、任峰、晋民、小琳、秋生、晓黎、刘文、小坪等一批经常撰稿拟文的写家，成为国家和社会的有用之才！冀老师也是多才多艺，其中拉手风琴是他的强项。课余时间会和同学们常常聚在一起，分享手风琴伴奏的欢乐。1974年中学班师生合影和1997年、2014年的两次同学聚会，冀老师都应邀出席，与同学们欢聚一堂，共叙师生情谊，共话昨天、今天、明天，其乐融融。

冀振德老师参加师生学友联谊会

在非常活跃的"寿安里同学群"里，冀振德老师、刘冠娥老师经常主动与同学们互动，聊天，交流感想。冀老师在微信群里给我们写了一篇精彩的纪实性回忆文章。文中不仅介绍了老师个人的精彩人生和寿安里学校的历史沿革，而且详细叙述了我们中一班的许多感人事迹，高度评价了我们这个集体和每位同学。"感动一班，班魂永远"八个字是对我班精神的高度概括，是对我们每位同学极大的鼓励和鞭策！字里行间充满了对同学们的深厚感情！我是含着感激的泪水看完的！刘老师在群里发的"值得花一辈子去领悟的24张人生漫画"给大家以启迪。大家纷纷与二位老师互动，点赞并发感言表示对老师的敬意。再现了学校课堂上师生互动的情景，使我们这个人生大课堂更加生动活泼！有老师参与的"寿安里同学群"真好！祝我们这个大课堂永葆青春活力，充满温暖和欢乐。

通过对母校部分老师的回忆，让我们重温在寿安里学校度过的美好时光，更加感谢给予我们知识、教会我们健康成长的每一位尊敬的师长！常怀感恩心！常念师生情！祝愿各位老师健康长寿！永远幸福！祝愿各位同学幸福安康！万事顺意！

热血青春的激情岁月

王 锐

　　2015年5月，我们夫妇一起去美国看望在纽约州IBM工作的儿子，期间安排了去一些地方参观旅游的活动。其中在美国首都华盛顿看到越战纪念碑的时候，让我真是感慨万千，不禁想起了自己曾经作为一个热血青年所亲历的那段激情岁月。

　　越战纪念碑又称越南战争纪念碑、越战将士纪念碑、越战阵亡将士纪念碑、越战墙等，位于华盛顿的中心区，坐落在离林肯纪念堂约几百米的宪法公园小树林里。我们在参观华盛顿纪念碑和林肯纪念堂之后，相隔不远就看到那个越战纪念碑了。纪念碑是美籍华裔设计师林璎的杰作（林璎是林徽因的侄女），黑色花岗岩砌成长500英尺（1英尺≈0.3048米）V型碑体，碑体上镌刻着57000多名1959年至1975年间在越南阵亡的美国男女军人的名字……尽管我们与美国的立场在意识形态的很多方面是不一致的，但是作为军人为了使命而献出生命，也还是值得尊敬与缅怀的……看着碑文中许多名字下面摆放着贡品，包括婴儿时代的照片、军功章、啤酒等，我的思绪似乎有些纷杂，那在久远年代青春岁月发生的一些与越南有关的往事，一件件地涌上了心头。

　　第一件往事是在20世纪60年代中期，国内轰轰烈烈的"文化大革命"开始了。同时在北部湾畔的越南，美国挑起的一场侵略战争也处在炮火纷飞的枪林弹雨中。当时全国各地红卫兵、造反派随处可见，革命小将大串联如火如荼。那年我13岁，小学毕业还没有上中学，参加了一个非正式红卫兵组织，随

我们夫妇在二战纪念碑留影

着比我大的或者同年的一些同学参加了许多自己都不知所谓的行动（没有打砸抢哦）。有一天，红卫兵组织里的一个同学突发奇想，说：我们可以去做件有意义的事情，应该去越南援越抗美，把美国佬赶回去，解放生活在水深火热之中的越南人民！啊，多么伟大的思想，多么有意义的行为，为了全人类的解放，我们应该积极参与其中。于是乎，我们10多个少男少女，怀揣着去解放全人类的伟大理想开始积极准备南下……

当然，要离开家那么远不仅需要出行的理由，还需离开家生存的人民币，于是乎我们十几个人就用了不同的理由，以便得到家长的首肯与物资的支持。我的理由是北京出差搞外调（现在我常想当时爸妈很弱智，哪里需要13岁的小破孩搞什么外调啊），他们居然信了，不仅给了我50元钱（当时已经不少了，去北京火车票也就9元），还让我给在北京的亲戚带了山西特产。有的同学（譬如智援朝，他爸是晋华厂副厂长）居然直接就从爸爸抽屉里拿了许多银子（人民币）……准备启程了，似乎当年此事还很轰动，很多同学去送行，大家都是豪言壮语：为国争光，宁可捐躯也不当叛徒。火车开动后，还没有到石家庄就有两个女同学开始哭泣，后悔离开家人……到石家庄后要转南下的列车，这时几个知情以后的家长追到了石家庄，把他们的孩子带了回去了，那两位哭泣的女孩也回去了。我把爸妈让带给亲戚的礼物邮寄去了北京，立场坚定地一直跟随怀揣援越抗美美梦的伙伴（其中有李晓明的姐姐李惠玲等）一行南下。

一路上，我们显得格外引人注目（因为此时大串联已经停止，成群的学生出行有些醒目哦），有些旅客与我们交谈，得知我们的目的后，很多给予了支持，有的甚至告诉我们到了凭祥以后哪里可以越过国境线。有些旅客还送给我们毛主席纪念像章，托我们带给越南人民。美梦一路南下，直到柳州遇到几位真正的军人（驻南宁部队几位领导）才把我们的美梦惊醒。我们一行中的男生很有些大嘴巴，把什么都告诉这些真正的军人，那些军人听后很严肃地把我们召集一起说：你们的梦想是好的！但是，后果很严重，轻的说，你们这是无政府主义，无知！重的说，你们这是偷越国境是叛国罪！

一语惊醒，冷汗直流……此时的我们因为抱着不建功立业不回家见父母的雄心，兜里的银子几乎都空空也……还好，真正的军人首长向列车长说明了情况，把我们几个就免票送回了故里。走的时候雄心勃勃，回来时灰溜溜的，想起来真是丢人啊……第一件往事，可谓是少不更事，援越抗美之行戛然而止！

第二件往事是20世纪70年代末，我已经大学毕业第二年，所在部队铁道兵二师是一支威武之师，1966

我与邵华将军合影

寿安里同学的记忆

年曾进入越南帮助修铁路，建筑防空设施……1970年从援越抗美战争前线班师回国，那时大家都非常以援越抗美的经历而自豪！然而因为当时国际关系错综复杂，越南不顾当年与中国"同志加兄弟"的友谊，公然在中越边境制造流血事件，面对越南的不断挑衅，时任中国人民解放军总参谋长的邓小平亲自点将由许世友将军等组织指挥的对越自卫反击战打响了，我们部队参战！当时我正在家休假，接到部队发来的立即归队电报后，不敢有半点延误，立即打包行李踏上归队路途。一路上，看到南下部队满载着义愤填膺的士兵和装满作战物资的车队，我的心情开始激动，几乎是摩拳擦掌了！到了部队，大队人马已在待命出发状态，而我被告知与另外一个女医生留守……顿时与领导大喊：不公平，我们也要参战！领导说，后方也需要人来保障……无语，军人就是要服从命令的！没几天，前线指挥部来了指示：命令我们也去前线，而且前线的战友们在电话中告诉我们，已经挖好我们的猫耳洞了……激动的心情真是难以描述的！马上就要出发了，又来了命令：待命。此一待命，大部队班师回国了！

尽管自己非常遗憾不曾亲历战场，但是，战场的惨烈与血染的风采却永隽心底！虽然又一次的与越南擦肩而过，但两次的性质则截然相反：第一次，年少气盛为了想保卫同志加兄弟的友谊而去战斗！第二次，一名军人为了保卫祖国，为了边境的安宁而去战斗！看着美利坚合众国的越战纪念碑，想着老山"712"大捷纪念碑，想着那时参战的几十万军民，想着那场战争中牺牲的数千名官兵，想着那血染的战旗风采，逝去的年轻的生命……我们有什么理由不去热爱用血用生命捍卫的祖国！

此行美国还有一些让我感慨的事情，譬如来美后知道这里各种纪念日很多，而且都会放假。这个周末说是小长假，很好奇此次又是什么纪念日呢？儿子告诉我："是美国阵亡将士纪念日，悼念在各战争中阵亡的美国官兵以及无名的殉国者。设在每年五月最后一个星期一，美国的所有城市都会在这天举行仪式，向为国捐躯的将士致敬！"难怪外面街道上的电线杆、旗杆早几天就悬挂上了国旗，旗杆下方飘着黑色丝带，家有老兵及孩子在军中的家庭家门口也悬挂着国旗，随处可见街心花园摆放着人们奉上的鲜花与插着许多小号的美国国旗，以此来表示敬意与怀念，这天是庄严肃穆的。此刻我心中感慨万千！不由得想起，我的那些早逝的战友们，想起我们新兵训练结束，因为行军拉练脚上打起一个水泡处理不及时以至于感染不幸去世的新兵姬；想起我的入团介绍人美丽清雅的吴伟，因公殉职时年也就20岁；想起那许多因为国防建设工程不幸牺牲的战士们（修建襄渝线据后来统计几乎是一公里就埋葬一位牺牲的战友），他们来自全国不同的城市乡镇，牺牲后就地长眠在异乡，不知他们（她们）的墓是否安在？不知他们（她们）是否在清明时节可以受到人们的追忆与哀悼？借此阵亡将士纪念日，在大洋彼岸，为那些为了国防建设牺牲的战友们送去我的哀思与敬意！

一诗 · 一志 · 总关情

许振英

时隔久远，有关就读寿安里小学、初中的一些文字和物件多数已寻不到，唯存有45年前初中班班主任刘麾老师为同学们参加军训时所做的五言律诗一首。每当翻出观看时，自有感念老师、追忆恩师的思绪萦绕心间。

刘麾老师育人教书，给在那个特殊年代、青葱年少的我们以做人、做事的正确引导，同时对离政治最近而难教的语文教学注入了课本和现实生活相结合的鲜活地气。他在课堂上给我们解毛主席诗词的宏大意境，讲词牌、平仄、韵律、抒情；讲论文的写作，解文言古文；讲语法，解修辞；在课外还为同学们写下了这首寄情托志、充满深情的诗作；在那个语文最难讲的时代，他发挥自己的聪明才智，以生动的教学引领我们徜徉在文学知识的海洋之中……刘麾老师会同赵佑庵、张铎、刘冠娥、张昉、左真德、冀振德等各科

当年的我

老师精心设置，将我们初中班的文化知识、文体活动、才艺启蒙、军事训练、学农劳动安排得井井有条，为使同学们德、智、体全面发展，可谓呕心沥血，吐尽蚕丝。他是一位优秀的教师，是一位可亲可敬的班主任！

刘麾老师的自作诗是这样的：

> 朝霞映山红，神州万里营。
> 亲人来军训，杀敌练硬功。
> 教诲永铭记，军民鱼水情。
> 今日红卫兵，明天解放军。

解放军和我们在一起。

朝霞映山红，
柳州万里营，
亲人来军训，
谆谆永铭记。
敬海练硬功，
鱼水情，
民日红卫兵，
乡天解放军。

军训留念
于闵行学校　蔡振英

刘麾老师诗抄

　　老师的这首诗，生动地描写了当时在"万里江山万里营，七亿人民七亿兵"的时代背景下，与尊敬的解放军高文潮班长、战士吕中华合力安排、密切配合对同学们军训的情景。同学们迎着朝阳，沐着时代的阳光雨露，铸过硬的思想品德、团结精神，练优秀的作风、坚强意志，在解放军高班长等以优良传统作风、军人条例、军人姿态、常规训练的严格要求下，强化了大家爱党、爱国、爱人民，报效祖国的理想、情操和不怕困难、艰苦奋斗的精神。这首诗还深深地体现了和平年代军民也有着的鱼水情深，并寄托了对学生的深切厚望。

　　无论是当年"六·三"突发事件，还是日后走向社会，都验证了我们初中一班的学生没有辜负母校小学、初中众多老师的培养，没有丢掉军训成果。无论在部队，还是在地方，在祖国的行行业业——军营、厂矿、机关、商贸、公路、煤炭、医卫、铁路、电力、机械加工、服务行业、交通运输、行政管理、财金保险、广电传媒、公安交警、司法法律……人人踏实工作，个个积极进取，大家确是光荣绽放，尽吐芳华，成为一个个合格的社会主义建设者！

　　岁月如梭，时光匆匆，45年过去，今天再读老师的这首诗，倍感亲切和励志！记下这些感言，以怀念我们敬爱的刘麾老师，也谨以此纪念我们自己在寿安里学校学习的那段难忘的时光，纪念我们自己曾经拥有的那个青春时代！

我和闺蜜王锐

王巧英

　　走进还没有完全竣工的太原南站，我和初中老同学武江波踏上了北去的列车，这是一次由张小棣牵头组织的"同学在北京小规模聚会"。尽管已是隆冬了，但是太原火车站的建设仍是热火朝天，工地上一片火花四溅、机器繁忙的景象，不是"东西"的山西正快步发展！是啊，在这个大建设的时代又有谁能甘愿一直落后？就在40多年前的那个火红年代，当时的年轻人也在热情地憧憬着自己的人生，热烈地向往着国家的富强……透过车窗看着一排排倒向后方的工地，我和老同学你一言我一语地开始了对那个年代往事的回忆，而这些回忆中有一幅图景非常清晰地出现在我的眼前并挥之不去，这张图中正有一个人笑着脸挥着手热情地邀我，她就是我最好的闺蜜——王锐。

一、两小无猜的少年生活

　　现在的年轻人都只能从影视剧中知道"文化大革命"的一些事情了，但是我们这代人作为亲历者，文化大革命就像一座山，只有过了山你才知道山的存在、山的分量，这座山可不是远处的一个风景。

　　在那个生活普遍不富裕的年代，我的家境同样也不好，但是一家人互相接济，也算相处和睦，除去开学要交学费的那几天。我家人口多，只有父亲在糖酒公司当售货员，母亲身体不好没有参加工作。我记得很清楚，父亲每月39元的工资，要维持全家8口人的生活，6个孩子除了两个幼童外有4个正上学，家里经济负担可想而知！每到开学，父母亲就开始发愁，四处去借学费，常常是开学了学费筹不齐，只好左一份申请，右一份证明请求学校延期或减免。学校组织活动，如：庆祝六一，开运动会等，常常要求穿白衬衣、蓝裤子、白球鞋，我连一双白球鞋都买不起，学校一有活动，就到处去借服装、借白鞋。孩童的自尊心总是格外敏感的，记得有一回，在体育场开大会，老师让我做大会司仪，当我兴致勃勃地跑到台上时，一位老师看了一眼我穿的鞋，说："看你的那双鞋吧，去去去。"挥挥手将我赶下了台……老师啊，你可知道，就是这一双不合脚又不白的鞋，也是我刚刚才借来的。我当时含着泪走下台，尽管现在想想不过是幼小心灵的一个小小挫伤，但是当时的悲伤心情现在依然能感觉到。

家穷也有好处，就是早早的历练。我的人生之所以现在能看起来有些光彩，我想除了运气，和年幼时的社会锻炼不无关系。每逢学校放假，父亲会给我们找一份零工去做，印象中摘梨、打枣、捡苹果、储存水果的工作干过不少，小小年纪有时还住到乡下去干活。虽然现在看起来有点工作量，但是当时也是一种娱乐，并不觉得苦，我的假期生活基本就是打工度过的，也可能是那时养成了做事风格，就是什么都愿意去尝试，也不会轻易放弃。

当时的我，不仅穷得交不起学费，还背着"黑五类"子女的名声，那年代我属于"可教育好的子女"，就是这样的背景，有谁能看得起我？有谁愿意和我一起玩？尽管我的学习成绩从三年级开始就一直在班里名列前茅，可那又能说明什么？我挺起胸膛告诉自己没有不如人，我至少可以在学习上没有输过一切对手！现在想想有些可笑，可就是自卑后面的自负心理，让我一直勤于学习，别人以为是爱学习，可我自己知道，是自知自己出身不如别的同学，唯有好好学习争一口气，争点面子而已。

王锐是在1966年的春夏之交走进了我的生活，她就像一抹清晨的阳光，穿透了微微晨雾，照进我的心里。那年"文化大革命"爆发，我和王锐同时从寿安里小学毕业，她是63班我是60班，我俩不是一个班，但是教室离得很近，当时的教室分前后两个门出入，我们班的后门对着他们班的前门，不知从何时起，我们在校园见到面就开始打招呼，在一起玩、跳绳、打沙包、乒乓球……

我俩在"文革"期间合影

王锐住在晋华厂医院旁的宿舍里，这是类似于一个四合院结构的院落，南面的房里住着我的小学闺蜜赵纪玲，王锐住在东面，宋志昌（他后来成了王锐的爱人）住在北面的正房，西面那户人家的孩子年龄比我们小一点。那时，一般一个家庭中都有好几个孩子，而且也都差不多大。我常常去赵纪玲家玩，一来二去，我和王锐也成了十分要好的朋友，当时我俩都是13岁。王锐的父亲是晋中地委的部长，母亲是晋华医院的书记，在那个年代，干部大部分是在五七干校住学习班或劳动改造的对象，当时她的父母在五七干校学习，她由姥姥照顾和姥姥住在一起，当年姥姥已近70岁了，老太太精神非常好，可能是因为家是北京的缘故，见过大世面，印象中性格开朗、和蔼可敬、说话干脆利索，对我们也都很关照，直到现在我还是十分怀念她老人家。我猜测也许是王锐天性善良开朗，也许是由于姥姥的善良和周到的关怀，才使得王锐在缺少父母关爱的童年岁月也留下了许多欢乐的记忆。

王锐的昵称叫"小平"，她高高的个子，娃娃脸、性情活泼、善良开朗，天天笑嘻嘻，哼着童声童调的歌："蓝蓝的天上白云飘，白云下面马儿跑……"好像永远没有烦心事，喜欢交朋友和关心帮助别人，天生一副热心肠。我那样的家庭环境当时被许多人瞧不起，但是王锐却不仅从来没有看不起我，还经常替我出头。我还记得有一次其他同学对我说了不好听的话，表示出不友好时，她立刻替我抱不平，批评那个同学，给我压抑的心灵以安慰，她以真挚的友情和我一起面对困境，让我慢慢从自卑和悲伤中成长起来。

由于"文化大革命"，我们小学毕业后初中招生停止，于是我们成了辍学少年。那时我们经常到处奔走，可我去得最多的地方还是王锐的家。一是因为姥姥开明慈祥，没有严厉的家长管制，有宽松的家庭环境；二是王锐乐于助人的天性，为人大方热情，使她的家自然就成了我们一群辍学孩子很好的栖息地。尽管大多数的时候我都在外面打零工，可是孩子的天性是不会变的。打工之余我还是喜欢尽情地玩，学游泳、打球（乒乓球、羽毛球）、打扑克牌、跳棋，下象棋……晚上一帮人坐在路边上一边看星星一边讲故事，常常玩得忘了回家。有时也住在她家，她的家是里外两间隔开的，姥姥睡里屋，我俩睡外屋，一晚上嘀嘀咕咕说悄悄话。现在回想，很难相信哪来的那么多话，仿佛总也说不完。那真是一段非常令人怀念和开心的日子……

在那些日子里，社会上大部分的书籍都受到了批判，知识无用，书籍匮乏，我们聚在一起学习，如饥似渴地找书读，我甚至到废品站去翻，只要谁找到一本书大家就传阅讲述。好多人成了故事王，我和王锐也都可以算一个了。她住的院里当时有七八个年龄相差不多的辍学孩子，我们看完了书就囫囵吞枣给小伙伴们讲一遍。作家三毛说"书读多了，容颜自然改变，很多时候，自己可能以为许多看过的书籍都成为过眼烟云，不复记忆，其实它们仍是潜在的。在气质里、在谈吐上、在胸襟的无涯，当然也可能显露在生活和文字中。"也许我们如今的文学功底与那时的阅读有很深的关系。小小年纪翻着厚厚小说：《苦菜花》、《平原游击队》、《平原枪声》、《晋阳秋》、《红岩》、《钢铁是怎样炼成的》……许多中外名著都涉猎了，书中那些革命先烈的事迹深深地刻在了我们的心中。当时最崇拜的人是革命前辈，最喜爱的服装是军装，最大的愿望是能去战场杀敌人，最大的遗憾是感到生不逢时，没有生在战争年代，不能为革命浴血奋战、误了建功立业。那时的思想单纯到了现代人无法想象的地步。我们一起也参加了不少社会活动，上街看大字报听辩论，唱红歌，跳"忠"字舞，还记得我们晚上一起步行去太原，参加第二天"五一广场"举行的群众大会。也算是经历了"文化大革命"的洗礼，它在我们的青春岁月留下了不可磨灭的痕迹。

在"文化大革命"期间，美国对越南的侵略战争进一步扩大升级。记得有一天，晋中农校的赵大庆等一帮大哥哥提出要以实际行动支援越南，抗击美帝。这个提议就像一个炸雷在小伙伴们中间炸开了，大家都很激动，不愿意只当语言上的巨人行动上的矮子，想去的人很多，可是那么遥远的路程，对于我们这些十几岁的孩子来说，可谓困难重重，跟家里怎么交代？没出过门路怎么走？路费从哪里来等等一系列问题需要解决……大家经过了一番思想斗争，最后决定还是由王锐、苏迎华、李慧玲等女同学，智援朝、王获利、李元根等男青年，作为先头部队去打前站，到了那里给我们来信，随后我们也去。我把王锐送到车站，想着很快就可以在越南见面，心潮澎湃，反倒没有离别的伤感。可是他们过了几天陆陆续续又都回来了，据说是走到半路在火车上说漏了消息，让驻边境地区的部队首长发现了意图，把他们送回来了，我们的援越行动也只好就此夭折。

但是我们与部队的缘分并没有就此结束，过了不久，就有内蒙古建设兵团来榆次招人，我和王锐都很兴奋相约去报名，在后来的食全菜场对面当时是第二招待所，外地来招工招生的人都住在那里。但我们那时年龄小不达标，1951年底前出生的人才能去，我们只好怏怏而归，宋志昌的妹妹宋志华比我们大两岁，她就应征去了。当时也有不少地方招工，许多同学在读书无用的潮流中拿着小学文凭参加了工作，包括我的小学闺蜜赵纪玲也去了中阳县一个兵工厂（后来她也因为另外一个机会入伍了），留下来的人随着"复课闹革命"的运动，于1969年11月回到寿安里学校读带帽初中。

二、峥嵘岁月的同窗情缘

上初中的同学基本上属于两类人：一是干部子弟，那时许多干部特别是领导干部还没有被解放，其子女存在工作不好找的问题，同时不少干部的家长毕竟眼光长远，不会相信读书无用，孩子年龄幼小，总想着还是读书为上；另一类人就是家庭有各种问题的子弟，家庭背景不好，居委会分配工作还轮不到，只好滞留下来，既然找工作无望，年龄又小，那就先上学吧，王锐和我就分属于这两种人。

王锐的舅舅当时是中国驻马里大使馆武官，在北京三里屯武官大院住，无疑是部队首长。有着这层关系，王锐从舅舅家里要来当时最紧俏的军装穿在身上，"文化大革命"运动把穿裙子、穿高跟鞋统统归结到资产阶级生活方式一类，是封资修的东西，没人敢穿。全国上下，男女老少都是蓝、灰、绿。王锐得到的军装非常不合体且洗得发白（不过，当时可是越旧越好）。也难怪，部队也不会有十几岁的孩子啊，哪来合适的衣服？她上衣穿在身上快达膝盖，卷起裤腿，挽起袖子，真是别具一格，加之她风风火火，热情泼辣的性格，俨然就是一个军干子弟。不知引来了多少同学的侧目和羡慕。

因为是毕业后多年返校，而且打乱了班级重新编排，寿安里学校以66届67届小学毕业生为主，当时的班主任是刘麾老师，也并没经过选举，就指定我、王锐和武江波三个人做班长，也许是我们三个都是66届的，年龄大些，也许是上小学时留给刘老师的印象深，或许是其他，总之，我们三个就这样担当了。武江波属于在家是好娃娃，在校是好学生，穿得整整齐齐，长得白白净净，说话文文雅雅，学习成绩优秀，做事有板有眼，同学老师都喜爱的类型。而我和王锐均属于热情好动，风火泼辣的性格，相比之下我由于家庭的原因比王锐要收敛一些。我们是班长，自然班里的一切活动都十分热心，认真去做。出黑板报、值日打扫卫生，组织同学们参加学校的各种活动和社会活动。由于我和王锐关系本来就好，而且我俩的性格又比武江波要泼辣，班里的活动往往我俩就容易形成一致意见，为此男同学中流出："二王集团把武江波同学排挤在外，篡夺了我们班的领导权……"之类令人又好气又好笑的传言，现在想来依然让人忍俊不禁。记得那时同学们思想比较僵化，男、女同学见面不说话，同桌画三八线，稍有超越就会怒目相向，胳膊肘顶牛。记得有一次我把"今日值日生：王永新"的字写到黑板上时，许多同学在底下起哄，王永新的脸红到脖根上。后来刘老师和我们商量解决办法，王锐提出因为同学们都爱运动，干脆组建体育活动队：乒乓球队，篮球队，一方面互相交流技艺，一方面可以打破男女生僵局，王锐和我都是乒乓球队的，而且我们女队的教练是男同学张小棣，男、女队一起在少年厅练习、切磋，也常常比赛，有时也一起出去和其他学校比赛。我记得二完小、三完小都去过。我和王锐还联系军分区，组织球队去和部队解放军比赛，经过一段时间的磨合，男、女生关系有很大缓和，互相帮助的班内正气逐步占了上风。以后学校组织军训，王锐是三班班长，我是四班班长，刘文是五班班长，同学们同吃、同住、同训练，男女同学都处得非常和谐。后来在市体育场文艺汇演发生的"六·三"踩踏事件中，我们初中班严格的组织纪律性和奋勇救人的高尚风格经历了严峻的考验，给学校、给社会交了一份高质量的答卷。快毕业时，学校的文化课到了一天几十页，20天一本书的进度，为了真正把初中课程掌握好，取得优异成绩，我和王锐、刘文一起住到了学校给刘文安排的宿舍里，（当时刘文的父母到张庆中学教书，刘文住校），晚上性格要强的我们三人，一起讨论、消化当天的课程内容，一起预习第二天的课程，常常苦读到深夜。我们的初中生活是浓缩的，但我们的情谊却冶炼得更深刻了。

在那个年代，国家经济基础薄弱，没有现在那么多医院，报纸电台大力宣传的是赤脚医生针灸治病，治好了多少聋哑儿童，是社会的一大新生事物，这让一心想当兵的王锐听了去，回去做起了准备，认真地学针灸。在茄子上，一沓沓厚厚的草纸上留下了她练习针灸的密密麻麻的针孔，为了找准穴位，她还在自己身上扎，找感觉。作为王锐的密友，我有时也给她当实验品。有一次学校组织支农，王锐和卜小坪充当卫生员，背着小药箱给同学们应急。武江波、王晋明等同学都曾因伤、痛经过她们的包扎和治疗。印象深刻的是：当时支农的小张义村有一位妇女，腿脚关节有病，连炕也下不了，又没钱去城里看病，王锐就天天抽时间去给她针灸，精心的治疗发生了奇迹，那老乡竟然病愈了！下了地能走动！家里人把大红纸写的感谢信送到了学校，贴在了教室旁最醒目的墙上，轰动了学校，着实给我们初中班增了光。

身穿军装合影

为了能当兵继而实现自己最伟大的理想，王锐可说是做足了各种预备。记得当时我们去军分区，认识了军分区动员科王文堂参谋，正好王参谋是河南籍的，于是我就攀上了老乡，天真的我们以为这样就有了关系，离当兵又进了一步。我和王锐经常去王参谋工作的军分区和地委军转办玩，由于我们俩经常出双入对，王参谋看到后就开玩笑说，你们这么想当兵，又像姐妹，她叫王锐，你干脆叫王军，合起来就是"王锐军"。我以后真的在班里改了名字，而且请派出所户籍员在户口簿的别名里填上了"王军"，我的初中毕业证就是写的这个名字，想起当时我们对军人的崇拜程度，至今感到很有意思。

1970年岁末，我们初中班率先有4位同学光荣入伍当了兵，送别他们以后，王锐再也无法平静，当兵也是她梦寐以求的愿望啊，于是她想尽一切办法去争取，苍天不负厚望，真是印了那句老话"有志者事竟成"，她终于也如愿以偿当了兵。得到她入伍的消息，我激动得在教室黑板上用大大的字写下了"王锐当兵了！"，仿佛要向全世界宣布，为她高兴的心情久久不能平复……

三、今生牵挂的闺蜜深情

当兵入伍的离别，使我们结束了校园的纯真小伙伴岁月，开启了"思念两地书"的写作源泉。

在那封闭的年代，没有电话，手机还没有被发明，更没有如今的互联网，全靠书信往来传达信息表达思念，尤其是王锐刚参军那些年，她到了铁道兵部队，在秦岭大山沟里拼搏奋斗，一封信的往返时间要十天左右，给王锐写信和盼望、等待她的回信成了我生活中的一部分。鸿雁传书，封封传去我的情思，件件传回她的喜讯，王锐到部队以后表现非常出色，短短的时间就立了功、入了党，记得她入党的时间是1971年8月1日，还立了三等功，这才仅仅到部队7个月啊！由于那个年代的特殊，在学校我们都只是红卫兵，并没有加入共青团组织，短时间直接入党立功，当她写信将此好消息告诉我时，我真心为她高兴的同时，也成为鞭策我进步的动力。1974年夏季她回来探家，我们相互的思念终于得到了释放：我专门请了假，几乎天天腻在一起，晚上又一次住在她家，整晚的聊天，从分手说起，事无巨细，互相倾吐秘密……记得有一次，谈着谈着一看外面天都亮了，竟是一整晚没睡，两人相视而嘎笑。探亲假结束，我把她送到当时的榆次西站，在站台上也是紧紧拥抱，不忍分手。

1974年在榆次合影

王锐回到部队以后，即被部队送到广州第一军医大上大学，同时实现了她的另外两个愿望：上大学和当医生。苍天真是很眷顾她。她的成功也极大地鼓励着我在地方上的努力。我后来边工作边学习，以优秀生的成绩从电大毕业，同时经过严于律己的努力，在不良的家庭环境下在地方上入了党，并在事业上小有所成。可以说，这些成就的取得受益于王锐的表率作用给我的鼓励和鞭策。

成家以后，我们各自有了家庭，工作和生活随年龄的增长担子也加重了，只好把那一段刻骨铭心的情感和思念深深地藏在了心底。联系也少了许多，只是偶尔写信，后来就演变成打电话、发短信，然而，这份感情随着时间的推移，在岁月的催化下，不仅没有淡忘，反而越来越发酵，当年的友情已经变成了亲情，成为我们今生的相互牵挂。

30年后的重逢相拥

这次阔别30年的重逢，我期待了很久，我和武江波一下火车就被来迎接的同学簇拥起来，大家你一言我一语，好不热闹。王锐依然笑嘻嘻地站在那里，和记忆中的她一样，岁月都在我们的脸上留下了痕迹，却抹不去我们的青春记忆，同学情谊。多少年的离情别绪日思夜想，多少年的岁月磨砺搏击耕耘，多少年的梦魂牵绕久久萦怀，一下子涌上心头，说不完道不尽，语言已经显得苍白，我们只有伸开双臂紧紧地拥抱！让我们紧贴着愉悦的心欢快跳动吧！

事后才知道，不仅是我因为王锐要来参加这次聚会而激动，王锐也是得知我要来，特

2014年与王锐等同学在北京

地拖着病体，请假从秦皇岛前来参加。在北京我们利用走路、吃饭，一切能挤出的时间，诉说着别后的离情和思念。时间过得飞快，相聚那样短暂，王锐因身体及其他原因必须当天返回，我们竟不能再来一次彻夜长谈，遗憾的心情让我手足无措，分别时我们又一次在北京站紧紧相拥，隔着厚厚的冬装，相互听到了对方激动的心跳，咚、咚、咚的声音急促而又有力。

这一次相隔了30多年的聚会就这样结束了，我亲爱的闺蜜，我的老同学，我们何时能再相聚？我企盼着下一次相会的拥抱……

广州提议的榆次聚会

张小棣

南粤羊城的春天来得早，北方通常是三月桃花开，而在广州桃花却开在二月。在珠江两岸的春季里，没有北方春天那么清新、含蓄和素雅；也不像江南的春天，脚步缓慢、轻柔且富有节奏和层次。广州的春天是浓烈的、绚丽的、灿烂的，那街头巷尾的木棉树，最早就嗅到了新春的气息，一夜之间老的树叶就会迫不及待地落光，在你不经意之时，鲜红鲜红的木棉花就已经热热闹闹地盛开上了枝头，让人们感觉这里似乎冬春不分的天气非常短暂，冬天刚刚过去，夏天就接踵而至，那热辣辣的太阳悬挂在大家的头顶，让你想躲也躲不开。

2014年4月17日，在神州大地到处充满明媚春光的一个美好时节，家乡榆次的陈文义和吕海平两位同学结伴而行，从刚刚吐绿的黄土高原，来到了已近似北国夏天的羊城广州，我们几个从榆次寿安里学校幼儿园到小学、中学的同学欢聚在了一起。

参加聚会的陈文义是我从榆次寿安里学校幼儿园到小学的同班同学，王永新和吕海平是从小学到中学的同学，马利生则是从幼儿园到小学、中学都是一个班的同班同学，原在榆次铁路中学通过打篮球比赛就相识的老战友、1970年12月我们一起从山西入伍来广州的杜和平也参加了此次聚会。

在现代社会的每个人成长过程中，很多人都会有这样一些被称为"发小"的同学和朋友。他们或者是你从幼儿园到小学的最贴心同学或"死党"，或是与你小时候就在一起打陀螺、一起捉迷藏、一起滚铁环、

同学聚会在广州

寿安里同学的记忆

一起弹玻璃球、一起招猫逗狗、一起打各种球的玩伴儿……有人曾经这样描述：发小就是过去一个馍馍合着吃，就是一根冰棍轮流舔，一把瓜子分着嗑的人；就是相互之间从来不称大名，见面永远叫外号或小名的人；就是平时多年不见，但见面却一点儿也不生分，立马就像老熟人一样无话不谈的人。这种"发小"之间结交的友谊，常常都不亚于亲兄弟姐妹之间的感情。而我们这几个榆次寿安里学校的老同学，就是这样的"发小"朋友。

毕竟相隔半个多世纪了，大家都已从当年充满稚气的年少幼儿，变成了今天两鬓斑白的花甲之人。已经从天津铁路榆次材料厂厂长岗位退休的文义同学，在聊天中非常感慨地说：我们都不是过去毛手毛脚的小毛孩了，现在已经是进入"孙管干部"行列的中老年人了。

是的，如果从生理的年龄角度看，每个人的人生犹如大自然的四季，春天里迎来了我们自己的生命，夏天里留下了大家学习的阅历，秋天里各自取得了工作的收获，在进入冬天的时候，大家当然就没有了春天的幼稚，没有了夏天的浮躁，也没有了秋天的忙乱，美丽的冬天是如此的安详、淡定、逍遥，相当于我们又迎来了一个新的春天。时下或者即将退休的我们这些人，已经没有了学历的压力，没有了谋生的辛劳，也没有了功名利禄的诱惑，花甲之后的人生是如此从容、真实、美好。大家可以把每一天都作为节日，每一天都成为假日，每一天都当是双休日，每一天都是自己的自由日。所以利生就对文义说：你现在是想去哪就去哪，想走走就马上可以出去走走的人，你天天都可以过艺术节，每一天都是旅游节，每一天都是情人节，每一天都是重阳节，你过的日子太让人羡慕了。

大家在非常开心的聊天中还说：虽然岁月的沧桑，已经洗尽了我们的青春年华和天真烂漫，但洗不去我们心中那份长久以来形成的深深同学情谊。无论人生沉浮与贫贱富贵怎样变化，不管同学间现在的身份环境有什么差异，只要大家欢聚在一起就如回到了从前，穿越回两小无猜、天真烂漫的当年，同学之间建立的那种友好情谊，就像一杯淳厚的陈酿，会越品味越浓，越品味越香，越品味越醇。

我说：从1960年上幼儿园到如今已有55年了，作为我们母校的榆次寿安里学校，给我们留下了很多从幼年、童年到青少年的难忘回忆，我正在编辑整理一本名为《穿越半个多世纪的纪念》画册，主要想向这么多年来一直关心、支持、帮助过我的老师和同学们献上一份诚挚的谢意，权当送给大家一个永远难忘的留念，同时也算是给自己制作一个六十岁的生日礼物。如果在合适的时候，能够在榆次组织这些老同学们再聚会一次，大家在一起见一见、聚一聚，把过去没有更多时间相互交往的损失补回来，建立起"又一春"的"发小"联系就太好了。

我的提议获得了大家的积极赞同，文义和海平说回去就马上联系，争取早日把这个聚会组织起来。

就这样，文义和海平回到榆次后，很快就与江波和巧英沟通，确定了以原榆次寿安里学校的中学班同学为主，特邀原寿安里学校部分老师和寿安里小学幼儿园、小学64班的部分同学参加，在榆次举行一次寿安里学校学友联谊会的基本思路，并且自发地成立了由武江波、陈文义、吕海平、白文魁、张兰宏、王晋宏、王巧英和刘晓黎等几位同学加入的活动筹备组，从而顺利地完成了于2014年11月23日举行的《寿安里学校学友联谊会》聚会活动。

聚会筹备组同学合影

相约在北京

连民珍

茫茫人海，天南地北，故乡分别，北京相约。世界这么大，你说，我们这是得多有缘，才能这样相聚。

冬季——相约在北京

2014年12月13日，已经进入冬季的北京，记录了山西榆次寿安里学校中学班9位同学相聚的一个明媚春天。从广州到北京参加工作会议的张小棣同学，利用会余时间邀请在北京居住的5位老同学和远在秦皇岛的王锐同学等，大家一起聚会在京城的湖南大厦。

聚会在北京湖南大厦

那天，北京的天空一扫连续几日的阴霾，露出灿烂的笑容欢迎大家。我和田玲一起比预定时间早半个小时到达湖南大厦，却见刘文、来萍早已候在大厅沙发茶座间。我们很快等到怕走丢了的建华，她是由爱人一路护送来的。大家一起嬉戏开心地大笑，愉悦地聊天。当在大厅门口看到四处张望的小六一时，才知道东道主小棣同学已经在大厦湘西厅等候大家了。我们齐聚湘西厅，欢聚的童真如当年的青春，像北京APEC蓝一样清澈，像中国红一样火热。随后我们一行前往近在咫尺的北京站去迎接王锐。

　　说起王锐，我的脑海里闪现出40年前为刚刚参军的王锐车站送别的情景。我们在站台上依依不舍地话别着，随着长鸣的汽笛声，绿皮火车载着刚刚穿上军装的王锐缓缓启动、加速驶向远方……泪水模糊了我的视线，放下挥动的手臂，心里酸酸的。看看一起来送行的巧英、来萍、改玲、秀云、小木偶…姐妹们都是红红的眼睛…那年，我们同学有的参军、有的当工人，分别走上了多半不由人选择的人生路程。

　　从1974年锐姐第一次回榆探亲，女生们纷纷说穿上锐姐的军装美了又美。40年后，花甲同学一起回味当年靓丽的照片时，我用这几句话记录了那时的我们："铿锵玫瑰军中花，学友兵妹扮军花，流金岁月曲高雅，花甲清纯情更雅。"

　　从那次小聚分手后，我们就很少能够联系到了。我心里想着阔别40年的王锐现在应该是个什么样子。随着涌动着的出站人流，远远看见王锐身着紫红色上衣牛仔长裤，我们之间的距离渐渐拉近。看到走出北京站的王锐一头清爽的短发，戴着墨镜，红扑扑的笑脸，轻盈的脚步，像个青春少女。走出北京站的锐姐右手紧紧按在胸前，仿佛有些难以抗拒心跳的激动，只见她快步走过来和大家握手问候。我俩在站前广场紧紧地拥抱，用难以言表的眼神互相传递着心声，我好不容易抑制住在眼眶里打转的泪水，和大家一起享受了北京冬天里我们温暖的团聚。世界就这么大，可是你说我们得多有缘才能再相聚。感谢上苍赐给我们这份深深的姐妹情缘。激动之际，又在北京站地铁口接到了专程从榆次赶来的江波、巧英，大家一起来到附近的湖南大厦。

铿锵玫瑰六朵花

欢歌——定格皇城根儿

　　湖南大厦湘西厅融融的暖意和窗外凉凉的寒冬形成了鲜明的对比。我们在贵宾包间尽情地畅谈着当年的故事，小六一在哥哥的指挥下，抓紧时间为没能参加榆次聚会的4位同学录影录像。4位同学为表现出良好的自我形象，那认真劲好像是在准备参加重大演出。一次

寿安里同学的记忆

不满意再来，小六一不厌其烦地忙碌着。小棣准备了丰盛的午宴，大家边吃边聊不知道有多少说不完的话。谈到军训更是兴奋，刘文手舞足蹈的描述着张小棣在榆次体育场连扑带冲匍匐前进的姿势；儒雅的江波讲到拥有了小棣送给他一顶军帽在朋友中炫酷的激动；巧英深情的讲起"六·三"事件抢救受伤儿童和自己捡到一支步枪的故事；来萍乐呵呵地谈到暴雨中抢收麦子的经过，当然军训那一夜紧急集合的情景是我们每次聚会永远的话题。准备动身去天安门广场前，谦和的小棣拿出了送给大家的精美礼品——系着漂亮蝴蝶结从南国羊城飞来的香云纱丝巾。此时，却找不到王锐了。正当大家疑虑的时候，王锐抱着从附近商场买来却满载着秦皇岛浓情的巧克力分发给大家。我们戴着漂亮的香云纱，品着致臻致纯的巧克力，在湘西厅留下了幸福时刻的合影。

天安门广场留影

因为要赶时间，我们匆匆在北京站、湖南大厦、北京国际饭店等地留下合影后直奔天安门广场。一路上，小棣和江波两位事业有成风度翩翩的绅士为我们7位女生开车门，做引导，拍照片，让我们享受到了上好的贵宾待遇，更感受到了老同学之间纯朴的友谊。我们在天安门广场欢呼"祝榆次的老师和同学们幸福安康"，广场上留下了同学们浪漫的情怀和美好的瞬间，路人用羡慕的眼神关注着我们这群花甲顽童。短短的一天，精彩的5个小时，凝聚了多少人生的美好，汇集了多少学友的心声。叙不完的同学缘，道不尽的发小情。我们是同窗共读的同学，是血缘之外最近的亲缘。北京，请记住这帮热爱生活的50后，记录好我们团聚的盛宴，我们期待着在你温暖怀抱里的下次相聚！

惊喜——再约北京城

从2014年11月23日寿安里同学榆次团聚、接着北京、榆次的再聚首、正月十六榆次、广州、北京、太原、秦皇岛五地同学电波大联欢后，一直沉浸在同学们几次奇迹般聚会兴奋状态中的我，2015年3月17日，突然接到一个更让人高兴的通知，居然是和45年未曾谋面的高文超班长在北京相聚！我都有些不太相信自己的眼睛，认认真真看了两次来萍发来的通知，又接到晓黎的电话，确认无误后便进入了倒计时的期待中。3月18日，孩子们带我去工体贵宾包厢观看北京国安对日本的足球联赛，第一次观看这样大的赛事，震撼、亢奋、激动、开心！比赛中不断接到京城联络官来萍的电话和微信。一会儿说：团聚日程有调整，20号秦皇岛，21号北京、一会变成20号霸州21号北京。我赶紧回复。心里很庆幸，因为我22日榆城有事已经买好了21号晚上的返程票。最后接到正式通知：21号中午北京下午霸州晚上返回北京，返程时间不好定，因此留下了没有参加霸州行的遗憾。联络官不间断的电话、球迷们的欢呼呐喊和扣人心弦的赛事掺和在一起，好像在测试我的心脏承受力。记不清楚是哪天，我刚刚把晓黎发过来的高班长电话输入手机，便接到高班长打过来的电话喊着我的名字，我惊奇地问，你是高班长吗？高班长兴奋地讲，接到小棣相约北京的电话和寄来的资料就开始盼望见面的日子，想着每个人的模样，看到资料上有联系电话便急着先和大家联系一下。看起来渴望相聚的不仅仅只是我一个。

聚会天安门广场

笑声——重回天安门

2015年3月21日，连续两天有些小雾霾的北京又迎来一个APEC蓝的天空，丝丝微风带着春天的味道，为我们再次相聚北京来助兴。我、刘文和从榆次前来参加聚会的巧英、晓黎、改玲约好早上8点钟在国家博物馆前广场入口处碰面。满以为来过一次的巧英会带着大家准时赶到，结果8点半了还没见到她们，几次电话又联系不到，急性子的刘文有些焦急，后悔该约到北京站见就好了。好不容易联系到晓黎才知道她们从北京站徒步游览长安街没计划好时间。接到3位又欣喜地看到了侯牡丹。我们站在去年11月第一次北京聚会合影的地方，在天安门前留下了6姐妹灿烂的笑容和深情的倩影。上午的时间很有限，我们抓紧时间短暂逗留天安门广场，快步浏览了国家大剧院，看到巧英和牡丹因为旅途劳顿徒步行走明显有些疲惫，安排好她俩在前门大街口休息，我们一行快速游览了前门大街，然后马上乘坐五路公交车直达辽宁饭店银丰庄酒楼。

奇缘——见证真感情

11点半当我们抵达酒楼时，高班长和张小棣、温来萍、郝建华早已等候在那里了。高班长略有点发福，但洪亮的声音、爽朗的笑容，充满活力幽默的语言，让人感觉不到他岁月年轮的增长。随着我们走进白银雅间的顺序，高班长热情准确地喊出了每一个同学的名字，说大家除了添了一点褶子脸都没变，依然能看出来当年的模样，让人觉得暖暖的！当我们围坐在一起时，小棣的弟弟六一迅速地摁下快门，又一次为我们留住了精彩的瞬间。

席间，同学们尽情地谈论着匆匆那年我们每个人和经历的那些事儿，好像穿越了时间隧道，淋漓尽致地享受着少年时光的欢乐。谈到军训紧急集合时，大家讲起王锐参军后受益匪

聚会在辽宁饭店

浅，夜里紧急集合不仅快速打好自己的行装同时还帮一个12岁小兵也打好背包都没耽误事，王锐麻利的作风、良好的品质使得她在部队上进步很快。刘文说：是那个特殊的年代特殊的集体磨炼了我们。大家一致感到，军训增强了我们的团队精神，锤炼了我们的坚强意志。席间高班长直呼每个人的名字，深情地讲着每个人的故事。他不仅熟悉少年时的我们，而且知道大家的进步和发展，让参加聚会的9位同学深为感动。高班长说：作为军代表参加过不少地方工作，每个地方只是和少数人熟悉，唯独对我们这个班的每一个人都熟悉，留下的印象最深。今天看到大家千里迢迢在这里相聚，更加感觉到战友和同学是除了血缘关系外最亲的缘分，我们的这个缘分那是真感情！

幸福——这里有个家

在辽宁大厦银丰庄酒楼白银雅间，召集人为同学们和高班长的聚会准备了西北大餐。有红烧羊排、西北夹肉火烧、烤土豆……一大桌美味佳肴。大家品美味聊故事，雅间里空气是清新的，温度是幸福的。巧英接通了王锐的电话，锐姐为没能前来参加深表遗憾，高班长宽慰说军人的时间自己是不能随意主宰的。大家在电话里互致问候，相约今后的团聚。高班长如数家珍一样谈起当年的趣事，不经意间提到了张书云、王秋玲、谢玉芬……几个平常很少联系到的同学，让坐在一起的我们再次感受到高班长像兄长一样熟悉这个班的每个成员。当大家举杯祝福之际，高班长又一席倍感亲切的心语震撼到每一个人：今天下午大家一起去我霸州家里看看，大家记住，霸州有个高班长，这里有个家，这个家能吃能住，欢迎常来家看看。

家是温暖的地方，我们这里有个家，它就是寿安里学校中一班，家里有尊敬的师长和教官，有一群年逾花甲不言老的兄弟姐妹。这个家有一个永远的班魂，这个家有正能量的支撑，这个家充满了欢歌笑语，充满了阳光幸福！

我与发小家乡行

马利生

2015年中央电视台春节联欢晚会的钟声还在余音缭绕，我即在大年初一的下午，和同学战友相处有半个多世纪的"发小"张小棣，从广州启程搭机返回了家乡——山西榆次。

我俩从寿安里学校一起参军离开榆次到如今，相约结伴返乡过春节这是第一次，而且还肩负一项"使命"，要完成小棣准备组织编撰的新作《寿安里同学的记忆》一书的组稿、采风、搜集素材、采访同学故友等系列筹备组织工作……

临行前，我推掉了公司安排的节前所有应酬，与一些相关的同学通了电话。

我从入伍至今在广州近半个世纪，期间虽曾多次回过故乡，但因为各种原因，每次都是来去匆匆，几乎从未和学友们联系交往过。四五十年过去了，他（她）们现在都是啥样？还能接纳我吗？抱着忐忑不安的心情拨响了第一个电话——

"海平吗？知道我是谁？这么早（上午7时）打电话，影响你了吧？"

"你是老马嘛！我每天都是准时6点半起床，十几年了，天天如此！"

"噢！到底是经过部队锻炼的！我和小棣明天回去，你在这有什么可捎的没？"

"你捎些广州的空气吧！"

海平那一贯幽默风趣的答话让我忍俊不禁，心情顿时放松了不少。

第二个电话打给了从幼儿园至中学班都在一块的同学王乃宏（现在的王晋宏）。

"乃宏吗？你猜猜我是谁？"

"你？哎呀，噢！你是利生，马利生！"

我立马感动得一时语塞，竟然哽咽着无言以对！乃宏和我近50年未曾会面，却能从电话里很快准确地辨认出来！后来才知道，一是由民珍和巧英同学发起的"寿安里同学"微信圈，用现代化载体早已把不少同学"圈"在了一起；二是小棣编辑的纪念画册《跨越半个多世纪的纪念》，事先已发给了不少同学，他们已从画册里"先入为主"，大家早已彼此之间心有灵犀一点通。

　　尔后我相继拨通了江波、巧英、文魁、兰宏等几个同学的电话，可以说全部无一障碍，尽管有的四五十年不曾见面，然而在冥冥之中好像经常来往似的，没任何生疏的感觉和隔膜。此时，我一颗曾经悬着的心终于落了地！

　　俗话说"小雪雪满天，来岁必丰年"，初一晚上一场人们盼望已久的飞雪迎接了我们一行返家的游子，幸运地展示了"瑞雪兆丰年"的一个极好美景。而到了年初三中午，家乡这场久违了的大雪戛然而止，按照我和小棣事先的约定，阳光灿烂且一片蔚蓝天空的榆次，又迎接了从太原来的小棣和他的母亲、姐姐、弟弟等一家人。

　　人们都说：父母亲在哪里，家就在哪里！我和小棣的父亲虽然都已不在世了，但各自的母亲还都健康地生活在榆次和太原，我们回来探亲，首先就是看望自己最亲近的母亲和家人。所以，我即安排了"张马"两家人这么非常有缘分的一次聚会，我83岁的母亲和小棣92岁的母亲过去在晋中地区行署直属单位工作时都是老相识、老同事，我的姐姐、妹妹和小棣的姐姐、弟弟等，都是从寿安里学校走出去的同学，而且小棣弟弟六一在1970年随其母亲去祁县插队下放前，是和我六妹妹在一个班，后来返回榆次时，跳了一级的六一又和我五妹妹成了一个班的同学。两家人欢聚一堂，其乐融融地分享了一个非常喜庆丰盛的新年午宴。

"张马"两家新春聚会

　　下午，老天似乎特别眷顾我们，晴朗的天空专为大家的出行提供了便利。我们几个从幼儿园起直至中学都在一块的同学乃宏、晓黎，以及小学同学兰宏和同学加战友的海平一起，分别乘车开出市区，共同去寻找在小学五年级时，大家曾经于1965年10月下过乡的故地——榆次东赵乡上戈村。

寿安里同学的记忆

汽车沿着公路行进不一会儿，就拐进了通往东赵上戈村的路。进至村里时，往日的印象早已全无，映入眼帘的是村里盖起的排排新房，泥土路变成了水泥路，但很窄，倒是路边停放着不少大小汽车，似乎印证了这里的乡亲们富起来了。我们一行沿着村里七零八拐的路行至如今的村委会，小棣想找个标志性的地方留影却难如愿，海平和乃宏建议再找找，最终在国道旁发现了一块树立的歪歪斜斜的蓝底白字路标"上戈村"三个字，算没白跑一趟。大家高兴地围拢过来，拍下了这个记忆中非常难忘的地方。此时，海平猛然想道：怎么很多同学常常提到的村头小桥流水没见啊？于是大家又赶紧想了想刚才路过的地方，看到从村里出来经过了一座水泥修建的路桥，应该就是当年的"独木桥"所在地。是呵！时过境迁，几十年过去了，旧貌早已换新颜了！

接着，大家又在我弟弟利敏的协助下，联系东赵村的党支部书记带我们进入了如今只能停靠货运火车的"东赵车站"，拍下了当年曾发生下乡返家"乘坐运煤火车故事"的地方。

返回途中，小棣提出要补拍一张中学时军训操场的影像，于是，大家又回到"寿安里小学"的操场忙活了一阵子……

从母校出来，一行人赶到了江波所在的"晋中中华文化促进会"办公室，与江波、巧英、文魁、晋明、振英等几位同学共同商讨了《寿安里同学的记忆》一书的创作计划方案：准备原则上邀请"寿安里同学"微信圈的所有人，包括寿安里学校幼儿园的、小学的、中学的老师同学都可以参与，或直接写作撰稿或提供素材资料，尤其是老照片、各种证件等等，争取今年上半年做好准备工作，下半年完成出版发行，确保在2016年1月寿安里学校初中班毕业45周年之际，组织一次老师同学联谊会，向大家赠送《寿安里同学的记忆》正式出版书。

当晚，江波和巧英小范围地邀请了在榆次的部分同学，欢聚在早已精心安排好的"堡子酒楼"开怀畅饮，"煮酒论英雄"。期间，同学们个个轮流举杯庆贺，再叙久别重逢的友情，不少同学诙谐调侃的话语，常常引得大家捧腹大笑。我也在同学们的开心相劝下，高兴地不胜酒力，稀里糊涂的就有些喝高了。

聚会在堡子酒楼

翌日（年初四），天公更作美，晴空万里，阳光明媚，虽然家乡的初春乍暖还寒，但丝毫未减同学们追忆过去风华正茂年月的热情。按小棣既定的计划，我们又相邀部分同学踏上了去中学时在小张义支农劳动、军训期间赴驻军农场参加插秧的地方。

旧地重游，这里早已面目全非，所谓昔日的农田，现在到处是楼宇座座。据巧英、晋民、晓黎等同学追忆，大家在一片还留着少许荒芜杂草和花椒树的地方，由小棣"导演"，巧英演"女主角"，其他同学当"群众演员"，现编现演了一幕"革命现代历史剧"——《生平第一次插过秧的地方》。

中午时分，热情侠义的文魁"老板"又盛情款待了大家，从太原赶来的任峰、晓明、建萍同学兴致勃勃地和榆次的部分同学一起，再次美美地欢聚了一场。

相逢美好的时光总是短暂的，昔日的"发小"和"童鞋"能相聚说来容易，聚起来亦不易！此时此刻我突发感到：近来社会上广泛流传的一段话说得真好！大意是：有一种人不管官大官小，钱多钱少，一见面就不停数落你，而你却一点儿脾气也没有；多年不见，见面却一点儿不生分，就像老熟人似的无话不谈！这就是指那种有"发小"同学感情的人。当今社会，在权势地位和经济利益的冲突下，人与人之间的交往变得越来越复杂，越来越世故和功利化，亲戚间关系疏远了，朋友间"人心隔肚皮"，有些同学聚会在一起，自觉不自觉地比拼各自"混"得咋样？让人感觉特别"没劲"！

然而，我们这些"童鞋"加"发小"结下的友情，少的是功利，多的是关爱；少的是拘谨，多的是放松；少的是客套，多的是随意；这种纯洁、真挚的相聚，让你觉得更踏实、更贴心，安全感更强！在这样的"童鞋"和"发小"们面前，往往更容易做回真实的自己……

几场家乡行的活动结束之后，我在"寿安里同学"微信圈里编发了一个"卡妞微秀"的短文《我随"发小"故乡行》，很快就获得了不少同学的回应：

相会在学校大操场

寿安里同学的记忆

民珍同学不愧当过宣传部长，对我们此行的联想是那么丰富、品鉴是那么到位。"连大美女"在北京说：习大大回插队的地方看了看，同学们去下乡的地方转了转。一样的开心一样的笑脸，一样的童贞一样的梦！看视频看照片和同学们一起开心一起快乐！

我们同学中唯一的海军上校王锐"阿笨"发自秦皇岛说：看到充满欢乐、充满友谊、充满诚挚的童鞋聚会合影，感觉自己也在其中，似乎与你们一起也同行于家乡……访昔日童鞋、行走于过去的支农小路，看到了如今富裕起来的农民兄弟，看到了故乡翻天覆地的变化，真是怀念那时，怀念发小，怀念纯真的童鞋情，祝福：童鞋友情长春！

来自太原的任峰同学是多年未见的发小老友，他在微信群中说：初四见到了四十多年未见的马利生同学，激动、酸楚、感叹、兴奋交织在一起，挂到眼边的泪水又强行咽了回去，一时竟难以用语言表达此时此刻的心情。眼前的利生与40多年前的利生已难以辨认。他和我是一块玩大的。一块打乒乓球、踢足球、一块进宣传队、爱好几乎一样。

从小学到中学都是一个班的省政府办公厅处长温来萍同学在群中"萍"说：利生的作品朴实无华，充满同学情谊，伴随着文章字里行间，仿佛我自己也在其中，感受到同学之间的欢乐和喜悦。希望今后多一些这样的团聚，只要有机会，我一定积极参加。

中学班有名的一支笔、曾任晋中市司法局长的武江波同学以"黄河韵"的网名说：利生的一篇短文尽抒同学之情，把今年春聚写得那么传神，希望同学们都不要吝笔，更多地为大家写点珍贵的友谊！期待着……

元宵师生大联欢

张小棣

早在1997年国庆节期间，我们寿安里学校中学一班同学和老师在榆次金融大酒店举行师生联谊活动时，当年学校宣传队著名的首席手风琴演奏"家"——冀振德老师，就以《年轻的朋友来相会》歌曲为参考，为我们中一班师生联欢编写了一首改名歌词《中一班师生来相会》：

时隔18年后，在2015年元宵节前，冀老师在寿安里学校同学群里，以《青藏高原》歌曲为参考，又发表了一首改名歌词《我们一班》：

是谁把我们迎进校园，是谁让我们成了一班。难道说还有命运的歌，半世纪久久不能忘怀的眷恋，哦……我看见一个个灿烂的笑脸，一颗颗童心相连，呀拉索，那就是我们一班。

是谁日夜遥望着蓝天，是谁渴望学友的呼唤，难道说还有更美的歌，还是那师生永远难忘的情感。哦……我看见一张张可爱的笑脸，一个个童心未泯，呀拉索，那就是我们一班。

《我们一班》在群里出现后，立即得到了同学们的积极反应。温来萍同学以冀老师1997年《中一班师生来相会》歌词作为蓝本，又完善丰富了有关内容，将新的《中一班师生来相会》歌词放在了群里：

老师和同学，我们来相会，转眼四四载，光阴似箭飞。聊家常，叙经历，句句动真情，欢声笑语惹人心陶醉。啊，中一班师生们，美好的明天属于谁？属于你，属于我，属于我们今天在座的每一位。

2015春，微信群相会，男生更潇洒，女生更靓丽。翻旧照，谈体会，师生情谊浓，团结

一班的同学们
今天来相会
畅谈同窗了
回忆儿时美
情儿深 话儿真
时光多麼么宝贵
欢歌笑语向着群山飞
啊一班的同学们
今天的主人属于谁
属于你 属于我
属于我们寿安里学校中
一班。

冀老师1997年手迹

271

寿安里同学的记忆

友爱胜似亲兄妹。啊，亲爱的师生们，拼搏的人生不后悔，歇歇脚，挺直腰，发挥余热我们还会有作为。

再过二十年，我们再相会，多彩人生好，景色更加美。心情好，精神爽，力争活百岁，儿孙绕膝幸福永相随。啊，亲爱的师生们，健康的体魄最宝贵，唱新歌，品美酒，我们成了最幸福的老前辈，我们成了最幸福的老前辈！

冀老师文采飞扬，同学们积极互动，两首新编歌词在寿安里学校同学微信群里受到了大家积极的点赞。冀老师即兴提议，组织一个师生远程大联欢，请大家在异地共唱新编的中一班班歌。经过反复协商，北京的温来萍、连民珍、刘文、郝建华同学，秦皇岛的王锐同学，广州的张小棣、马利生同学，太原的任峰同学和榆次的武江波、王晋明、王晋宏、周秋生、李国祯、王民生、王巧英、田玲、马改玲、侯牡丹、刘晓黎、许振英、王秀云、金如（金

刘老师在现场钢琴伴奏

猴）等同学热烈响应，积极参与，经过王巧英等同学的沟通组织协调，最终决定在正月十六晚上，举行一次寿安里学校中一班师生元宵节远程大联欢。刘冠娥老师听说组织此次活动的消息后，主动提出把主会场安排在她主办的银河文化艺术学校，并表示将去现场为联欢演唱提供钢琴伴奏。

中一班师生元宵节远程大联欢活动按照计划如期举行，马改玲同学在微信群里说：谢谢冀老师，给我们一种非常慈祥的父爱！难忘正月十六师生共同唱响中一班的歌，真是一次美美的回忆。早上8点多，我的手机响了，打开一看是冀老师，他说：改玲别打扮了。紧接着牡丹就来了我家，我们边说着一起快步去了冀老师家。一进门，老师和他爱人热情地接待我们，摆着一桌好吃的。然后冀老师开电视、放录音，拿出写好的歌词，教我们唱，他爱人和女儿忙前忙后给我们录像，照相，像一家人一样。唱到11点多了，老师要留我们吃饭。我说回家起还得做饭，老师就约我们下午6点半一起走，希望早点到，去了以后看看场所，万一场地不理想也好有调整时间，主要因为没去过心里没底。

傍晚6点半，我们准时和冀老师一起拿着他提前写好的歌词和录音机，去了刘老师办的银河文化艺术学校。我们到达时，巧英已经等在那里了。于是，冀老师把预先写好的歌词贴在黑板上，就组织我们开始练习，当时刘老师有事还没有来，同学们陆陆续续到了，冀老师又弹琴又指挥，哪像70多岁的人，还是我们记忆中的样子，多才多艺，潇洒沉稳。让

冀老师的潇洒英姿

我们无法用语言表达啊！我们尊敬的老师及长辈，您真的让我们好感动。

改玲同学在微信群里还说：刘冠娥老师来了以后，联欢演唱活动进入到高潮，两位老师一个弹琴，一个指挥，在整个活动中，冀老师、刘老师虽然都是70岁的人了，然而还是那样的青春、健美、潇洒、靓丽，我们仿佛又回到了40多年前，回到了在学校聆听老师教诲的日子，可谓开启了我尘封的记忆。虽然已经过去好几天了，可是那天的活动仍然历历在目，让我回味无穷。谢谢慈祥的老师，谢谢热情的同学，给我留下如此难忘的记忆！

活动刚结束，远在北京的温来萍同学就在群里发出信息：冀老师率先垂范，写班歌，赞班魂，唱班歌，感动同学！刘老师提供排练场所，亲临艺术指导，同学振奋！小棣、巧英忙前忙后，幕后英雄！改玲、牡丹姐妹红花绿叶与冀老师认真排练，师生同唱班歌，春意浓浓，情景感人！

第二天，来萍同学又在群里说：昨晚同学五地联欢，太成功了！感动，开心，兴奋，无以言表！晚上睡觉做梦还是大家联欢的场面，太难忘了！今天一大早，第一件事就是打开微信，又回放了一遍，真好！真棒！冀老师指挥，刘老师伴奏，同学们认真唱着自己班里的歌，榆次的同学真是开心极了！广州的小棣、利生及榆次的巧英和各位老师与我们北京同学进行了视频通话，见到大家格外亲！特别是榆次同学与老师在一起排练演唱，欢聚一堂，令我们在外地的同学羡慕不已！

来自秦皇岛的王锐同学在群里说：快乐的时光，永恒的回忆！祝福老师同学永葆青春，祝福老师同学快乐健康永远！

冀老师看到同学们开心的反应，也即兴在群里编诗说：一班微信群，美在无言中，北广秦太榆，近在咫尺中，同唱一班歌，寓意乐融融，空中群英会，群友披彩虹。

现在网上和微信群里经常可以看到一些经

北京同学在电脑前演唱

典名句，很多人都感悟人生是从退休开始啊，朋友们！我们这些已经退休和即将离职的50后同学们，就要开开心心地过好每一天。让生活中的每一天都是艺术节，每一天都是旅游节，

寿安里同学的记忆

每一天都是情人节，每一天都是重阳节。我们还要有爱的滋润，有情的围绕。我们是不是应该值得骄傲？让我们眯起双眼尽情地冥想吧，让我们张开双臂去拥抱生活吧，那一轮和旭日同样绚丽的夕阳是真的，真的无限好！人生就像一本书，越老越有智慧，人生就像一支歌，越老越有情调。人生就像一幅画，越老越有内涵，人生就像一坛酒，越老越有味道。

是啊！十五月亮十六圆，一班师生大联欢，榆并京秦穗互动，开心迎来新羊年。祝我们寿安里学校中学一班的元宵节师生远程视频联欢圆满成功！

让我们开心地告别过去，在进入花甲之际再开始新的人生。因为很多人都说60岁才刚刚开始最黄金的人生，我们要十分珍惜这个难得的时代，认真做好未来生活的规划设计，用新的方式、新的努力、新的创造来展开新的生活画卷，向着实现"中国梦"的宏伟目标而不懈努力，争取达到每位同学都"届老无憾"的理想境界。

阔别45年后的聚会

温来萍

2015年3月21日，北京的初春阳光明媚，鸟语花香。这一天，我们榆次寿安里学校中一班9位同学相约，与45年前担任我们军训期间的教官、大家心目中一直都非常尊敬的高文潮老班长相聚在北京。

张小棣同学利用到京出差之余，组织策划了此次与高班长阔别45年后的周六聚会。为了能见到曾经中断一段时间联系的高班长，早在春节期间部分同学相会时，大家就委托刘晓黎同学想办法，一定要找到她的"红娘"。为此，晓黎前期做了大量的工作，千方百计通过多种渠道联系上了家在河北霸州、暂住北京昌平的高班长，担任了一回我们这次活动的"红娘"，使同学们盼望已久的愿望成了现实。在京的我和连民珍、刘文、郝建华有幸与高班长生活在同一城市，在手机中率先聆听到了高班长亲切而熟悉的声音，应约参加了此次聚会；榆次的王巧英、刘晓黎、马改玲、侯牡丹，或放下手中繁忙的业务，或离开需要照顾的一家老小，专程从榆次乘火车也来京参加了聚会；还有许多同学因公务、家事缠身，不能亲临聚会，纷纷打电话、发微信，向尊敬的高班长致以亲切的问候和崇高的敬礼！

为方便住在昌平的高班长出行，小棣将在北京的聚会安排在距高班长住地较近的德胜门外大街一号——辽宁饭店。上午10点半左右，同学们陆续到达聚会地点。我和建华刚到一会儿，就看到高班长健步进入大厅。虽然时隔45年未见，但我们一眼便认出是尊敬的高班长。看上去，他除了比原来胖一些，基本变化不大，还是那么精神、健康、爽朗。几乎同时，高班长马上叫出我俩的名字，丝毫没有陌生感。说话间，先于我们到达的小棣从酒店内出来将高班长迎进去，安排坐定，大家非常开心地畅所欲言，回忆当年往事，共叙师生友情。约11点多，民珍、刘文在天安门广场与从榆次乘坐火车赶来的巧英、晓黎、改玲、牡丹汇合后，也匆忙一起赶到聚会地点，与早早等候在这里的高班长和同学们欢聚。高班长与大家一见面，就一一点出了每个同学的名字，并能说出每个人当年的特点和小故事，好像又穿越回45年前的军训时光，大家你一言我一语，聊得特别开心快乐！

午饭结束后，应高班长不可抗拒的盛情邀请，8位同学(民珍有事要回榆次未能参加霸州活动)一起乘车离京，探访了他的故乡河北省霸州市和他幸福温馨的家，受到其子女和战友的热情接待。

霸州市距北京市区80多公里，是河北省廊坊市代管的一个县级市，位于京、津、保三角地带中心，属环京津、环渤海城市群。城市建设可谓高端美丽上档次，非常干净整洁，给我们每个同学都留下了很好的印象。到霸州第一站，高班长即安排我们参观了国字号的"中国自行车博物馆"，通过讲解员的详细介绍，让我们了解到全球自行车发展史，看到了不同年代、有较强代表性的来自世界各地的自行车展品500多辆，真是大开眼界，收获颇多。

第二站是探访高班长的家，在李少春剧院旁一个小区居民楼里，我们一行来到了高班长宽敞明亮的大客厅，受到了他一家贵宾式的接待。高班长的儿子、儿媳及两个女儿全部上阵，端水果、冲热茶，满面笑容地招呼我们这些远道而来的客人，让我们充分感觉到了高班长这个幸福家庭的温馨和他们一家人的满腔热情！高班长家整洁、俭朴、舒适、温暖，家中客厅里张挂着毛主席画像，屋里摆放着各种毛主席塑像、铜像及各种珍贵纪念物品，充分

同学们和高班长在自行车博物馆

展示了他保持着一位革命军人光荣传统和本色！高班长的一个儿子、两个女儿都是部队的转业退伍军人，非常优秀，非常孝顺。目前，高班长可谓是儿孙满堂，家庭幸福，尽情享受着晚年的天伦之乐！

从高班长家出来，按照原定的计划，他执意要请同学们在霸州吃个饭、唱个歌，自娱自乐。盛情难却，恭敬不如从命，只要高班长开心，我们就高兴。由于我们还要连夜返回北京，饭后唱歌的时间就限定在一小时之内。为表达对高班长及其家人的感谢，小棣首先代表当兵的同学献唱了一曲"当兵的人"送给高班长和他的军人之家，祝他们一家人永远幸福；高班长大女儿的一曲"父亲"，唱出了对父亲的挚爱，情真意切，感动了在场的所有人；巧英、建华唱了一曲"好人一生平安"为高班长和大家送去美好祝福；牡丹、建华唱了一曲"小城故事多"，我唱了一曲"前门情思大碗茶"，寓意北京聚会、霸州之行故事多，给大家留下了美好的回忆！最后，大家同唱"年轻的朋友来相会"、"难忘今宵"

经典歌曲，希望高班长和各位同学永葆年轻健康的心态，铭记此次难忘的相聚，春常在，人未老！

时间过得真快，紧张充实开心的一天很快就过去了。高班长亲自将我们的车送至高速路口，大家依依不舍与高班长分手，并相约来年同学大聚会山西榆次再见，高班长愉快地接受了邀请。返京途中，同学们兴致不减，谈笑风生，相互祝福，回味无穷。祝福大家身体健康、家庭幸福！祝福我们的友谊天长地久！

同学们和高班长在他家里

诗漫后沟村

武江波

"碧草青青花盛开，彩蝶双飞久徘徊，同窗共读整三载，促膝并肩两无猜……历经磨难真情在……身化彩蝶翩翩花丛来……"

一曲梁祝《化蝶》将同窗恋情演绎为千古经典，那是感天动地的人间至爱，但同学间的纯洁友情照样令人心动。我们初中读书虽然只有一年半的时间，但那浓缩了的同窗情愫竟穿越了半个世纪，并随着岁月的流逝，越显得浓厚、热烈、真诚。

2014年冬，陆续进入花甲之年的寿安里小学初中班同学应张小棣的倡议再度相聚，30余名同学从天南地北回榆，4位年过古稀的老师参加，在欢声笑语中张小棣还为老师、同学赠送了礼物，大家还相随重返母校，参观了军中奇才张继刚展览室并留言留影。随后部分

师生同游后沟村

同学又在北京和秦皇岛来的同学相聚，部分同学又在霸州拜会了军训时教官高文潮班长，部分同学还一起到小张义村下乡点和部队农场旧址故地寻访。还有部分同学在广州相聚。2015年春节期间，大家还在冀振德老师的倡导下，组织了五地同学共同"唱响班歌"的联谊演唱，歌声将大家再一次紧紧地连在了一起。

特别值得记载的是2015年清明节后，大家又集体乘车到榆次后沟古村相聚踏青。大家执手相携游后沟古村，品农家饭菜，饮堡子酒，温农耕文明，叙同学之情。在后沟村前、观音堂下、农家小院、街头巷陌留下了合照和个人剪影，真是"男倚古树思，女偎杏花吟"。冀振德、刘冠娥老师参加了踏青活动。马利生、周秋生同学为大家做了电子影像，王晋明、李国祯及许多同学写下了不少诗、词之作，摘几篇记录当时之情。

冀振德老师：

《相逢后沟村》

江波邀后沟，

品尝堡美酒。

京广太榆童，

相逢更一楼。

刘冠娥老师：

《踏青后沟村》

后沟踏青回味多，

古村风貌未见过。

更喜学生情谊暖，

古稀之人添快乐。

张小棣：

《清明踏青后沟村》

师生清明踏青游，

江波盛邀来后沟。

不忘古村辉煌史，

期盼来日更锦绣。

寿安里同学的记忆

温来萍：

《欢声笑语情谊长》

雨后清明气象新，丝丝暖意沁心房。

初中同学后沟游，小楝江波晓黎忙。

冀刘老师应邀到，海平利生文魁帮。

晓明任峰秋生秀，晋明乃宏民生旺。

国祯田玲刘文喜，民珍改玲牡丹香。

来萍建华京荣乐，小小金猴喜洋洋。

京穗并榆师生聚，急坏巧英卧病床。

师生祝福巧克力，安心康复身体壮。

来日大家再聚首，笑语欢声情谊长。

《清明春风》

清明春风拂面柔，

老师同学游后沟。

景美花香情意暖，

昔日同窗乐悠悠。

李国祯：

《师生同乐后沟村》

师生同乐后沟村，

乡土风情净心灵。

弟子挥手展胸才，

笑现眉目乐师怀。

妄填曲牌声声唤

（一）

情切切，雾蒙蒙，同窗花甲游古村，苍天神监化民灵；三界共存，黄土迁迁，凡心淡淡古村中，千年古迹荡春心、荡春心。

（二）

心微微，雨淋淋，欢声笑语泛童心，清香一炷表心诚；千载悠悠，古树葱葱，寸草青青又逢春，来年重逢话友情、访友情。

王晋明：

《清明》
后沟桃花渐印红，
轻拂春风御柳青。
白云悠悠伏飞鸟，
松柏清明屹立中。

《后沟印象》
丘陵山区后沟村，黄土迭起四季明。
春夏山花树成荫，秋冬硕果松柏青。
庭台庙宇古建群，星罗棋布漫山中。
观音玉皇文昌阁，张氏祠堂民遗风。

《江波——后沟村之邀》
高楼林立肩并肩，熙熙攘攘市井间。
难觅踏青好去处，世外桃源后沟村。

古村唐景依山势，坐落别致活化石。
诚邀四方同学聚，举杯堡子笑开颜。

《踏青后沟村》
清明几日阴与雨，踏青午时艳阳升。
江波发小鼎力助，九洲师生后沟行。

桃花泛红杨柳青，三教合一收囊中。
欢声笑意农家乐，堡子未尝巳醉翁。

《刘老师与女生》

（一）

春游后沟一小憩，
师生促膝踏青行。
情深浓郁农家院，
笑逐颜开沐春风。

（二）

院落庭前桃花开，
春风拂面花香来。
婀娜多姿众女神，
疑似凌波天上来。

（三）

国色天香无觅处，
且看中班众女星。
闭月羞花失色怨，
沉鱼落雁冰见愁。

（四）

巾帼豪杰秀文章，
字里行间锦绣藏。
深情真挚忆年少，
同学友谊恒古长。

《改玲与君子兰》

天生傲爽似君子，
花开之时艳如霞。
冬去冰霜已消融，
春风吹香为谁发。

《小棣与利生》

两小无猜齐投军，

北雁南飞居羊城。

金戈铁马保家国，

转战地方立新功。

《来萍》

龙城省府履政绩，

相夫教子育英才。

鹤发童颜心未泯，

温馨尔雅赛芙蓉。

《国祯发小》

四季轮换春来早，

相逢踏春阴渐晴。

发小熟读古今集，

抒情文言又一程。

连民珍：

《后沟古村游记》

清明踏青后沟村，道旁翠柏迎客松。

层窑叠院坡垣滩，三教合一古村中。

江波盛邀后沟村，农家美味乐其融。

堡子不醉人自醉，六旬颜面桃花红。

师生同游后沟村，陌巷小道健步行。

傍树依花笑春风，鹤发顽童少年春。

王锐：

《游后沟古村》

北方民俗活化石，榆次后沟众人知。

窑洞古建最精美，冬暖夏凉赛城市。

宁静祥和盛唐现，富庶民生在此知。
农耕桃源似仙境，何人至此不赋诗。

周秋生：

《后沟踏青》
师生踏青后沟村，
景色美酒话诗情。
江波掀起激情浪，
同窗花甲少年春。

马利生：

《后沟踏青有感》
黄土旱塬古文明，华夏民遗后沟村。
农耕朴实自然净，生态灵动信仰纯。
观音堂内拜一柱，玄天宫外瞻远景。
满目春光收不尽，更添故乡学长情。

武江波：

《后沟古村》
农耕典趣后沟村，野洼山中秀古风。
庙宇高深梵音渺，虬枝竟翠绿荫浓。
蜿蜒小径窑居暖，沁沥泉溪碧水清。
最是天涯怀乡客，流连往返街巷中。

《再续同窗情》
后沟春意浓，师生踏青行。
男依古树思，女偎桃花吟。
小院留雅照，巷陌寄诗心。
花甲携相随，再续同窗情。

许振英：

> 后沟古村桃花源，
> 师生共游情意浓。
> 惠风和暖春无限，
> 欢歌友谊谱新篇。

米琦：
青山在，岁月增，同学情正浓。人未老，水长流，情怀依旧深。

王巧英：

《最是珍爱同窗情》

> 久闻后沟古村名，穿时越空看究竟。
> 数度春秋匆匆越，忙碌无暇憾未行。
>
> 同窗清明约踏青，师生共聚再叙情。
> 屈指渐近盼相逢，突发恙疾难尽兴。
>
> 捶胸懊恼正慨叹，众友微信暖心灵。
> 杏红映面春意浓，柳绿成荫写诗情。
>
> 情急悠悠魂随友，合影边上笑盈盈。
> 拾阶依朋群旁立，最是珍爱同窗情。

马改玲：

《少时同窗少时情》

> 少时同窗少时情，四十沧桑未沉沦。
> 蓦然回首今何在，喜聚之后色更浓。
>
> 游罢归来心不甘，常思相聚后沟山。
> 分别南北飞归去，一声保重祝平安。

寿安里同学的记忆

相聚同游后沟村，欢声笑语慰心灵。

归来激动夜无眠，期待下次再相逢。

侯牡丹：

寿安里学校小小的花园中，花开得格外烂漫：看地雷花、指甲花、月季花、串串红、丁香花、榕树花……大大小小、高高低低、错错落落、红红紫紫、香香艳艳、飞飞舞舞……春雨过后，天上彩虹桥飞架，地上百花园竞秀……有的花长得很快，像竹笋一夜破土而出；有的开得很艳，像杜鹃一样红得耀眼；有的开得很雅，像秋菊金黄灿烂；有的开得很傲，像牡丹那般国色天香……你是芬芳玫瑰——在含羞怒放？你是高洁红梅——曾迎霜傲雪？或许你是那淡淡素素牵着牛的喇叭花(又叫酒盅盅花)，仍依偎在小小花园边的篱笆上，转转地开放！还有你，犄角旮旯儿的狗尾巴花在笑着，摇啊摇啊摇，摇的那样开心快乐！

跨越半世纪的发小亲缘

连民珍

自从跨进学校的门槛，我们就几乎天天生活在老师的身边。从一个爱哭爱闹的不懂事孩子，逐步变成了一个有志的少年……当接到文义、晓黎关于寿安里小学64班同学准备聚会的通知后，我的脑海中就时不时地会响起儿时常常唱的一首歌——《中国少先队队歌》：我们是共产主义接班人，继承革命先辈的光荣传统，爱祖国，爱人民，鲜艳的红领巾飘扬在前胸。不怕困难，不怕敌人，顽强学习，坚决斗争，向着胜利勇敢前进，向着胜利勇敢前进，前进！我们是共产主义接班人。

从1961年9月1号，我们这帮过去互不认识的孩子，被父母牵着手送进同一间教室的那天起，我们这40多个小孩就成了一个班的同学，大家由此结下了这一辈子除了血缘关系之外的发小亲缘。

寿安里学校64班师生联谊会合影

寿安里同学的记忆

寿安里学校建校历史悠久，师资力量雄厚，我们这个班很多是地委或地直机关干部的子女。同学们在优越的学习环境中健康快乐地成长，一起度过了多年风华正茂的流金岁月。在大家长大成人后，涌现出不少各行各业的精英和优秀人才，成为学校和同学中的骄傲。

2015年4月6日下午4点左右，榆次古城数一数二的豪华酒店——颐景国际大酒店的旋转楼梯处，陆陆续续迎来了一群年逾花甲的老少年。大家在同一时间聚集在这里，共同的目标是前来参加跨越半个世纪的小学同学联谊会。会场设在二楼贵宾厅，红底白字的《寿安里学校64班师生联谊会》会标格外醒目耀眼，两张16座的大团桌上摆好了精致的茶具、餐具，恭候着各位贵宾的到来。虽然大多数同学同住在榆次小城，但年轻时求学、做工、忙公务、寻发展、带孩子、养老人，各自忙着自己的事，虽然部分同学的小聚不断，但这样同班大规模的聚会却是自小学毕业分手后的第一次。倡导、筹备此次联谊会的小棣、利生、文义、兰宏、海平、晓黎及贵生、玉珍等同学等，早早就来到酒店等候大家。先到的同学有的坐在贵宾厅攀谈，有的在厅外的茶座沙发席上聊天，酒店大厅里不时传来早到的迎接新赶来的互相问候和寒暄嬉笑声。因为同是小学同学又在寿安里中一班上过初中的同学上午一起参加了踏青活动，十几个人同时到来，颐景大酒店的大厅里瞬间更加热闹起来。按照计划，刘晓黎带路和五六个同学提前出发，去接提前联系好的小学64班从一年级到四年级的几位班主任老师。不知道是哪位筹办联谊会的同学提议，很有创意地把大家分别48年后的聚首时间预定在6号6点6分这个特点鲜明的时刻，大家期望着顺心、顺利、顺意！也期盼这一刻的尽早到来。时间临近6点，几位老师陆陆续续的到来把迎宾活动推向高潮，大家和老师热烈的拥抱问候，搀扶簇拥着年事已高的老师在贵宾厅落座。

联谊会主持人吕海平同学宣布联谊会开始，挨着个一一介绍了每位老师：首先是已经89岁高龄的一年级班主任陈淑蓉老师、接着是83岁的三年级班主任石小贞老师、75岁的四年级班主任王志伟老师，还有78岁的幼儿园赵翠仙老师。大家为年过7旬、有的已是耄耋之年的老师前来参加跨越半个多世纪的师生团聚，给予了长时间的热烈鼓掌，用经久不息的掌声表达着师生之间真挚纯朴的深厚情感。主持人请大家起立向老师问好，同学们一起大声说：老师好！祝老师身体健康！同学们问候的声音在贵宾厅里久久回荡，让人不由得想起儿时每天上课前的情景。张小棣代表同学们致辞，用朴实的语言说出了大家的心声，感恩老师的培养教育，祝福老师健康长寿！主持人请老师再给当年的小学生讲一课。满头银发的陈淑蓉老师兴奋地说：看到当年的小学生长大成人，为国家为社会作出贡献很高兴；看到当年的小学生也已逐步进入花甲之年很激动，感慨岁月真是不饶人。她嘱咐大家年轻时你们努力学习工作，现在仍然要继续努力，努力锻炼身体，发挥余热，帮助自己的孩子带好下一代人，力尽所能多做一些有益于社会的事。大家聆听着老师的教诲，思绪万千，感受颇深。王志伟老师从接受刘晓黎代表大家去家里提出的联谊会邀请后，就开始准备想和同学们说的话，洋洋洒洒的写了好几页，在联谊会上兴致勃勃讲了好长一段精心准备的发言，大家报以热烈的掌声表示感谢，其他两位老师也以简短的发言表达了自己的心意。师生们一起谈笑风生互相祝福，贵宾厅了呈现出一片欢乐祥和的气氛，团聚的酒宴在大家其乐融融中落下了帷幕。

王志伟老师致辞

　　送走几位老师回家后，一部分同学相约天河娱乐城尽情地放声高歌，再续跨越了半世纪的发小亲缘。小棣、晓明，还有我，现场对唱了革命现代京剧样板戏《沙家浜》中的《智斗》，把大家又带回到了当年学校师生联欢的场景里。在难忘今宵的合唱声中，发小同学们告别了这次穿越半个世纪的约定，共同祝愿我们的友谊地久天长！

64班师生联谊会

田 玲

　　孔夫子在两千多年以前，为后世的教师树立了的"万世师表"的楷模。"有教无类"、"温故知新"和"三人行必有我师焉"……无不闪烁着儒家经典启发后人的光芒。教师是非常受人尊敬的一个职业，人们都敬佩老师们的奉献精神，也自然而然会想起那句"蜡炬成灰泪始干"来怀念、赞颂自己的老师。因为每个人在小时候读书的时候，都会对教过自己的老师留下深刻的印象。在很多同学年过花甲之时，更是十分想念当年曾经教育、培养过我们的班主任老师。

　　2015年4月6日，这是一个非常难忘、特别的日子。在来自广州的张小棣、马利生等同学的积极倡导下，刘晓黎同学热情地与各位老师进行了沟通联络，通过陈文义和张兰宏同学的盛情邀请及具体组织安排，吕海平、张贵生、王玉珍等同学主动配合做了大量准备工

联谊会现场

作，原寿安里学校幼儿园、小学64班的27位同学，从北京、广州、南京、太原、榆次等地聚集在颐景大酒店二楼贵宾大厅，迎来了寿安里学校64班小学毕业48年后的第一次师生联谊会。

原寿安里学校幼儿园的班主任赵翠仙老师和小学64班从一年级到四年级的陈淑蓉、石小贞、王志伟老师应邀悉数到场，几次同学聚会都未见面的王成才、张京荣、陈晋萍看着已进入暮年令人尊敬的老师，看着一个个充满活力的同窗学子，我的记忆一下子就回到了当年上小学的孩童时代。老师当年的笑脸出现在眼前，老师的谆谆教导犹如耳边。几位老师在学习汉语拼音、算术等知识方面给我们奠定了坚实的基础，至今受益匪浅。看到老师身体硬硬朗朗的，进入花甲之年的我们都很高兴。同学们再次拎听了陈老师、王老师对我们要好好做人，培养好下一代的亲切教导，觉得很温暖，有的甚至掉下了眼泪。张小棣代表同学们向各位老师表达了诚挚的敬意、谢意和对4位老师难以忘却的一片感恩心意，衷心祝福老师们身体健康，幸福长寿。

整个联谊活动进行得非常热烈，同学和老师边吃边聊很开心。共同祝愿大家友谊长存，幸福安康！

同学中的小妹刘晓黎

连民珍

寿安里同学群里属蛇、属马的占多数，属羊的刘晓黎当然就是我们同学中的小妹了。她从幼儿园、小学到中学班毕业，一直是寿安里学校的学生，可谓资历最长的一个寿安里学校学子了。小妹热情、善良、阳光，总是乐呵呵的。每当大家快乐团聚在一起的时候，不管是部分同学与高班长在北京和霸州聚会，还是中一班师生去榆次后沟清明踏青，以及组织小学64班时隔48年的师生联谊，在各个活动现场总能看到小妹忙前跑后不知疲惫的身影。

晓黎在表演吹葫芦丝

2015年4月6日，为了寿安里学校中一班师生清明踏青活动圆满快乐，小妹受江波同学的委托，从通知活动到统计人数开始张罗，一直就没闲着，在人员集中准备出发前，她认真做着通讯员、统计员、联络员的工作；在大家漫步后沟古村踏青时，小妹又成了摄影师，端着相机串前串后跑上跑下为大家留住美好的瞬间；当大家坐在农家乐的餐桌旁时，小妹端茶递水又当起了服务员。一路上处处都有她矫健的身影和快乐的笑声。

中午中一班师生结束活动刚刚返回市区，小妹又忙着带路去看望和接下午参加寿安里学校64班师生联谊活动的4位老师。受小棣同学委托，为了联系到几位同学们多年未见的寿安里学校幼儿园、小学班主任老师，小妹真是没少吃苦。清明节前那几天，山西的天气真是邪了，网上说：住在山西容易吗？前天22度、昨天零下8度、今天又零下8度，一周走完春夏秋冬，人们周四穿外衣，周五穿衬衣，周六周日穿短袖，周一则必须穿大衣，周二又让你穿羽绒服，一年四季随机播放，真是众里寻他千百度，你要几度就几度。当时榆次的气候也是变化无常，时而刮风，忽而下雨，小妹骑着自行车在榆次城东城西满城跑。为确保已经89岁耄耋之年的陈淑蓉老师参加聚会活动的安全健康，小妹不辞劳苦三次去陈老师家和老师的儿子、女儿商量接送陪同事宜。小妹和我说起一次天色已晚，又刮风下雨，女儿秒秒担心不想让她出去，但小妹觉得有些事没落到实处不放心，就说服了女儿，安顿好不满周岁的小外孙又走出家门。等再回到家时，两只手都冷得有些发麻发僵，我听了很是感动！

晓黎在为大家拍照

谢谢你：我们同学中可亲可敬的晓黎小妹，你用自己的热情给大家送来了温暖；用自己的善良让大家感到了亲切；用自己的阳光给大家带来了快乐！

你的付出应该得到回报，你是我们大家喜欢的小妹，你也是我们大家应该学习的榜样！

我们拥有发光年华

李国祯

同学啊，同学！学制要缩短，教育要革命。

大槐树下，门房刘大爷手中的铁锤，犹如进攻前的号角，

像洪钟大吕，沉闷而悠扬，喻示那新的篇章。

李国祯

老师好！同学们好！

台上，老师清晰的授课声，

引经据典语言生动有趣的比喻，字字如珠落玉盘。

台下，同学们求知的渴望心，

清脆有序朗朗的读书声，句句似细雨侵入沙滩。

一节又一节，一课又一课，

至真至诚的教诲，百折不挠的求进。

这，就是我们的文化课缩影。

同学啊，同学！号角吹响了，

我们迈出了，军训的步伐，

向前！向前！

严谨的教官，毫不留情的队列训练，

一二三四，犹如写字，就是要横平竖直。

刺杀，就是要心中有敌，眼中有那冲天的杀气。

天下之阵，唯快不破。

投弹，颗颗命中；射击，三点一线，枪枪取敌首级。

一次，二次……勤学苦练，腰酸腿疼胳膊痛，

要的就是精兵悍将。

短短的几月，百炼成钢。

全身的泥土，满头的汗水，

成了，成了榆次小城一道风景线。

同学啊，同学！骄阳似火映当头，三横二竖肩上扣。

行军数里双脚走，小小村庄为麦收。

雄鸡村头鸣，尔等集田头，

一直二弯齐挥镰，豆大汗珠如雨下，喜看晨风麦浪翻。

收工方罢伸双手，细看小茧多几何。

若问疼不疼？一展笑容这算啥！

雪白馒头哪里来？它就出自咱的手。

夜深沉，睡意浓，大风一阵起乌云，

风带着雷，雷夹着电，瓢泼大雨扑面来。

只听一声喊，麦子，白天割倒的麦子。

一个接一个，不同的门，冲出了我们。

一捆又一抱，一抱又一捆，

分不清男与女，只见麦捆飞。

1997年部分同学合影

寿安里同学的记忆

朦朦胧胧打眼望，个个皆是，梨园丑行当。

割麦才休去间苗，更知农夫累中苦。

腰，好像要倒架；腿，就是不听话，它说要分家。

可是，问问大家累不累？众口齐回答：不累！

但是值，我们明白了一件事，

谁知盘中餐，粒粒皆辛苦。

汗水与甘甜，就是根与本。

同学啊，同学！同学你可曾回想，你也有发光的年华，

那时的光，亮得刺眼，如出林乳虎，

天下之力，舍我其谁。

不免有出格的举动，碰了南墙。

天南海北，工农兵学，各自闯荡。

为了生活，为了事业，

经历那，淬火般的锤炼。

那时的光，是炫目耀眼的白光。

到了现在，一群花甲的男与女，仍在发光，

和谐，慈爱，清心，养目之光。

经历了风风雨雨，再回首望去，

这一生，不后悔，我们的一生，都在发光。

我们拥有共同的称呼：同学，是无悔的青少年，

拥有发光的年华。

同窗情谊 源远流长

王巧英

1970年对我们寿安里初中班的同学来说是有特别意义的一年，那年我们经历了团结紧张的军训生活、铭心难忘的下乡支农、稻田地里的学军劳动。在"六·三"踩踏事件中奋勇救人；在国家"深挖洞，广积粮"的号召下积极参加打防空洞，当然也经历了文化课的孜孜苦读……那年岁末，寿安里学校还首次出了兵，我们在锣鼓声中送走了光荣入伍的张小棣、马利生、吕海平、王永新同学，满怀激动羡慕的心情欢送了我们亲同姐妹的王锐同学参军，又在恋恋不舍中与去工厂、去下乡的同学话别。那一年的初中生活，奠定了我们人生奋斗的一块重要基石，铸造了我们中一班可歌可颂的集体主义"班魂"。正像多年后冀振德老师总结的："一班同学以他们高度的思想觉悟，顽强的拼搏精神，严谨的组织纪律、刻苦的学习态度、真挚的师生情谊、独特的才艺展示，铸造了一班的灵魂。感动一班，班魂永远！"

到了1971年初，我们彻底结束了浓缩的初中生活，除极少数同学继续升学到榆次一中等学校读高中外，绝大部分同学离开了校园步入社会，同学们走向了天南海北，奔赴各条战线，开始了自己的人生的拼搏奋斗生涯。

1970年，对于我们更像一个人生的分界，又像一个人生的起点，命运促使我们走向了各自生活的深处，就像从四面八方聚在一起的涓涓细流，终于汇入了社会生活的大海洋……

青春是岁月的一个片段，一晃40多年过去了，当年的花季少女、翩翩少年，现在都成了爷爷奶奶、姥爷姥姥。时光能带走青春的年华，却带不走青春的心态，更带不走青春的友谊。这些年虽然同学们也曾断断续续进行过大小几次聚会，但仍然是"相见时难别亦难，离情别绪梦中现。"记忆中人数较多的聚会分别是1974年、1997年及2014年至2015年以来的几次活动。

1974年部分师生聚会合影

一、风华正茂，志在四方

1974年夏季，大家初中毕业后的第四个年头，当年入伍的同学首次回乡探亲，同学们兴高采烈，相互转告，借机进行了离开校门以后的首次聚会。

大家在榆次见到了穿着空军军装的小棣和海平，我想起了"容光焕发、精神抖擞"这两个词，用在他们身上真是贴切。经过了部队大熔炉的锻炼，张小棣、吕海平完全褪去了当年的稚气，显得是那样的成熟、稳健，小朋友见到他们叫"解放军叔叔"，给他们敬少先队礼，帅气威严的他们也会回一个标准的军礼，很酷，同学们看在眼里好不羡慕。毕业3年多了，同学们都有很大变化，男同学不仅个子高了，而且个个显现出精明强干，女同学们更是女大十八变，个个长得如花般的漂亮了。男女同学见面开起了玩笑，叫起了小名，再没有那桌上画三八线的腼腆。同学们在一起回忆起成长的历程，说起初中的生活，从心底里感谢师恩。于是，张小棣、吕海平、周秋生、王晋明、马改玲、连民珍、王巧英等二三十位男女同学结伴，骑着自行车专程到20公里外的东阳镇车辋村去看望当年的班主任刘麾老师，表达了同学们对老师的崇敬、思念之情。刘老师还是当年的样子，精神、慈祥，丝毫看不出已经过去好几年的岁月痕迹，见到同学们非常开心，兴致勃勃的带领同学们参观了当时设在车辋村的"荣军疗养院"，也就是后来的榆次著名旅游景点——常家庄园。

张小棣、吕海平等同学还去学校看望了当年教数学的赵佑庵老师，以及刘麾老师调走以后的班主任冀振德老师。两位老师仍然那么可亲可敬。那年同学们都是20岁左右，正是风华正茂、意气风发的年龄，聚在一起畅谈离别思念，规划人生目标，发布豪言壮语，"志在四方"的青春誓言激励着大家。"天高任鸟飞，海阔凭鱼跃"，当时的我们怀揣着各自的"理想梦"摩拳擦掌，跃跃欲试，正在实现梦想的征途上乘风破浪。随后27名同学与3位老师相约，一起在照相馆合影留念。"风华正茂"成为那一次同学聚会的特色亮点。

送走小棣、海平后，同年6月，王锐也回来探亲，提前得到消息的几位同学，赶到车站迎接，见到了久别的好友，大家挥着手喊着小名，激动地在站台上拥抱、旋转……像迎接英雄般簇拥着我们的姐妹，站台上接送亲友的人也为我们高兴，纷纷给我们让路。我们为有这样一位靓丽的女兵朋友而自豪，真想告诉所有人，"我们班的王锐回来了"……正如当年王锐当兵走时，我含着激动的泪水在黑板上写下了"报告大家一个好消息：王锐当兵了！"斗大的字歪歪扭扭，仿佛要跳起来让全世界都知道。分别3年半了，也许是因为部队的锻炼，王锐显得非常潇洒，脸红扑扑的，看起来也比过去更加健康、漂亮了。合体的军装穿在身上，整洁、精神。与留在我们记忆中的当年她在校时穿着大大咧咧的军装的印象大相径庭。当时我们都已经参加工作，我专门请了假，几乎天天形影不离地陪着她，晚上也曾住在她家，整晚聊天，从分别那一刻开始数起流水账，喋喋不休，恨不得每个细节都说道。其他同学也有专门调班、请假的，也有每天一下班就匆匆赶来的，王锐假期20天，我们连续进行了多场次聚会。记忆最深的是有一个星期天，一大早许多女同学又一次相约、聚集到榆次儿童公园，我向同事借了一台"120"黑白照相机，给同学们留了影。现在的80后及90后，恐怕没见过那样的照相设备，本来一卷胶卷应该是照12张，为了多照几张，有时也两张调成3张，照片出来有大有小。那个年代参军当兵是每个青年梦寐以求的愿望，没机会当兵，能穿军装照张相也是美滋滋的事情，于是王锐带来两套军装，大家轮流穿，有的人穿大些，有的人穿小点，不合体的窘相引得同学们嘻嘻哈哈……

大家留下了一幕幕美好的瞬间。王锐探亲成就了女同学的多次聚会，留下了许多欢乐和怀念……探家假期转眼即逝，我们还沉浸在相聚的欢乐中，分别的离愁便来临了。我们依依不舍地把亲如姐妹的好友送到了榆次西站，又一次在站台上紧紧拥抱，直到开车铃响起，王锐才急急忙忙登上了火车……挥手看着列车渐渐远去，同学们抹去了离别的泪水，开始期盼着下一次相会的拥抱。

1974年部分女同学合影

二、同聚话别情　岁久情更真

　　1997香港回归年，趁着国庆节放假，由榆次的同学发起，外地同学知道之后也纷纷积极响应，太原的、阳泉的、北京的、各县的……得到消息的同学急急赶来，张小棣也从南方回到家乡，远在秦皇岛海军部队的王锐同学因为无法到场还特意打来电话委托我向同学们问好，并寄来了费用款表达心意。活动设在榆次金融大酒店，时间在1997年10月2日，这次共有35名同学和两位老师冀振德和赵佑庵（此时敬爱的刘麾老师已经辞世）到场参加了活动。由于有些同学下午有事，所以请摄影师在午饭前给我们合影，以致后到的王乃宏、张美萍两位同学未能参加照相留影。联谊活动由连民珍、吕海平主持，两位出色的主持人妙语如珠，引大家阵阵掌声，班长武江波用超标准播音员的水平朗读了与我共同执笔撰写的致辞《同聚话别情，岁久情更真》……特别值得称道的是班主任冀振德老师还即席赋诗一首《二十年后我们来相会》。久别重逢，老师同学们团聚在一起，忆别情、话未来，雄心壮志满情怀，有多少话想说，多少情要诉，千言万语汇成共鸣：让我们携手并肩，生活得更豁达、更存实、更自如、更潇洒。餐后大家在金融大酒店舞厅欢歌热舞，尽情欢乐！相聚短暂，离情未了，大家恋恋不舍，在酒店门前又一次留下了一张张相聚的照片，纪念这次分别27年的盛大聚会。这应该是同学们壮年期间的首次大聚会，众多同学踌躇满志、事业有成，"无愧于时代"成为这次聚会的主旋律。在这次聚会活动中，大家又共同相约了下一次"相会的秋天"。

1997年聚会部分同学合影

三、同学之谊长青

时光如水，岁月如梭，弹指一挥间。1997年后，又过了17度春秋，同学们相继进入了花甲之年。当年那紧张充实的校园生活，那风华正茂的少年时光，那富有诗意的青春岁月，那铭刻心底的珍贵记忆，时时在梦中穿越时空。许多同学互致问候，最念的也是老同学何时再聚？2014年11月，张小棣再次提出搞一回同学聚会的想法。初中生活那确是一个火红的年代，同学们斗志昂扬、激情向上，一幕幕经历不仅和时代紧紧相连，而且也让朝夕相处的同学谊加战友情，在岁月的催化下，同学友情演变成了亲情。聚会的呼声很高，于是由我和武江波、吕海平、白文魁、刘晓黎、陈文义、张兰宏、王乃宏等几个热心张罗的同学成立了筹备组，以辛苦和热情做了很多的前期工作，筹备组同学拥有的智慧素质和筹划能力进一步点燃了同学们的聚会激情，以寿安里学校中一班为主，特邀原寿安里小学幼儿园、小学64班部分同学参加的"寿安里学校学友联谊会"于2014年11月23日在榆次举办，参加聚会者有4位老师33位同学，成了又一段难忘的记忆。

会议由1997年聚会的金牌主持、花甲少年吕海平主持，文学才子武江波代表活动筹备组和榆次同学致辞《同学之谊长青》，在会上进行了宣读，张小棣代表外地同学致辞，并向到会老师赠送歼-31模型飞机纪念品。冀振德老师、刘冠娥老师、张昉老师也作了怀念、赞扬的讲话，赵佑庵老师虽然因身体原因不方便，却也坚持起身向大家致意，代表和老师的讲话引来了同学们如雷的掌声。老师、同学们互相一一介绍了近年的情况，许多同学诙谐幽默的话语和举手投足逗得大家欢声笑语，几十年未见了竟然没有一点陌生感，大家举杯同庆，其乐融融。历史再一次见证了寿安里学校中一班同学那个特殊年代培养出的特殊情感。

下午，同学们又回到母校继续缅怀那令同学们久久萦怀的岁月印痕。到了学校，展现在大家面前的是学校后建的校门、教学楼、操场，远比我们那年头气派多了。虽然是星期天，校园里的寂静仍然掩盖不了平时活泼热烈的痕迹。大家忆起当年的校门、少年厅、教室、操场，虽然已几经改造面目全非，不复存在，但它却像一幅幅画印在同学们心中，同学们仍然能精准地指出当年的具体位置、详细模式。树上的蝉伴着教室传出的琅琅书声，喧闹的课间活动场面……又浮现在我们脑海里，使我们浮想联翩、感慨万分。

母校张开怀抱热情地欢迎我们这些远归的游子。当年，我们许多同学参加了学校文艺宣传队，进行过多场次当时很精彩的文艺演出。宣传队有一位低年级同学就是后来成为著名导演的艺术家张继刚，大家一起到学校新建的张继刚艺术馆参观，见到了当年宣传队的师生合影照片，又一次热烈的场面呈现，同学们纷纷拿起手机、相机，翻拍这张珍贵的纪念照片。当年宣传队的同学聚在一起和现任学校领导，和当年的宣传队老师合影留念。许多同学在留言簿写下了怀念和祝福。

这里是培育我们成长的摇篮，是欢送我们扬帆起航的母舰，今天我们回来了，满载着成就、荣誉和怀念，谢谢你，亲爱的母校！再见青春的岁月！

这次聚会属于"花甲之年忆春春岁月"，的确别有洞天。

回到母校

四、北京之约引发回忆文潮

2014年11月23日聚会以后，大家仍然沉浸在聚会的激情之中，津津乐道。现代化的网络手段和途径，很快就将这一次聚会扩散到同学圈里，许多未能参加的同学表达了没有前来参加的遗憾和惋惜。为了弥补这个遗憾，又进行了N次小范围的聚会，其中北京的聚会，就是间隔大聚会时间不长，外地同学聚在一起的一次小型聚会。

那是2014年12月10日的早晨，我突然接到了老同学武江波的电话，说张小棣有意在北京约几位在京的同学小聚一下，同时也想就有关2014年11月23日聚会活动的后续事宜进行商榷，问我是否愿意一同前往？他说到参加的人员，提到有郝建华、刘文、田玲、温来萍、连民珍、王锐。有几个同学虽然近期见过面，但是见面总是匆匆忙忙，多少话在心头没有时间说。而与郝建华、刘文是1997年聚会以后17年了再没见过面；我的闺蜜王锐更是1982年以后就再没有见过面，有30多年了。听到有机会再见到同学们，我想，虽然也许会影响我正在进行的业务，但是业务天天有，和同学见面却是几十年了才遇到，近似于千载难逢了，因此我很激动地一口答应了。

2014年12月13日，我和武江波同学乘当天最早车次的高铁前往北京，我和武江波虽然也常见面，却也难得有时间坐下来好好聊几个小时，我俩途中聊起了初中那激情的岁月，聊起了同学们的过去和现在，富有精湛文学功底的江波，多年来经常在报纸、杂志发表文章、诗歌、散文，并且出版了《沉思与纪行》、《学习与思考》、《七十年代的青春的记忆》、《旅游散记》、《文趣散得》等好几册书籍，脍炙人口的文章早已经在同学圈、朋

北京留影

友圈传阅、受到大家的赞扬。这次赴京除了与几位外地同学相聚，还有一个重要的议题，就是与张小棣商榷有关写回忆文章的事宜。

在北京与久别的老同学相逢，特别是与阔别30多年的王锐及离别17年的刘文、郝建华相见是一个激动人心的场面。在北京站我们几个女生紧紧拥抱在一起，激动得热泪盈眶。北京站、湖南大厦、国际饭店、天安门、留下了同学们久别重逢的喜悦影像，虽然只有短短的几个小时，却连接起了我们几十年的岁月和友情。这次聚会以后连民珍同学还写下了怀念的美文，张小棣同学还将两次聚会的部分照片编辑成画册，同时制作了聚会全过程的DVD光盘，给我们留下了永恒的纪念。

五、穿越时空的回忆文章

在2014年12月13日北京的那次聚会上，张小棣提议建立同学群联络感情，抒发思念情怀，由于原来连民珍、刘晓黎、温来萍、王巧英、周秋生等同学已有同学群，大家决定在此基础上继续扩大，建立寿安里同学群，邀请原寿安里小学64班同学参加，增强学友凝聚力，发动同学们写回忆录，计划由张小棣主编、武江波主笔、王巧英负责组稿，同学们动手（不会写的口诉，由会写的帮忙），把寿安里学校中一班和部分幼儿园及64班同学等在那个特殊年代凝结成的特殊的感情表达出来，把那些特殊经历记录下来，以作为一段历史的收藏和纪念。

张小棣同学深深被大家的浓情感染，在从北京回广州的飞机上非常激情地起草了《征文函》：

尊敬的各位老师和同学们：

榆次寿安里小学（曾改名反修学校、寿安里学校），是我们很多同学从幼儿园、小学到中学初中班的母校，大家在这里亲历了十多年学习、动乱、停课、复课闹革命等非常特殊的学生生活，历经磨难坎坷，如今已经迎来了神州大地改革开放的美好春天。

为了记录各位老师和同学们在寿安里学校这一段古往不曾有、今后也不再有的最不寻常经历，点赞从寿安里学校出来的同学们现实的幸福生活，给社会、给家人、给自己留下一个珍贵的史料，根据一些同学的建议，现准备编辑撰写一本拟名《寿安里同学的记忆》书，计划分：幼儿园同学的记忆；小学同学的记忆；中学同学的记忆等三个板块。请1969年至1971年寿安里学校中学初中班的同学，特邀张昉、冀振德、赵佑庵、刘冠娥老师和寿安里小学幼儿园及小学67级的同学们，积极踊跃地支持这一工作，把自己收藏的老照片（本人和其他老师同学在各种场合的合影）、老文物（毕业证、学生证、奖状、各种证明、证件等）找出来，最好每人至少提供一张以上的照片或纪念物，以图(物)撰文，写一篇

500字以上的文章（如有不便动笔写的同学可以口述由编委会安排人员负责记录撰写），数量不限，多多益善，主要正能量的反映对当时学校生活和在校参加社会实践等活动的回忆及毕业走向社会以后老师同学们之间交往互动的故事。在自发撰文征稿的同时，编委会还将草拟提纲向一些同学专门约稿，以便丰富书稿的完整结构内容。

建议各位老师和同学们，在2015年1月底前，将本人可能提供的照片、文物及撰文题目知会编委会，争取在2015年9月底前完成照片、文物及文稿收集工作，确保《寿安里同学的记忆》一书在2016年1月纪念中学班毕业45周年之际正式出版发行。

诚恳期盼得到各位老师和同学们的大力支持！

征文函发到群里，一石激起千层浪，引发了同学们回忆的井喷……

武江波不愧是班中文豪，很快就洋洋洒洒写出了近3万字的回忆文章：《青春的岁月像条河》，系统的再现了那个别样的年代，寿安里校园内、外发生的一系列令同学们难忘的青春的记忆。几乎准确地历数了当年每一位同学的特点和经历。并且发表在《晋中日报》、《榆次社区报》、《晋中银龄》杂志上，引起社会很大反响，引发了榆次地区的一股怀旧潮。有一位资深的学校校长说，简直可以作为寿安里学校"文革"时期的校史，可称经典之作，对文章评价很高。文章前后十五集，首先分次发表在同学群里，引起了共鸣，极大地调动了同学们写作的热情，起到了带头表率的作用。随后众多同学纷纷撰稿积极响应，形成了许多好文章的问世。

东赵留影

寿安里同学的记忆

张小棣同学还利用春节假期组织同学们到那些曾经生活经历过的：榆次东赵、张庆乡小张义村和部队农场等地现场回忆。

中一班同学们如此深厚的感情源于那个特殊的年代学业荒废后同学们如饥似渴地学习；源于当年进行的同吃、同住、同训练的军训。忆起这一段生活，同学们常在追寻当年的军训教官如今在何方？刘晓黎同学终于千方百计找到了高班长，在张小棣同学的安排组织下，部分同学与高班长在北京相聚并探访了高班长的家乡……

榆次后沟古村的踏春活动，同学们缅怀当年、畅谈当今，互道珍重……

寿安里小学64班同学聚会，同学们见到了幼儿园的老师、小学的老师，使近50年的思念得以梦圆……

同学聚会合影

征文函的号召和一系列的"忆当年"活动，如同战场上的一个决策，如同向前冲锋的一声号角，奏响了同学们谱写忆旧感情思潮的进行曲，也带来了这本凝结着大家心血，寄托着大家厚望的无比珍贵的《寿安里同学的记忆》问世。

质朴纯真的同学情

——寿安里学校学友联谊活动纪实电视片解说词

总策划：张小棣　武江波　王巧英
　　　　陈文义　吕海平　张兰宏
　　　　白文魁　王乃宏　刘晓黎
撰　稿：张小棣　武江波　王巧英
解　说：叶立谦
编　辑：陈业炜

广东广播电视台媒资中心制作
2015年1月14日

时光荏苒，岁月匆匆，一晃半个多世纪就过去了。

在很多同学年过花甲或将近花甲之际，原榆次寿安里学校的部分中学班同学，特邀原寿安里小学幼儿园、小学64班的部分同学，于2014年11月23日在榆次举行了寿安里学校学友联谊会。

在本次活动筹备组同学们的认真策划、周密安排和盛情相邀下：

原寿安里学校从幼儿园开始到小学、中学的体育老师张昉和冀振德、赵佑庵、刘冠娥等老师来了；

毕业相别44年、原反修学校中学连暨寿安里学校中学班的23位同学来了；

纪实电视片DVD封面

寿安里同学的记忆

小学毕业47年、原寿安里小学64班的21位同学来了；

离开幼儿园距今已有53年，原寿安里小学幼儿园的10位同学来了；

回首过去半个多世纪春秋，也许每个同学都是一首激越的长歌，唱着人生的奋斗曲走了过来；也许大家是一声深深的叹息，随着人生的沉浮则匆匆而过。但50多年岁月毕竟是生活的长河，时而平缓、时而湍急，带走了我们许多无法忘却的生命年华。

很多当年在幼儿园、小学的生活情景已经模糊不清了，但中学班期间的年华岁月大家都记忆犹新。

44年前，我们曾是那样青春勃发，花蕾绽放。可曾记得？老师教我们数学，生活的计算从一开始；教我们体育，锻炼身体强健筋骨要肩起社会的重任；教我们艺术，宣传队里走出一个个文艺骨干；教我们学英语，虽然带着地方口音，但那也是对外开放的启蒙；特别是教我们学毛泽东诗词：恰同学少年、风华正茂，书生意气、挥斥方遒，指点江山、激扬文字，粪土当年万户侯！激励我们走向社会，走向生活，到中流击水、浪遏飞舟！

我们记得，军训吹起的嘹亮军号，半夜的紧急集合，大家过着战士般的生活；我们记得，排着队到乡村支农，雨夜中抢收夏麦和农民一起并肩奋斗；我们记得，"六·三"晚上抢救被踩踏的孩子，同学们那奋不顾身的一个个身影；当然了，还有那20天一册书的孜孜苦读，老师循循善诱的讲授。

那紧张充实的校园生活，那风华正茂的少年时光，那富有诗意的青春岁月，是我们永不磨灭的珍贵记忆！

哦，寿安里小学中学班，这别样的名号在我们心中已压过了正规中学的名称。在这里，云集了一批浪迹街头的往届小学毕业生；在这里，汇聚了一群热血沸腾、热心学习的年少学生；在这里，我们度过了难忘的初中生活：那是"文革"后的警醒，那是少年求知的渴望，特别是流落社会后的复读，虽然教材初试、营养不良，虽然还有些彷徨，但这也是我们走上工作岗位的一块重要基石。

毕业了，大家离开了母校扬帆起航：有的奔赴军营，有的走向工厂，有的搏击商海，有的继续求学……

临别的照片记录了青春的誓言——志在四方！特别是那军训结束后的集体照，多么齐全，许多同学还肩着、抱着钢枪，个个青春焕发，英姿飒爽。这些，永久地定格在我们的记忆中！

"别梦依稀咒逝川"，转眼44年过去，今天我们在此相聚。聚得是同学，忆的是岁月，念的是真情，回想的是共同的经历。那是我们共同的拥有，共同的财富。

在花甲之年忆青春岁月，应该是别有一番情趣：历经44年风雨，当年的毛头小伙子、青涩的小姑娘，如今已是眼角鱼纹丝丝、头上白发根根，随着时间的流逝，记起的应是大浪淘沙留下的真金，应是岁月磨砺后的哲理，应是人生最富有意义的事情。

寿安里学校学友联谊会现场

吕海平同学主持了这次寿安里学校学友联谊会活动；武江波同学代表此次活动筹备组和榆次的同学致辞；张小棣同学代表在外地的同学致辞；向到会老师赠送了纪念品；冀振德老师致辞；张坊老师致辞；身体欠安的赵佑安老师向同学们致意；刘冠娥老师致辞；与会的每个同学都向大家介绍了自己的情况：

王晋宏；王民生；杨榆寿；王秀荣；白文魁；周秋生；米 琦；张勇；郝保卫；卜小坪；连民珍；马改玲；侯牡丹；张书云；徐振英；

卜小琳；温来萍；李晓明；马建萍；张兰宏；张保增；王玉珍；任 峰；王铁牛；韩学斌；张宪民；张贵生；陈文义；刘晓黎；王巧英。

师生同桌在一起聚会，大家相会在这里其乐融融，共同举杯同庆这开心的欢聚。

别讲当年的出身，是豪门还是底层，是丑小鸭还是白雪公主，奋斗中我们感到同学都血脉相通。岁月带给我们的都一样，是勤奋带来智慧，是辛劳换成果实，我们都是大浪下走过来的人。时代让我们走到一起，同窗共读，岁月又让我们在此重逢，慰藉释怀。说不尽的忆旧话，叙不完的同学情，茫茫人海中我们能走到一起，相识、相交、相知、相随，这是命运给予我们的缘分！

在聚会结束时，与会的原寿安里学校4位老师和33位与会同学合影留念；原幼儿园的同学与老师合影留念；原小学64班的同学与老师合影留念；原中学班的同学与老师合影；本次活动筹备组的同学在一起合影留念。

寿安里同学的记忆

寿安里学校是很多同学从幼儿园、小学到中学的母校，在刘冠娥老师的带领下，大家高兴地回到母校——现在的寿安里小学进行了参观。寿安里小学现任高俊武副校长和梁瑞萍老师热情地接待了重返母校的同学们。

漫步在当年曾经魂牵梦绕的校园里，大家聊起了很多开心风趣的往事。虽然我们今天已两鬓斑白，似乎已经完成了为社会工

部分师生与高俊武副校长等合影

作的责任，但我们仍然富有活力，充溢着生活的激情。我们要向生命的长度、厚度挺进。

看到当年学校宣传队的合影照片，几位老照片中的同学高兴地与刘冠娥老师再一次合影。

应高副校长和梁老师的邀请，张小棣同学代表大家为母校留言：

虽然岁月的沧桑，已经洗尽了我们的青春年华和天真烂漫，但洗不去我们心中那份长久以来形成的深深的同学情谊。无论人生沉浮与贫贱富贵怎样变化，不管同学间现在的身份环境有什么差异，只要大家欢聚在一起就如回到了从前，穿越回两小无猜、天真烂漫的当年，同学之间建立的那种友好情谊，就像一杯淳厚的陈酿，会越品味越浓，越品味越香，越品味越醇。

部分同学广州聚会合影

让我们再一次感谢老师，他们为我们曾经付出了许多辛勤的劳动；感谢同学，伴随大家走过了那个火红的年代；感谢历史，为我们留下了美好的记忆；感恩生活，带着我们同学间珍贵的友谊，相携将走向果实累累的明天！

为了弥补未能参加这次聚会活动的遗憾，几位在外地的同学分别相约聚会到了广州和北京。

在广州的马利生、王永新和张小棣夫妇等聚会在一起，为王永新的女儿准备远嫁美国饯行的时候，他们在改革开放的先行地向远在山西的同学和老师们发出了衷心的祝福！

2014年12月13日，北京的冬天记录了榆次寿安里学校中学班9位同学春天般温暖的相聚。大家质朴的童真像北京APEC蓝一样那么清澈，像中国红一样那么火热，如当年同学少年一样那么青春浪漫。应来京开会的张小棣同学相邀，在京居住的温来萍、连民珍、田玲、刘文、郝建华等5位老同学到北京站来迎来了阔别30多年的王锐同学，接到了专程从榆次赶来的武江波、王巧英同学。湖南大厦湘西厅融融的暖意和窗外冰冷的寒冬形成了鲜明的对比。北京站、湖南大厦、北京国际饭店、天安门广场和中国国家博物馆门前，留下了同学们欢乐喜庆的情怀和浪漫美好的瞬间，还有路人向这一群笑容满面、热情洋溢的同学们投来的羡慕眼神。

在世人瞩目的天安门广场。他（她）们带着特别怀念恰同学少年就开始互动交往而产生的深厚感情、带着十分珍视几十年同学友谊的满腔热情、带着非常向往大家天天都开开

部分同学北京聚会合影

寿安里同学的记忆

心心的生活激情，向远在山西的老师和同学们发出了来自每个人衷心的祝愿：

"祝榆次的老师和同学们幸福安康"。

短短的一天，精彩的5个小时，展示了多少同学的真挚情谊，凝聚了多少人生的纯洁美好，汇集了多少学友的肺腑心声。这叙不完的同学缘，道不尽的学友情，都将化作一曲动听的欢歌和诚挚的祝福：

祝老师和同学们永远身体健康、家庭美满、生活幸福！

编后语

　　当我们跨入花甲之年的大门，工作和事业的脚步已到达一个新的生活区间驿站时，大家回望一下自己走过的人生旅程，都会想到个人在过去成长、进步的过程中，曾经在各个不同阶段对自己产生有重要影响的恩师和益友，其中就有幼少年时辛勤教育和培养过我们的老师，当年在一起长大的发小、同学和玩伴。

　　过去大家由于工作在身，忙于事业，没有更多的休闲时间和优哉的怀旧之心，去认真地寻找和看望那些存放在记忆中的老师及同学们。现在有时间、有条件了，就应该把我们牢记在心里的那些历史镜头回放出来，重温一下那质朴纯真、永远难忘的师生之情和同学之谊，向尊敬的老师们和可爱的同学们汇报一下自己的今天，大家一起携手进入我们人生的第二春。

　　2014年4月17日，陈文义和吕海平两位同学结伴前来广州，我们几个榆次寿安里学校从幼儿园、小学到中学班的同班同学欢聚在了一起。大家作为年逾（近）60之人，在已经退休和即将退休之际，不约而同地想到了过去的老师和同学们。为此，我即建议在方便的时候，应当组织一次寿安里学校的师生联谊活动。提议很快获得了同学们的积极支持与配合，在文义和海平及江波、巧英、兰宏、文魁、晋宏、晓黎等同学的组织筹划下，原榆次寿安里学校的部分中学班同学，特邀寿安里学校从幼儿园开始到小学、中学的体育老师张昉和冀振德、赵佑庵、刘冠娥等老师及原寿安里小学幼儿园、小学64班的部分同学，于2014年11月23日在榆次举行了寿安里学校学友联谊会。接着，我于12月初在广州和北京又分别组织了部分在外地同学的聚会活动。受我们这些非常有感情、热情、激情的老师和同学们之影响，特别是感觉大家的师生情谊深厚、工作阅历丰富，生活乐观充实，撰稿文笔流畅，文学才气甚浓，尤其是看到江波编写的几本书和民珍、来萍、巧英等发起《寿安里同学》微信群后，我随即产生了一个想法，应该与江波等同学合作，组织同学们动起脑来、提起笔来，把大家对学校、对老师、对同学、对过去、对现在等的回忆通过图文记录保留下来，这是一件非常有意义的事情。虽然在寿安里学校70多年的历史中，曾经培养出成千上万出类拔萃的各种人才，我们寿安里学校幼儿园、小学64班和中学一班等一些同学，在其中只能算作"沧海一粟"，实在微不足道。但是，翻阅一下母校校史，在寿安里学校连续从幼儿园到小学、初中学习读书长达11年之久的学生也确实为数不多，这是在不

寿安里同学的记忆

寻常时期出现的一种特殊现象。为此，作为一个学校非常有代表性的一批学生，我们有责任、有义务也有条件为母校作一点力所能及的贡献。所以，当我提出编写《寿安里同学的记忆》一书的建议后，立即得到了很多老师和同学们的热烈响应及全力支持。

从2014年12月下旬开始，经过半年多的努力，拟文撰稿、收集资料等工作就初见成效。在这期间，我和利生在春节及清明假期里，先后两次回到榆次，探访了我们曾经军训、支农劳动的旧址；通过晓黎同学不辞辛劳的前期联系踩点准备并由她带路，我俩和陈文义、张兰宏、吕海平、田玲、温来萍等同学，代表寿安里学校幼儿园、小学64班的同学们，分别看望了从1960年至1964年期间，我们当年幼儿园的班主任赵翠仙老师和小学64班从一年级到四年级的班主任陈淑蓉、石小贞、王志伟老师等；我们还参加了元宵节部分师生唱班歌远程视频联欢、中一班清明后沟师生踏青和寿安里学校原64班师生联谊会及学校宣传队部分师生的聚会活动等；经过晓黎同学的积极联系，我利用3月和5月两次去北京出差的机会，与部分同学一起看望了定居河北霸州、临时居住北京昌平的军训教官高班长；再回榆次与晓黎、宪民一起，代表同学们找到并看望了原62（后改为64）班二年级班主任何淑英和四年级后半学期班主任王贵荣老师等。同时，我把几次师生聚会等活动的情况，先后编印了《穿越半个多世纪的纪念》和《难以忘却的师生情谊》两本画册，从而为完成书稿的编辑提供了更充实的准备。

"功夫不负有心人"，"众人拾柴火焰高"，在很多老师和同学的积极支持和配合下，《寿安里同学的记忆》一书终于出版发行了。在此，我作为本书主编之一，谨向提供诸多历史照片、资料和撰文的陈淑蓉、何淑英、石小贞、王贵荣、赵翠仙、王志伟、张昉、冀振德、赵佑庵、刘冠娥、郭云山等老师及高文潮班长表示诚挚的敬意！向我的主编搭档武江波同学和积极组稿并踊跃拟文的王巧英、温来萍、连民珍、王锐、刘晓黎、马利生、许振英、陈文义、张兰宏、王晋明、周秋生、王永新、田玲、刘文、马改玲、任峰、王晋宏、白文魁、李国祯、张贵生、王民生、马玉民、米琦、卜小坪、郝建华、王玉珍、陈晋平、侯牡丹等同学及多次热情参加学校师生联谊活动的郭启鸣、吕海平、李晓明、张保增、罗俊山、张勇、王铁牛、张宪民、韩学斌、郝保卫、杨榆寿、卜小琳、张书云、王秀荣、马建萍、常学玲、金和、李淑芳、高建中、李华、张京荣、刘计生、武曼霞等同学致以衷心的感谢！

祝各位老师和同学们身体永远健康、生活愉快、家庭幸福！天天开开心心顺顺利利！

张小棣

2015年9月于广州